Christina Dodd | Tal como eres

byblos

Título original: *Just the Way You Are*

Traducción: Cristina Martín

1.ª edición: marzo 2006

Bailén, 84 - 08009 Barcelona (España)
www.edicionesb.com

Diseño de cubierta: Estudio Ediciones B/A. Colucci
Fotografía de cubierta: Getty Images
Diseño de coleccción: Ignacio Ballesteros

Printed in Spain
ISBN: 84-666-2730-8
Depósito legal: B. 2.684-2006

Impreso por NOVOPRINT

CHRISTINA DODD | Tal como eres

A mis lectores, que llevan mucho tiempo pidiéndome esto. ¡Gracias!

Agradecimientos

Doy las gracias a Maggie Crawford por sus consejos y su buen juicio a la hora de dar este gran paso.

Gracias a mis amigas Susan Sizemore, Susan Mallery, Connie Brockway, Geralyn Dawson y Heather MacAllister, por escuchar mis gimoteos.

Y, como siempre, gracias a vosotras, mi grupo de críticos: Barbara Dawson Smith, Betty Gyenes y Joyce Bell.

Prólogo

Hobart, Texas
Una cálida tarde de junio

Hope Prescott, una jovencita de dieciséis años, se hallaba en cuclillas en el patio, frente a la casa del párroco, apoyada contra la pared. En sus brazos dormía profundamente la pequeña Caitlin, agotada de llorar llamando a su madre.

Contra su hombro, con la cabeza inclinada, se acurrucaba Pepper, de ocho años, que se tapaba los oídos con las manos, en un desesperado intento de aislarse del mundo. El hermano de Hope, Gabriel, que tenía catorce años, se encontraba de pie en un rincón próximo a ellas, con las manos en las caderas y el rostro vuelto hacia el patio trasero, intentando mantenerse lo más apartado posible de la puerta de cristal abierta, aunque sin dejar a Hope del todo a solas frente a aquella dura prueba.

Pero nada de lo que hacían lograba acallar las voces, aquellas voces horribles, implacables, que provenían del interior del cuarto de estar. El cuarto de estar de Hope, de la casa en la que había pasado la mayor parte de su vida.

Ya se había asomado al interior, y había visto al señor Oberlin, de pie junto a la chimenea, dirigiendo la reunión.

—Por lo visto, llevan años robando en la iglesia, sisando un poco cada vez para poder ir pagando las facturas.

—¿Qué facturas? —La voz de la señora Cunningham resonó con un timbre agudo que hizo a Hope estremecerse—. ¿Qué facturas van a tener un predicador y su esposa que no puedan pagar con su sueldo? Un sueldo muy bueno, además. Quisiera hacer hincapié en eso. Esta congregación no es pobre, y hemos sido más que generosos con esas... esas... ¡víboras!

—Basta, Gloria. —Era el doctor Cunningham, siempre la voz de la razón—. No quiero que te alteres, ya sabes que no es bueno para los nervios.

—Y tampoco es correcto hablar mal de los muertos —reconvino el señor Oberlin.

A Hope le costaba creerlo. Le costaba creer que sus padres estuvieran muertos.

Y aquellas personas estaban diciendo que papá y mamá eran unos ladrones.

Pepper lloriqueó y se apretó más contra Hope. Ésta cambió de posición al bebé en sus brazos doloridos para poder abrazar a Pepper, y dirigió una mirada de desesperación a Gabriel, que seguía inmóvil, pero el muchacho no se volvió para ayudarla; se aislaba ya de la familia, pensó Hope, ya estaba preparándose para la separación que consideraba inevitable.

—No me importa. No me importa en absoluto —replicó la señora Cunningham, irritada—. Les proporcionamos la casa. Los acogimos; prácticamente, eran parte de la familia. Los ayudamos a criar a sus hijos...

—Bueno, bueno. —Habló de nuevo el doctor Cunningham, sólo que esta vez la suya no parecía la voz de la razón, sino más bien un gimoteo, pues estaba demasiado asustado de su mujer para poner freno a su rencor.

—Esto no nos lleva a ninguna parte —terció la señora Blackthorn, surcando la humedad del ambiente con su suave acento de Texas—. Ya hemos establecido, fuera de toda duda, que el reverendo y la señora Prescott eran unos estafadores.

—¿Qué hacían con todo ese dinero? —inquirió la señora Cunningham.

—No lo sabemos. Probablemente no lo sabremos nunca. —El señor Oberlin lanzó un fuerte suspiro—. Me siento culpable de esto.

—No seas tonto, George, cariño. A todos nos habían puesto una venda en los ojos. —La señora Oberlin no solía hablar mucho, pero cuando lo hacía siempre era para consolar a su marido.

Mamá decía que la señora Oberlin necesitaba cobrar un poco más de valor. Mamá decía que...

Hope respiró estremecida, procurando contener la angustia que le encogía el estómago y que amenazaba con desgarrarle las entrañas.

—Sabemos con seguridad que se habían marchado de aquí para no volver —continuó, implacable, la señora Blackthorn, como decorosa presidenta del consejo parroquial—. Sabemos que iban muy deprisa y que se mataron poco antes de cruzar la frontera con México.

Un mosquito zumbó junto al oído de Hope. En el aire vespertino flotaba el canto reconfortante de las cigarras. Todo parecía muy normal, pero ya nada volvería a serlo.

La señora Blackthorn prosiguió:

—Estamos aquí para buscar una solución a los problemas que hemos ocasionado al fiarnos en exceso. ¿Cómo vamos a sustituir a nuestro predicador cuando ya hemos llevado a cabo una campaña de recaudación de fondos para construir una aula nueva y el dinero ha desaparecido?

—No puedo creerlo. Todavía me cuesta creer —dijo el señor Oberlin— que nos hayan engañado así, por completo. Eran buenas personas.

—Sí, lo eran —susurró Hope—. Así es.

Pepper levantó la mirada hacia su hermana y, en voz baja, algo impropio en ella, siempre tan exultante, le preguntó:

—¿Por qué son tan malos?

—Chist —la advirtió Hope. No deseaba llamar la atención del consejo parroquial, pues necesitaba saber lo que estaban diciendo.

—¿Y qué vamos a hacer con esos chiquillos? —El tono de la señora Cunningham era de desprecio—. La niña de ocho años no es muy atractiva.

Por fin, Gabriel se dio la vuelta y las miró de frente. Siempre había sido el héroe de Pepper, y tendió los brazos a su hermana. Ésta echó a correr hacia él. Él la abrazó y miró a Hope. Incluso con el tenue resplandor que les llegaba a través de la puerta, Hope vio que sus ojos verdes tenían una expresión vacía, que su cabello oscuro estaba lacio, y aquel semblante sombrío le destrozó el corazón.

—Hope es muy presumida, en el equipo de voleibol y en el cuadro de honor, y siempre alardeando de ser la primera en el concurso de bandas. —Melissa, la hija de dieciséis años de la señora Cunningham, nunca era tan buena como Hope en nada de lo que hiciera; sin embargo, la señora Cunningham jamás se había quejado cuando el predicador era el padre de Hope.

Hope se esforzó para oír a alguien, fuera quien fuera, que la defendiese. Pero en cambio se hizo un terrible silencio.

Entonces habló de nuevo aquella voz horrenda:

—El chico adoptado puede regresar a un orfanato, o a dondequiera que lleven a esos niños.

Hope se sobresaltó. Ya se lo había advertido Gabriel: le dijo que eso era lo que harían. Pero ella no se lo había creído. Miró a su hermano, al muchacho que tres años antes se había incorporado a su familia tan de mala gana y que hacía muy poco había decidido considerarse uno de ellos. ¿Cómo podía estar ocurriendo algo así?

—Nunca me pareció bien que los Prescott lo adoptaran. A saber qué clase de padres tenía el chico. Drogadictos, seguramente. —La señora Cunningham suspiró—. Supongo que el bebé no será ningún problema. Siempre hay gente dispuesta a adoptar a una niña pequeña.

Hope escuchaba con suma atención; esperaba que alguien dijera que iban a encargarse de que la familia permaneciera unida, que ofrecieran un refugio para ella, sus dos hermanas y su hermano adoptivo.

Pero en lugar de eso, aquella gente adinerada, aquellas personas que habían fingido ser amigas de sus padres, no dijeron nada. Nada en absoluto.

Empezaron a temblarle los brazos. Empezó a temblar ella misma. Se incorporó y depositó a Caitlin sobre el diván.

Gabriel se le acercó.

—Hope, no. No servirá de nada.

—Tengo que hacerlo. ¿Es que no lo ves? Tengo que hacerlo.

Hope luchó para abrir la puerta de un tirón y entró como una tromba en el cuarto de estar. Todos aquellos adultos, aquellos hipócritas, se volvieron hacia ella con los ojos y la boca muy abiertos.

Ella los miró fijamente. A la delgadísima señora Blackthorn, lo más parecido a una aristócrata que había en aquella pequeña localidad. Al doctor Cunningham, el bondadoso médico rural que jamás miraba a nadie a los ojos. A la señora Cunningham, agradablemente rellenita, decían de ella. Al señor Oberlin, el miembro más joven del consejo, siempre tan afable, y a su esposa, la señora Oberlin, alta y de hombros redondeados, que observaba el mundo con ojos asustados.

Todos ellos, crueles a más no poder.

—¿Cómo se atreven? ¿Cómo se atreven? Señora Oberlin, mi madre estuvo junto a usted cuando dio a luz. Doctor Cunningham, mi padre ayudó a Melissa a buscar universidad. —Dejó escapar un suspiro estremecido—. Mis padres eran buenas personas. No robaron nada, eran incapaces de hacer algo así. —Por primera vez desde el funeral, dejó escapar un leve lamento. Se dobló sobre sí misma, tratando de reprimir el dolor, y se enjugó las lágrimas que le resbalaban por las mejillas—. Están mintiendo. Todos están mintiendo.

La señora Blackthorn fue la primera en recuperar el control.

—Saquen a esa niña de aquí.

El doctor Cunningham se levantó y se dirigió hacia Hope. Ésta, tragando aire a borbotones, retrocedió. Debía calmarse. Tenía algo que decir.

—¿Están dispuestos a separarnos? ¿Piensan llevarse a la pequeña? ¿Enviar a Gabriel a un orfanato? Quieren hacernos daño a Pepper y a mí porque... porque creen que mis padres... Pero no es verdad, y aunque lo fuera, ¿cómo pueden hacer algo así? —Al instante, se deshizo en llanto.

El doctor Cunningham la tomó de los hombros.

—Vamos, vamos —musitó, tan inoportuno como de costumbre.

Hope intentó zafarse de él, pero el médico la apretó con más fuerza, arrastrándola en dirección a la escalera. Se resistió, pataleó y gritó al pequeño grupo de caras que la miraban con expresión de asombro y autosuficiencia:

—Antes nos trataban bien, ¿y ahora no quieren ayudarnos? ¿Quién es el que está obrando mal? ¿Quién?

1

Boston, Massachusetts
Un frío día de febrero,
siete años después

Meredith Spencer reflexionó y llegó a la conclusión de que una mujer de cincuenta y siete años no debería tener que llevar medias, mantener a sus tres nietos ni reincorporarse al mundo laboral como secretaria temporal. Y sin embargo allí estaba, de nuevo apoyada contra la pared de la oficina de la última planta del edificio de Zachariah Givens, presidente y director general de Givens Enterprises, escuchando la diatriba de Gerald Sabrinski.

—Eres un desalmado hijo de puta, y un día espero tener el placer de ver cómo te dan lo que te mereces.

El señor Sabrinski, calvo y de rostro congestionado, estaba inclinado sobre la mesa del señor Givens, mirándolo con toda la furia de un poderoso adversario.

Un poderoso adversario... derrotado.

El señor Givens contestó con un aristocrático acento de Boston, pero totalmente carente de inflexiones.

—Sabrinski Electronics se había debilitado a causa de la recesión, y ese crédito que concediste a tu hijo fue lo que terminó de hundirla.

El rostro enrojecido del señor Sabrinski se puso todavía más colorado:

—Mi hijo necesitaba el dinero.

—No lo dudo. —El señor Givens torció el labio en un gesto sumamente despectivo.

Constance Farrell, antigua amiga de Meredith, se hallaba junto a ella y le iba informando en voz baja:

—El señor Givens conoce al hijo del señor Sabrinski desde hace años. Ronnie tiene la costumbre de acudir a su padre cuando necesita dinero.

—Entiendo. —Meredith apretó contra su pecho el cuaderno y el bolígrafo, con la vista fija en la escena cada vez más violenta que se desarrollaba frente a ella.

Aún en voz baja, Constance aconsejó:

—El señor Givens se está impacientando. Seguro que en cuestión de minutos nos pedirá que acompañemos a Sabrinski a la salida.

Meredith observó fijamente al señor Givens, sentado en su sillón de ejecutivo de cuero negro, y se preguntó cómo podía adivinar Constance que estaba impaciente, cuando ella apenas podía creer que aquel hombre hubiera experimentado jamás una emoción de ningún tipo.

—Nos ayudará el señor Urbano —murmuró Constance—. Antes era jugador de hockey, de modo que nadie le causa problemas.

Meredith dirigió una mirada fugaz a Jason Urbano, el consejero legal de Givens Enterprises. Era un individuo corpulento y atractivo; probablemente tendría treinta y pocos años, como el señor Givens. En otras circunstancias, aquel ex jugador de hockey hubiera atraído hacia sí la mirada de cualquier mujer, pero sentado al lado del señor Givens resultaba poco menos que invisible.

Era el señor Givens el que atraía todas las miradas. A buen seguro, era el hombre más guapo que Meredith había visto en persona. Tenía el cabello negro, liso y vigoroso. Sus ojos eran tan oscuros que también parecían negros. Su piel bronceada cubría una estructura ósea que dibujaba líneas muy marcadas: mandíbula firme, nariz aristocrática, pómulos altos, frente despejada. Y su cuerpo... En fin, que ella tuviera cincuenta y siete años y fuera viuda no significaba que estuviera muerta o ciega, y aquel hombre poseía una estatura y un cuerpo que captaban la atención de cualquier mujer cuando se hallaba presente en una habitación.

Aquel físico tan irresistible causaba una primera impresión realmente magnífica. Luego, Meredith lo miró a los ojos y... no vio nada. Él no sentía el menor interés hacia ella ni, por lo que Meredith pudo deducir, hacia nadie. Se movía como un tiburón en el agua, con elegancia y suavidad, irradiando un aire de amenaza que resultaba palpable y hacía que uno se apartase. Era frío, desapasionado, distante.

Durante toda la mañana y parte de la tarde, Meredith había estado observando la manera de trabajar en la oficina, tomando notas, preparándose para ocupar el puesto de Constance mientras ésta disfrutaba de unas vacaciones. Durante ese tiempo el señor Givens había adquirido la empresa del señor Sabrinski, en una operación meteórica, y ahora éste le escuchaba despotricar contra él. En ningún momento vio Meredith que el señor Givens sonriera, frunciera el ceño o mostrara la mínima señal de alegría, curiosidad o fastidio.

Con sus ojos oscuros clavados en el señor Sabrinski, el señor Givens dijo:

—Si hubieras podido recuperar parte del efectivo que entregaste a tu hijo, eso hubiera ayudado un poco, pero tu crédito debilitó la compañía y la dejó en una situación ideal para ser comprada.

Sabrinski palideció y se le formó un círculo azulado alrededor de la boca.

El señor Givens prosiguió, implacable:

—No puedes quejarte de cómo te he tratado. Cuando se haga pública la noticia de la compra, tus acciones aumentarán de valor, y podrás retirarte y vivir muy bien.

Sabrinski recuperó el color y la voz.

—No quiero retirarme. Quiero dirigir mi empresa.

—No puedes —replicó el señor Givens haciendo una pausa entre cada palabra para causar el máximo impacto—. Ya no tienes el control.

Meredith susurró:

—¿No puede dejar que la dirija el señor Sabrinski?

Constance la miró con incredulidad.

—Desde luego que no. El señor Givens no piensa conservar al hombre que ha perdido la empresa a causa de su negligencia. ¿Qué ejemplo sería ése?

«¿Un ejemplo de bondad?», pensó. Pero era una idea estúpida. Se trataba de negocios, Meredith lo entendía muy bien. Lo que no entendía era por qué el señor Givens tenía que ser tan insensible.

—Yo levanté esa empresa partiendo desde cero. He sudado sangre por ella. He vivido para ella. ¿Y tú quieres que me retire? —Sabrinski fue elevando el tono al hablar, y al final terminó gritando.

En marcado contraste, la voz del señor Givens era cada vez más grave y serena.

—No veo que tengas otra alternativa. He ofrecido el puesto de director general a Matt Murdoch, uno de mis vicepresidentes ejecutivos. Desempeñará el cargo de forma competente.

—Oh, Dios mío. El señor Givens está molesto de verdad. —La mirada de Constance no se apartaba de la escena—. Bien. Ya se levanta el señor Urbano. —Se apresuró a intervenir—: Señor Sabrinski, aunque esta operación pueda parecerle difícil en este momento, estoy segura de que su esposa se alegrará de poder pasar más tiempo con usted. —Hizo una seña con la cabeza al señor Urbano, que se situó al lado del señor Sabrinski.

—Mi esposa ya está haciendo las maletas para irse. —Sabrinski apuntó con un dedo tembloroso al señor Givens—. Como bien sabe él.

Meredith se sorprendió ante aquella acusación. Pero más que eso le impresionó percibir un gesto de emoción en el semblante del señor Givens.

Parecía sorprendido.

—No estarás acusándome de tener algo que ver con eso. Apenas conozco a tu mujer... y menos aún tengo interés por ella.

—Janelle me quería por una única razón. —El pecho del señor Sabrinski se agitó al intentar tomar aire—. Por mi influencia. Por mi posición social. Y por tu culpa, Givens, ahora ya no tengo nada. ¿Qué opinas?

Con una sinceridad que rozaba la crueldad, el señor Givens respondió:

—Que deberías haberte quedado con tu primera esposa. Que estás pagando un alto precio por la crisis de la mediana edad.

Sabrinski resopló:

—Si tú tuvieras esposa...

—Pero no la tengo.

Ni la había tenido nunca. Eso sí que lo sabía Meredith. A pesar de que a menudo había sido fotografiado con una mujer encantadora del brazo, a pesar de los chismorreos que circulaban sobre sus ligues sexuales, nunca había habido rumores de que tuviera una relación seria. Constance no cotilleaba acerca de su jefe, pero sí había mencionado que era muy exigente y con tendencia a ser crítico.

El señor Givens se levantó de su sillón, dando a entender que había llegado el momento de acompañar a Sabrinski hasta la puerta.

—Esta conversación ha llegado a su fin. Tengo que regresar al trabajo. Ya hemos transferido el dinero a tu banco, Sabrinski. No es necesario que vuelvas a tu oficina.

—¿Lo cual quiere decir que, si lo intento, me detendrán en el vestíbulo? —De nuevo el rostro de Sabrinski se tiñó de un color rojo que le subió desde el cuello de la camisa y le moteó las mejillas.

El señor Givens inclinó la cabeza.

—Tus pertenencias personales han sido enviadas a tu casa. Te deseo la mejor de las suertes en el futuro, y no te procupes, tu negocio está en manos muy competentes.

—¿En manos muy competentes? ¡Hijo de puta! No vales más que... —Sabrinski se abalanzó sobre él.

Pero el señor Urbano lo agarró por el brazo.

Sabrinski intentó en vano zafarse de él.

—Apártate de mí, maldito gorila. Te demandaré por ponerme tus sucias manos encima.

Constance intentó hacerse con el otro brazo del señor Sabrinski.

—Por favor, señor Sabrinski, se ha terminado, y esto no va a servir de nada.

Toda aquella rabia y violencia hizo estremecerse a Meredith.

Pero el señor Givens contemplaba la escena sin emoción alguna.

—Sabrinski, te estás comportando como un idiota.

—¡Un idiota! —Sabrinski tenía la cabeza entera al rojo vivo, como un horno—. Tú te atreves a llamarme... —Se quedó sin aire. Su rostro perdió por completo el color y adquirió un extraño tono grisáceo—. Tú, un miserable insecto, te atreves a llamarme... —La frente se le perló de sudor y las gotas comenzaron a descender por sus mejillas.

—Señor Sabrinski, ¿se encuentra bien? —Constance le tocó el hombro.

En aquel momento, el señor Sabrinski se desplomó y cayó pesadamente en el suelo.

—Santo Dios —oyó decir Meredith, y pensó que tal vez había sido su propia voz.

El señor Givens rodeó su escritorio y se plantó al lado de Sabrinski en sólo una zancada.

—Señora Farrell, llame a urgencias.

Constance corrió al escritorio y descolgó rápidamente el teléfono.

El señor Givens dio la vuelta al señor Sabrinski.

Meredith pegó la espalda contra la pared. El señor Sabrinski estaba pálido como la cal y tenía los ojos en blanco.

El señor Givens le buscó el pulso, y acto seguido se quitó su chaqueta Armani.

—Jason, ayúdame a reanimarlo.

—¡Hijo de puta! —El señor Urbano se quitó la chaqueta a toda prisa y se arrodilló—. ¡Maldito seas, Zack, todo esto es culpa tuya!

Por segunda vez en escasos minutos, el señor Givens manifestó una emoción.

Nuevamente, parecía sorprendido.

A continuación, los dos hombres se pusieron manos a la obra, uno en el pecho, el otro insuflando aire en los pulmones, alternándose como si estuvieran acostumbrados a salvar a los hombres que sufrían un síncope en el despacho del señor Givens en un arrebato de furia.

Para cuando llegaron los sanitarios, el señor Sabrinski ya respiraba por sí mismo, y dijeron con toda claridad al señor Givens que su pronta actuación había salvado la vida de aquel hombre.

Sus elogios dejaron impasible al señor Givens, que se limpió las manos con su pañuelo blanco como la nieve mientras sacaban en camilla a Sabrinsky fuera del despacho.

—¿Hemos terminado ya con los dramas por hoy?

—Espero que sí. —El señor Urbano también se secó las manos, pero Meredith se fijó en que le temblaban los dedos—. Juro por Dios, Zack, que últimamente te gusta demasiado esta parte del trabajo. ¡Has provocado un ataque cardiaco al viejo Sabrinski!

Meredith se quedó helada.

Constance dio un grito ahogado.

El señor Givens alzó las cejas exactamente con la misma emoción que demostraba el señor Spock, de *Star Trek*, ante uno de los arrebatos del doctor McCoy.

—Sabrinski, él solo se ha provocado el ataque. Estaba chillando.

—¡Naturalmente que estaba chillando! Le tiene cariño a su empresa, y se la ha arrebatado un hombre a quien no le importa un comino. Se sentiría mejor si tú estuvieras babeando de contento, en lugar de mostrarte como siempre, como el hombre de hielo.

El señor Givens observó al señor Urbano con expresión un tanto extraña mientras se ponía la chaqueta.

—No sé qué quieres decir.

El señor Urbano se pasó la mano por la cara y habló con claridad:

—Quiero decir que él tiene razón. Te has convertido en un cabrón sin sentimientos. Estoy seguro de que no eres capaz de aguantar una semana sin hacer llorar a alguien, o sin despedir a alguien, o sin ser antipático con todo el que te tropiezas.

Meredith oyó que Constance decía «Sí» con un hilo de voz, pero no podía apartar la vista de la escena que tenía delante el tiempo suficiente para mirar a su amiga.

La expresión del señor Givens se tornó más distante.

—Soy agradable... con la gente que se lo merece.

—Todo el mundo se merece un poco de cortesía. Tú sopesas tus frases amables como si fueran oro, y las repartes con verdadera tacañería: a tus familiares, a tus amigos... Por cierto, te invitamos a ver el partido de hockey, un día de éstos, a partir del domingo que viene, en la nueva pantalla gigante de televisión que...

—Gracias, pero no puedo. Trabajo.

—Tal vez sea ésa la razón por la que eres un pelmazo. Te pasas todo el tiempo trabajando. —El señor Urbano apoyó las manos en las caderas—. Vale, llama a mi mujer y dile que vas a fallar... otra vez. Hazla llorar, igual que haces con todo el mundo.

—Si no me presentara, no lloraría —se burló el señor Givens.

—¡Está embarazada! ¡Llora hasta con los anuncios de Kodak en la tele!

Con una profunda sensación de alivio, Meredith se dio cuenta de que el señor Urbano y el señor Givens eran amigos, amigos íntimos.

El señor Givens tomó asiento detrás de su escritorio.

—Si tan desagradable soy, no sé por qué quieres que vaya a tu casa.

—Porque soy amigo tuyo, aunque en este preciso instante no recuerde por qué.

Meredith lanzó una mirada furtiva a Constance. Ésta observaba la conversación con franca curiosidad. Entonces Meredith miró al señor Givens y comprendió la razón: al señor Givens no le importaba que estuvieran escuchando dos mujeres mayores; en aquel momento las secretarias no eran necesarias y, en lo que a él se refería, era como si no se encontraran presentes en el despacho.

Meredith apretó los labios con fuerza. Ciertamente, el señor Givens era insufrible.

—No entiendo por qué tengo que preocuparme de que alguien llore, ni por qué tiene que importarme que una persona incompetente se quede sin trabajo.

—¡Por supuesto que no! A eso me refiero. Ni siquiera entiendes por qué debe importarte que alguien se muera en el suelo de tu despacho de un ataque cardiaco.

—Está vivo. Le asistí —señaló el señor Givens.

—De acuerdo, entonces estaba exagerando. —El señor Urbano se acercó despacio hasta el escritorio—. Te importaría si hubiera muerto, pero seguramente porque no quieres que nadie te estropee la alfombra.

El señor Givens parpadeó ante la vehemencia del señor Urbano.

—Es una alfombra muy cara.

Y lo era. El despacho entero, con aquellos ventanales desde el suelo hasta el techo, su zona de saloncito con sofás de cuero negro, sus obras de arte en la pared que de cerca parecían manchas de color rojo y azul y de lejos eran cuadros de flores, y su escritorio de caoba, tan grande y tan bellamente terminado que debería estar honrando un museo.

—¿Sabes cuál es tu problema? —le preguntó el señor Urbano—. Que siempre te sales con la tuya.

—¿Y por qué es un problema? —Al ver que el señor Urbano lanzaba un bufido, estuvo a punto de... casi... sonreír—. Jason, tengo una vida perfecta, no está contaminada por esperanzas engañosas o falsas amistades.

—Te morirás siendo un hombre desgraciado, triste y solo.

—Has estado hablando con mi tía Cecily.

Jason dejó escapar un gruñido.

El señor Givens escogió sus palabras con sumo cuidado.

—Aunque algunas veces me siento solo al despertarme... Bueno, tengo amigos casados que dicen que a ellos les ocurre lo mismo, y está claro que es mejor sentirse solo cuando se está solo que sentirse solo cuando se está atado a una esposa.

La reflexión del señor Givens dejó perpleja a Meredith; pero claro, era un hombre muy inteligente.

—Yo no me siento solo. —El señor Urbano exhibió una sonrisa lobuna—. Con Selena, no.

—Ya está pillada, no puede ser mía —bromeó el señor Givens.

—Ella no te querría a ti. Me lo ha dicho. —El señor Urbano se inclinó sobre el escritorio hacia el señor Givens—. Te apuesto cien dólares... ¡no, un dólar!, a que no eres capaz de mostrarte simpático, y eso significa que nadie llore ni salga despedido hasta que vengas a casa a ver el partido.

—¿Un dólar o cien dólares?

—No importa. Para ti es lo mismo, pero eres capaz de hacer cualquier cosa con tal de ganar una apuesta.

—Entonces, que sean cien dólares. Hecho. —Los ojos del señor Givens relampaguearon un instante—. A condición de que no incluyas a Baxter en la lista de personas con las que tengo que ser «simpático».

—Vale, a ése puedo excluirlo.

—Bien. La empresa de Colin Baxter es la siguiente a comprar, pero los preparativos todavía durarán algunas semanas. —El señor Givens mostró su primera emoción auténtica, profunda: una expectación salvaje.

Meredith experimentó una gran solidaridad hacia el desconocido Colin Baxter y hacia todas las empresas en las que el señor Givens ponía el ojo.

La mirada del señor Givens se desvió brevemente hacia Constance.

—Destronaremos a Baxter antes de que usted regrese, señora Farrell.

Constance sorprendió a Meredith respondiendo:

—No quisiera perdérmelo por nada del mundo, señor.

A continuación él posó sus fríos ojos en Meredith.

—Será una buena experiencia para usted, señora Spencer.

Meredith no creía que llegara a serlo, si era como la que acababa de tener, pero dijo:

—Sí, señor Givens, me ocuparé de todo como usted diga.

En sus tiempos había sido una buena auxiliar administrativa, y tal vez no le gustara aquel tipo, pero sabía manejarlo. Tenía que hacerlo.

El señor Urbano se frotó las manos.

—Van a ser los cien dólares más fácilmente ganados de toda mi vida.

—¿Por qué dices eso? —replicó el señor Givens—. Yo nunca he pretendido otra cosa que ser tratado como se trata al resto del mundo.

El señor Urbano rió, y luego se puso serio.

—Ten cuidado con lo que pides. Podrías conseguirlo.

El señor Givens pareció vagamente confuso.

—No sé qué quieres decir.

—No, claro que no lo sabes. Eso es lo triste. —Volviendo a su tono desenfadado, el señor Urbano dijo—: ¡En fin! Te veré en tu casa dentro de una semana, a partir del domingo que viene.

El señor Givens alzó la cabeza y lo miró ceñudo.

Constance tiró a Meredith de la manga y ambas salieron del despacho discretamente. Constance tenía en el área de recepción su mesa, su ordenador y sus archivos, todo en un fabuloso entorno de gruesas moquetas, plantas verdes y diseño de buen gusto. Las secretarias encajaban bien en su entorno, pensó Meredith: dos mujeres mayores con zapatos bajos y discretos trajes de lana de falda a la altura de las rodillas.

—No se me ocurre qué más decirte. —Constance miró a Meredith por encima de sus gafas—. Excepto que el señor Urbano y el señor Givens son amigos desde la universidad. El señor Urbano jugó al hockey como profesional hasta que terminó sus estudios en la facultad de derecho. Sus llamadas siempre tienen prioridad.

Meredith abrió su cuaderno y tomó nota, pero no se le iba a olvidar.

Constance lucía una ligera mancha oscura en la piel a lo largo de la línea de crecimiento del cabello; se había teñido las raíces grises para su viaje a Hawai, y Meredith sintió una profunda envidia por su amiga, por el puesto seguro que tenía. Después volvió la mirada hacia el despacho del señor Givens. ¡Pero qué precio pagaba Constance por aquella seguridad! Trabajar para un hombre como aquél, un día tras otro.

—En cuanto a Colin Baxter... —Constance vaciló—. Es un caso especial. Hizo una jugarreta al señor Givens, y éste... podría decirse que se las ha jurado.

Meredith rió nerviosa.

—Como haría cualquiera.

—Ya, pero se suponía que Baxter era amigo suyo. Mira, el dinero del señor Givens lo convierte en blanco de estafas. Él valora la amistad por encima de todo.

—¿Más que la eficiencia? —le inquirió Meredith con cierta acritud.

Constance frunció el ceño.

—Sí. Ya sé que no te gusta el señor Givens, pero vas a tener que hacer algo más que poner cara de póquer. Es muy perspicaz, se da cuenta de todo, y ha visto lo espantada que te has sentido ahí dentro.

—¡Ha provocado un ataque cardiaco a un hombre!

—Podemos absolverle de haberlo hecho de forma deliberada.

—Fue demasiado tajante.

—El señor Givens no cree que haya que edulcorar nada. —Constance puso énfasis en la palabra «nada»—. Yo trabajé veinte años para su padre y nueve para él. Su padre era de la vieja escuela, duro y despiadado, pero su hijo seguramente lo superará. No enfades al señor Givens. Necesitas este trabajo, y además... te he recomendado yo.

Horrorizada, Meredith preguntó:

—Si lo hago mal, ¿te despedirán a ti?

—No, claro que no. —Pero Constance continuó ordenando los archivos sobre su mesa sin mirar a Meredith a los ojos—. Sin embargo, tú tienes carácter.

—Puedes marcharte tranquila —le aseguró Meredith—. Tengo que mantener a mis nietos, desde que su madre se largó, y eso ya es un incentivo para que controle mi carácter.

En aquel momento salió el señor Urbano del despacho del señor Givens.

—Que lo pase bien en Hawai, Farrell —dijo en tono festivo—. ¿Cuándo vuelve?

Constance le sonrió.

—Dentro de tres semanas.

—Estupendo. —En tono más bajo, añadió—: Señora Spencer, si Zack le da problemas, dígamelo. Hemos hecho una apuesta. —Le hizo la señal de pulgares arriba y desapareció por la puerta.

—Vamos. —Constance condujo a Meredith de vuelta al despacho del señor Givens—. El señor Givens odia la tecnología, así que te tocará a ti el asunto del fax, la fotocopiadora y el ordenador.

Meredith tomó nota.

—Ya contaba con ello.

—Por supuesto. Pero él ni siquiera toca el ordenador, así que hay que imprimirle todos los e-mails y entregárselos. —Constance dio unos golpecitos en la puerta—. Señor Givens, ¿es un buen momento?

Él levantó la vista de su trabajo, la misma mirada serena y oscura, que provocó a Meredith un escalofrío a lo largo de la columna vertebral.

—Claro, señora Farrell. Estará deseando irse.

—Sí, señor, pero se quedará aquí la señora Spencer para hacerse cargo.

—Sí. —Estudió a Meredith, y pareció saber lo que ella había comentado acerca de él, lo que opinaba acerca de él.

La señora Farrell se acercó al escritorio, con Meredith detrás.

—Ya sé que odia los contestadores, así que le he buscado un servicio de contestador.

—¿Un servicio de contestador? —Alzó las cejas—. No hablará en serio.

—Se trata del servicio de contestador de Madam Nainci, el único que queda en Boston. Lleva cuarenta años funcionando.

—Un servicio de contestador. —El señor Givens frunció el entrecejo—. Qué interesante. ¿Cómo han logrado sobrevivir?

—Dan servicio a personas que desean hablar con otras, a pequeños negocios que quieren dar la impresión de tener una secretaria y a tecnófobos como usted. —Constance tocó el sencillo teléfono de dos líneas que reposaba sobre el escritorio—. La única tecnología que tendrá que usar es ésta. He programado el número del servicio de contestador delante del de sus padres y detrás del número de urgencias. Lo único que tiene que hacer es apretar la tecla con el número dos y esperar. —Constance le hizo una demostración.

Oyeron por el altavoz del teléfono el tono de marcar y el tecleado del número, y por fin una voz de mujer.

—Servicio de contestador —dijo la mujer, con una entonación que hizo que a Meredith le cayera bien al instante.

—Hola, Hope, soy la señora Farrell.

—Señora Farrell, ¿aún no se ha ido?

Meredith captó un ligero acento sureño en la voz de Hope, o tal vez se debiera al hecho de que hablaba despacio, como si disfrutara de la conversación.

—Estoy enseñando al señor Givens cómo acceder a sus mensajes —respondió Constance.

—Muy bien. —La voz de Hope se volvió vivaz y eficiente—. Todavía no hay mensajes. ¿Hay algo más que pueda hacer por usted o por el señor Givens?

—También está aquí la señora Spencer —dijo Constance—. Es la auxiliar administrativa temporal del señor Givens. También tratarás con ella.

—Hola, señora Spencer. —De nuevo sonó el tono cálido y amable de Hope—. Estoy deseando que charlemos.

Meredith se sorprendió a sí misma sonriéndole al teléfono.

—Estaré encantada.

—Seguro que sí —dijo Constance.

—Que tenga un feliz viaje, señora Farrell, y tráigase un poco de ese tiempo soleado —dijo Hope—. Prométalo.

—Lo prometo. —Constance cortó la comunicación, también sonriente.

El señor Givens no sonreía. Miraba fijamente el teléfono con aquella enigmática calma que producía escalofríos a Meredith.

—Ya ve lo fácil que es, señor Givens —dijo Constance—. He dicho a Griswald que programe el mismo botón en el teléfono de su casa.

—Es muy seca —dijo el señor Givens—. Ha tomado la decisión de que no le gusto sin hablar conmigo siguiera.

—Por lo general sí esperan un poco más —dijo Constance en tono acre—. Hope es encantadora y muy atractiva. —Hizo una pausa—. Es eficiente. Estará contento con ella. Llámela esta noche nada más llegar a casa.

—Lo haré. —Asintió con la cabeza—. Hope.

2

Zack arrojó su abrigo al fondo del asiento trasero de su limusina Mercedes.

—Hola, Coldfell, ¿qué tal le ha ido el día?

—Muy bien, señor. —La chófer le sostuvo la puerta—. Gracias, señor.

Zack se dio cuenta de que Coldfell se mostraba rígida con él, como si apenas lo conociera, cuando de hecho llevaba nada menos que diez años siendo su chófer, y entonces volvieron a su cabeza las palabras que pronunció Jason con el fin de atormentarle: «Te has convertido en un cabrón sin sentimientos.» Hubiera archivado aquella emoción bajo la etiqueta mental de «improcedente», si no fuera porque se trataba de Jason. Los dos se conocían desde la universidad, y Jason era tan serio y formal... y habían hecho una apuesta, estúpida, pero una apuesta de todos modos.

Pues muy bien. Coldfell iba a ser la primera prueba de que él no era un desalmado, de que podía ser agradable con otras personas. Al entrar en el coche advirtió que había unos libros en el asiento delantero.

—¿Qué está leyendo, Coldfell?

La chófer lo miró como si le hubiera hablado en otro idioma.

—¿Señor?

—¿Qué lee?

—*Los hombres de verdad y por qué temen el compromiso*, señor.

Coldfell cerró la portezuela y fue hasta el asiento del conductor. Lo cierto es que no tenía aspecto de chófer con sus cuarenta años de edad, baja y delgada como era, y de herencia chino-mexicana. En realidad no parecía en absoluto una guardaespaldas, pero eso era exactamente, estaba entrenada para conducir, para proteger a su pasajero y para disparar a matar si era necesario.

Zack se sentía plenamente cómodo con ella. Bajó la ventanilla que separaba el asiento del conductor del suyo.

—Creía que estaba casada. ¿No le envié un regalo de bodas?

—Lo estuve. Gracias, la salsera era preciosa. Pero eso fue hace ocho años. Ahora estoy divorciada.

—¿Cuándo ha ocurrido eso?

En el espejo retrovisor, Coldfell le dirigió una sonrisa tan abierta e intensa que Zack se quedó desconcertado.

—Hace trece meses y cinco días.

—Lo lamento —dijo. Y era verdad. Le gustaba Coldfell, cuando se fijaba en ella—. ¿Lee mientras me espera?

Coldfell pareció vagamente sorprendida por la pregunta, como si su jefe nunca hubiera trabado conversación con ella. Lo cual sí había hecho, en varias ocasiones. Al tiempo que metía la marcha atrás y retrocedía, contestó:

—Sí, señor. Resulta aburrido estar aquí abajo.

El caldeado garaje situado bajo las setenta y siete plantas del Edificio Givens, en el centro de Boston, se parecía a cualquier otro garaje del mundo: vigas de hormigón gris, columnas de hormigón gris, suelo de hormigón gris. Por razones de seguridad, él tenía una parte del garaje para su propio uso. Se abrió la puerta automática y salieron a la calle. Caía una nieve blanda que depositaba sus grandes copos sobre el parabrisas y cubría la ciudad con un manto de silencio.

—Supongo que debe de ser aburrido. ¿Ha aprendido algo de ese libro?

—Sí. —Coldfell afirmó tristemente con la cabeza—. Que los hombres son un desastre.

Aquello lo sobresaltó.

—¿Un desastre?

—Los hombres no quieren comprometerse en una relación porque son cobardes.

—Yo no soy cobarde.

Él era cauto. Existía una gran diferencia entre la precaución y la cobardía. La mujer que se casara con él lo haría por su dinero. Lo tenía asumido. Pero no pensaba casarse hasta haberse cerciorado de que la mujer elegida fuera un adorno para su brazo, una anfitriona de incomparable talento y una madre adecuada para sus hijos. Además, no debía serle infiel jamás. Su fidelidad y sus deberes quedarían asegurados por un contrato prenupcial cerrado y que tendría en cuenta cualquier eventualidad. Cualquier eventualidad.

—Como usted diga, señor. —El tono mismo de Coldfell indicaba que dudaba de él.

Zack aguardó hasta que se detuvieron en un semáforo en rojo.

—Tal vez debiéramos tener una relación usted y yo.

Tuvo el placer de ver cómo a Coldfell se le descolgaba la mandíbula.

Alguien tocó el claxon detrás de ellos. Coldfell soltó una maldición al ver la luz verde y atravesó el cruce de calles a toda velocidad, cambió de carril y tomó el camino en dirección a casa. Cuando ya habían dejado atrás lo peor del tráfico, dijo:

—Eso es justo lo que necesito. Me he divorciado de

un hombre inmaduro que no era capaz de llevar cerrada la cremallera del pantalón. ¿Por qué iba a liarme con un hombre emocionalmente distante?

¿Emocionalmente distante? ¿Qué diablos quería decir aquello?

—Con sus libros, podría curarme.

—Ni hablar. —Esta vez, fue Coldfell quien subió la ventanilla.

Zack sonrió, sintiéndose como si hubiera demostrado que Jason se equivocaba. Sí que conectaba con la gente; acababa de conectar con Coldfell, ahora estaba al tanto de su vida. Ya era suficiente intimidad por un día.

Comenzó a sacar expedientes de su maletín y trabajó repantigado en el asiento de la limusina mientras Coldfell conducía por las intrincadas calles en dirección a la casa familiar de Beacon Hill.

El hogar de Zack, una mansión blanca de estilo federal y proporciones impresionantes, era exactamente el tipo de casa que admiraban sus antepasados. Se erguía en cuatro plantas completas sobre un sótano que albergaba la cocina remodelada, en la que había una cocinera y un ayudante. Las ventanas estaban alineadas en sentido horizontal y vertical. El tejado plano exhibía una balaustrada a lo largo del borde. Las chimeneas eran altas y estrechas, y atrapaban la nieve que caía en remolinos desde el cielo gris. El camino de entrada descendía en cuesta trazando ligeras curvas hasta el muro que había al final, donde un pórtico bien proporcionado protegía tanto la entrada como la puerta de servicio que se abría a la altura del sótano. Coldfell detuvo el coche bajo el cobijo del pórtico, se apeó y abrió la portezuela.

A uno y otro lado de la impresionante entrada principal se veían dos escalinatas en curva que conducían al porche que abarcaba todo lo largo de la casa. Un mayordomo abrió la ancha puerta de caoba rodeada de vidrio esmerilado.

—Entre, señor. Va a coger frío.

Zach no lo entendía. Dirigía una empresa multinacional, obtenía beneficios, satisfacía a los accionistas y viajaba por todo el mundo. Había elevado el nivel económico de su familia lo bastante para que su hermana pudiera organizar una campaña para el Senado y recaudar dinero suficiente para ganar con facilidad, y sin embargo su mayordomo todavía lo creía incapaz de sobrevivir sin él, y su chófer opinaba que era emocionalmente distante.

Más probable era que fuera Griswald el que cogiera frío. Tendría, fácilmente, unos setenta y cinco años, unas cejas tan tupidas como las de la señora Farrell y una calva que brillaba como una barnizada bola de billar. Aunque llevaba cuarenta años viviendo y trabajando para la familia Givens, su formal voz de barítono conservaba a la perfección el acento británico.

Zack se apresuró a entrar en la casa y empezó a quitarse el sombrero, el abrigo y los guantes para dejarlos en las capaces manos de Griswald. El vestíbulo se elevaba dos pisos por encima de él, una entrada deslumbrante pintada de color crema con toques de zafiro. La alfombra era china y antigua, en tonos crema, melocotón y zafiro. Una escalera curva de madera maciza ascendía hacia la segunda planta. Aquella casa había sido diseñada para las fiestas, algo que su familia hacía bien y a menudo.

—¿Desea tomar una copa antes de cenar? —inquirió Griswald.

—Sí, pero ya me la preparo yo. —La puerta de su despacho daba al vestíbulo, y Zack se detuvo en el umbral de la misma—. He de comprobar si tengo algún mensaje en mi nuevo servicio de contestador.

—Sí, señor. —Una de las cejas de Griswald se agitó igual que la cola de un perro—. He programado la marcación automática entre el número de urgencias y el de sus padres.

—Gracias, Griswald. Ya lo sé, Griswald —dijo Zack con impresionante paciencia.

Dejó el maletín sobre el sofá de cuero marrón y pensó que siempre se controlaba. Nunca había perdido el dominio de sí mismo, desde los catorce años. Apenas se acordaba de lo que era perder los nervios, chillar de alegría o de rabia, no ser otro sino Zachariah Givens. Y se alegraba de ello. No había tenido la oportunidad de abandonarse a la locura de la juventud, y desde aquel verano había madurado estupendamente. Si bien su vida parecía un constante pagar impuestos, hacerse limpiezas dentales, ir al gimnasio, contestar a informes de negocios y tomar café... En fin, todo el mundo llegaba en ocasiones a un cierto estado de aburrimiento. Aquello era mejor que la alternativa: una vida llena de desastres al azar, sin la seguridad que da el dinero y plagada de emociones escandalosas.

Después de servirse un whisky con hielo, fue con calma hasta el teléfono que descansaba sobre su escritorio de madera de castaño. Bebió un sorbo para pensar en el siguiente movimiento. Qué raro, deseaba encontrarse a solas cuando escuchara de nuevo la voz de aquella mujer.

La voz de Hope. Aquella tarde, al oírla, pensó que sonaba cálida y apasionada, como las fragantes noches de una isla tropical, como perlas brillantes en un cuello suave, de piel clara..., como una mujer atenazada por el deseo. Al oír aquella voz, un escalofrío le recorrió la espalda, y...

Aquello era una estupidez. Estaba tejiendo fantasías acerca de una persona que trabajaba en un servicio de contestador. Necesitaba una mujer. Esa misma noche llamaría a Robyn Bennett. Robyn era melosa, acicalada, hermosa y fácil, y obviamente, si se había excitado con una voz telefónica, necesitaba una mujer fácil. Sí, llamaría a Robyn... pero antes...

Se inclinó y marcó el número del servicio de contestador.

—Soy Hope, del servicio de contestador Madam Nainci. ¿Llama para oír los mensajes del señor Givens?

¡Qué voz! Amable, grave y muy sexy. Respiró hondo para aquietar la súbita aceleración que experimentó su corazón. Divertido consigo mismo, por haberse encaprichado con una mujer desconocida, construyó una imagen de ella en su mente. Hope sería más o menos de la edad de la señora Farrell. Olería a tabaco por ser fumadora empedernida y luciría unas caderas anchas, capaces, de matrona. Tendría el pelo largo y blanco, recogido en un moño, y cuando no contestaba el teléfono seguramente cocinaría espaguetis para su marido y su legión de nietos.

Casi le gustó el retrato que hizo de Hope; aportaba una dosis de cordura a algo que, por otra parte, no era más que una absurda obsesión.

—En efecto, deseo oír los mensajes del señor Givens.

—Un momento, por favor. Estoy llamando a la señora Monahan, pero no contesta. Me temo que haya salido a quitar la nieve de la puerta de su casa. —La voz de Hope se tornó adusta, como si él debiera saber de lo que le hablaba y debiera poder o querer hacer algo al respecto.

Zack se dejó caer en su sillón de cuero con la docena de ajustes necesarios para aliviar la tensión muscular.

Todo lo que contenía aquella habitación había sido diseñado para aliviar su tensión muscular. La habitación en sí misma era una estancia pasada de moda. La pared que tenía a su espalda estaba forrada de estanterías de madera de castaño que se elevaban hasta el artesonado del techo, a más de tres metros de altura, y que requerían una escalerilla para alcanzar la última balda. Unos complicados marcos de madera decoraban los altos ventanales, y el suelo de madera crujía al pisarlo. Pero las cortinas a franjas marrón y crema eran de seda salvaje. El sofá marrón y el sillón a juego eran mullidos y cómodos, con altos reposabrazos y cojines de color azul metálico. Los dibujos geométricos de las alfombras le alegraban la vista, y cuando se encontraba allí dentro se sentía relajado como nunca.

—Lo único que necesito son mis mensajes —dijo.

—Un momento, por favor.

En un instante, Hope desapareció. Ni siquiera le pusieron música, tan sólo el pitido ocasional que le indicaba que se encontraba en espera. Tomó un lápiz y comenzó a dar unos golpecitos de impaciencia.

Ya no se sentía tan encaprichado por aquella mujer.

De hecho, se sentía molesto. Había tenido un día de perros. Había sufrido aquella confrontación con Sabrinski, que no había ido tan bien como esperaba. La señora Farrell se había ido de vacaciones y lo había dejado con Meredith, que mostraba una expresión de sorpresa y horror ante cada cosa que ocurría.

Esperaba que aquella mujer no fuera una remilgada, porque su trabajo consistía en tener enfrentamientos como aquél a diario. Él necesitaba una secretaria que intimidara, no que se sintiera intimidada.

Luego estaba Jason y lo que le dijo, aquellas palabras que acudían a él una y otra vez como si ya las hubiera rechazado en demasiadas ocasiones. Jason le había llamado cabrón sin sentimientos, le había dicho que estaba solo, y que Selena, su bella, buena y alegre esposa, no querría tenerlo a él por marido. Naturalmente, Zack comprendía que a lo mejor había mujeres que no se interesaban por él por una u otra razón, pero no Selena, la mujer que lo había recibido en su casa con tanta naturalidad.

Y luego estaba aquella estúpida apuesta. Casi se arrepentía de haberla aceptado. Diablos, sí, porque ahora se encontraba atascado, sin ningún recurso a mano.

En aquel momento regresó Hope a la línea.

—No está.

—Estoy yo —anunció Zack en tono significativo.

—Sí, pero usted no tiene ningún problema de verdad. La señora Monahan sí los tiene.

Zack se irguió en su asiento y miró fijamente el teléfono negro.

—¿Y cómo sabe usted que yo no tengo problemas?

—Se encuentra a salvo, calentito, tiene un trabajo y sabe de dónde va a venirle su próxima comida. —Hope hizo una pausa para dejar que sus palabras calaran—. ¿No es así?

—Sí.

—Entonces se encuentra bien, ¿no?

¿Quién era ella para hacer semejantes juicios?

—La vida es algo más que las cosas básicas.

—¿Tiene buena salud?

Zack empezaba a sentirse fastidiado.

—Sí.

—Pues la señora Monahan, no.

A Zack no le importaba qué problemas tenía la señora Monahan, y además estaba bastante seguro de que él no pagaba al servicio de contestador para que diera un trato preferencial a otro cliente. Desde luego, no a una tal señora Monahan.

Hope continuó:

—Necesita una prótesis de cadera. No puede pagársela, e insiste en hacer unas cosas que me tienen aterrorizada.

Zack titubeó. No le importaba. No le importaba un comino una anciana cuyo único vínculo con él era una mujer dotada de un sentido de la responsabilidad excesivamente desarrollado hacia los ancianos. Pero, igual que una muela picada, la apuesta que había hecho con Jason lo obligó a mostrarse cortés:

—¿Una prótesis de cadera?

—Por la artritis, ya sabe. —La voz del otro lado de la línea adquirió un tono de preocupación, y Hope le habló como si fuera un pariente—. Camina con dificultad con ayuda de un bastón. Necesita un andador, pero no me deja que yo le busque uno. Estoy segura de que podría dar con uno de segunda mano por casi nada.

—Ya. —Zack se aclaró la garganta. ¿Qué sabía él de andadores de segunda mano?—. ¿Y sus familiares? ¿No deberían ellos preocuparse de eso para que usted pudiera entregarme mis mensajes?

—No tiene familia. Hay mucha gente que no la tiene.

Aquélla era ya una situación que no había podido imaginar. Su madre le había dado consejos, que él no quería, sobre cómo llevar el negocio. Su padre también le había dado consejos, que él no deseaba, sobre cómo buscar una esposa. Su hermana era una pelma y siempre lo había sido. Tía Cecily le insistía en que se detuviera a oler las rosas antes de que llegara a viejo y le fallara el olfato. Pero eran su familia, siempre estaban dispuestos a ayudarle... lo deseara o no.

—Conozco una señora que se operó de la cadera hace dos meses. —Zack se refería a su tía favorita, la hermana pequeña de su padre. Estaba teniendo una conversación con la mujer del servicio de contestador acerca de su tía Cecily. Jason iba a sentirse muy orgulloso.

La voz de Hope sonó más preocupada todavía.

—¿Y qué tal se encuentra?

De modo que Hope era compasiva, no sólo con las personas a las que servía, sino con cualquiera de quien le hablasen.

Aquel servicio de contestador era un desastre. Si tuviera un contestador automático, ya habría recuperado sus mensajes.

Por supuesto, todos los aparatos eléctricos se averiaban cuando se acercaba él.

—Aún tiene dificultades para moverse. Es su segunda prótesis de cadera —dijo, obligándose a sí mismo a ser paciente y educado.

—Oh, cielos. ¿No funcionó la primera?

—No, quiero decir... la tiene en la otra cadera. Padece artritis reumatoide. Salvo por la artritis, es un auténtico derroche de vitalidad. Una mujer excepcional. —¿Por qué le estaba contando tantas cosas a aquella persona, una desconocida? Adoptó un tono más austero para decir—: Páseme ya esos mensajes.

Hope reaccionó tal como debía... por fin.

—Por supuesto, señor... ¡Aguarde un minuto! Aquí la tengo.

Zack se vio nuevamente en posición de espera, escuchando aquel odioso pitido, y se preguntó si la señora Farrell no se habría vuelto loca. La mujer del servicio de contestador no le gustaba precisamente. Era de lo más ineficaz, trabajando sin ningún sentido del decoro y sin entender lo importante que era él.

De pronto volvió a estar en línea. La voz de Hope sonó aliviada cuando le informó:

—La señora Monahan se encuentra bien, pero yo estaba en lo cierto: estaba quitando la nieve de delante de la casa. Dice que a su artritis no le va a venir nada bien quedarse sentada, pero le he explicado que si se cayera tendría suerte si estuviera dentro del hospital, pero en caso contrario se moriría de frío.

Zack se sintió un tanto desconcertado ante la franqueza con la que hablaba aquella mujer.

—Es usted Teresa de Calcuta.

—Alguien tiene que hablarle claro. Es una anciana encantadora, a ella nunca se le ocurren estas cosas. Por el amor de Dios, si tiene ochenta años.

«¿Por el amor de Dios?» Hacía años que no oía a nadie utilizar esa expresión. De modo que Hope era en efecto una mujer mayor y no la jovencita sensual que sugería su voz. Se sintió aliviado. Lo estaba de veras.

—Ésos son muchos años. Mi abuela tiene setenta y ocho, y mi madre cincuenta y nueve. —Hábilmente, le preguntó—: ¿Qué edad tiene su madre?

—¿Es usted el señor Griswald? —quiso saber Hope.

—¿Cómo?

—El señor Griswald. Usted es el mayordomo del señor Givens, ¿no? —Su voz se volvió más cálida—. Tiene que ser. No me creo que el viejo tenga un secretario varón en su casa.

Su imagen de Hope como cocinera y ama de casa se esfumó para ser sustituida por la de una alta amazona. Una amazona que no respondía preguntas personales y que hacía observaciones descaradas.

Hope prosiguió:

—Imagino que, cada vez que se le presenta una oportunidad, el señor Givens se rodea de mujeres de piernas largas y faldas cortas.

—¿No ha hablado usted con la señora Farrell? —Obviamente, ella no había visto a la señora Farrell.

—He hablado con ella, pero por teléfono. Seguro que lleva uñas postizas y tacones de aguja. ¿Me equivoco?

Zack estuvo a punto de atragantarse. La señora Farrell tenía unas cejas muy pobladas, un ligero bigote y una lengua afilada como un cuchillo, pero su instinto travieso le hizo contestar:

—Pues no, no se equivoca.

—Tengo mucha intuición con las personas —le aseguró Hope en tono de satisfacción—. Oh, aquí tengo al señor Chelo. No cuelgue, por favor.

¿El señor Chelo?

Regresó casi de inmediato.

—Aguarda noticias de su beca de estudios, y a veces necesita que le den ánimos. Está dotado de un talento tremendo, pero no tiene un céntimo. Su padre no aprueba sus aspiraciones, y si no obtiene becas y créditos, tendrá que esperar otro semestre sin poder hacer nada.

Zack juró que sólo había entendido una de cada dos palabras que pronunció aquella mujer.

—¿Se llama Chelo?

—No, ése es el instrumento que toca. —El tono de Hope transmitía una alegría imposible—. Pongo apodos a mis clientes. Aquí está la señora Siamesa.

—Eso es políticamente incorrecto.

—Si estuviera hablando de una mujer, sí. Pero me refiero a su gato, que no deja de maullar todo el tiempo mientras su dueña está al teléfono.

—Oh. —¿Políticamente incorrecto? Aquello era horroroso. Su trabajo no consistía en saber tanto de sus clientes y, desde luego, no consistía en hablarle a él de ellos, aunque no hubiera mencionado ningún nombre. Además, en ningún caso, en ninguno, debía prestarles tanta atención.

—Luego está la pobre señora Ajedrez. Tiene un niño pequeño, su marido se ha marchado, y ella vive gracias a la asistencia social, porque si se busca un trabajo no podrá pagar a alguien que le cuide el bebé y sobrevivir.

Zack lo intentó, pero no terminaba de entenderlo.

—¿Por qué la llama señora Ajedrez?

—Ella y yo jugamos al ajedrez por teléfono. Está muy sola. —La voz de Hope sonó triste, como si la que estuviese sola fuera ella—. Así se entretiene.

Zack no salía de su asombro.

—¿Y cómo paga el servicio de contestador?

—Cobramos más a personas como el señor Givens para compensar con personas como ella.

—Eso es ilegal —repuso él, tajante.

—¿Es ilegal aceptar un caso de beneficiencia? No lo creo, señor Griswald. —El tono que empleó Hope era tan tajante como el de Zack, y mucho más ejemplar.

—Es ilegal cobrar a una persona más que a otra por los servicios que recibe.

—El señor Givens recibe más servicios. Yo llevo un registro permanente de todas las llamadas que recibe y, a juzgar por las que ha recibido desde que salió de la oficina, son muchas... para pasárselas a la señora Farrell cuando vuelva. Además, tengo que llevar la cuenta de los compromisos del señor Givens y recordarle amablemente la cita que tiene con el dentista del martes en una semana. La señora Farrell está segura de que él va a intentar olvidarse de ella a propósito. Y también he de recordarle el concierto de música de cámara al que va a asistir con su familia el jueves que viene. Luego está el...

Zack cerró los ojos.

—No es necesario que continúe.

Con evidente placer, Hope dijo:

—Además, tengo que enviar flores y joyas según me ordene el señor Givens, si le surgiera la necesidad de seducir a alguien.

—Dios santo. —¿La señora Farrell le había dado instrucciones para que hiciera aquello?

—Alguien tiene que hacerse cargo de los romances de ese hombre tan importante. No se puede esperar que los organice él solito. —Hope se estaba burlando de él, de Zack Givens, en sus palabras y en su tono.

Pero ¿por qué?

—Por lo visto, no tiene usted muy buena opinión del señor Givens. ¿Es que le ha hecho algo?

—Nada. —Hope soltó una risita—. Es que es rico, de nacimiento y por educación. Esa clase de personas nunca valen mucho. En lo que se refiere a la leche de la bondad humana, ellos son como una vaca seca.

Zack nunca había oído a nadie describirle como una vaca seca, y permaneció mudo durante un largo instante. Entonces se sorprendió a sí mismo al preguntar:

—¿Es usted de Texas? —De inmediato se dio cuenta de que era el tipo de pregunta que uno no puede formular a un empleado—. Lo siento —dijo—. Ha sido una impertinencia por mi parte, por supuesto no tiene por qué contestar... a menos que desee hacerlo.

—No me importa. —Con todo, Hope parecía cauta, como si se mostrara reacia a revelar demasiada información personal—. Sí, fui de Texas... hace mucho tiempo. ¿Cómo lo ha adivinado? ¿Por el acento?

—No tiene mucho acento tejano, es más bien una falta de acento de Boston. —De alguna manera, le alegró saber algo personal de ella—. Eso, y que aquí no hablamos de vacas en la conversación del día a día.

—Tomaré nota.

Zack estaba seguro de que así lo haría. Sospechaba que Hope evitaba confiarse a sus clientes, y le pareció sumamente correcto. Excepto... excepto que quería saber más de ella.

Hope decidió abreviar la conversación.

—Ya le he aburrido bastante.

Dios, no.

—No me ha aburrido en absoluto.

—¡Qué encantador es usted! ¿Lleva mucho tiempo siendo mayordomo?

Zack dudó. ¿Debía decirle la verdad? Hope se sentiría violenta y quizá temiera perder su trabajo.

Y aprendería una valiosa lección.

La voz de Hope cambió.

—Oh, cielos. Ese hombre lo va a despellejar vivo por tardar tanto en recoger sus mensajes, y usted es demasiado educado para decirme que deje de cotorrear. Espere un momento, los tengo todos aquí. Puedo dárselos a usted o bien enviarle una copia por fax de todas las conversaciones, si eso le resulta más cómodo.

—No. —¿Una copia por fax? No, lo que Zack deseaba era hablar todo el tiempo posible, y además, aquel maldito fax siempre se comía el papel—. ¡No! Démelos a mí.

—Muy bien y, si el señor Givens le echa la bronca, dígale que me llame, y yo le dejaré bien claro que la culpa es mía por haberle entretenido.

—No. De verdad. No le importará. —Zack procuró rectificar—. En realidad es un jefe estupendo.

—Y usted es un empleado muy leal —respondió ella afectuosamente—. Bueno, voy a darle los mensajes.

Zack se rindió. Si Hope insistía en pensar que era un viejo miserable, ¿quién era él para corregirla?

—Ya tengo papel y lápiz.

Utilizando el tono profesional del principio de la conversación Hope leyó:

—Tía Cecily recuerda al señor Givens que es un mocoso desagradecido y quiere que vaya a cenar con ella mañana por la noche. Y que se lleve el martillo: su tía necesita que le cuelgue un cuadro.

—Oh, no. —Los cuadros de tía Cecily eran siempre enormes, con marcos complicados, y requerían varios intentos antes de quedar colgados a su entera satisfacción—. Voy a tener que contratar a alguien.

—¿Para que vaya a cenar con ella? —Hope no aguardó la respuesta—. Ha llamado su hermana Joanna desde Washington para decir que el congresista Nottingham le ha tirado los tejos, lo cual la convierte oficialmente en parte del Senado.

—¿Ha dicho si tiene obnubilado a ese tío?

Hope rió, fue una risa larga, grave y jadeante, que hizo que a Zack se le erizara el vello de la nuca y se sintiera el tipo más ingenioso de todo Boston.

—No, no lo ha dicho. ¿Lo habría hecho?

—Esta noche comprobaré el dato —repuso él.

—Robyn Bennet ha dicho que todas sus amigas opinan que ella y el señor Givens hacen una pareja de ensueño, y que estaría encantada de invitarlo a cenar en su casa lo antes que él pueda.

—Comprará comida para llevar y fingirá haberla cocinado ella —comentó Zack cínicamente.

—Hizo la invitación entre jadeos. Creo que eso indica deseo... o bien que es una imitadora de Marilyn Monroe.

Zack sonrió. Robyn siempre hablaba como si estuviera experimentando un orgasmo.

—Colin Baxter quiere saber por qué le ha llegado la noticia de que sus accionistas han sido llamados para decirles cómo deben votar, hijo de puta, y que mejor será que el señor Givens lo llame enseguida.

Zack elevó las cejas al escuchar recitar en un tono tan directo el insulto de Baxter, y esperó que Hope pudiera aguantar algún otro, porque no tenía la menor intención de devolver la llamada a Baxter. Ya era demasiado tarde.

Hope leyó otra media docena de mensajes, ninguno de ellos de particular importancia, pero parecía estar segura de todos sus datos, y Zack se preguntó si no se habría precipitado al juzgarla. Al fin y al cabo, sí parecía una persona eficiente. Y la conversación, aunque exasperante, no había modificado su opinión acerca de su voz. De verdad que era la voz de mujer más sexy que había oído jamás.

—Ya no hay más mensajes, señor Griswald —terminó Hope arrastrando las palabras, lamiendo cada sílaba como si ésta fuera un caramelo.

Zack cerró los ojos, escuchando, e imaginó la sensación que le produciría aquella lengua deslizándose a lo largo de su pene... De repente abrió los ojos.

Eso era. Se había vuelto loco. Estaba imaginando una mamada con una mujer a la que no conocía y que probablemente le doblaba la edad, le triplicaba el peso y le cuadruplicaba el vello facial.

—Gracias por los mensajes. —Tomó nota de llamar a Robyn y fijar una cita para el día siguiente. No, un momento, al día siguiente tenía que colgar un cuadro. Pero la noche siguiente a ésa, sin duda. Estaba claro que necesitaba un alivio—. Esto... Hope.

—¿Sí?

Acomodó el auricular entre la oreja y el hombro.

—¿Cuándo trabaja usted mañana?

—De doce a nueve.

—La llamaré en ese intervalo.

Ella titubeó como si no estuviera segura de cómo reaccionar. Por fin, dijo tímidamente:

—Estaré esperándole.

3

El señor Griswald colgó, y Hope se quedó sentada frente a la centralita pasada de moda con sus luces y sus clavijas, con una sensación de asombro. Le gustaba aquel hombre, y mucho. Con su seca entonación de Boston y su lealtad hacia su jefe, parecía ser un hombre atractivo. Sin darse cuenta, se preguntó qué edad tendría y cómo sería físicamente.

Pero enseguida se reprendió a sí misma, porque en realidad no importaba. Entre las clases, los estudios y el trabajo, apenas le quedaba tiempo para respirar, y mucho menos podía citarse con alguien... para gran disgusto de Madam Nainci. Aun así, resultaba agradable hablar con un hombre que no le había contado de inmediato todos sus problemas.

Hizo una mueca y se ajustó el auricular.

Todo el mundo le contaba sus problemas. Era evidente que tenía algún defecto en su carácter.

En aquel momento entró Madam Nainci acompañada de una ráfaga de aire frío y le preguntó:

—¿Quién era? —Arrastrando flecos a su paso y dejando tras de sí la estela de un abrumador aroma a perfume Giorgio, Madam Nainci rozó su mejilla con la de Hope y siguió hablando sin esperar respuesta—. Está nevando de lo lindo ahí fuera, deberías saltarte las clases y quedarte a cenar, es una locura salir con la que está cayendo.

Madam Nainci era la dueña del servicio de contestador, siempre había sido la dueña, y vivía con él día y noche en su apartamento-oficina situado en un sótano de Jamaica Plain, un barrio variopinto del centro de la ciudad formado por gentes de razas y orientaciones sexuales diversas. Su marcado acento de la Europa del Este la hacía parecer una espía rusa de los dibujos animados, y, aunque se negaba a reconocer su edad, Hope le echaba unos sesenta. Tenía sesenta, y luchaba denodadamente por parecer una mujer de treinta. Iba envuelta en una capa de piel de imitación y lucía sobre los hombros un pañuelo de seda de dibujos dorados y negros. Llevaba uñas postizas decoradas con motivos tales como teclas de piano, pájaros o montañas diminutas, y pendientes en las orejas en forma de monedas colgantes.

Hope la adoraba.

—Esta tarde no puedo faltar a clase —dijo Hope—. Me ha surgido un problema con los gráficos y necesito que me ayude Shelley Drawater.

Madam Nainci se quitó el emperifollado sombrero de color rosa fuerte, fue hasta el espejo y se arregló el cabello rubio, de mechas recién dadas.

—¿Es tu profesora?

—Es una de las alumnas. Al profesor no se le dan precisamente bien los gráficos.

Aquél era el problema de asistir a un centro de educación terciaria. Los profesores no sólo no eran expertos, sino que a menudo ni siquiera eran profesores de verdad. Los equipamientos solían estar anticuados y los horarios eran imposibles. Pero los sueños de juventud de Hope habían muerto en una solitaria carretera de Texas en el verano en que cumplió los dieciséis años y, en su dolor y su aturdimiento, había pasado de ser la chica más inteligente y más popular de la escuela a sufrir un solitario exilio en una ciudad desconocida. Ahora luchaba por darse a sí misma las oportunidades que en otro tiempo había creído tener tan seguras, y a veces, sólo a veces, le parecía que quizá tendría éxito en su empeño.

Madam Nainci la había ayudado proporcionándole un trabajo cuando carecía de experiencia, y cariño maternal cuando el mundo se le volvió demasiado duro y solitario.

Madam Nainci apoyó las manos en las caderas y dijo:

—La nieve se está acumulando en las calles, los coches patinan, los autobuses se quedan bloqueados. Puede ser que en tu escuela se suspendan las clases. ¿Has pensado en eso?

—En tal caso, me quedaré aquí —replicó Hope, ecuánime.

Madam Nainci odiaba la clase a la que iba Hope el viernes, y procuraba sabotearla, pero aunque Hope hacía todo lo posible por complacer a su jefa, en aquel punto era inflexible. No pensaba perderse unas clases que le permitirían entrar en la Universidad de Boston. Obtendría una titulación en ciencias informáticas. Conseguiría un trabajo muy bien pagado en ese campo tan rentable. Y si para entonces aún seguía sin saber nada de su familia... bueno, en ese caso podría permitirse contratar a un detective privado que la buscara. En alguna parte se hallaban sus hermanas: Pepper, ya adolescente; Caitlin, de ocho años, y su hermano adoptivo, Gabriel. Llevaban siete largos años separados. Ninguna de las llamadas telefónicas a los servicios de asistencia a la familia había arrojado información alguna, y sus antiguos vecinos le colgaron el teléfono. Y aunque el dolor de haber perdido a sus hermanos había disminuido, su determinación de encontrarlos no había hecho sino aumentar. No se permitía titubear; aquello era lo que iba a hacer, y las clases requerían toda su concentración y toda su inteligencia, y consumían casi todo su tiempo.

—Llama. ¡Llama a la escuela! —Madam Nainci la empujó hacia la centralita.

Pero en aquel momento sonó el teléfono. Hope observó la identificación del llamante y respondió de inmediato.

—¿Qué tal le va, doctora Curtis?

La doctora Curtis y su coche habían patinado y se habían empotrado contra un montón de nieve... otra vez. Hope le buscó el número de la grúa y le dijo que volviera a llamarla cuando hubiera llegado a casa.

El servicio de contestador tenía cuarenta y siete abonados, y al parecer todos habían sufrido algún percance relacionado con la nevada. El padre Becket tenía dos docenas de refugiados que necesitaban mantas en el centro de acogida episcopal. Hope encontró cerca de allí unos grandes almacenes que se mostraron dispuestos a donar las mantas, y lo arregló todo para que fueran entregadas al padre Becket... con la esperanza de que pudieran llegar. El señor Shepard estaba bloqueado en la oficina, su esposa se encontraba sola en casa esperando la llegada de un bebé en cualquier momento. Hope consiguió que un vecino fuera a quedarse con ella y prometió llamar todos los días para ver cómo estaba hasta que naciera el bebé. Y en cuanto a la señora Monahan, no desconectó hasta saber que se hallaba a salvo en el interior de su domicilio.

Oyó un estruendo de cacerolas, señal del trajinar de Madam Nainci en su minúscula cocina, y en menos de quince minutos comenzó a flotar en el aire un olor a cordero con ajo.

La cocina estaba pasada de moda, tanto como la centralita, con una fila de quemadores de gas que tenían cincuenta años pero se negaban a perecer, una nevera de sesenta años con la superficie superior inclinada y un congelador muy pequeño, un fregadero blanco descascarillado y encimeras de formica color naranja. En el exiguo cuarto de baño no se había desperdiciado ni un solo centímetro cuadrado, pues en él se apiñaban un inodoro, un lavabo y una bañera en el espacio que ocuparía un armario.

En su dormitorio y en el cuarto de estar, Madam Nainci lo había decorado todo con un exceso de flecos, empleando pañitos con flecos morado y oro para tapar los lugares más desgastados del sofá y del sillón, cubriendo el linóleo con una gran alfombra de flores y flecos, adornando las altas ventanas que daban a la acera con cortinas de flecos dorados. La mesa del fondo, acompañada de una lámpara de pie, hubiera quedado bien en una tienda dedicada a la nostalgia, y el tablero de ajedrez se encontraba encima de la mesita de centro. La mesa donde estaba instalada la centralita era de cartón recubierto de formica. La mesa de comedor se encontraba entre la cocina y la centralita, para que Madam Nainci pudiera plantarse de un salto ante el teléfono cuando éste sonara durante las comidas, como inevitablemente ocurría.

En cambio, a pesar de toda su cutrez de aire bohemio, aquel lugar había absorbido la personalidad de Madam Nainci y exudaba calor y bondad, y allí Hope se sentía en casa, cosa que jamás le ocurría en su desierto apartamento.

Después de hacer un par de llamadas más y de enterarse de que las clases, en efecto, se habían suspendido, fue hasta la cocina y apartó a un lado la cortina de flores rosas.

—Sarah no puede llegar al trabajo hoy. Se ha quedado atrapada en casa de su novio.

Madam Nainci chasqueó la lengua.

—¿Y qué está haciendo allí? Se le da bien el servicio de contestador, no tan bien como a ti, pero bien de todos modos, y pasa el tiempo haciéndoselo con ese inútil frutero.

Hope no deseaba meterse en un debate sobre la moralidad de Sarah. Sarah era una buena amiga, sólo dos años mayor que ella, y tenía un saludable apetito por los hombres. Se tomaba muy en serio sus responsabilidades por ser la mayor. Bajo la tutela de Sarah, Hope compraba en tiendas de segunda mano ropa barata y bonita, y aprendió que una pizca de extracto de vainilla funcionaba como sustituto del perfume. Sarah dedicaba tiempo para ir con Hope de vez en cuando a ver películas de un dólar, y hablaba con asombrosa franqueza de los hombres, del sexo y de las relaciones. Y como buena amiga que era, no le importaba trabajar en un horario diferente para adaptarse a las clases de Hope.

—Si me quedo, tendré que estudiar después de cenar.

—¡Sí! Por supuesto. —Madam Nainci le pellizcó la mejilla—. Sólo deseo lo mejor para ti, Hope.

«Y tu divorcio es definitivo, y estás sola», pensó la joven.

—Ya lo sé.

Era el segundo divorcio de Madam Nainci desde que Hope había empezado a trabajar para ella tres años antes, el sexto que ella reconocía.

—¿Has terminado el trabajo que te encontré? —le preguntó Madam Nainci.

—Sí, he creado una nueva página web para la tintorería, y ya me han pagado. —Hope sonrió con afecto a su jefa, que solía traerle trabajos cada vez que podía en su tiempo libre, trabajos que aportaban unos preciados dólares extras—. Gracias por hablarme de ellos. He ganado un buen dinero.

—Ya te encontraré otro encargo. Nada demasiado difícil, pero que reporte un buen dinerito.

—Sería estupendo.

Madam Nainci no quería que Hope se diera cuenta, pero la observaba atentamente mientras cogía los platos y los cubiertos para poner la mesa. Hope era una buena chica, una chica agradable, a la que alguien había educado para ser servicial siempre que pudiera. Y Hope era servicial. Ayudaba a todo el mundo. Todos los abonados la adoraban, y si alguna vez llegaran a verla la adorarían todavía más.

Porque Hope era guapa, casi más guapa de lo que había sido Madam Nainci en su juventud, y Madam Nainci había sido de las que quitan el hipo. Pero Hope... Lo primero en que se fijaba uno era en sus ojos. Grandes y azules como dos turquesas pulidas, dominaban todo su rostro. Un rostro notable, en verdad: delgado, con la barbilla apuntada, mejillas suaves, nariz respingona y labios bonitos. Un poco demasiado grandes, pero bien formados. ¡Si alguna vez usara lápiz labial!

Acordándose de una espina que tenía clavada, Madam Nainci se acercó hasta la mesa con gesto de malhumor y se quedó, con las manos en jarras, mirando cómo Hope iba doblando las servilletas y colocando los cubiertos con primor.

—¿Por qué no quieres usar maquillaje? ¿Cómo esperas encontrar un hombre si no haces un esfuerzo por ponerte guapa para él?

Hope posó aquellos grandes ojos azules en Madam Nainci, unos ojos que chispeaban divertidos.

—El hombre adecuado para mí verá más allá de mi ropa cutre y mi cara lavada, y me querrá por mi inteligencia.

Madam Nainci soltó un bufido.

—Existe una razón por la que a los hombres les gustan las chicas guapas más que las inteligentes. Los hombres ven mejor que piensan. —Volvió con aire ofendido a su cazuela, removió el cordero y regresó a la mesa—. Y luego está lo del pelo. Siempre lo llevas tirante, recogido hacia atrás. Y te pones esas horquillas. Tú misma te cortas las puntas, y te las dejas desiguales.

Hope se encogió de hombros.

—Mis tijeras no son las mejores.

—Si te dejases el pelo suelto, verías que es largo y ondulado, y de un color muy bonito. A los hombres les gustaría.

—Es castaño —replicó Hope en tono prosaico—. Y cuando lo llevo suelto me molesta en la cara. ¿Hay algo para hacer ensalada? Ya la preparo yo.

—En el frigorífico.

Incluso sin maquillar y con el pelo tenso y recogido en la nuca, Hope resultaba atractiva para la gente de un modo que hacía que las mujeres desearan hablar con ella, y los hombres, llevarla a la cama.

Hope hablaba con todo el mundo. No se había ido a la cama con nadie... y, en opinión de Madam Nainci, no lo había hecho nunca.

Hope estaba demasiado delgada. Madam Nainci siempre intentaba hacerla engordar, pero ¿qué se podía esperar de ella, cuando pasaba todo el tiempo inclinada sobre sus libros, estudiando como si su vida dependiera de ello? Todo el dinero que ganaba lo destinaba a pagar clases, y más clases, y en cambio vivía en un apartamento de una sola habitación lleno de cucarachas en Mission Hill. Madam Nainci se estremecía al imaginársela caminando por las calles de noche, después de las clases. Había intentado convencerla de que se mudara a vivir a su sótano, pero Hope se había negado en redondo. Dijo que no quería interferir en la vida de ella. Dijo que nunca la había molestado nadie por la calle.

Y era cierto. Era casi como si cuidaran de ella los

propios ángeles. Dios sabía que todas las noches Madam Nainci rezaba al Todopoderoso para que no dejara de vigilarla.

Madam Nainci opinaba que Hope había levantado un muro entre ella y el mundo, y que no permitía que nadie lo traspasara. En efecto, jamás compartía información sobre su infancia, por más habilidosa que fuera Madam Nainci en sus interrogatorios. Lo único que sabía de su pasado era que sus padres habían muerto y que había vivido un tiempo en un orfanato situado no muy lejos de allí. Y en las contadas ocasiones en que Hope se vio retenida por la nieve y se quedó a dormir con ella, se había despertado chillando a causa de una pesadilla.

Sí, en alguna parte, en algún momento, a Hope le había sucedido algo terrible.

Madam Nainci añadió al guiso champiñones con generosidad y a continuación echó también una lata de crema de apio.

En Hope, Madam Nainci veía un espíritu afín al suyo, porque la expresión de sus bellos ojos era de vejez, tristeza y soledad. Ella era una exiliada de su tierra, y de algún modo adivinaba que Hope también lo era.

Entonces comentó:

—Hoy he conocido a un joven muy agradable.

Hope volvió el rostro hacia la cocina con expresión satisfecha.

—¡Estupendo! Debería volver a salir.

—¡No, para ti!

Hope respondió con un gruñido ahogado. Madam Nainci siempre andaba a la busca de hombres para ella, y cada vez que encontraba uno, Hope tenía garantizados unos cuantos minutos temibles.

—Soy capaz de encontrar hombres yo solita —dijo.

—Pero no lo haces. —Madam Nainci clavó en ella

sus ojos grises, ligeramente saltones—. Deberías pensar en tu futuro.

—Ya pienso en mi futuro. Y en él no necesito un hombre.

—No sabes lo que significa la soledad.

«Sí que lo sé.» Pero Hope no dijo nada, y se limitó a escurrir los fideos.

—Por lo menos tú no eres una de esas picaruelas que... ya sabes... lo hacen con un hombre antes de casarse.

Hope lo sabía, en efecto, y le costó un poco reprimir una ancha sonrisa.

—Todas mis amigas han hecho... ya sabe qué... y dicen que no merece la pena el esfuerzo.

Madam Nainci enderezó sus anchos hombros y declaró:

—¡Entonces es que no lo están haciendo con la persona adecuada!

Hope se echó a reír.

Ofendida, Madam Nainci agregó:

—Dado que no tienes familia, deberías fiarte de mí. Te digo estas cosas sinceramente por tu bien.

Tras varios intentos inútiles, Hope consiguió dominar la risa.

—Sí, Madam Nainci.

—Es el matrimonio lo que convierte eso... ya sabes qué... en una experiencia maravillosa. Cuando se está casada, no es una experiencia precipitada, de «aquí te pillo, aquí te mato».

Hope soltó otra carcajada.

Madam Nainci se apoyó en la encimera y aguardó a que Hope dejara de reírse.

—Recuerda lo que yo siempre digo. —Agitó un dedo de gruesos nudillos y añadió—: Primero el anillo, luego lo otro. Tú eres una chica virtuosa. Ya lo sabes.

—Soy una chica cansada. No tengo tiempo para entretenerme con el anillo ni con lo otro.

—Lo cual me lleva al señor Jones.

Hope habló despacio y claro:

—No tengo tiempo para salir con nadie; el último hombre que me buscó tenía sesenta y dos años y era tan ancho como alto.

—No le sobraban tantos kilos.

—Exacto. —Y es que le llegaba a Hope a la barbilla.

Madam Nainci examinó la figura larguirucha de Hope.

—Tú eres alta.

—Ya lo sabía antes de concertar la cita.

—Y tienes las piernas largas. —Madam Nainci repartió los fideos en dos cuencos y volcó sobre ellos el guiso.

—Una dificultad a la hora de comprarme vaqueros.

—Pero tienes la cintura fina. Y buenos pechos. Deberías aumentarlos más.

Hope llevó los cuencos humeantes hasta la mesa.

—Mi límite está en dos.

Madam Nainci frunció el entrecejo esforzándose por entenderla, y después lo frunció aún más.

—Tú te ríes, pero esta cita es con un hombre joven. —Tomó asiento y esperó a que Hope contestara al teléfono.

Era la señora Ajedrez, la cual dijo:

—Caballo a alfil seis.

—Muy bien. Ya volveré a llamarla.

Hope fue hasta el tablero de ajedrez, efectuó el movimiento, y a continuación regresó a la mesa de comedor.

Madam Nainci continuó como si nada las hubiera interrumpido.

—Tiene trabajo. Tiene casa. Tiene un gato.

—No.

La manzana que había tomado Hope para desayunar había desaparecido hacía tiempo, y la comida estaba estupenda.

—¿Qué? A menos que no tenga donde vivir o esté desesperado, ¿no quieres darle una oportunidad? —Madam Nainci señaló la centralita agitando la mano—. Lo único que tienen que hacer todos nuestros abonados es contarte sus problemas, y tú te interesas por ellos. Y todos tienen problemas.

—No me importa. No tengo tiempo para citas.

Madam Nainci se puso a comer con fruición.

—Deberías salir con Jake. Jake Jones. Es muy guapo, cabello oscuro, piel aceitunada, un poco más joven que tú tal vez, y tiene un negocio propio: fabrica cosas para las compañías navieras.

—¿Cosas?

Madam Nainci se encogió de hombros con gesto expresivo, al tiempo que terminaba su cena.

—Me lo explicó, pero no lo entendí. De todos modos, pienso insistir hasta que accedas a salir con él.

Hope dejó caer la cuchara sobre su cuenco vacío, súbitamente asaltada por una inspiración.

—¡De acuerdo! Voy a decirle la verdad. Tengo una cita para el sábado que viene. —Buscó en lo más recóndito de su cerebro y, triunfante, dio con un nombre que no conocía Madam Nainci—. Voy a salir con el señor Griswald.

—¿El señor Griswald? —Madam Nainci se mostró claramente suspicaz—. ¿Quién es el señor Griswald?

—El mayordomo del señor Givens. Hoy he estado hablando con él, y parece tan... —Se levantó y retiró los platos de la mesa—. Es gracioso, ¿sabe? Un poco adusto al principio, pero creo que tal vez podría ayudarme a buscar un andador de segunda mano para la señora Monahan.

Madam Nainci la siguió hasta la cocina.

—Ese tal señor Griswald, ¿te ha propuesto una cita la primera vez que ha hablado contigo?

—Así es. —Hope tuvo mucho cuidado de no mirar a su jefa a los ojos.

—¿Y has aceptado?

—Me gustó —respondió Hope simplemente.

Algo debía de haber en su sonrisa que convenció a Madam Nainci.

—No has visto a ese hombre. Podría ser un monstruo.

—O un demonio con rabo, pero el aspecto físico no tiene importancia. —Hope llenó el fregadero de agua y jabón y empezó a lavar los platos—. En un mundo perfecto.

Siempre insistente, Madam Nainci dijo:

—Entonces, si resulta ser horroroso, ¿saldrás con mi señor Jones?

Hope se rindió por fin.

—Si resulta ser horroroso, saldré con su señor Jones.

Pero no sería horroroso, porque no tenía tiempo para una cita de verdad, porque nunca llegaría a conocer al señor Griswald, y porque ya se inventaría una descripción de él que dejara satisfecha hasta a Madam Nainci... Aunque en realidad no se le daba muy bien eso de mentir, ya que, fuera donde fuera e hiciese lo que hiciese, siempre había sido y sería eternamente la hija del predicador.

4

La noche siguiente, Zack se apartó de la mesa del comedor y se acarició el estómago lleno.

—Una cena maravillosa, como siempre, tía Cecily. ¿Qué tal la cadera?

Tía Cecily se burló de él con una sonrisa irónica.

—La cadera está muy bien. ¿Qué tal Gladys?

Era la respuesta que él esperaba. Tía Cecily no hablaba de su salud, y detestaba a la gente que intentaba sonsacarle los detalles. Lo cual hacía que satisfacer la petición de su madre de «ya sabes que Cecily sólo quiere lo mejor para ti, querido, ve a ver qué tal se encuentra» resultara un tanto difícil.

—Mamá está bien —respondió.

Pero con la tía Cecily todo se hacía complicado. A no ser que uno se fijara en sus dedos, delgados y curvados, o en su sempiterno andador, no se daría cuenta de que se encontraba en la recta final de la cincuentena y sufría artritis reumatoide desde los treinta y un años. Su cabello, de un blanco desafiante, lucía un corte con las puntas hacia fuera que le daba el aspecto de un pájaro inquisitivo y con cresta. Se había hecho unos retoques, gracias a la cirugía plástica, que habían resaltado la expresión traviesa de sus ojos. Tal como decía ella: «Ya que me dejan fuera de combate para sustituir una articulación importante de mi cuerpo, bien podrían reconstruirme la cara al mismo tiempo.» Usaba ropa a la moda para vestir su esbelta figura, la cual mantenía así gracias a un religioso régimen de ejercicios.

Tocó la campanilla situada junto a su plato, y el adonis treintañero que era a la vez su entrenador personal, mayordomo, cocinero y lacayo apareció en la puerta y permaneció allí en silencio, aguardando sus instrucciones.

—Sven, estaba todo delicioso. Mi sobrino acaba de decirme lo mucho que le ha gustado. ¿Te importaría llevarte los platos, por favor? Y tráenos una copa de oporto.

Sven afirmó con la cabeza y retiró la mesa.

Zack observó cómo desaparecía por la puerta de vaivén en el interior de la cocina.

—¿Habla alguna vez?

—Todo el tiempo. Siempre que hago ejercicio en la máquina de subir escaleras. —Adoptó un tono más grave y utilizó un acento sueco para imitarle—: «Tú puedes, Cecily. Tú eres fuerte, Cecily. Sólo cinco minutos más, Cecily.» Lo odio. Le odio a él.

Zack asintió. Ya lo había oído antes.

—Despídelo.

—Jamás podría encontrar otro entrenador que cocine como él. —En aquel momento regresó Sven, y ella lo contempló con aire melancólico—. Y además tiene un trasero estupendo.

Sven no hizo caso del comentario mientras servía el oporto.

—Ah. De manera que te vales de su trasero como un incentivo. —Zack aceptó la copa con una palabra de cortesía—. Además, sé perfectamente bien que tú no eres capaz de relajarte ni un solo día.

—El ejercicio es lo único que me mantiene en movimiento. —Los ojos de Cecily cobraron un brillo acerado—. El día que lo deje será el día de mi muerte.

—Te creo —repuso Zack. Bien, ¿cómo podía hacer para sonsacarle información acerca de su salud? De pronto le llegó la inspiración—. Lo cierto es que conozco a una persona que necesita una cadera nueva, y quisiera enterarme un poco al respecto.

—¿Que conoces a una persona? ¿Y qué? ¿Qué puede importarte?

—No puede permitirse una prótesis...

—¿Tú conoces a una persona que no puede permitirse algo?

Zack intentó ser paciente.

—No es que la conozca en realidad. Me han hablado de ella. A través de mi servicio de contestador.

Tía Cecily se recostó en su sillón estilo español de Frank Lloyd Wright y sonrió de oreja a oreja.

—No me extraña nada que tú tengas un servicio de contestador. Pero aún no me ha quedado claro cómo es que conoces, a través de ese servicio, a una persona que no puede permitirse una operación de cadera.

—La mujer que contesta a mi teléfono también contesta al de la mujer que necesita la operación de cadera, y es ella quien me ha hablado de esa persona.

Aquello resultaba increíblemente difícil de seguir, pero, por supuesto, tía Cecily atacó directamente al punto que él menos deseaba resaltar.

—Hay una mujer joven en el servicio de contestador.

—No sé si es joven, pero en efecto es una mujer, y por lo visto quiere que yo la ayude a buscar un andador de segunda mano.

Los ojos de tía Cecily, tan oscuros y enigmáticos como los suyos, se entrecerraron.

—¿Estás haciendo un favor a una mujer a la que jamás has visto?

Su incredulidad irritó a Zack.

—No he dicho que esté haciéndole un favor a nadie. He dicho que quiero saber cómo está tu cadera, para así poder tranquilizarla a ella en relación con la operación.

—¿A la joven del servicio de contestador o a su cliente?

Tía Cecily estaba dotada de un alto cociente de suspicacia.

—A las dos.

Tía Cecily debió de captar algo en su expresión que la satisfizo, porque dijo a continuación:

—Acabo de comprar un andador nuevo. El viejo aún está en buen estado, podría usarlo esa paciente. Dime dónde, y yo misma se lo haré llegar.

Zack no se había enterado de nada en absoluto respecto de la salud de su tía.

—Al servicio de contestador de Madam Nainci.

Tía Cecily comenzó a sonreír de nuevo. Aquella noche estaba demasiado jovial.

—¿Así que te has enamorado de una tal Madam Nainci?

¿Qué era lo que había dicho Jason? «Sopesas tus frases amables como si fueran oro, y las repartes con verdadera tacañería.» Con todo, estaba divirtiendo a su tía, y eso estaba bien, porque ella formaba parte de la familia.

—No estoy enamorado de nadie —contestó con suavidad.

—Pues es una lástima. La persona que sea capaz de conseguir que te intereses por tu prójimo es justo la clase de mujer que quiero para ti. No como esa Robyn Bennett, que es tan superficial que se ahogaría en una piscina para bebés. Deberías hacer más obras de caridad.

Zack ya lo había oído antes.

—¿Como cuáles?

—Como esas de las que nadie se entera y de las que lo único que se recibe a cambio es sentirse bien.

—Yo hago muchísimas obras de caridad.

—Donar un cheque por una gran suma de dinero a una opulenta institución de recaudación de fondos no es hacer una obra de caridad, es una manera de acallar tu conciencia y al mismo tiempo deducir impuestos. No llegarás a comprender lo que es una necesidad real a menos que salgas a la calle a sentir a qué huele la vida.

—Ya siento a qué huele la vida cuando cruzo la calle para evitar a los alcohólicos.

—Hablas igualito que tu padre. Y que el mío.

—Mi padre era un buen hombre. El abuelo era... —Zack se esforzó por buscar algo positivo que decir acerca de aquel anciano de rostro severo al que apenas recordaba, y añadió—: Un triunfador.

Tía Cecily no le hizo caso.

—También los alcohólicos necesitan ayuda, y si tu sensibilidad es demasiado delicada para ellos, hay personas que trabajan en un supermercado, tienen dos hijos y no ganan lo suficiente para sobrevivir, pero sí lo bastante para no tener derecho a la ayuda del Estado. Suelen ser mujeres. No te haría ningún daño ser caballeroso de vez en cuando.

Zack se quedó mirando a su tía con los ojos entornados.

—¿Sabes?, para ser una viejecita, resultas más molesta que un grano en el culo.

—Alguien tiene que hacer de grano en el trasero para ti. Estás tan pagado de ti mismo que resultas casi repulsivo.

—Yo no estoy pagado de mí mismo. —Por lo menos, Jason no lo había acusado de aquello.

—Tienes razón, no es la palabra correcta. Independiente lo es. La mujer que se case contigo tendrá que contentarse con estar casada con un hombre encerrado en un caparazón tan duro que jamás podrá atisbar qué hay en su interior. —Tía Cecily le acarició el brazo—. Y eso, querido, de vez en cuando da que pensar.

—La mujer que se case conmigo quedará contenta, y punto.

—Hum. Sí, eso he oído.

En un tono suave que no presagiaba nada bueno, Zack inquirió:

—¿Y se puede saber dónde lo has oído?

—En los baños públicos.

Aquello le decidió a hacer limpieza en su agenda de direcciones y eliminar a todos los chismosos.

—¿Estaba escrito en la pared?

—Cotilleos femeninos. Y bien, háblame de esa joven del servicio de contestador.

Tía Cecily era igual que un perro con un hueso. No pensaba dejarlo en paz.

—Ya te lo he dicho, no la conozco en persona, no sé si es joven o vieja. Sólo he hablado con ella tres veces.

—Tres veces, ¿y ya estás enterado de quiénes son sus otros clientes? —Tía Cecily frunció el ceño—. No me gusta la gente que cree que puede aprovecharse de ti porque eres Zachariah Givens.

—Ella no es así.

Tía Cecily sacudió la cabeza en un gesto negativo, como si no pudiera creer lo que estaba oyendo.

—Por supuesto que sí. Tiene que serlo.

—Ella no sabe que yo soy Zachariah Givens, cree que soy Griswald. —Zack disfrutó de un momento glorioso viendo a su tía sin habla, y Sven pareció divertido.

Pero fue un momento breve.

—¿Griswald? —Elevó el tono de voz—. ¿Por qué cree que eres Griswald?

—Porque piensa que Zack Givens es demasiado estirado para llamar para recoger él mismo sus mensajes. —Sonrió a su copa de oporto con expresión más bien de desagrado—. No tiene muy buena opinión de los ricos.

—Ni yo tampoco. En conjunto, somos una pandilla de brutos maleducados e insensibles, pero tú... tú no eres un esnob. —Sven puso cerca de su mano una bola pequeña y blandita. Ella la observó con aprobación y comenzó a estrujarla—. Tú tratas a todo el mundo con la misma indiferencia.

En la mente de Zack resonó la acusación de Jason. «Cabrón sin sentimientos.» Se inclinó sobre la mesa, tomó la mano libre de tía Cecily, le separó los retorcidos dedos y empezó a masajearlos.

—¿De verdad soy así?

—Bueno, conmigo no —admitió ella—. Pero daría un montón de dinero por verte totalmente colado por una mujer.

—Y yo daría lo mismo por verte totalmente colada por un hombre.

Tía Cecily esbozó una sonrisa.

Ese gesto, y el silencio, incitaron a Zack preguntar:

—¿Qué pasa, tía Cecily, es que tienes un romance?

—¿A mi edad? ¿Y en mi estado? Qué tontería. —Se zafó de la mano de su sobrino y comenzó a hacer girar el pie de su copa—. No sabía que todavía funcionaran los servicios de contestador.

Estaba claro que lo dejaría con la curiosidad.

—Debe de ser el único que queda. La joven que contesta al teléfono se llama Hope.

—Un nombre muy adecuado.* Creía que no sabías si era una mujer joven.

Si ella sabía ser enigmática, él también.

* *Hope* significa esperanza en inglés. *(N. de la T.)*

—Y no lo sé. —Se levantó de su asiento—. ¿Dónde está el cuadro que quieres que te cuelgue?

—En el salón. ¿Por qué no le preguntas qué edad tiene?

—Porque las mujeres de cierta edad sienten aversión a revelar esa información. —Se inclinó para mirar a su tía a los ojos—. ¿No es cierto, tía Cecily?

—Caradura. —Le propinó un cachete en la frente lo bastante fuerte para dejarle una marca—. Puedes decir a tu madre que la rehabilitación ha sido un infierno, pero que la cadera nueva es mucho mejor que la vieja.

Más agradecido ahora, Zack dijo:

—Gracias.

Tía Cecily colocó el andador frente a sí y se incorporó lentamente.

Zack aguardó, pues sabía muy bien que ella prefería arreglárselas sola y le reprendería si se ofrecía a ayudarla.

Cuando ya estuvo en posición y hubo echado a andar en dirección al salón, tía Cecily comentó:

—En realidad, son dos cuadros.

Zack se situó a su costado.

—¿Dos cuadros muy grandes?

—No, querido, esta vez son pequeños. Ven, voy a enseñarte dónde quiero ponerlos.

—El señor Givens se imaginaba que dos cuadros pequeños iban a resultar más fáciles de colocar que uno grande, pero su tía hubo de ir probando por todas las paredes de la habitación hasta terminar decidiéndose por la primera de ellas, y luego él tuvo que hacer siete agujeros hasta que ella quedó satisfecha con el lugar elegido.

Hope rió divertida. Griswald tenía una manera de

contar las cosas, que le entraron ganas de desconectar a todos los demás abonados y escucharlo sólo a él. Además, su voz era bonita, muy de Boston pero al mismo tiempo profunda y modulada, tal como debía de tenerla un mayordomo. Se lo imaginaba anunciando a los invitados: «El honorable Mel de Gibson —diría—. El honorabilísimo duque de Earl.» También se imaginó cómo sería físicamente: bajo y de piel clara, con una franja de pelo blanco alrededor de sus grandes orejas y una nariz tan larga y ganchuda que sería capaz de intimidar a cualquiera con sólo bajar la vista. La primera vez que habló con él, había intentado intimidarla, pero ella no era fácil de intimidar, y al cabo de tres días ya se había ablandado mucho.

—¿Qué dijo la madre del señor Givens sobre el romance de tía Cecily? —quiso saber Hope.

—Dijo que no había oído nada en absoluto sobre ningún tipo de aventura, y que si yo, o el señor Givens, descubriéramos que era verdad, se lo comunicáramos de inmediato. Realmente, no cabía en sí por la emoción.

«No cabía en sí.» Hope rió en silencio. Nunca había oído a nadie emplear aquella expresión en una frase, y en cambio él la había pronunciado con toda naturalidad. No se parecía a ninguno de sus abonados...

—¿Tiene problemas de algún tipo? —inquirió.

Un largo silencio siguió a aquella pregunta, y después una respuesta suave pero reservada:

—Algunos. Pero ninguno que desee cargar sobre los hombros de una operadora telefónica mal pagada y con exceso de trabajo.

—Es usted muy amable. —Pero no lo dijo en serio. Por la forma en que habló él, tuvo la sensación de que pensaba que ella era una tonta por preocuparse—. No me cuesta nada escuchar.

—¿Y cuánto le cuesta preocuparse? —replicó Zack con un ligero exceso de astucia.

—Entre el trabajo y las clases, me las arreglo para encajarlo todo —respondió ella con serenidad.

En aquel momento se abrió la puerta de la calle y penetró una ráfaga de aire frío que barrió la habitación.

—Hola, cariño, mira lo que te traigo —canturreó Madam Nainci.

—Discúlpeme —dijo Hope—. Tengo compañía.

—¿Quién es? —exigió Griswald como si tuviera derecho a saberlo.

—Mi jefa.

Y con una buena dosis de placer, Hope extrajo la clavija y se volvió hacia la puerta, donde Madam Nainci y un desconocido se estaban quitando el abrigo.

Si aquél era el novio que le había encontrado Madam Nainci, Hope no quería tener nada que ver con él. La coronilla de él llegaba a Hope a la altura de la nariz. Su pulcro traje de color azul se adaptaba como un guante a su magra figura. Su cabello castaño tenía un color oscuro, sin una sola mota de variación en el tono, y lucía un bigote del mismo color que le sepultaba el labio superior; estaba claro que aquel tipo se tomaba muy en serio los anuncios de la televisión de tintes para el pelo. De todos modos, le sobresalían de las cejas algunos pelillos grises que se retorcían visiblemente por delante de sus ojos color azul claro.

—Hope, venía con la esperanza de que estuvieras aquí. —Madam Nainci señaló al hombre con un gran gesto ampuloso—. Éste es Stanford Wealaworth. Es contable.

El caballero dio un paso al frente y tendió la mano.

—Así que ésta es la joven de la que tan bien me ha hablado. —El señor Wealaworth tenía una voz suave y sincera, sin una gota de la magia negra que teñía la de Griswald—. Usted debe de ser Hope.

—Encantada de conocerlo, señor Wealaworth. —Hope le estrechó la mano y alzó las cejas en dirección a Madam Nainci con expresión interrogante.

—Va a ser un contable muy importante —recalcó Madam Nainci—. Trabaja para muchos hombres poderosos, pero aquí en el centro los alquileres están muy caros, así que va a alquilar este espacio del rincón para que le sirva de despacho. —Señaló con la mano el rincón en sombras donde se erguía orgullosa la lámpara de pie—. Y tiene una propuesta que hacerte.

—Hope... —El señor Wealaworth enarcó aquellas cejas suyas tan pobladas—. ¿Puedo llamarla Hope?

Ella afirmó con la cabeza.

—Hope, tal como Madam Nainci ha indicado tan amablemente, soy un contable que ha conseguido atraer a cierto número de clientes importantes. A uno en especial, el señor Janek. Me gustaría sacar partido de mi éxito, pero aún no dispongo del dinero necesario para abrir una oficina. —Se sentó en el borde de una de las sillas del comedor de Madam Nainci y se inclinó hacia delante, con los codos apoyados en las rodillas—. ¿Me comprende usted?

Hope se preguntó por qué un hombre de su edad no había alcanzado aún el éxito.

—Desea ser importante, pero no tiene el dinero suficiente para parecer importante.

Él se echó hacia atrás.

—¡Exacto! Y en el mundo de la contabilidad, como en todas partes, la apariencia lo es todo. De manera que Madam Nainci va a proporcionarme... bueno, no, mejor dicho, va a permitirme alquilar un espacio en su centralita. —Dedicó una sonrisa a la aludida.

—Voy a preparar la cena —anunció Madam Nainci, y acto seguido se encaminó hacia la cocina.

—Es usted demasiado buena con un hombre solo —dijo en voz alta el señor Wealaworth, y luego, en un tono más bajo, se dirigió a Hope—: Es una mujer extraordinaria, ¿verdad? Tan bondadosa y generosa. No supe qué hacer cuando me llegó un cliente tan importante como el de ahora, y ella se percató de mi angustia y me acogió bajo su ala.

Hope le iba cobrando simpatía.

—Ella es así. Siempre adopta a las almas perdidas. —Entonces, al darse cuenta de que quizás él no apreciase aquella descripción, agregó apresuradamente—: Como yo.

Sin un ápice de malhumor, él respondió:

—Y como yo. En fin, como iba diciendo, teniendo este lugar como sede laboral y la centralita para dar la impresión de que tengo una secretaria, estoy infinitamente mejor que antes. Pero lo que me ha sugerido Madam Nainci, y que a mí me gustaría, es que a lo mejor podría tener una persona que pudiera presentar como socia. Si pareciera que tengo un socio, entonces sí que todos creerían que tengo un negocio grande, y podría atraer más clientes, y contratar a otros contables... En fin, seguro que usted ya capta la idea.

—Sí... —Hope lo estudió, nada convencida—. Supongo que sí. ¿Y dónde va a encontrar un socio?

—Madam Nainci ha sugerido que sea usted.

La idea dejó a Hope descolocada.

—¿Yo? Yo no sé absolutamente nada de contabilidad.

—No es necesario que lo sepa. Necesito una persona que firme paquetes y que refrende algún que otro documento. Sería usted un socio en la sombra.

Parecía demasiado bonito para ser verdad, y según

la experiencia de Hope, eso quería decir que en efecto lo era.

—¿Y por qué no se lo ofrece a Madam Nainci? Ella lleva por sí misma su contabilidad, y supongo que entiende de eso.

—Ya se lo he sugerido, pero me ha dicho que se lo pida a usted. Porque deseo pagar un sueldo a mi socio en la sombra.

—Un sueldo. —A Hope se le quedó trabada la lengua en aquella palabra—. ¿De cuánto?

—Quinientos al mes.

La avaricia hizo que a Hope se le cortase la respiración.

El señor Wealaworth levantó una mano para impedirle decir nada.

—Ya sé que no es mucho, pero es todo lo que puedo permitirme en este preciso momento. Quizá más adelante pueda aumentar la cifra, pero antes tengo que contar con esos otros clientes.

¿Quinientos dólares al mes? Aquello era más de lo que ella se atrevía a soñar. Con quinientos dólares al mes podría ahorrar para comprarse el último modelo de ordenador portátil en sólo cuatro meses, y todavía le sobraría dinero para instalar una conexión a internet por cable en su apartamento. Con aquello podría ponerse a buscar a su familia cada vez que tuviera un momento libre, en lugar de tener que ir a la biblioteca a utilizar sus anticuados equipos. Para finales de año, tal vez hubiera dado ya con ella. Quizá los hubiera encontrado a todos. Y entonces, por primera vez en siete años, podría relajarse.

Pero una precaución duramente adquirida la instó a decir:

—Tendré que pensarlo.

—Por supuesto, por supuesto. Querrá ver mis referencias. Ojalá las tuviera anteriores a los cinco últimos años, pero es que no obtuve el título hasta que cumplí los cuarenta. Fue una dura batalla cuesta arriba, si bien al final mereció la pena.

—Yo me estoy sacando un título.

El señor Wealaworth se fijó en los libros de texto de Hope como si los viera por primera vez.

—¿Cursa estudios superiores? Pero es usted muy joven. Por supuesto, aun así es difícil, ¿verdad?

—Muy difícil. —Hope dudó un instante y después explicó—: Pienso especializarme en ciencias informáticas. Si desea que yo me encargue del mantenimiento de su programa de contabilidad...

—¡No! —Enseguida recobró la compostura—. Quiero decir que no, gracias. Es una pequeña paranoia mía, no me fío de nadie más que de mí mismo para introducir los datos. —Sonrió—. He trabajado demasiado para cometer un error ahora. Estoy seguro de que lo comprende.

—Claro. —Hope comprendía demasiado bien sus precauciones, y por fin tomó una decisión—. Se lo agradezco. Acepto el trabajo.

5

La voz de Colin Baxter resonó en el oído de Zack.

—Te invito a que compres acciones de mi empresa para que puedas obtener unos cuantos beneficios más, aunque Dios sabe que no los necesitas en absoluto, ¿y éste es el pago que recibo? ¡Me estás jodiendo con mis propios accionistas!

Zack pensó que ojalá supiera cómo pasar a Baxter al teléfono de manos libres, así la conversación resultaría además de menos dolorosa para su oído, mejor para su presión sanguínea.

—Adquirí acciones de tu empresa basándome en supuestos falsos. —Habló en tono frío, con voz clara, sin la menor inflexión, igual que cada vez que estaba furioso, igual que hacía siempre que descubría que lo habían traicionado—. Mentiste en tu informe anual. Hiciste que pareciera que la empresa tenía beneficios.

—Y así era.

—Maquillaste los resultados.

Zack se frotó la frente. Estaba resfriado. Le dolía la cabeza y también la garganta. ¿Y por qué estaba escuchando la rabieta de Baxter? Había dejado más que claro a Meredith que no pensaba atender aquella llamada.

—Hay que joderse. —Baxter resoplaba pesadamente al teléfono—. Todo el mundo maquilla los resultados.

—Yo, no. —Zack tenía un montón de defectos, al

menos según su hermana, pero la falta de honradez no era uno de ellos.

—Ah, tú no. El maldito santurrón de Zachariah Givens no maquilla los resultados. Consigue beneficios sin levantar un dedo. Su empresa es estable y siempre dispone de efectivo. —El sarcasmo dio paso a los gimoteos—: Bueno, no todos tenemos una fortuna que nos cubra las espaldas, y...

Zack odiaba los lloriqueos.

—Baxter, crecimos juntos, ¿recuerdas? Tú naciste con toda la cubertería de plata metida en la boca.

La voz de Baxter traslucía un tono malhumarado.

—Pero tú eres más rico.

Ahí radicaba el problema, como siempre. Dado que uno de tus antepasados fue un ladrón en el siglo XIX y todos los Givens que le siguieron habían sido hábiles para ganar dinero, uno empezaba en la vida con una fortuna y la conservaba. Todos los amigos que tenías sabían lo rico que eras y, salvo unos cuantos benditos, la mayoría de ellos terminaba abandonándote. Las mujeres que conocías te querían por la misma razón. Cualquier traición era correcta. Y todo porque uno, Zack, era rico.

Lo de Baxter y su empresa había demostrado, una vez más, la credulidad de Zack, y también su prudencia. Tal vez hubiera invertido en la empresa de Baxter basándose en la recomendación de éste, pero en cuanto halló una discrepancia en el informe anual, llevó a cabo en persona un análisis, y lo bastante pronto para salvar la empresa con una anticuada absorción que iba a dejar fuera del poder a Baxter.

Era una lástima que hubiera perdido otro poco más de fe en el género humano.

—A mí nadie me toma por idiota, Baxter. No sé por qué creíste que podrías hacerlo tú. —Colgó el teléfono y separó los dedos del auricular muy despacio. A continuación apretó el botón del intercomunicador para decir—: Meredith, venga, por favor.

Meredith apareció en la puerta con tanta rapidez que Zack comprendió que estaba esperando que la llamara. Temblaba visiblemente y había palidecido debido a la ansiedad.

Zack producía aquel efecto en las secretarias.

—¿No le he dicho que no me pase nunca las llamadas de Colin Baxter?

—Sí, señor, pero es que él dijo que...

—No me importa lo que dijo. Usted trabaja para mí.

Meredith continuó erre que erre:

—Ha llamado dos veces en los tres últimos días.

Todavía herido por la doblez de Baxter y por su propia credulidad, Zack respondió muy serio:

—No entiendo cómo la señora Farrell pudo elegirla a usted para sustituirla.

Haciendo gala de su primer arranque de carácter, Meredith replicó:

—Señor Givens, yo sé hacer mi trabajo, y usted está siendo...

—¿Poco claro en mis instrucciones?

—No. —Ella se irguió y dijo con voz fría y clara—: Iba a decir terco como una mula. —Plantó su agenda electrónica sobre el escritorio de él con un sonoro golpe y continuó—: Paga bien, pero no lo suficiente para que yo aguante toda esta mierda. Es usted maleducado, exigente, impaciente, y dudo que ni siquiera con instrucciones paso a paso usted fuera capaz de aprender a servirse solo una taza de café.

Hablando con los dientes apretados, Zack contestó:

—No es una mierda esperar que usted cumpla correctamente con su trabajo.

Pero echó a perder el efecto de aquellas palabras al estornudar tres veces contra su pañuelo.

Meredith lo contempló sin una pizca de compasión.

—Que esté enfermo no significa que tenga que descargar conmigo su mal humor.

Vaya, para ser un ratoncillo tembloroso, cuando perdía los nervios montaba una escena de lo más impresionante.

—No estoy de mal humor porque esté enfermo, sino porque... —Zack estornudó otra vez, lo cual echó a perder de nuevo el efecto de su protesta.

—Ya sé por qué está de mal humor. El señor Urbano tiene razón: usted es un malcriado. Búsquese otra secretaria, si puede. Agarre a alguna pobrecilla de las auxiliares y tortúrela. ¡Yo abandono!

Y, alzando la cabeza en un gesto airoso, Meredith salió como una tromba del despacho. A través de la puerta entreabierta, Zack la vio coger su abrigo, ponerse la bufanda y colgarse el bolso.

Se recostó en el sillón y apoyó la cabeza dolorida en la mano. La señora Farrell no iba a estar muy contenta con él.

Extrajo un pañuelo de papel de la caja que había sobre el escritorio y se sonó la nariz. Pero, en realidad, ¿qué esperaba al dejarlo solo con aquella imbécil? Había tenido una conversación muy desagradable con Baxter, y se suponía que su secretaria debía protegerle de las cosas desagradables.

Naturalmente —la puerta exterior de fuera de sus oficinas se cerró de golpe, con tanta fuerza que le castañetearon los dientes—, ahora ya no tenía ninguna secretaria. Y necesitaba algún medicamento para el catarro... ¿Dónde los guardaría la señora Farrell? Odiaba estar enfermo. Nunca se ponía enfermo. Ahora tenía un resfriado horroroso, el hombre al que una vez consideró un amigo lo había engañado y a nadie le importaba lo más mínimo.

De repente se irguió en su asiento. Diablos, Jason estaría exultante, porque él había perdido aquella maldita apuesta. A no ser que... Tamborileó con los dedos sobre la mesa.

Cogió el teléfono y llamó a la recepcionista de la planta. Empleando un tono paciente, le dijo:

—Envíeme inmediatamente a una de las auxiliares. —Escuchó la pregunta de la recepcionista y soltó—: Naturalmente que soy el señor Givens, ¿quién más iba a usar este teléfono? —Colgó el auricular de golpe y se quedó mirando el ofensivo aparato con cara de pocos amigos.

Aquello le dejaba una sola persona a quien llamar. Volvió a marcar de nuevo.

Respondió una inexpresiva voz de mujer.

—Servicio de contestador de Madam Nainci. Soy Hope. ¿Cómo puedo ayudarle, señor Givens?

—Empleando una voz real —gruñó Zack.

—¿Griswald? —Tal como él había solicitado, el tono de voz de Hope se tornó dulce y cálido.

Al oírlo, Zack experimentó aquella sensación de hormigueo en la nuca, que le fue bajando por la espalda hasta llegar al sitio donde más placer le producía. Hope estaba perdiendo el tiempo trabajando en un servicio de contestador; debería trabajar en un teléfono erótico por veinticinco dólares el minuto. Y Dios sabía que él lo pagaría con gusto. Aunque jamás se lo sugeriría: la quería toda para él solo.

Para él solo, y para los cincuenta y tantos abonados del servicio de contestador de madam Nainci.

Resultaba patético que sintiera aquel deseo sexual por Hope, una mujer a la que nunca había visto y que debía de llevarle treinta años. Iba a tener que rebuscar entre sus números de teléfono y llamar a Robyn, no sabía por qué no lo había hecho ya.

Hope le preguntó:

—¿Qué está haciendo en la oficina del señor Givens?

La función de identificación de la llamada le había indicado dónde se encontraba él. Así que debía decirle la verdad. «Dile la verdad.»

En un tono coqueto, Hope le dijo:

—¿Es que el viejo quiere que usted atienda la puerta de su despacho?

Su audacia lo dejó mudo. ¿Decirle la verdad? Diablos, más bien iba a despedirla.

Ella debió de notar algo en su forma de contener la respiración, porque dijo:

—Lo siento, soy una maleducada. Usted es leal al señor Givens y yo no debería poner a prueba esa lealtad. ¿Quiere los mensajes del señor Givens?

Tristemente, Zack se dio cuenta de que no podía despedirla. En aquel preciso momento, era la única amiga que tenía.

—No.

—Entonces, ¿qué puedo hacer por usted?

En tono lastimero, Zack confesó:

—Estoy resfriado.

—Pobrecillo. —En la voz de Hope había un matiz de diversión, pero por debajo de él se traslucía una gran dosis de amistad.

Zack se dejó impregnar por aquel calor.

—Y mi secretaria acaba de abandonarme.

—¿Tiene una secretaria?

La sorpresa de Hope le hizo recordar la situación. Ella creía que se trataba de Griswald, así que decidió improvisar.

—El puesto de mayordomo conlleva mucha responsabilidad.

—Ya veo. —Hope parecía impresionada—. ¿Y por qué lo ha abandonado?

—Era ineficiente. —Su voz cobró de nuevo un tono de gruñido.

—Hum, por lo visto tiene una buena rabieta.

—¡Naturalmente que tengo una rabieta! —Al instante cayó en la cuenta de que aquella palabra se utilizaba para los bebés.

Hope se estaba riendo de él.

—Cuando doy una orden, espero que se cumpla. —Maldición, aquella mujer lo irritaba—. Ser secretaria no es tan difícil. Responder unas cuantas llamadas, ordenar unos cuantos archivos, organizar unas cuantas citas...

Con cierta energía en el tono de voz, Hope replicó:

—Me decepciona usted, señor Griswald. ¡Precisamente usted, que sabe lo infravalorados que están y lo importantes que son los servicios! Su secretaria es importante, de lo contrario no necesitaría tenerla. Si esta vez ha hecho algo mal, bueno, puede que sea debido al agotamiento y las circunstancias.

—No me importan las circunstancias. Le pago para que haga un trabajo y espero que lo realice.

Hope hizo caso omiso de su estallido, como si se tratara de la rabieta de un niño pequeño. En tono razonable, le preguntó:

—¿Le explicó con claridad lo que quería? ¿Era nueva y estaba aprendiendo? ¿Tiene hijos cuyas necesidades puedan distraerla?

—Tiene nietos, y ellos no son responsabilidad mía.

—De tal jefe, tal mayordomo. —La voz de Hope cobró intensidad—. ¿Sabía usted que Givens Corporation es una de las empresas que tienen menos en cuenta a sus empleados? No paga la baja por maternidad, no proporciona guarderías, contrata a muy pocos discapacitados y personas de las minorías, y siempre está al borde de una querella judicial porque no promueve a las mujeres para los puestos de dirección.

—Las mujeres se quedan embarazadas. —Zack parpadeó atónito al oír aquellas palabras de su propia boca. Era su padre quien decía cosas así.

Hope se recreó en el sarcasmo.

—Brillante, Sherlock. No se preocupe, podrá contratar a otra secretaria. Las mujeres siempre están desesperadas por conseguir empleos de salario bajo.

—¡Mi secretaria no tiene un salario bajo!

—Claro. El mero hecho de que su señor Givens sea más rico que Rockefeller no implica que sea generoso en cuanto a los salarios. ¿No es así? Vamos, diga, ¿no es así?

—Paga por lo que obtiene. —Otra vez su padre. ¿En qué momento se había apoderado éste de su cuerpo?

—Exacto. —En la voz de Hope vibró la satisfacción. Entonces cambió de táctica y lo engatusó—: Sospecho que ha sido un poco duro con su secretaria, ¿a que sí?

—Pues... sí... puede ser. —Se sentía un tanto disgustado—. Pero es que este catarro es horrible.

Hope suavizó el tono de voz.

—Usted es un hombre de cierta importancia. ¿Cuántas personas tiene a su cargo?

—No lo sé. —Intentó recordar cuántos sirvientes había visto ir y venir.

—¿Ni siquiera sabe cuántos empleados tiene? —Hope parecía sinceramente sorprendida.

«Miles», pensó. Zack se apresuró a hacer un cálculo:

—Ocho.

—Griswald, no puede desahogar su mal humor con sus empleados. Eso no es justo para ellos... ni para usted.

—A mí sí me lo parece —murmuró Zack.

—Ya sabe que si empieza a descargar sus estados de ánimo con sus empleados, se disgustarán y no trabajarán bien para usted. Nadie se esfuerza cuando se siente despreciado. Usted es un hombre inteligente, y lo sabe.

Él puso los ojos en blanco.

—¿Ha terminado ya el sermón?

Hope parecía divertida.

—Sí. ¿Tan ineficiente era su secretaria?

Tenía que admitirlo, pero tal vez Meredith fuera la secretaria temporal más eficiente que jamás le había buscado la señora Farrell.

—Era una buena secretaria.

—Entonces dele un día para tranquilizarse, llámela para pedirle disculpas...

Toda su indignación afloró a la superficie.

—¡No pienso hacer eso!

—Las consecuencias del desempleo pueden ser muy duras. —Hope volvió a sonar severa.

—Tiene usted un corazón de oro.

La mayoría de las personas que conocía sin duda negarían aquello, horrorizadas, pero Hope no.

—Pues sí —reconoció sin pestañear.

—¿Dónde ha aprendido a manipular así a la gente? —preguntó Zack.

Ella se echó a reír.

—¿Se refiere a explicar la manera correcta de actuar?

—Lo que sea —respondió él.

Hope guardó silencio durante tanto tiempo que Zack comprendió que estaba a punto de revelar algo de sí misma y que, a pesar de algún que otro sondeo por su parte, nunca había hecho tal cosa.

Su tono de voz se tornó grave y casi inaudible.

—Mi padre era predicador.

Alerta de pronto, Zack inquirió:

—¿Era? ¿Es que ha dejado de serlo?

En un tono escueto, sin florituras ni paliativos, Hope respondió:

—Está muerto. Mis padres están muertos.

—Oh... Lo siento. —Palabras inadecuadas para una pérdida tan grande.

—Gracias. —Luego, en un tono más normal, añadió—: Su propio pastor le diría lo mismo que le he dicho yo.

Zack se dijo que su propio pastor no soñaría siquiera con hacer tambalearse el barco y arriesgarse a perder a la persona que más aportaba a su congregación.

—No querrá convertirse en un hombre como el señor Givens. No se hace idea del daño que causa al no preocuparse por nadie, ni del bien que haría con un poco de bondad. En fin, vaya a acostarse. Mañana se encontrará mejor.

Zack oyó al fondo el timbre de un teléfono, y buscó con desesperación la manera de retenerla.

—Tengo tos. —Y tosió un par de veces para causar efecto.

—Tómese un jarabe para la tos. Tengo otra llamada. Adiós.

Y con aquel cruel consejo, Hope le colgó el teléfono, a él, Zachariah Givens IV, y lo dejó contemplando el auricular con expresión de asombro. ¿Cómo que «adiós»? Creía que aquella despedida estaba reservada para los niños y las azafatas. Y Hope era auténticamente generosa en cuanto a expresiones. Tenía que alejarse todo lo posible de ella o, de lo contrario, terminaría convenciéndolo para que pensara como ella y como tía Cecily. Ya se imaginaba la expresión de la cara de su padre si empezara a soltar cosas como que un empleado feliz es un empleado leal y... En aquel momento sonó el teléfono que tenía en la mano. Se puso a apretar botones.

—¿Diga? ¿Diga? —Por fin pulsó el que tenía la luz encendida—. ¡Diga! —En su oído sonó con claridad la voz de Hope—. Tengo que irme a clase, pero quería decirle que...

—¿A clase?

—Voy a la escuela superior, pero es que quería decirle...

—¿La escuela superior? ¿Por qué?

El sarcasmo de Hope estuvo a punto de chamuscar el teléfono.

—Porque la ambición de toda mi vida de ser telefonista ya se ha cumplido. ¿Quiere hacer el favor de callarse? —Zack obedeció, y ella aspiró profundamente—. Quería decirle que es posible que hable con dureza de sus empleados, pero que en el fondo es usted un hombre bueno.

Ahora sí que debería decirle la verdad. Quién era.

—Hope...

—¿Sí?

De nuevo oyó aquel maldito timbre, el que significaba que Hope tenía que contestar al teléfono.

—Hope... —Buscó una forma de decirlo.

—Ya sé. Se siente violento. Pero es verdad que es un hombre bueno. Tengo que irme. Esta noche hablaré con usted. —Y volvió a colgarle.

Dos veces en menos de diez minutos. Tenía que tratarse de alguna especie de récord para un miembro de la familia Givens. Lentamente, Zack devolvió el auricular a su sitio.

La hija de un predicador. Aquello explicaba muchas cosas. Pero al mismo tiempo, ¿por qué se mostraba tan reservada acerca de sí misma? Aquella mujer era un enigma, uno que él ansiaba descifrar. No debía de ser tan mayor como creyó en un principio, porque asistía a una escuela superior. Así que seguramente no estaba casada ni tenía hijos.

Y él había perdido el juicio, porque sabía perfectamente bien que aquella telefonista era una mujer maternal de las que usan zapatos planos. Tenía que dejar de tejer fantasías acerca de ella. No pensaba rendirse e intentar verla. Llamaría a Robyn para pedirle una cita. Tan pronto como se le pasara aquel resfriado... Y tenía que hacer algo para recuperarse de su fracaso antes de que se enterara de ello Jason y le exigiera el dinero de la apuesta.

—Tengo hasta el partido de hockey —dijo en voz alta, mientras marcaba el número del edificio central.

—Le habla Cheryl, de recursos humanos —contestó una voz jovial—. ¿Con quién desea que le pase?

Esta vez Zack no se molestó en modular el tono de voz, sino que soltó sin más:

—Soy el señor Givens. ¿Tenemos guardería infantil en este edificio?

A su pregunta siguió una pausa, y por fin Cheryl dijo:

—No, señor, no tenemos.

—¿Quién es el jefe ahí abajo?

—El señor Lewis, señor.

—¿Ha llevado a cabo el señor Lewis algún estudio de viabilidad sobre la creación de una guardería en este edificio?

Cheryl lanzó un débil bufido.

—Sí, claro. A ver, ¿quién llama en realidad? Mark, ¿eres tú? Porque no tengo tiempo para jueguecitos. Estoy demasiado ocupada en decidir si pongo o no al vejestorio de Lewis una demanda por acoso sexual para escuchar tus bromitas.

Por más que Zack odiara reconocerlo, Hope tenía razón. Su empresa no tenía en cuenta a sus empleados, y él iba a tener que hacer algo al respecto.

6

—Señor, llega muy temprano hoy. —Griswald se apresuró a ponerse la chaqueta y enfundarse los guantes.

Zack dejó su abrigo de invierno en los brazos de Griswald y se encaminó hacia su despacho.

—Tómese la noche libre.

—¿Señor? —Griswald parecía desconcertado.

Zack se detuvo.

—Por favor, Griswald, tómese la noche libre.

—Pero, señor...

—Verá... —Zack se volvió, miró de frente a su mayordomo y añadió—: He venido temprano a casa, estoy muy resfriado y tengo algunas cosas en que pensar. No lo necesito esta noche; además, deseo estar solo.

Griswald se irguió con el fin de adoptar su postura más digna.

—Le aseguro, señor, que si desea estar a solas yo puedo mantenerme apartado sin tener que irme de la casa.

—Pero por Dios, ¿es que nunca le entran ganas de desabrocharse ese chaleco y salir por ahí a bailar, o algo así?

Griswald pareció haber sido herido en su dignidad.

—¡Señor! Tengo dos noches libres por semana, y las paso ocupado en actividades mucho más valiosas.

Una vez más, Zack iba a demostrar a la ausente Hope y a su amigo Jason que era un ser humano amable y considerado.

—¿En serio? ¿Cuáles?

—La Sociedad Genealógica de Boston depende en gran medida de mi ayuda.

—Pues vaya allí. Trato de ser atento. Aliénteme un poco.

—Como desee, señor. Dejaré la casa enseguida, señor. ¿El señor va a querer que le sirva la cena un subordinado...?

—Señor. —Zack terminó la frase por él—. Ya buscaré algo por ahí yo solo. De verdad, Griswald, no me hace falta nada.

Griswald escudriñó a su jefe como si estuviera viendo algo que lo sorprendiera, y por fin hizo un digno gesto de afirmación con la cabeza.

—Esta noche se encuentran en la residencia el submayordomo, un criado de la casa y una doncella. Si necesitara alguna cosa o cambiara de opinión respecto de la cena, ellos tendrán mucho gusto en servirle.

Aquello le recordó una cosa a Zack.

—¿Cuántos empleados de servicio tengo aquí trabajando, por cierto?

—Dos criados y dos doncellas a jornada completa, una cocinera, un servicio de limpieza que viene todos los días y yo mismo.

—Así que no acerté —reflexionó Zack en voz alta—. ¿Y qué?

—¿Señor?

—Nada. Hasta mañana.

Zack entró en su estudio y cerró la puerta tras de sí. Mientras se quitaba la chaqueta del traje y se aflojaba la corbata, miró fijamente el teléfono, como desafiándolo. ¿Qué pensaba Hope, que iba a alterar su vida? ¿Que iba a aguijonear su conciencia? Se había construido una vida muy buena. Era uno de los capitanes del mundo financiero, tal como lo había sido su padre antes que él, su abuelo antes que su padre, su bisabuelo antes que... Hope no tenía ningún derecho a enviarle al departamento de recursos humanos a tiempo de ver al vejestorio de Lewis tirando los tejos a Meredith cuando ésta intentaba recoger el cheque de su última paga.

Diablos, iba a tener que despedir a Lewis, decir a Meredith que regresara mañana y ordenar a la ayudante del director de recursos humanos —una mujer que sufría una evidente hostilidad hacia él— que iniciara una investigación para averiguar el coste de instalar una guardería infantil en el edificio. Suponía que también tendría que darle a ella el puesto de Lewis, aunque estuviera en edad de tener niños y probablemente la mujer le pagara con un embarazo y una lactancia.

Fue hasta el teléfono, lo cogió y pulsó el botón de rellamada para conectar con el servicio de contestador de Madam Nainci.

Contestó una mujer desconocida. Con un acento sacado de una película de James Bond, la mujer preguntó:

—¿Qué puedo hacer por usted, señor Givens?

Zack entrecerró los ojos. ¿Qué truco era aquél?

—¿Dónde está Hope?

—Ésta es su noche libre. Yo soy Madam Nainci. Estaré encantada de entregarle sus mensajes.

—¡No! —Zack colgó el teléfono de un golpe. Luego volvió a marcar, y cuando contestó Madam Nainci, preguntó—: ¿Cuándo volverá Hope?

—Mañana por la noche.

Madam Nainci también tenía una voz encantadora, una voz joven, pero en aquel preciso momento estaba disgustada con él.

A Zack le importó un comino.

—¿Dónde está?

—Acude a clases, pero esta noche no. Hoy tiene la noche libre. La invité a que se quedara, pero me contestó que no, que tenía otra cosa que hacer. Le pregunté qué era lo que tenía que hacer, pero no me lo dijo. No descansa nunca, así que es posible que esté descansando.

A Zack empezó a gustarle Madam Nainci.

—Parece usted una mujer sensata. ¿Sabe lo peligrosas que pueden ser esas barriadas donde están las aulas de la escuela superior?

—Ya se lo he dicho, pero no quiere escucharme. Es muy tozuda, y está empeñada en conseguir esa titulación y ganar mucho dinero.

—¿Quiere dinero? —A Zack se le hacía difícil reconciliar la imagen de una avara con la Hope que él conocía.

—Más que ninguna otra cosa.

—¿Por qué?

—No me ha dicho por qué. Se guarda mucho sus motivos. —Madam Nainci parecía estar divirtiéndose—. En cambio, tiene enamorados a todos los abonados, ¿a que sí?

A Zack le dolió verse incluido en el grupo de quienes se apoyaban tanto en la caridad de Hope.

—Yo no estoy enamorado. Estoy disgustado.

—¿Con Hope? —La voz de Madam Nainci se tornó de profesional—. Por favor, señor, soy la dueña de este negocio. Dígame, ¿qué ha hecho para disgustarle?

—Es demasiado inteligente para su propio bien.

Y colgó de nuevo. Comenzó a tamborilear con los dedos sobre la mesa. Hope no había tenido una sola noche libre desde que él empezó a llamar. Había dado por sentado que iba a estar siempre allí. ¿Y qué iba a hacer ahora, sin su voz aterciopelada y tentadora? ¿Cómo se suponía que iba a sobrevivir toda una noche sintiéndose enfermo y desgraciado?

Entonces sonó el timbre de la puerta de la calle. Zack no hizo caso, seguro que ya abriría alguien. Después de todo, siempre abría alguien. Pero el timbre sonó otra vez, y otra, hasta que se acordó de que había dicho a Griswald que se fuera. Aun así, debería acudir uno de los criados. Al cuarto timbrazo, Zack se levantó y salió lentamente de su despacho. El vestíbulo estaba desierto, allí no había ningún criado, así que Zack hizo lo impensable.

Abrió él mismo la puerta de la calle.

Y se encontró con una mujer.

Como de un metro setenta, envuelta en un gastado abrigo y provista de bufanda y guantes de lana, con un recipiente de plástico en las manos como si formara parte del comité de bienvenida del vecindario. La bufanda le cubría la cabeza y se le enrollaba alrededor del cuello, dejando tan sólo su rostro al descubierto. Y qué rostro. Pómulos altos, barbilla saliente, boca de labios carnosos, sonriente, sensual. Tenía las cejas arqueadas y los ojos... Eran los más grandes, más azules y más expresivos que Zack había visto en toda su vida.

—¿Sí? —La voz le salió ronca, y se aclaró la garganta—. ¿Qué puedo hacer por usted?

—¿Griswald? —dijo ella, insegura—. ¿Es usted?

Aquella voz. Cálida, grave, melodiosa. Él la conocía.

Aquella mujer era Hope, y con una súbita sacudida, por primera vez en mucho tiempo, Zack experimentó un sentimiento de profundo anhelo.

[illegible] ción [illegible]

[illegible] funció [illegible] nacional. [illegible] de [illegible]

[illegible]

[illegible] de [illegible]

[illegible]

7

Griswald se quedó mirando a Hope como si no diera crédito a sus ojos. Unos ojos que bajo la mortecina luz del porche se habían oscurecido hasta parecer negros.

Pero si él estaba atónito, ella se había quedado estupefacta. Aquel hombre era tan... tan... no parecía un mayordomo. No era como Griswald. Ella tenía una imagen muy clara de Griswald en su mente: viejo, calvo y almidonado en todas sus ropas y actitudes.

Pero aquel hombre era... increíble. Era un príncipe azul, aunque sin el ridículo uniforme principesco. Era Ben Affleck con personalidad. Era la realización de sus sueños de adolescente.

Percibió el tono de incredulidad en su propia voz cuando inquirió:

—¿Señor Griswald?

—¿Hope?

Reconoció aquella voz. Sonaba tan incrédula como la suya, y el impacto que le produjo, combinado con el envoltorio físico, le aceleró sensiblemente el corazón.

—Soy yo. Bueno... en fin —contestó, aunque pensó: «Soy una idiota.»

—Hope. No imaginaba que fuera tan... guapa.

Por lo visto, él no estaba procesando eficazmente el impacto visual de ella, de lo contrario no habría dicho algo tan poco típico de un mayordomo.

Ella fingió que las rodillas no le temblaban como un flan de gelatina en un día de julio y echó mano de su sonrisa más impertinente.

—Ése es un cumplido que agradece cualquier chica.

Él no contestó. Al parecer, no se había dado cuenta de que había metido la pata, y ella estaba dispuesta a apostar a que eso no sucedía a menudo. Tenía la formalidad que ella esperaba en un mayordomo, pero lo que no esperaba era que fuese tan alto, como de un metro ochenta y cinco, y joven, no tendría más de treinta y cinco, y también... guapo, por lo menos en conjunto. Un tanto austero para su gusto, con aquellos pómulos oblicuos y aquella mandíbula ancha; y además, debajo del trazo oscuro de sus cejas, no tenía unos ojos amables. Parecía más bien como si hubieran visto demasiado en la vida y hubieran encontrado pocas cosas de su agrado.

Pero no importaba que estuviera viviendo una realidad alterada. Tenía frío, de pie en el grandioso porche del señor Givens con su abrigo de segunda mano, de modo que hizo el ademán de dar un paso adelante.

—¿Puedo pasar?

—¿Pasar? —Él se sobresaltó como si acabara de darse cuenta de que estaba de pie frente a la puerta como los Monty Python guardando el Santo Grial—. Oh, sí, claro. Entre. —Se hizo a un lado y le franqueó el paso con una anticuada reverencia.

Hope esbozó de pronto una amplia sonrisa y atravesó el umbral.

—Ahora sí que lo veo: es usted un mayordomo.

—¿Qué quiere decir? —Su maravillosa voz, profunda y grave, sonó igual de bien que sabía un helado con chocolate caliente.

—Tiene ese aire tan resuelto y formal... Parece innato en usted.

Él pareció ofendido, y eso hizo que a Hope le entraran ganas de echarse a reír. Excepto que a la luz del vestíbulo era todavía más apuesto que en las sombras del porche. Sus ojos parecían negros, sin una sola traza de color castaño, rodeados de unas pestañas oscuras tan tupidas que debían de ser la envidia de cualquier mujer. (Desde luego, era el caso de ella.) Su cabello también era de un negro brillante, y liso, y lo llevaba cortado en un estilo discreto, de hombre de negocios. Aquel cabello, junto con el bronceado de la piel, los ojos y los pómulos, la hicieron pensar si no correría por sus venas sangre de los nativos americanos. O tal vez fuera de raza eslava, o quizá... No supo qué pensar. Lo único de lo que estaba segura era de que desprendía una sensación de dominio que no se le debería consentir desprender a ningún hombre.

En cambio, su pelo daba la sensación de que se había pasado la mano por él, su amplia frente se veía arrugada en un ceño fruncido que parecía grabado en la piel, su nariz recta, fuerte y aristocrática estaba colorada y dolorida, y su rostro había perdido el color.

—Pobre Griswald. —Hope alzó la mano y la pasó por su mejilla, áspera a causa de una barba incipiente—. Tiene aspecto de encontrarse mal.

Él retrocedió.

—¿Ha venido hasta aquí a decirme eso?

Todavía estaba malhumorado, pero eso a Hope no le sorprendió. No parecía ser la clase de hombre que acepta la debilidad con resignación.

—No, he venido para traerle esto. —Le puso en las manos el recipiente de plástico—. Es sopa de pollo. —Mientras él se lo quedaba mirando como si jamás en su vida hubiera visto un recipiente semejante, ella se quitó los guantes y la bufanda—. ¿Dónde puedo dejar esto?

La mirada atónita de él se encontró con la suya.

—¿Me ha traído sopa de pollo?

—Viene muy bien para el resfriado. Recuérdeme que me lleve el recipiente, lo necesito para el almuerzo de mañana.

Vio las perchas para los abrigos y colgó en ellas la bufanda. Luego introdujo los guantes en los bolsillos, se desabotonó el abrigo y lo colgó también, pensando para sus adentros que aquel elegante vestíbulo seguramente no había visto nunca una prenda tan raída.

—Es una casa preciosa. Tiene suerte de trabajar aquí.

La mirada de él parecía haberse quedado clavada en su jersey.

La prenda no era de segunda mano, se la había confeccionado Madam Nainci, y ésta hacía punto la mar de bien. La lana era una mezcla de caléndula, castaño y rojo, unos colores que obraban maravillas al combinarse con los tonos del prosaico marrón del pelo de Hope.

Griswald no parecía estar fijándose en eso. Cuando un hombre se quedaba mirando fijamente su jersey como si estuviera admirando los colores del mismo, ella sabía perfectamente que lo que miraba eran sus senos, los cuales, aunque estaba mal que lo dijera ella, moldeaban agradablemente el jersey. No era que le preocupase mucho lo que opinara de ella Griswald, pero... Dejó escapar un suspiro en silencio.

Aquello era mentira. Sí que le preocupaba lo que opinara Griswald de ella. Aun antes de llegar allí, y ahora... En fin. Era posible que el rostro de él no mostrara indicio alguno de interés, pero ella sí que tenía toda su atención prendida de aquel cuerpo. Era alto, y dotado de una fuerza fibrosa que la atraía. Que atraía a cualquier mujer. Sus hombros eran anchos, lo justo para que una mujer pudiera apoyarse en ellos, si fuera dada a hacer algo así, lo cual no era el caso de Hope. Llevaba una camisa blanca impoluta, con una corbata roja y negra en el cuello, y unos pantalones negros que tenían el aspecto de ser muy caros. Y probablemente lo eran. A buen seguro el señor Givens no deseaba saber nada de las dificultades del mundo real que había fuera del derroche de su casa. Pero Hope tenía que reconocer que, en aquel caso, le gustaba la insistencia del señor Givens. Nadie podría hacer más justicia a aquellos pantalones que Griswald.

—¿Dónde ha dejado la chaqueta del traje? —quiso saber.

—¿Qué?

Hope se quitó las botas y las depositó con todo cuidado junto al perchero. Los calcetines que llevaba eran blancos, de práctico algodón, nada glamuroso, pero tampoco tenían agujeros en los dedos. Lo supo sin necesidad de mirar; se había preocupado especialmente de ponerse el par que tenía más nuevo.

—Creía que el señor Givens insistiría en que su mayordomo vistiera traje con chaqueta.

—Oh. Me ha dado la noche libre. —Griswald posó en ella su mirada oscura, y de pronto Hope sintió un calor más intenso que si estuvieran en el mes de agosto—. A causa de mi resfriado.

—¿Es que tiene miedo de que le estornude en la cara?

Hope introdujo los pulgares en sus bolsillos traseros, se balanceó sobre los talones y le sonrió.

Él no le devolvió la sonrisa. Si acaso, su austero rostro se alargó y sus ojos brillaron de forma distinta.

Hope, sobresaltada, comprendió que no le convenía tener a aquel hombre como enemigo. A Griswald había que tratarlo con la mayor seriedad.

—No es tan malo como usted se lo ha imaginado. —El tono cortante de Griswald no invitaba a discrepar en absoluto.

—Si a usted le gusta, entonces a mí también.

Deliberadamente, hizo caso omiso de su ceño fruncido, cosa nada fácil, dado que él era dueño y señor de su entorno, y miró a su alrededor.

—¿Dónde está la cocina? Voy a calentarle la sopa.

Él la estudió un largo instante, el tiempo suficiente para que a ella le entraran ganas de moverse. Ahora Zack estaba mirando más allá del jersey. Por lo general, en aquella época del año Hope llevaba leotardos debajo de sus trillados vaqueros; pero aquella noche se había sentido demasiado... demasiado vanidosa —tenía que admitirlo— para ponerse otra cosa que no fueran sus vaqueros de verano, que se le pegaban al trasero como una segunda piel. Por más que se había convencido a sí misma de que Griswald era un viejo mayordomo, aún oía en su cabeza el eco de su voz de barítono, y ésta le recordó el calor, el hogar, las largas noches de verano llenas de humedad y adornadas por las luciérnagas. No sabía por qué. Probablemente fuera porque ambos parecían tener mucho en común.

Con la inmensa franqueza de un hombre al que la vida le sonríe, él se permitió echar un buen vistazo a su cuerpo antes de volver a fijar la vista en su rostro.

¿Habría encontrado algún defecto grave en ella? Por lo general, no solía preguntarse aquello; la dura escuela de la vida le había enseñado a tener autoestima, y hubiera pensado que era insensible a las críticas, pero Griswald no parecía amistoso. Parecía... estupefacto. Y... con un interés agresivo. Hacia ella.

Los hombres no se fijaban en ella.

De acuerdo, Sarah decía que sí se fijaban, pero ella no había notado nunca que así fuera; además, antes de que transcurriera mucho tiempo, terminaban por desanimarse y marcharse. Sin embargo, estaba muy claro que

Griswald estaba fijándose en ella, y ella se estaba fijando en que él se fijaba, y por mucho que lo intentara no podía ignorar aquella atención, como sí hacía con la de otros hombres. Ni tampoco podía imaginarse a Griswald desanimarse por... nada. Si él tomaba la decisión de ir a por ella, nada le impediría lograr su objetivo.

Pero no iba a hacer tal cosa. Griswald era elegante, educado, obviamente culto, y mayor que ella. Probablemente, las mujeres irían a por él.

Así que su única alternativa era comportarse con normalidad, como si él no la afectase de una forma ni de otra. Lo cual no era verdad. No lo era en absoluto.

Le dijo:

—Puedo calentarle la sopa, a no ser que usted tenga alguna otra cosa que hacer.

—¿Qué? —Él pareció sorprendido de que Hope hubiera interrumpido su inspección visual—. No, no tengo nada.

Aquel hombre tenía una actitud tensa, hambrienta, parecía observarla como si ella fuera una pieza de carne esperando, en su bandeja de plata, a que él la devorase.

—Quizá no debiera haber venido. —Hope hizo un movimiento en dirección al perchero.

Pero él la sujetó por la muñeca y, en un tono de voz que le provocó una sensación de calor a lo largo de la columna vertebral, dijo:

—Esto es lo más bonito que nadie ha hecho por mí jamás.

Hope sintió latir el pulso bajo la mano de él. Incómoda con aquella sensación, intentó zafarse, pero, como si él lo supiera, sus dedos se apretaron más; no lo suficiente para hacerle daño, pero sí para retenerla junto a su lado. La reacción más segura era tomarse la situación a broma, así que comentó:

—¿Jamás?

—Sin esperar nada a cambio.

—Pero yo sí quiero algo a cambio.

Él la miró con frialdad.

Estaba claro que el señor Griswald no era un hombre fácil de tratar, y Hope experimentó una punzada de lástima por sus subordinados. ¡No era de extrañar que lo hubiera abandonado su secretaria! Apoyó una mano en su brazo y le dijo:

—No tengo suficientes amigos. Así que me gustaría considerarlo a usted un amigo.

Aunque nada alteró su semblante, Hope percibió una relajación infinitesimal bajo la palma de la mano, y también se relajó. Por un momento creyó que... bueno, no supo qué creyó. Que él iba a agarrarla por el cuello y arrojarla puerta afuera.

Pero en lugar de eso, le tomó la mano, le dio la vuelta y examinó la estrecha palma y los dedos largos y esbeltos de ella. Luego deslizó un dedo por aquella palma al tiempo que observaba su rostro, como si estuviera sopesando su reacción.

El calor que irradiaba la quemó. Hope abrigó la esperanza de que él no se diera cuenta de que el ritmo acelerado de su corazón le había coloreado las mejillas, ni de que ella parecía tener la mirada clavada en sus ojos.

Reconoció perfectamente aquella reacción. Tal vez careciera de experiencia, tal vez careciera de interés, pero había leído novelas de amor y había visto películas, y bien sabía Dios que las otras chicas le habían hablado bastante de ello. Aquella sensación de angustia en el estómago era atracción sexual. Lo cual constituía una prueba de que ella era normal, supuso, pero de todos modos resultaba algo nuevo e inquietante. Ojalá él dejase de mirarla hasta que consiguiera dominarse de nuevo.

Porque conseguiría dominarse de nuevo, ¿verdad?

En un tono grave, modulado para que sólo pudiera oírlo ella, Griswald dijo:

—A juzgar por lo que cuenta en el servicio de contestador, yo diría que tiene usted más bien un número excesivo de amigos.

Resultaba asombroso el modo en que utilizaba su voz para crear una sensación de intimidad. Fue casi como si las paredes del vestíbulo se hubieran acercado un poco. Él estaba absorbiendo casi todo el aire, y ella se asfixiaba. Con todo, le respondió de la misma manera, como si tuviera miedo de que alguien pudiera oírlos.

—Nunca se puede tener demasiados amigos.

—Usted sí puede. Se aprovechan de usted.

Picada, Hope liberó la mano de un tirón.

—¡Nadie se aprovecha de mí!

—¿De verdad? —Él no se apartó, sino que se sirvió de su estatura para mirarla ceñudo—. Usted hace todo por ellos y ellos no hacen nada por usted.

—A mí no me falta de nada.

Griswald miró sus vaqueros, sus botas de tres temporadas atrás, y enarcó una ceja.

—Su «nada» es muy diferente del mío.

Picada de nuevo, Hope replicó:

—A lo mejor mi «nada» es acertado y el suyo quizás es erróneo.

—A lo mejor. —Estaba claro que no lo había convencido—. La cocina está por aquí. Pero aguarde un minuto. —Volvió a dejarle el recipiente de la sopa en las manos—. Quiero cerciorarme de que no haya nadie. —Y desapareció por una puerta.

Bien. Griswald llevaba una vida distinta de la que llevaba ella, pero había creído que su posición de subordinado le habría restado un poco de esa arrogancia. Por lo visto, se había equivocado. Lo que debería hacer era dejar la sopa, ponerse el abrigo y salir pitando de allí... pero estaba el asunto de que Griswald tenía fiebre. Le notó la mano muy caliente cuando él le tomó la suya. Necesitaba tomarse la sopa y una aspirina y meterse en la cama, en aquel orden, y a no ser que ella lo convenciera con mimos, él no iba a hacerlo por sí solo. Al fin y al cabo era un hombre, y su madre siempre le había dicho que los hombres eran más tercos que una mula de seis patas.

Haciendo el menor ruido posible, se deslizó hacia un costado hasta poder atisbar un poco la elegante habitación por la que había desaparecido Griswald. Lo descubrió de pie junto a un inmenso escritorio, hablando por teléfono. En aquella casa todo era hermoso, caro y escogido con esmero. Incluso había un cuadro de Monet en la escalera, y apostaría a que era auténtico. Aquella grandiosidad la hizo sentirse como una campesina que hubiera ido a visitar al rey, y no le gustó aquella sensación.

Cuando Griswald regresó con ella, le dijo:

—Vamos. Estaré mucho más cómoda en la cocina.

Él volvió a coger la sopa y le indicó que lo precediera, por un pasillo oscuro.

—¿Por qué? —preguntó Zack.

—Porque este lugar es como un museo. —Se volvió para mirarlo. Era curioso, pero tenía la sensación de que la llevaban al redil, como si él fuera un león enorme que la perseguía de cerca para asegurarse de que no intentara huir—. Tengo miedo de romper algo.

Él se encogió de hombros.

—Todo puede sustituirse.

—¿En serio? Entonces ¿no hay aquí ninguna obra de arte auténtica? —Comenzó a caminar hacia atrás para poder mirarlo de frente y sacudirse aquella extraña sensación de ser perseguida.

—Unas cuantas.

Pero el hecho de caminar hacia atrás no atenuó su nerviosismo.

—Y si rompo una antigüedad, ¿no me vería fregando platos durante el resto de mi vida para poder pagar la factura?

—Esto no es un restaurante. Aquí no cobramos a nuestros invitados cuando rompen algo. —La tomó del brazo y la atrajo hacia él—. Pero si tanto le preocupa, mejor será que mire por dónde pisa.

La guió para esquivar una mesa pequeña y redonda coronada por un gran jarrón de cristal soplado. La sujetó contra su costado, rodeándole la cintura con el brazo.

—No voy a chocar con nada —le aseguró ella.

—Ya lo sé.

—No hace falta que se cuelgue de mí.

Él la miró con los párpados entornados.

—Me gusta abrazarla.

—Oh.

Dios mío, aquello era un problema, porque a ella también le gustaba. Por las conversaciones telefónicas que habían sostenido, sabía que era un hombre decidido y enérgico. Ahora que lo había visto, ahora que él la había tocado, provocó en ella un anhelo que la atraía y al mismo tiempo le hacía desear salir a toda prisa tan lejos y tan rápido como le fuera posible.

Si fuera inteligente, echaría a correr.

Pero era obvio que había perdido todo rastro de su inteligencia. Y también se había esfumado su capacidad de conversar, porque no se le ocurría ni una sola palabra que decir mientras caminaban, tan cerca el uno del otro como si fueran amantes.

Por un segundo, Hope cerró los ojos. No podía pensar aquellas cosas, sobre todo de un hombre al que acababa de conocer, un hombre que... que obviamente estaba enfermo.

No pudo evitar darse cuenta del calor del cuerpo de él mientras caminaba a su lado.

—Tiene fiebre.

—No, nunca tengo fiebre.

—Pues ahora sí la tiene. —Hope se detuvo—. Deje que le toque la frente.

Él se detuvo y se inclinó hacia ella.

Ella levantó una mano.

Él retrocedió.

—Mi madre dice siempre que no se puede distinguir si alguien tiene fiebre a menos que se usen los labios —indicó Zack.

Maldición. La madre de ella siempre decía lo mismo. Esforzándose por parecer despreocupada, Hope dijo:

—Muy bien.

Hope le deslizó una mano alrededor del cuello, lo acercó y le apoyó los labios en la frente.

Frío. Sorprendida, probó en otro punto, y luego en otro. Efectivamente, no tenía fiebre. Le pasó la mano por un lado de la cara, le masajeó el hombro, le recorrió el brazo.

—¡Pero si está muy caliente!

—Y cada vez más. —Él sonrió; fue un gesto lento que estiró sus labios.

Su primera sonrisa. Posiblemente la primera de su vida, si ella era alguien indicado para juzgar. Y aquella sonrisa le hizo caer en la cuenta de que... lo estaba acariciando. Lo acariciaba como si él fuera un enorme felino y ella una domadora de fieras, y de sobra sabía que no lo era en absoluto.

Sobre todo, con un león como aquél. Con un hombre como aquél.

8

Zack se sintió complacido de ver la expresión de asombro en los grandes ojos azules de Hope. Bien. Allí había deseo. Ella había fingido que no, pero se veía perfectamente a las claras.

Hope bajó la mano y dijo en tono resuelto:

—Pues no. No tiene fiebre.

Acto seguido dio media vuelta y echó a andar pasillo adelante.

Hipnotizado por el contoneo de aquel compacto trasero, Zack se apresuró a pegarse a sus talones.

Las mujeres siempre decían que irradiaba calor. Se acurrucaban contra él en la cama, agradecidas. Un par de amantes incluso afirmaron que, cuando lo tenían dentro, les calentaba todo el cuerpo.

Un cumplido agradable, tal vez, pero del cual Hope descubriría la verdad. Porque cuando ella lo tocó, se sintió arder en serio.

La joven debía de sentirse incómoda, sabiendo que él caminaba justo a su espalda, porque hizo el intento de distraerlo.

—¿Ha pedido disculpas a su secretaria?

Zack apretó los labios al recordar cómo había reaccionado Meredith cuando él le pidió que continuara trabajando en su oficina. El primer arrebato de furia se había disipado. Había comprendido que había hecho pedazos la única nómina que entraba en casa. Rompió a llorar de agradecimiento y le pidió disculpas a él.

Aquella emoción desatada era suficiente para que un hombre jamás cediera a un impulso decente.

—He vuelto a ofrecerle el empleo.

Maldición, una parte del trabajo de su secretaria consistía en mantener a buen recaudo sus emociones. No le importaba que llorase, siempre que lo hiciera lejos de él y después limpiase las huellas.

Pero aquella noche no tenía ninguna necesidad de pensar en el lío de la oficina. Aquella noche tenía a Hope.

—Hay que bajar la escalera —instruyó, disfrutando de la visión del movimiento de vaivén de la cola de caballo de Hope conforme ésta bajaba hacia la cocina. Las mujeres que conocía llevaban el pelo corto, o bien peinado a la moda y sujeto en su sitio mediante horquillas y fijador, cada bucle primorosamente colocado. No permitían que su cabello castaño se moviese a su antojo haciendo resaltar sutilmente su brillo natural—. Ya estamos.

La escalera terminaba en la cocina, muy iluminada y recientemente «despejada» por orden suya. La televisión aún estaba encendida, y el ronroneo monótono de un presentador de informativos proporcionaba un aburrido ruido de fondo.

En cuanto dispuso de espacio, Hope se apresuró a apartarse de Zack.

Él no la persiguió. No podían hacer el amor en la cocina: quizá se presentase de pronto uno de los criados; además, Zack no iba a permitir que Hope se sintiera violenta. Ya le ponía nerviosa la casa en sí, aunque se las arreglaba para disimularlo, y él... bueno, él la alteraba sin duda alguna, y eso no podía ocultarlo.

Le enseñaría a relajarse, a aceptar su presencia y reaccionar a su contacto. Y luego... ah, luego disfrutaría de ella de todas las maneras en que un hombre disfruta de una mujer.

Hope paseó la vista a su alrededor con ademán apreciativo.

—Esta cocina es fabulosa. Debe de estar encantado de trabajar aquí.

Al igual que sucedía con todo lo relacionado con las viviendas de los Givens, la cocina era perfecta. Era grande, con una mesa redonda en el centro, armarios de madera de castaño hechos a medida y todos los electrodomésticos a la última. Zack apenas se había dado cuenta de ello; ahora lanzó una mirada fugaz al recinto y reconoció que la cocina era un lugar agradable.

—No paso mucho tiempo aquí.

—Ya, supongo que no. El mayordomo pasa la mayor parte del tiempo presentando invitados, ¿no es así?

El mayordomo... ¿Qué hacía el mayordomo?

—El mayordomo supervisa la casa. Antes teníamos una ama de llaves, pero cuando se jubiló, Griswald se hizo cargo de unas cuantas responsabilidades más.

Hope dirigió a Zack una sonrisa fácil.

—Me encanta cómo emplea el «nosotros» mayestático y habla de sí mismo en tercera persona.

Iba a tener que prestar atención a aquello.

—Siéntese, yo le prepararé la cena.

Zack se dejó caer en una silla junto a la mesa y se puso a observar cómo ella recorría la cocina lanzando exclamaciones al ver el tamaño del horno, buscando cazuelas, averiguando cómo funcionaba todo.

Sin darse cuenta de lo que había hecho, aquella mujer se había introducido en la guarida del lobo... y él se encontraba hambriento. Muerto de hambre, más bien, aunque no había reparado en ello hasta que Hope se presentó en la puerta de su casa.

Robyn tendría que arreglárselas sin su compañía, al menos por el momento.

Se desabrochó el botón superior de la camisa, disfrutando de la atracción. Porque Hope no era su tipo. Tenía una nariz con un bultito poco atractivo en el medio, como si se la hubiera roto. Estaba demasiado delgada. Llevaba unos calcetines blancos y baratos, sin el elástico suficiente para sostenerse a la altura de los tobillos. Era terriblemente pobre, en eso ella no se andaba con rodeos, y de una bondad angelical.

Pero su boca empujaba a un hombre a pensar en placeres pecaminosos. Le gustaría mucho saborear aquellos labios. De hecho, iba a hacerlo. Y antes de que hubiera terminado, aquella boca iba a saborearlo a él.

Sonrió.

—Cuando sonríe, parece un tiburón a punto de lanzarse a devorar febrilmente a su presa —observó Hope.

—¿De verdad? No veo por qué.

Nadie le había dicho algo tan directo, y aquello formaba parte de la atracción. Hope lo trataba como si él no fuera nadie especial, y al mismo tiempo como si fuera el hombre más importante del mundo. Era, como ella misma había dicho, una amiga, y tal vez no tenía intención de ser ninguna otra cosa.

Pero en las relaciones, como en los negocios, lo que importaba era la intención que tenía él, y él lo quería todo. Toda aquella franqueza, toda aquella alegría. Todo para sí. Con la misma precisión que empleaba en todo lo que hacía, besaría a Hope, la vestiría y le haría la vida fácil, y cuando hubiera terminado con ella, la joven no tendría nada que lamentar.

—Aquí tiene. —Hope le situó la sopa delante y, como si fuera un niño pequeño, le puso una cuchara en la mano—. Le despejará la cabeza, y esta noche podrá dormir.

—Dormiré de todos modos. —Zack siempre dormía bien cuando tenía una meta. Ahora su meta era ella—. ¿La ha preparado usted misma?

—Sí, pero no se deje impresionar. Es fácil.

Hope sirvió un cuenco para ella y lo situó a un brazo de distancia de él.

Así que no quería sentarse demasiado cerca. Aquello suponía un cambio respecto de la despreocupada familiaridad que había mostrado en el vestíbulo.

—Algunas sobras de pollo asado, un poco de caldo, las verduras que tengo por ahí y unos cuantos fideos. Se echa todo a la cazuela, y *voilà*! Sopa de pollo. —Desplegó su servilleta—. Necesitamos pan tostado. ¿Dónde lo guarda?

Zack sacudió negativamente la cabeza, aturdido.

—La verdad es que va a tener que delegar en alguien, si ni siquiera sabe organizarse en la cocina. —Hope se levantó, entró en la despensa y salió agitando una caja verde, una amarilla y una roja—. Esto es genial. Tiene una para cada cosa.

Zack observó sus delgadas muñecas y sus manos estrechas mientras ella ponía el pan tostado en un plato.

—Llévese todas las cajas que quiera —ofreció—. Hay más en el lugar de donde proceden ésas.

—Vaya, usted sí que no regatea con la despensa del amo. —Hope volvió a sentarse.

De aquello Zack dedujo que Hope se comería unas cuantas rebanadas de pan, pero que no se llevaría ninguna. Era una criatura un tanto extraña, de las que ya casi no quedaban. Los empleados robaban lápices... y de vez en cuando más cosas. Los criados saqueaban la despensa... y de vez en cuando algo más. A él no le importaba; preocuparse supondría perder el tiempo. Pero cuando se encontraba con alguien que rechazaba la menor oferta porque se trataba de algo que no era suyo... Hope era diferente. Fascinante. Única.

De pronto cayó en la cuenta de que tenía hambre. El aroma de la sopa le hizo la boca agua, de modo que tomó un sorbo, con cuidado; después de todo, estaba acostumbrado a tener un *chef* en su cocina. Pero, para su sorpresa, la sopa tenía un sabor extraordinario, intenso, con una esencia que no logró identificar.

—¿Qué lleva esto? —Removió el caldo y lo miró fijamente como si así fuera a revelarle sus secretos—. ¿Qué es este... picante? Sabe como a... tierra, o...

—¿A hierbas? —Hope se echó a reír.

Zack paladeó el sonido profundo de aquella risa más que el calor y el gusto de la sopa.

—Probablemente será el perejil. Me gusta el perejil, así que pongo mucho. —Hope comió con apetito—. Madam Nainci me ha dado la mitad de un manojo, de modo que es fresco. Esta noche va a salir con el contable, por consiguiente no piensa cocinar demasiado, lo cual es una lástima, porque es una cocinera estupenda.

Zack no deseaba hablar de Madam Nainci; deseaba hablar de Hope, de sí mismo y de la sopa.

—La sopa está realmente buena.

—Pero no va a llenarle mucho —comentó ella—. ¿Quiere que le sirva otro poco más?

A Zack le encantaría tomar un poco más, pero ella lo necesitaba más todavía. Apoyó la cabeza en la mano fingiendo agotamiento y contestó:

—No, adelante, termínesela. Tengo más bien poco apetito.

—La sopa no es para mí, ¿sabe? —Hope lo estudió

con expresión severa—. No estará fingiendo para no tener que comer, ¿no?

Él le tomó la mano, la acercó hacia sí y le besó los dedos a modo de extravagante homenaje.

—En absoluto. Es la mejor sopa que he tomado en mi vida. ¡En toda mi vida! Me encanta su sopa. De hecho, me gusta tanto que me siento culpable y quisiera que me permitiera invitarla a cenar. Mañana por la noche. Mañana estaré ya mejor.

Hope no le prestó atención. Tenía la mirada clavada en el televisor.

Zack no estaba acostumbrado a ser plato de segunda mesa en nada, y mucho menos respecto de un informativo.

—¿Qué está mirando?

Se giró en su silla y vio cómo el locutor del informativo local terminaba el programa con la historia de una familia, separada por el divorcio y el abandono, que ahora volvía a unirse al cabo de treinta años. Las imágenes que parpadeaban en la pantalla mostraban unas personas de cincuenta años, hermanos que llevaban cuarenta años separados, abrazándose y llorando.

Hope, en un gesto de impaciencia, se levantó y soltó su mano de la de Zack. Acto seguido se acercó al televisor y lo apagó.

—Menuda sarta de tonterías.

Zack, con expresión sorprendida, la contempló mientras ella regresaba a la mesa. Sus mejillas y su frente aparecían teñidas de un intenso rubor, y su generosa boca mostraba un gesto tenso, amargo.

—Seguro que no son tonterías, al menos para esa familia.

—Supuestamente, la agencia de adopciones los ha ayudado a encontrarse. Ésa es la tontería.

—Pero es verdad que ocurren historias como ésa.

—En un mundo perfecto. —Hope escupía las palabras.

Para tratarse de una mujer tan suave y tierna, su comportamiento resultaba... extraño.

—¿Es que no ha visto nunca cosas así en los informativos?

—No tengo televisión. —Recogió su cuenco y lo llevó al fregadero—. Me gustaría quedarme un poco más, pero esta noche tengo que estudiar, y me prometí a mí misma que por mucho que me gustara usted cuando lo viera en persona... —Le sonrió; sólo un ápice de tensión se dibujó en las pálidas arrugas que rodeaban su boca antes de añadir—: Me prometí que iría a casa a bregar con esos malditos problemas de física.

Zack deseó detenerla, obligarla a que le explicase aquella súbita hostilidad.

Pero ella continuaba hablando, un poco demasiado deprisa, con una sonrisa un tanto exagerada, dispuesta a salir volando por la puerta a la menor provocación.

—¿Habrá gente a la que le guste la física? —preguntó—. Y si la hay, ¿quiénes son y de qué planeta proceden?

Zack no entendía lo que había sucedido, pero supo que tenía que obrar con cautela. Aquélla era una clase de criatura nueva para él; cariñosa, generosa, pero llena de secretos y recovecos escondidos. Parecía una persona muy realista y, sin embargo, tenía una pizca de misterio de otro mundo que le hizo tomar la decisión de quitarle el envoltorio igual que se hace con un regalo, de tocar su cuerpo y conocer sus secretos.

De forma enigmática, aquella conjunción de músculos esbeltos y piel suave que lucía Hope lo intrigaba como no lo había intrigado nunca otra mujer. Antes de que se fuera, se prometió a sí mismo implantarse con tal firmeza en su mente, que ella no pudiera soñar con ninguna otra cosa durante toda la noche, y que él fuera su primer pensamiento cuando se despertase a la mañana siguiente.

Se puso en pie. Por primera vez en su propia casa, recogió él mismo el cuenco y lo llevó al fregadero, moviéndose despacio para no atemorizar a aquella mujer súbitamente asustadiza.

—A mí me gusta mucho la física. ¿Qué tiene de malo?

—¿Que le gusta mucho la física? ¿Que qué tiene de malo? No hablará en serio. La física es difícil, me da dolor de cabeza.

Parecía tan aliviada, que Zack supo que había tomado la decisión acertada. Luego, adoptando un tono de voz cálido y amistoso, le preguntó:

—¿Y para qué la está estudiando?

—La necesito para obtener el título en ciencias informáticas.

—¿Ciencias informáticas? —Zack se apoyó contra la encimera y estiró sus largas piernas, colocándose deliberadamente de modo que ella pudiera verlo bien—. Yo odio los ordenadores. ¿Por qué ciencias informáticas?

—Porque cuando obtenga el título, ganaré mucho dinero. —Recorrió a Zack rápidamente con la mirada, luego volvió a mirarlo y se removió inquieta. Aun así, trató de mirarlo a los ojos—. Podré escoger el empleo que quiera y trabajar donde más me convenga.

Aquella inocente no se daba cuenta de que él la estaba acechando sin mover siquiera un dedo.

—¿Qué clase de empleo?

—El que me haga ganar más dinero. —Hope lo observó con la mirada serena de una avara consumada.

—¿Tan importante es para usted el dinero? —Ya se lo había dicho Madam Nainci; pero no se lo había creído del todo hasta que tuvo la prueba delante de sus propios ojos.

—El dinero es lo más importante del mundo. Usted lo tiene, por eso no se da cuenta de que sin él uno no es más que escoria. Sin dinero, uno depende de la compasión de los demás, y de eso no hay mucho en este mundo.

¿Qué le habría ocurrido para tener tan poca fe en la bondad humana?

—Ésa es una visión tremendamente escéptica para una mujer que se preocupa por una anciana que necesita una prótesis de cadera.

—Si la señora Monahan tuviera dinero, no necesitaría esa operación, ya la tendría. —Hope se pasó los dedos por los rizos, y el cabello, que ya estaba cortado en una línea torcida sobre la frente, ahora se veía desigual y además revuelto—. De verdad que tengo que irme. He de estudiar.

Pero en el momento en que hizo ademán de empezar a subir por la escalera, Zack la asió del brazo.

Ella se quedó mirando su mano como si estuviera debatiendo la posibilidad de apartarla de un golpe.

Zack la observó y esperó a ver qué hacía. Aquello sí que cambiaría sensiblemente el rumbo de su relación.

—Yo puedo ayudarla con la física.

Hope respiró hondo y se convirtió en la mujer que Zack reconoció una vez más.

—¿Lo dice en serio? ¿Se le da bien la física?

—La aprobé en la universidad con un sobresaliente.

Hope lo estudió con un interés considerablemente mayor, y no poca precaución.

—Así que se le da bien la física. ¿Y estaría dispuesto a... enseñarme a mí?

—Insisto. —A Zack nunca le había ocurrido cortejar a una mujer y en cambio ella mostrarse deseosa de alejarse de él. Nunca. Y, desde luego, jamás se había servido de la física como incentivo para conservar a una mujer a su lado—. Antes la llevaré a cenar... —Un momento, no podía llevarla a un restaurante; la gente... los *maîtres*, los clientes, le reconocerían como Zack Givens.

Hope ya estaba diciendo que no con la cabeza.

—Seguro que no se está refiriendo a un sitio de comida rápida, y no tengo nada que ponerme.

—En ese caso, puedo prepararle una cena aquí. —Podía encargarla—. Y enseñarle física. ¿Qué tal eso?

—Bien, pero... —Hope se frotó el pie contra la pata de la mesa—. No me gusta aceptar limosnas. —Lo miró a la cara—. Usted no sabe manejar un ordenador, ¿verdad?

Zack advirtió la trampa enseguida, pero no pudo evitarla.

—No necesito tener uno. No lo quiero para nada.

Ella sacó hacia fuera la cadera y compuso una sonrisa ladeada.

—Si usted me enseña física, yo le enseñaré informática.

—No me gusta la informática. —Vio que ella no lo escuchaba, de modo que espació sus palabras con cuidado y empleó su tono autoritario—: No me gusta la tecnología.

Hope sabía que lo tenía contra las cuerdas.

—Y a mí no me gusta la física.

—Pero usted necesita la física para sacar el título.

—Y aquí hay ordenadores por toda la casa. —Señaló con un gesto el monitor instalado debajo de los armarios de la cocina.

Era verdad. Griswald había automatizado todo lo que había en la casa. Zack dio su consentimiento al coste; diablos, no le importaba lo que hicieran otras personas, lo único que quería era no tocar siquiera uno de aquellos teclados.

—Hacen que me sienta un inepto.

—Lo comprendo perfectamente —repuso Hope con significativo énfasis—. Pues ése es el trato: yo le enseño informática y usted me enseña física.

—No. —No quería aquel trato, y Zack Givens nunca hacía nada que no quisiera.

—¿Es por su jefe? ¿Teme que él se oponga? —Ante sus ojos, él se convirtió en la personificación del mayordomo ultrajado.

—No, no se opondría. No se opone a que alguien desee superarse. El señor Givens es un jefe bueno y generoso.

—Entonces, está hecho. Vendré aquí el... Vamos a ver... —repasó su horario—, el martes por la noche, y nos enseñaremos el uno al otro. ¿De acuerdo? —Griswald parecía estar a punto de protestar de nuevo, y Hope sospechó que podía ser enérgico. Mejor dicho, más enérgico aún. Pero es que ella necesitaba alguien que la ayudase, y no podía permitirle que lo hiciera sin recibir nada a cambio. Así que le puso una mano en la base del cuello, donde la unión de las clavículas formaba una U—. Debería ponerse una toalla caliente alrededor del cuello.

Aquel contacto produjo la distracción que Hope pretendía... y más. Zack capturó su mano antes de que ella pudiera retirarla. La retuvo así, sintiendo cómo sus dedos le acariciaban la piel, y acto seguido se incorporó y se acercó más para que Hope pudiera oler el intenso aroma de su colonia, y deliberadamente, ella lo sabía, erguirse sobre ella. ¿Cómo lo hizo? ¿Cómo se las arregló para pasar instantáneamente de mayordomo irritado y formal a hombre sensual cuyo único pensamiento era ella? Sus caricias. Su cuerpo.

—¿Una toalla caliente? ¿Para aliviar la congestión?

—No, para que yo pueda utilizarla como torniquete.

Aquella amenaza prestó a sus ojos un brillo siniestro, divertido.

Retiró lentamente la mano y dijo:

—Pues claro que para aliviar la congestión.

¿Se asustaría aquel hombre alguna vez? ¿Es que siempre conseguía lo que quería? Era demasiado despampanante, demasiado corpulento y musculoso. Respiraba seguridad en sí mismo, y todo aquel aplomo la instaba a mostrarse prudente. De alguna manera intuyó que aquel hombre siempre había vivido poniendo él las condiciones; nunca había sufrido la crueldad ni la bondad de la sociedad. Aquel hombre no sabía cómo comprometerse, y cuando la observó de aquella forma, como si ella fuera un pedazo de carne que se le ofreciera para su deleite, comprendió el peligro que corría.

Debería anular la sesión de tutoría en aquel mismo momento. No debería volver a verlo nunca. Y sin embargo... ya estaba medio enamoriscada de él y no podía dar marcha atrás.

—¿Sabe cuánto tiempo hacía que no veía a una mujer con una de estas cosas? —Acababa de tocarle la cola de caballo.

—Como si me importara. —Ella lo miró con los ojos entornados—. ¿Cuánto?

—Desde el recreo de cuarto curso. —Zack enredó los dedos en las puntas—. ¿Cómo se llama? ¿Cola de burro?

—Cola de caballo —lo corrigió ella.

—Cola de burro —insistió él en voz baja, sonriéndole con todo el encanto de un amante.

Aquélla no era una escena para perder demasiado tiempo pensando en ella.

—En este dúo, el burro no soy yo.

Zack inclinó la cabeza hacia atrás y se echó a reír.

Ella lo contempló, disfrutando de la visión de su fuerte cuello, de la sombra de pelo que oscurecía su barbilla, de la camisa abierta y el borde de un pecho liso y musculoso, visible por debajo del segundo botón.

Tragó saliva y bajó la vista. Era un hombre sexy de verdad, y su cuerpo, tanto tiempo ignorado, reaccionó al reconocerlo. Con unos pocos contactos en la muñeca, en el pelo, él se las había arreglado para remover antiguos sueños y generar nuevos deseos. El mero hecho de verlo y oírlo reír le calentó la sangre en las venas, y al estar de pie tan cerca de él, percibiendo su calor y respirando su aroma, no hubo otra cosa que deseara más que alzarse y besarle.

Al mirar a aquel hombre sintió los pechos doloridos. Obviamente, había perdido el juicio.

Cuando cayó en la cuenta de que él había dejado de reír, levantó la vista, alarmada. No habría notado lo que estaba pensando, ¿no?

Él tenía los dedos todavía enredados en su pelo, y entonces dijo:

—Ojalá pudiera besarla.

Maldición. Sí que había notado lo que estaba pensando. Y...

—¿Acaso besar no forma parte del credo de un mayordomo? —le dijo impulsivamente.

Zack movió la base de la mano, la deslizó hasta el cuello de ella, y con una lenta presión comenzó a masajear los tensos músculos.

—Cuando el mayordomo está resfriado, no. Sería muy poco caballeroso por mi parte pasarle a usted mis gérmenes cuando ha sido tan amable de traerme sopa de pollo.

—Claro. El resfriado.

Hope no llegó a darse una palmada en la frente, pero deseó hacerlo. Prácticamente le había dicho a aquel hombre que quería que la besara. Eso sí que era jugar a hacerse la difícil.

Eso sí que era jugar. Y ella no tenía tiempo para tales cosas, tenía una carrera que sacar, tenía una familia que buscar. Debía permanecer centrada, o renunciar a todos los sueños que la habían sostenido en pie a lo largo de aquellos siete terribles años.

—En fin, tengo que irme.

Él tiró con suavidad de su cola de caballo y la hizo caer en sus brazos. La atrajo contra su pecho para que pudiese oír los latidos de su corazón y a continuación, apoyando la mejilla en su cabeza, le dijo:

—Puedes estar segura de que nunca estoy enfermo mucho tiempo. —Su voz se transformó en el susurro de un depredador—. Sobre todo cuando tengo una razón tan buena para ponerme bien.

9

Era un sueño ya antiguo, familiar, y Hope lo había tenido muchas veces. Se encontraba en su casa de Hobart, Texas, sentada a la mesa de la cocina dando de comer a Caitlin cereales de una caja. La pequeña palmeaba el tablero de su alta sillita con la mano, y abría la boca y cerraba los ojos como un pajarillo. Hope oyó una voz cálida y divertida que decía: «A esa niña le encantan los cereales.»

Hope se volvió hacia la cocina.

Su madre la miró sonriente. Tan alta como ella, rellenita como un almohadón y buena. Muy buena. Lo único que deseó Hope fue ir hacia ella para acurrucarse en sus brazos y que le dijera que todo iba a ir bien.

Pero Caitlin gritó: «¡Más!», y su madre contestó: «Ojalá hubiera aprendido otra palabra. La cena ya está casi lista. —Señaló con un gesto inconfundible las ollas que borboteaban al fuego—. Voy a llamar a tu padre.» Y se fue en dirección al estudio.

Hope deseó gritarle; se había equivocado de dirección. Papá estaba fuera, en su taller, y mamá necesitaba quedarse en la casa. No podrían estar todos juntos a no ser que mamá se quedara. Pero Hope quedó presa de aquella peculiar parálisis de los sueños, y no pudo pronunciar una sola palabra mientras su madre desaparecía por la puerta.

En lugar de eso, puso un puñado de cereales en el plato y contempló cómo Caitlin, con su cabello negro y rizado y sus grandes ojos azules, cogía uno de ellos con sumo cuidado con ayuda de sus dedos regordetes.

Luego vio a Pepper, a los ocho años de edad, de pie en el umbral, con un vendaje en la rodilla y el pelo negro rizado muy corto y torcido a la altura de la frente. Mamá quería que se lo dejara crecer porque lo tenía muy bonito, pero cada vez que lo intentaba Pepper agarraba las tijeras y se propinaba otro tajo. Con la mirada fija en los cereales, dijo: «Yo también tengo hambre. ¿Por qué no me dejas comer?»

«Podremos comer cuando llegue papá.» Ahora Hope ya podía hablar, pero había una profunda frustración que la carcomía: no podía levantarse de su asiento, moverse por la casa ni reunir a su familia. Sabía, con la impecable lógica de los sueños, que si todos vinieran a sentarse para cenar juntos el dolor de la separación habría pasado al fin. «Quédate», imploró a Pepper.

Pero Pepper lanzó una carcajada y se fue.

En aquel momento, papá abrió la puerta de rejilla. Traía el pelo, ralo y castaño, de punta, como si hubiera estado revolviéndolo con las manos, y en las cejas llevaba aún prendido polvo de serrín. Había estado de nuevo en su taller, fabricando algún objeto de madera. Nunca llegaron a verlo, nunca supieron de qué se trataba, pero mamá había dicho que disponía de poco tiempo para hacer lo que le gustaba, así que los niños no debían reírse de él.

Pero lo hicieron de todos modos.

«¿De acuerdo, princesa?» Sonrió a su hija como le sonreía siempre, como si el solo hecho de verla lo hiciera feliz.

«La cena está lista», le dijo ella.

«Pero ¿dónde está la pequeña?», quiso saber él.

La sillita del bebé estaba vacía. Caitlin había desaparecido.

Y después desapareció papá.

«Esto no está nada bien.» Gabriel se apoyó contra la encimera de la cocina y habló en aquel tono grave y vibrante que

empleaba cuando intentaba convencerla de algo. «Se han dispersado todos.»

«Pero si ni siquiera tengo una foto», respondió Hope alarmada.

El sonido de un timbre le hizo alzar de pronto la cabeza de la mesa. Vio que la centralita parpadeaba.

Sí que tenía una foto. Era su posesión más preciada, colocada en un marco de plata junto a su cama. La miraba todas las noches y todas las mañanas: mamá y papá, abrazados, rodeados por sus cuatro hijos.

Sin embargo, Hope jamás la miraba sin sufrir la obsesionante pérdida de su familia, y a veces, cuando trabajaba demasiado y dormía poco, ellos venían a visitarla en su subconsciente.

El timbre de la centralita sonó de nuevo.

Se pasó una mano por los ojos, se ajustó el auricular y contestó.

—Wealaworth y Asociados, ¿con quién desea hablar?

Al otro lado tronó la desagradable voz del señor King Janek.

—Oiga, quiero hablar con Wealaworth.

—Está fuera de la oficina hasta mañana —dijo, pero pensó: «Al fin y al cabo, son las siete de la tarde y la mayoría de las oficinas cierran a las cinco.»

Midió el tamaño del escritorio del señor Wealaworth, situado en el rincón y que parecía proceder de la sección de muebles de algún supemercado, y luego contempló con admiración su ordenador, que era de lo mejorcito que había. Con el bolígrafo preparado, preguntó:

—¿Quiere dejarle un mensaje?

—¿Qué hay de ese socio que tiene, el del membrete de las cartas? ¿Prescott, se llama? ¿Está en la oficina?

Con sorpresa, Hope comprendió que el señor Janek estaba hablando de ella. Ella no había hecho más que firmar unas cuantas entregas, y ahora el principal cliente del señor Wealaworth creía que era socia.

—La señora Prescott tampoco va a volver hoy. —Se permitió una pequeña sonrisa. Resultaba divertido que preguntaran por una persona importante.

—Mierda, ¿quiere decir que el socio de Wealaworth es una mujer? —gruñó Janek—. Tengo que hablar con ese tipo. Dentro de poco querrá firmar los cheques y, cuando se le da permiso a una mujer para que haga eso, se cree que es ella la que manda.

—Es que ella es la que manda, señor Janek —replicó Hope en tono cortante—. Es la socia de Wealaworth y Asociados.

—Ya, ya. —El otro cambió el tono de voz, se volvió más amistoso—. ¿Y usted? ¿Por qué está ahí todavía?

—Tengo trabajo que terminar.

Eran deberes para casa, y además estaba ocupándose de los teléfonos hasta que llegase Sarah a las diez. Madam Nainci había salido a acudir a una cita, y Dios sabía cuándo regresaría a casa. En el servicio de contestador reinaba el silencio, un lugar perfecto para estudiar.

—¡Qué concienzuda! —exclamó Janek—. No me vendría mal alguien como usted en mi organización. ¿Qué le parece?

Hope se debatió entre la diversión y la ofensa. Janek había dejado claro que estaba hablando de otras tareas que no eran contestar al teléfono, pero había sido tan directo al decirlo que no le dio tiempo a desarrollar ningún resentimiento, de modo que le respondió en tono remilgado:

—Estoy muy satisfecha donde estoy, pero gracias.

—Lástima. Una mujer con una voz como la suya podría llegar lejos.

Hope no quiso saber qué había querido decir con aquello.

—¿Desea algo más, señor Janek?

Para alivio suyo, el otro dijo que no y colgó.

Lo cual dejó la centralita muda. Hope clavó la vista en el libro de ciencias informáticas, pero por más que lo intentaba, su mente no dejaba de volver una y otra vez a Griswald. Le había llevado sopa de pollo. No era gran cosa, ya había hecho eso mismo por otras personas. Y se había sentido un poco culpable por haberlo violentado, enfermo como estaba. Aquel sentimiento de culpa la había llevado hasta la gran mansión de Beacon Hill.

La culpa... y la curiosidad. Quería saber cómo era físicamente. Necesitaba un rostro que poner a aquella voz. Lo había oído hablarle a ella en sueños, y el consuelo que hallaba en aquella voz profunda la ayudó a despertarse con una sensación de renovado optimismo. Según su experiencia, el optimismo era una emoción peligrosa, que inevitablemente conducía a la decepción y el sufrimiento. De manera que pensó que si exorcizara aquella voz y lograra sacarla de su mente, si se demostrara a sí misma que Griswald era tan viejo y apergaminado como ella lo había imaginado, conseguiría superar aquel tonto enamoramiento. Volvería a concentrarse en su familia.

En un desarrollo normal de los acontecimientos, ése hubiera sido un plan sólido. Pero por desgracia, el propio Griswald no había colaborado; en vez de eso, resultó que era... bastante guapo. Muy guapo.

Fabuloso, verdaderamente despampanante.

Con un gemido, apoyó la cabeza entre las manos. No había dejado de soñar con Griswald. De hecho, lo que había soñado la noche anterior pasó de blanco y negro a Technicolor, de cálido y reconfortante a acelerado y ardiente. Para ser una mujer que no tenía ninguna relación personal con el sexo, su subconsciente se las había arreglado para imaginar varias posibilidades muy interesantes.

Todo aquello era culpa de él. Hope podría haber resistido cualquier cosa excepto aquel abrazo. Se llevó una mano al estómago. Cuando él la tocó, experimentó una sensación parecida a la de encontrarse en lo alto de una montaña rusa y caer en picado a toda velocidad. Era algo que daba miedo, que resultaba horrible y maravilloso, todo a la vez. Después de tanto tiempo, el hecho de ser tocada, de ser abrazada... ¿Se habría dado cuenta él de lo mucho que significaba para ella?

No, por supuesto que no, ¿cómo iba a darse cuenta?

Pero nadie la había estrechado con fuerza entre sus brazos desde la última vez que vio a Pepper, y Pepper chillaba mientras se la llevaban a rastras.

Ojalá supiera dónde estaban ahora, Pepper, Gabriel y la pequeña... La mano que tenía apoyada en el estómago se cerró en un puño. Deseó que todos estuvieran bien, que fueran felices. Tragó saliva, pero las lágrimas que le escocían en los ojos no quisieron caer. Ya hacía años que las había llorado todas.

Pero si al menos supiera dónde estaban sus hermanos, cómo estaban...

En aquel momento zumbó una línea. Levantó la cabeza de pronto y se quedó mirando la luz parpadeante. Era la línea del señor Givens. Griswald... Sí, mejor pensar en Griswald que en su familia. En su fracaso.

Pero al pensar en él le vino a la memoria el sueño de la noche pasada, recordó aquella cocina cálida y luminosa, repleta de risas. Y después placer. Y más placer...

¿Lo sabría Griswald? Claro que no. Le estaba atribuyendo unos poderes que no podía tener ningún hombre. Griswald no tenía ni idea de que ella albergaba las mismas fantasías tórridas que un adolescente.

Con movimientos rápidos y precisos, propios de una operadora de lo más eficiente, conectó con él —¡tenía que dejar de pensar en aquellas cosas!— y se apresuró a decir:

—¿En qué puedo servirle, señor?

La voz de Griswald, cálida, profunda y sin prisas, llenó su cerebro y la dejó sin fuerza en los dedos.

—Hope. Hope, ¿cómo va todo?

—Muy bien. —Se puso a retorcer los bordes de su cuaderno—. Ha llamado el señor Chelo. Cree haber encontrado una beca.

—Bien. Me alegro por él. Pero yo me refería a... ¿Cómo estás tú?

—¿Yo? —Hope se miró a sí misma, los habituales vaqueros descoloridos y la camiseta sin gracia—. Estoy bien.

—Maravilloso. —Su voz grave daba la impresión de que su bienestar fuera de una importancia primordial para él—. Me quedé preocupado, pensando en que te fueras sola a casa.

—No sé por qué. Usted insistió en acercarme en coche hasta la parada del autobús.

—Te hubiera llevado hasta tu casa. —Esta vez sonó severo.

—No era necesario.

Ni en un millón de años iba a permitirle que la llevase hasta su barrio en uno de los Mercedes del señor Givens. Se lo habrían desvalijado antes de que hubiera pisado el freno.

La voz de él adoptó de nuevo aquel tono cálido y persuasivo.

—Se me olvidó preguntarte... ¿dónde vives?

Hope se echó a reír. O lo intentó. Lo que le salió fue más bien una risita nerviosa. Como que iba a decirle a él dónde vivía. Se sintió muy orgullosa de su tono profesional al replicar:

—Lo siento, señor, pero esa información es privilegiada y no puedo facilitársela.

—Vamos, Hope, tú sabes que soy de fiar. —Pero sonó un tanto sorprendido, como si nadie hubiera cuestionado nunca su integridad.

No era que ella estuviera haciendo semejante cosa, pero sí sabía cuándo debía ponerse firme.

—Madam Nainci es muy estricta a ese respecto y yo no pienso hacerla enfadar por ello.

En un tono que todavía no había oído de él, uno que debía de emplear con los criados incorregibles, Griswald contestó:

—Hope, ya basta. Deseo saber dónde vives. Y vas a decírmelo.

Hope se enderezó en su asiento, sobresaltada. ¡Vaya arrogancia, la de aquel tipo! Pero su tono de voz fue sumiso cuando dijo:

—Está bien, se lo diré.

—Eso está mejor.

Tal vez fuera un tío impresionante, pero se merecía que le parasen los pies. Lo dejó esperar un largo instante.

—Piense en el sitio donde vive usted. Ahora imagine el polo opuesto. Ahí es donde vivo yo. —Y antes de que él pudiera responder, extrajo la clavija y sonrió a la centralita—. Tráguese ésa, señor Griswald.

Un leve golpe en la puerta la hizo girar la cabeza. Era invierno, estaban en Boston, era de noche, y aquel barrio, aunque era mejor que el suyo, tampoco era demasiado bueno.

Sarah tenía llave. Madam Nainci, también. Entonces ¿quién era el que llamaba a la puerta a aquellas horas?

Hope se levantó de su asiento, fue hasta la entrada y

espió por la mirilla... y a punto estuvo de caerse de espaldas.

Fuera había una señora de cabellos blancos, con un corte de pelo estrafalario y los ojos más perspicaces que Hope había visto en toda su vida... y un hombre alto y musculoso que la sostenía en sus brazos.

Arriesgándose, Hope manoteó nerviosa con la llave y abrió la puerta de par en par, dejando entrar una ráfaga de aire frío y a los dos desconocidos.

—¿Puedo ayudarles en algo?

—Sí, gracias. Hace un frío verdaderamente tremendo. —La señora se arrebujó un poco más contra el amplio pecho del joven—. No puedo bajar las escaleras yo sola, así que él tiene que cargar conmigo en brazos.

Por primera vez, Hope se fijó en los dedos tullidos de la anciana y en el modo en que sostenía la cabeza, ligeramente inclinada hacia un lado como si no fuera capaz de mantenerla erguida.

—¡Naturalmente! —En aquel instante sonó la línea de Griswald, pero Hope hizo caso omiso—. Ya lo sabía.

La anciana puso cara de sentirse decepcionada, y repuso:

—De hecho, abrigaba la esperanza de que tú pensaras que es mi amante.

—Por supuesto que sí.

La mujer estalló en una sonora carcajada que le recorrió todo el cuerpo. Cuando se hubo calmado hasta que la risa no fue más que un ligero jadeo, preguntó:

—¿Tú eres Hope?

Al ver que ella afirmaba con la cabeza, levantó los ojos al cielo durante un instante conmovedor y Hope, que había visto rezar a mucha gente, hubiera jurado que estaba hablando con Dios.

Lo cual la irritó, pues no entendió por qué.

—Yo soy tía Cecily. —En sus labios todavía se dibujaba una débil sonrisa—. ¿Acaso Zack te ha advertido acerca de mí?

—¿Zack? —Hope fingió desconcierto—. Oh, el señor Givens. No, aún no he tenido el privilegio de hablar con su sobrino.

Tía Cecily movió la cabeza en un gesto negativo y murmuró:

—Qué idiota.

Hope no se ofendió. Era evidente que tía Cecily se refería a su sobrino.

—¿No quiere sentarse?

—Me encantaría. —El silencioso forzudo depositó a tía Cecily en una silla. Ella le apoyó una mano en el brazo con cariño y dijo—: Éste es Sven.

—No hablará en serio. —Hope no pudo evitar que se le escapara.

—Alguien tiene que llevar el nombre de Sven. —Tía Cecily se volvió hacia el aludido—. Ve a buscar el andador, estoy bien acompañada.

Con un cortés gesto de cabeza dirigido a Hope, Sven se marchó.

Hope lo contempló mientras se marchaba. Hasta envuelto en un grueso abrigo, rebosaba musculatura por todas partes, una extraordinaria exhibición de virilidad, y Hope no pudo apartar la mirada de él.

—En efecto —dijo tía Cecily como si Hope hubiera hablado, y sus ojos castaños lanzaron un destello de regocijo—. Yo le digo que si continúa a mi servicio es por cómo cocina.

—¿Y él se lo cree?

—No creo, pero no sabría decirte. No habla mucho.

—El hombre perfecto no tiene necesidad de hablar mucho.

—Exacto. —Tía Cecily se quitó los guantes y se aflojó la bufanda que llevaba al cuello—. Zack me ha pedido que done mi viejo andador a tu cliente, así que se me ha ocurrido traértelo personalmente.

—¿Un andador? ¿Para la señora Monahan? —Hope no esperaba resultado alguno de sus menos que sutiles insinuaciones, y juntó las manos para decir—: Es muy amable por su parte.

—Ha sido idea de Zack.

Sí, bueno.

—Idea de Griswald, supongo.

Tía Cecily tomó aire para decir algo. Luego tomó aire otra vez. Y lo soltó muy despacio.

—Mi sobrino es un tipo estupendo.

En aquel momento sonó la línea de la señora Shepard.

—Discúlpeme —murmuró Hope.

Mientras escuchaba a la señora Shepard quejarse de que aún no estaba de parto, de que tenía los tobillos hinchados y de que aquel niño no iba a llegar nunca, oyó decir a la tía Cecily:

—Mira por dónde. Te ha salvado la campana.

Aquello dejó sorprendida a Hope. ¿Para qué querría tía Cecily hablar con ella del señor Givens? No lo conocía, ni tenía ganas de conocerlo. Al tiempo que colgaba la llamada, tía Cecily dijo:

—¿Por qué no te agrada mi sobrino?

—No me desagrada. —Pero Hope sabía que se había puesto rígida—. Nunca he hablado con él.

—Si es por su dinero, he de confesar que yo también tengo dinero.

—Ya lo sé.

La tía Cecily tenía aquella resuelta entonación de Boston que sonaba igual que un fajo de billetes nuevos al doblarse.

—¿De modo que también me odias a mí?

—Yo no odio a nadie.

Pero Hope desvió el rostro. Sabía que no estaba bien odiar, estaba convencida de aquella verdad con todo su corazón. Pero cuando se acordaba de lo que le habían hecho a su familia... cuando se acordaba del dolor de la separación y de la soledad de no pertenecer ya... y del informativo de la noche anterior, aquellas personas en la cincuentena que volvían a encontrarse... ¿Y si ella fracasara? ¿Y si ella no encontrara a sus hermanos hasta que todos tuvieran cincuenta años?

¿Y si no los encontrara nunca?

Había intentado perdonar a aquella gente de Hobart, y en ocasiones creía haberla perdonado ya. Pero luego, en la oscuridad de la noche, sus dudas volvían a acosarla, y perdonar le resultaba imposible. Simplemente imposible.

Dos años atrás, incluso había buscado a la presumida de Melissa Cunningham y la había encontrado en una exclusiva universidad femenina de Georgia. Le envió un correo electrónico, pero no obtuvo respuesta. De modo que gastó unos preciosos dólares en llamarla por teléfono. Al principio, Melissa dijo que ella no hablaba con criminales; después, cuando Hope le suplicó, porque nada le daba vergüenza en lo tocante a su familia, Melissa le dijo que no volviera a llamarla nunca más. Por fin, le susurró: «Olvídate de Hobart. Olvídate de tu familia. No hagas preguntas. No remuevas otra vez ese nido de avispas.»

Y acto seguido colgó el teléfono y se negó a hablar de nuevo con Hope.

Cuando Hope se acordaba de las personas que le habían arrancado de los brazos a sus hermanas y a su hermano y la habían convertido en una marginada en aquel mundo llamado Boston, recordaba que eran personas acaudaladas, personas que fingían bondad y amor fraternal y que estaban vacías por dentro. Personas como Melissa y sus padres.

También habían conseguido que Hope se sintiera vacía por dentro. Vacía, angustiada y... ah, muy empeñada en lograr su objetivo.

De nuevo se abrió la puerta y, acompañado de otra ráfaga de aire frío, entró Sven. Con la sensibilidad que tienen los hombres muy corpulentos con los objetos delicados, abrió el andador y lo colocó en el suelo.

—Oh. —Hope examinó el aparato, admirando el brillo cromado, la cestilla, las ruedas—. Es perfecto. —Fue hasta donde estaba la tía Cecily y le tomó las manos—. Se lo agradezco mucho.

—Ha sido idea de Zack —repitió tía Cecily.

Hope asintió con un gesto, sin creerse ni una palabra, pero comprendiendo que a veces los parientes afectuosos tenían que pensar bien de los miembros de su familia.

Zumbó otra vez la centralita. Hope identificó al que llamaba con una mirada. Se trataba de la señora Ajedrez. La conectó y le dijo:

—Reina a d-4. —Y desconectó.

Al darse la vuelta, vio que la tía Cecily la observaba con expresión extraña, y por fin se acordó de sus modales.

—¿Le gustaría tomar un té, o un café?

—Me encantaría, querida. Luego podría hablarte de mi sobrino.

—Estupendo. —Hope gimió para sus adentros.

Pero quizá, tan sólo quizá, pudiera sonsacarle algo de información a la tía Cecily... acerca del arrogante, enloquecedor y siempre sexy Griswald.

10

—Mi querida niña, he concertado una cita para ti con mi señor Jones.

Hope giró sobre sus talones y soltó el lápiz. La afilada punta se rompió al chocar contra el suelo, pero ella apenas se dio cuenta.

—¿Cómo dice?

Madam Nainci salió apresuradamente de su diminuto dormitorio terminando de ponerse los pendientes en las orejas.

—Me prometiste que ibas a salir con mi señor Jones, y ahora...

—Lo que prometí fue que saldría con él si no me gustaba el señor Griswald. —Hope permitió que asomara a sus labios una sonrisa de lo más auténtica—. Y sucede que me gusta. Me gusta mucho.

—Pero... ¿pero es que lo has conocido en persona? —El acento de Madam Nainci se hizo más pronunciado debido a la sorpresa y a la incredulidad—. ¿Y no es un cardo?

—¡No, no! Es muy guapo.

—¿Joven?

—No demasiado.

—Es viejo.

—De treinta y tantos, supongo.

Aquel día Hope llevaba la camisa de franela blanca

que le había regalado por Navidad uno de los clientes del servicio de contestador, y se limpió una imaginaria manchita de la manga. Junto con la camiseta sin mangas que llevaba debajo, le daba calor y, cuando se la remetía dentro de los vaqueros y se la ajustaba con un cinturón, le quedaba muy bien. Se había mirado largo tiempo en el espejo para cerciorarse de ello.

—Es el mayordomo del señor Givens, ¿no se acuerda? No es mal trabajo. Y es un hombre agradable. En realidad es... es agradable.

—¿No me estarás mintiendo? —inquirió Madam Nainci en tono suspicaz.

—¡Madam Nainci! —Hope fingió sorpresa—. Como si yo quisiera hacer una cosa así.

—Sí que querrías, pero yo también sabría distinguir si me estabas mintiendo, porque lo haces muy mal. Pero... —Madam Nainci tomó la barbilla de Hope entre sus uñas acrílicas pintadas y luego estudió su rostro antes de añadir—: Creo que estás diciéndome la verdad.

Hope se zafó y comenzó a meter libros en su mochila.

—Voy a verle esta noche, después de clase.

—¿Esta noche? ¿Es que no va a venir aquí a recogerte? —Madam Nainci dejó abierta su boca pintada de rojo—. ¿Es que no entiende el respeto que debe mostrar a una joven de tu categoría? Tú le honras con tu presencia.

—No vamos a salir. Va a ayudarme con los ejercicios de física.

—¡No se trata de una cita!

Hope contuvo la respiracion y esperó a que Madam Nainci hiciera su declaración.

—Eso... eso es mejor que una cita. ¿Dices que va a ayudarte con la física? Sí, es un auténtico sacrificio. ¡Muy bien! —Madam Nainci levantó las manos en el aire en un gesto exagerado de abrazarla—. Voy a decir a mi señor Jones que ya es demasiado tarde... por el momento. Pero si tienes algún problema con tu romance, deberás explicármelo. Yo tengo mucha experiencia en romances y puedo ayudarte.

—Sí, Madam Nainci. —Hope no hizo comentario alguno sobre el hecho de que la experiencia de Madam Nainci se refería, toda, a romances fracasados—. ¿También va a salir usted esta noche?

—Pues sí, hoy he permitido a Stanford que me lleve a alguna parte.

Hope contempló a su jefa, animada y extrovertida, y después pensó en el señor Wealaworth, más joven, más delgado y callado, igual que una foto descolorida.

—¿Va en serio con él?

—¡En absoluto! Salir conmigo le hace feliz, y a mí me gusta el restaurante griego que me ha sugerido. Pero es demasiado... cuál es la palabra... demasiado nervioso para mí. Siempre está preocupado. —En aquel momento se oyó un portazo y penetró una racha de viento frío—. Y aquí está nuestra Sarah, para hacerse cargo de la centralita. —Madam Nainci frunció el ceño—. ¡Y llega tarde!

Con la prisa que la caracterizaba, Sarah arrojó su abrigo al suelo.

—Llego tarde porque he ido a buscar esto. —Como una pequeña bola de energía, sus ojos castaños centellearon al tiempo que, con la ceremonia de un director de circo, extrajo un largo pañuelo de cuello de su bolso—. ¿A que es precioso?

En efecto, lo era. Un estampado de flores turquesa sobre un fondo marrón oscuro de seda, con un brillante fleco de color crema en los extremos.

—¡Una maravilla! —Hope tocó la suave tela—. ¿Dónde lo has encontrado?

—Es de una artesana que conoce Joe, que hace cosas como ésta a un precio muy razonable —explicó Sarah.

—¿Así que te lo ha regalado Joe? —Hope sintió que la envidia la comía.

—No, tonta, lo he traído para ti. —Obligó a Hope a ponerse de pie y le colocó el pañuelo alrededor del cuello.

—Oh... —Hope pasó las manos por la lujosa prenda—. No puedo aceptarlo. Es tan...

—No puedes decir que no —intervino Madam Nainci—. Sarah se sentiría insultada. ¿A que sí, Sarah?

—Sí —contestó la aludida en tono jocoso—. Vas a llevarlo puesto mientras aprendes... física. —Al pronunciar la última palabra, le hizo a Hope un guiño bien visible.

Madam Nainci se irguió como si se diese por ofendida.

—¿Estabas enterada de lo de ese mayordomo?

—No quería contarme nada, pero anoche la convencí para que se quedara un rato, y estuvimos cenando y hablando —repuso Sarah—. La obligué a que me lo dijera.

—Estáis dando excesiva importancia a lo de esta noche —dijo Hope, pero se ruborizó al tiempo que hablaba, y las dos mujeres dejaron escapar unas risitas.

—Ya veo, Hope —dijo Madam Nainci—. Estás de vuelta de todo. —En aquel instante sonó el timbre de la puerta y corrió a abrir, con el largo pañuelo que llevaba anudado a las caderas ondulando en un remolino ámbar y escarlata—. Pase, señor Wealaworth. ¿Qué tal ha ido el almuerzo?

—Bien. —Sombrero en mano, el hombre entró y se

quedó de pie, incómodo entre las mujeres—. Hola, señoritas. —Se volvió hacia Hope—. Confío en que todo marche bien en nuestro pequeño negocio.

—Muy bien.

Hope observó al señor Wealaworth mientras éste iba hacia su escritorio y se ponía a trabajar. Le gustaba aquel hombre; parecía muy meticuloso. Solicitaba la firma de ella para los envíos; luego ponía el nombre de Hope en los membretes de las cartas. En cierta ocasión en la que firmó un informe conjuntamente con él, Wealaworth le explicó los números. Fue tan paciente y claro, que Hope creyó haber entendido la mayor parte de lo que él le dijo, y con eso se quedó contenta. Al fin y al cabo, ella no quería ser contable, pero algún día necesitaría uno que se ocupara de administrar su dinero, y con la ayuda del señor Wealaworth ella ya contaría con cierta experiencia.

Experiencia de la que había carecido su padre. Porque, aunque ella no entendía de contabilidad, sí entendía que si faltaba dinero de los fondos de la iglesia de Hobart era porque lo había robado alguien, y ese alguien no había sido el reverendo Prescott. Hope lo supo ya entonces, y jamás había cambiado de idea.

Recordó aquella escena de nuevo, de pie en el patio, oyendo a los parroquianos despotricar contra sus padres, sin comprender cómo podían estar tan equivocados y ser tan crueles. Deseó ser implacable, y a veces lo era, efectivamente, pero cuando las circunstancias parecían más desoladoras que nunca, volvía a oír en su mente la voz de su padre: «Hope, ten fe en Dios, porque Él siempre te tiene en la palma de su mano.» Debía creer aquello; su fe era lo único que le había quedado de su padre.

Conforme fue haciéndose mayor y exponiéndose a más equívocos y más crueldad, llegó a tener la certeza de que una de aquellas personas había sido culpable de desfalco... y de asesinato. Del asesinato de sus padres. Pero no sabía de quién se trataba, y había tenido que elegir entre buscar que se hiciera justicia a su padre y a su madre o buscar a sus hermanas y su hermano. Escogió buscar a Gabriel, Pepper y Caitlin, y así lo haría.

Hasta ese día, sólo tenía a sus amigas, que eran en verdad muy buenas.

—Gracias por el pañuelo, Sarah. Y a usted, Madam Nainci, por estar siempre a mi lado cuando la necesito. No suelo decir esto con frecuencia, pero las dos habéis hecho que mi vida sea mucho mejor. Todos los días, me siento agradecida de... —De modo inesperado, a Hope se le quebró la voz y se le llenaron los ojos de lágrimas.

—Oh, Hope, nosotras sentimos lo mismo por ti. —Sarah la rodeó con un brazo y luego tendió el otro a Madam Nainci—. Vamos a darnos un abrazo.

Y se abrazaron las tres, disfrutando de aquel momento de proximidad.

Madam Nainci les pellizcó la barbilla, a una después de otra, con sus uñas postizas.

—Sois buenas niñas. Muy buenas niñas. Os van a pasar cosas estupendas a las dos, estoy segura. —Hizo un gesto con la cabeza al señor Wealaworth, que se hallaba trabajando sentado a su escritorio con los hombros encorvados mientras se afanaba por evitar aquel despliegue femenino de sentimentalismo—. Así que has empezado ganando quinientos dólares mensuales, ¿eh, Hope?

—Oh, sí —respondió Hope con entusiasmo.

En aquel momento zumbó la centralita.

Madam Nainci volvió la mirada hacia la luz parpadeante.

—Es la señora Monahan.

—¡Bien! Quería hablar con ella antes de marcharme a clase. —Con una sonrisa afectuosa, Hope se despegó de sus dos amigas y atendió el teléfono—. Hola, señora Monahan, ¿qué tal se encuentra en un día tan estupendo como hoy?

En efecto, era un día estupendo, con sol y cielo azul en cantidad suficiente para hacer pensar a cualquiera que fuera hacía calor. Pero, como ocurría con tanta frecuencia en Boston, aquello no era más que una quimera. La temperatura en el exterior llegaba a cero grados, y se suponía que por la noche debía de descender bien por debajo de eso. Para Hope, que recordaba con cariño los suaves inviernos de Texas, aquello era indecente.

Con su encantador acento irlandés y su voz de ancianita, la señora Monahan contestó:

—Ah, querida, me encuentro muy bien. Quería decirte que el andador funciona a las mil maravillas. Hoy he ido a la frutería, y en la cestilla me ha cabido todo lo que necesitaba.

—¿Ha ido a la tienda? —Hope se imaginó a aquella anciana diminuta y de cabello gris, con su peinado permanentado y los hombros encorvados, caminando con dificultad por los helados pasillos del supermercado—. Pero ¡hace mucho frío!

La señora Monahan rió, indulgente.

—Así es, pero yo ya estoy muy curtida.

—Si me permitiera llamar al asistente social...

—¡No, no deseo molestar a nadie! —Cuando quería, la señora Monahan empleaba un tono de voz que parecía el restallar de un látigo—. Bien, querida, siento curiosidad por saber qué tal te ha ido con el examen de física. —Una vez más volvió a hablar como la amable ancianita que Hope creía que era.

Hope lanzó un sonoro suspiro.

—He sacado un ochenta y ocho. Hasta ahora, mi media está en sobresaliente, pero por los pelos, y no puedo meter la pata en otro examen. —Se mordió el labio inferior—. Tengo que terminar los estudios en la escuela de educación terciaria con cuatro puntos completos.

Con voz dulce, la señora Monahan dijo:

—Me parece que esas ciencias que estás estudiando no son lo tuyo.

—¿Lo mío? —Hope se relajó con una sonrisa.

—Me parece que deberías estudiar psicología, o historia, o arte. Algo que sea un poco más suave, que encaje más con tu personalidad.

Hope cerró los ojos y, durante un instante de intenso placer, recordó lo mucho que había disfrutado de sus clases de arte. Su madre la llevaba todos los martes una hora a la clase que le impartía la profesora de arte del instituto. La señora Campbell era difícil y exigente, y en ocasiones le dedicaba un cumplido que la hacía estar radiante durante días. Había oído decir a su madre que poseía verdadero talento. Mantenían conversaciones acerca de cuáles eran las universidades de artes liberales más adecuadas. La vida era agradable en aquella época, y fácil, y Hope tenía el mundo en sus manos.

Replicó a la señora Monahan:

—Con el arte no se gana dinero.

—El dinero no lo es todo, querida.

Hope se preguntó cómo alguien como la señora Monahan, tan acosada por la pobreza, podía pensar así.

—Pero no tener dinero es lo peor del mundo.

—Lo peor del mundo es no tener libertad —la corrigió su interlocutora.

—Pues no tener dinero le sigue muy de cerca. Yo pienso esforzarme por sacar un sobresaliente en física. —Aquélla era la única razón por la que iba a recibir clases de Griswald.

Ya, claro.

—¿Cuánto más puedes esforzarte? Ya no te queda tiempo para ti misma.

—Ya tendré tiempo para mí cuando me gradúe.

Ni siquiera aquello era estrictamente cierto. Cuando se graduara, iría a una universidad. Cuando obtuviera el diploma en ciencias, buscaría el trabajo mejor pagado que hubiera y pasaría los ratos libres navegando por internet, a la zaga de algún rastro de sus hermanos. Ahora, en cada momento libre que tenía, investigaba en los decrépitos ordenadores de la biblioteca, y allí no había nada, ni un solo indicio.

—Bueno, querida, no te preocupes. Aprobarás la física con sobresaliente e irás a la universidad que quieras. Encenderé una vela por ti. Cuídate, cariño, al caminar por esta cruel ciudad.

—Así lo haré. —Hope aguardó hasta que la señora Monahan colgó, y desconectó la clavija.

Se quedó mirando su libro. Ciencias informáticas. Tenía que estudiar ciencias informáticas. A pesar de lo que dijera la señora Monahan, no podía rebelarse y ponerse de repente a estudiar arte. Si lo hiciera, no podría empezar a buscar a su familia.

Y no se atrevía a pensar en Griswald. No le convenía concentrarse en nada que no fueran sus clases. Y, desde luego, no le convenía imaginarse un futuro entre ella y un mayordomo sólo porque él fuera guapo e inteligente y pareciera interesado por ella. Tenía que acordarse de lo que había sucedido la última vez que había hablado a alguien de sus padres y de sus hermanos.

Rió en voz alta y ella misma se sobresaltó por la hostilidad de su tono de voz.

Madam Nainci asomó la cabeza por la cocina.

—¿Ocurre algo, Hope?

—Nada en absoluto —contestó Hope.

Madam Nainci desapareció otra vez y la dejó a solas con su regañina interior.

¿La última vez? Qué va, todas las veces. No se podía decir que fuera precisamente una persona que aprendiera deprisa. Pero ahora lo sabía. Jamás hablaría a nadie de su pasado o, de lo contrario, toda la amistad e intimidad terminaría en amargura y humillación.

Griswald no era más que un obstáculo en su camino.

11

El obstáculo en su camino estaba en su despacho, muy serio, poniendo fin a los detalles para cerrar la empresa de Colin Baxter y hablar, por última vez, con el hombre que en otro tiempo había sido su amigo.

—Maldita sea, aflójate un poco. —Ahora Baxter estaba asustado, e intentaba con palabras zalameras escapar de la encerrona en la que él mismo se había metido—. Somos amigos.

—No, no lo somos.

Zack consideraba a Baxter un cabrón despiadado. Pero el problema no radicaba ahí. Al fin y al cabo, según Jason, todas las mañanas el propio Zack afeitaba la cara de otro cabrón despiadado. El problema radicaba en que Baxter era un egoísta que creía que podía hacer lo que le viniera en gana con independencia de las reprimendas de su consejo de administración y de sus deberes para con los accionistas.

—Eran sólo negocios —alegó Baxter.

—No, no eran sólo negocios. Fue estupidez. —Y no había nada que ofendiera a Zack tanto como aquello.

Baxter perdió los nervios. Cosa nada sorprendente. Cuando alguien le llevaba la contraria, perdía el control.

—Esto es venganza. Venganza porque no he superado alguna especie de prueba de lealtad hacia el gran, el excelso Zachariah Givens. Deja que te diga una cosa,

Zack: nadie superará jamás esa prueba a tu entera satisfacción. Todo el mundo piensa en sí mismo, y tú harías bien en dejar de buscar esa relación «auténtica», porque no vas a gustar a nadie tanto como te gustas a ti mismo.

—Ya basta —dijo Zack en tono cortante.

—Yo te oía quejarte de que todo el mundo te trataba de manera distinta porque eras rico, y pensaba: «¿A quién diablos le importa eso?» Pero de todos modos te escuchaba, y asentía, y fingía sentir interés...

—Adiós, Baxter.

—¡No me cuelgues el teléfono!

En silencio, Zack depositó en su sitio el auricular. A continuación, se acercó a su bar y se mojó la cara con un poco de agua. Al volverse vio a Meredith en la puerta.

—¿Qué ocurre? —preguntó en tono desabrido.

A ella no pareció importarle. Ya no. Con una calma nacida de haber capeado muchos otros temporales de su jefe, le dijo:

—Está al teléfono su tía Cecily. Dice que o la atiende o se irá a comprar más cuadros para que usted se los cuelgue.

—De acuerdo, hablaré con ella. —Fue hasta el teléfono y se dispuso a contestar, no sin antes advertir a Meredith—: Antes de que se marche, necesito que me dé un consejo.

Meredith abrió la boca para preguntarle «¿Qué?», pero al instante la cerró, afirmó con la cabeza y se fue cerrando la puerta tras de sí.

Zack levantó el auricular y empezó:

—¿Qué, tía Cecily?

—¿Así es como saludas a tu tía envejecida y artrítica? —Sonaba un tanto demasiado jovial.

Zack se mostró suspicaz al momento, y respondió en un tono falsamente solícito:

—Me alegro de saber de ti, tía Cecily. ¿Qué tal se encuentra tu envejecido y artrítico cuerpo?

Ella rió.

—Estupendamente bien, o por lo menos así será dentro de tres semanas, cuando me vaya al Caribe y me siente en una cálida playa debajo de una sombrilla.

Había logrado llamar su atención.

—¿Te vas de vacaciones? ¿Tú sola?

—Eres igual de sutil que un azadón. Pero de hecho sí, me voy de vacaciones, y no, no me voy sola. ¿Responde eso a todas tus entrometidas preguntas?

—No del todo. —Su madre estaba en lo cierto: la tía Cecily debía de tener una aventura.

—Es una lástima, porque es todo lo que vas a sonsacarme. —Jocosamente, cambió de tema y le preguntó—: ¿Adivinas lo que hice anoche?

Zack, sentado en su sillón de ejecutivo, se recostó contra el respaldo cuan largo era.

—Si no piensas responder a mis preguntas, ¿por qué habría yo de responder a las tuyas?

—Qué antipático. No resulta nada atractivo en un hombre de tu importancia. Fui a contratar un servicio de contestador.

Aquello sí que no se lo esperaba. Se incorporó al instante y exigió:

—¿El de Madam Nainci? ¿Has acudido a Madam Nainci?

—¿Cuántos servicios de contestador hay en Boston? Naturalmente que he acudido al de Madam Nainci.

Zack se hundió en su sillón y se quedó mirando fijamente el teléfono, como si por obra de algún milagro pudiera ver la cara de su tía.

—¿La has visto? ¿Has conocido a Hope?

La tía Cecily soltó una risita.

—Sí.

Zack rompió a sudar.

—Dios mío, ¿y qué le dijiste de mí?

—La verdad.

—No. —¿Tía Cecily lo había traicionado?

—Sí. Le dije que Zack Givens era sobrino mío. —Dejó que Zack se retorciera de angustia por espacio de unos segundos, y luego añadió en tono sarcástico—: Pero Hope no tenía ningún interés por Zack Givens. Quien le interesaba era su mayordomo, Griswald.

—Ah. —Zack se relajó en su asiento—. Eres mi tía favorita.

—La adulación no va a servirte de nada para salir del atolladero esta vez. Di la verdad a esa muchacha.

—Sí. Debería hacerlo. —Pero le gustaba el modo en que Hope lo trataba: como si fuera un hombre igual que cualquier otro y no como una tarjeta de crédito con patas.

—No sé mucho de tus asuntos amorosos, querido, y no quiero saber nada, pero corrígeme si me equivoco: esa chica no te pertenece para que hagas con ella lo que quieras.

—Todavía no.

—Zachariah Givens, ¿qué estás pensando? —La voz de tía Cecily se quebró al alcanzar una aguda nota de indignación—. ¿Crees que puedes agarrar a una joven realmente encantadora que ha sufrido infinidad de desgracias en la vida y llevarla...?

Zack se puso en estado de alerta total.

—¿Qué clase de desgracias?

—No me lo dijo, pero es huérfana y pobre. ¿Vas a arrastrarla hasta tu cama para luego decirle «A propósito, no soy quien dije ser»?

Zack se relajó.

—No es precisamente una niña, ¿no?

—Es una joven encantadora, y tú estás eludiendo la pregunta.

—Responderé a tu pregunta si tú respondes a la mía. ¿Con quién te vas al Caribe?

La tía Cecily lo ignoró olímpicamente.

—No sólo Hope representa muchos más problemas de los que tú estás acostumbrado a encontrarte, es que además es mucho más agradable que esas mujeres con las que sueles dormir. Déjala en paz.

¿Dejar en paz a Hope? Antes que eso, abandonaría sus obligaciones para con Givens Enterprises. Givens formaba parte de él, y Hope... En fin, ella no formaba parte de él. Ninguna mujer. Pero ciertamente Hope había captado su interés, y con eso bastaba.

—Meredith me está diciendo que tengo otra llamada. —No era verdad, pero no deseaba seguir hablando de Hope con la tía Cecily—. Explicaré a mamá que te vas al Caribe. Con un hombre. De modo que puedes esperar un interrogatorio.

Y colgó dejándola con la protesta en la boca. Acto seguido marcó el número de su médico y, en unas pocas frases breves, la mayoría de las cuales tenían que ver con el número de su tarjeta de crédito, dio las instrucciones necesarias para que la señora Monahan tuviera su operación de cadera.

Ya estaba. Aquello eliminaría todo vestigio de culpabilidad que hubiera conseguido suscitar tía Cecily.

A continuación, llamó a su casa.

—Residencia Givens —contestó Griswald como si fuera un heraldo de la realeza.

Zack decidió que tenía que sonar más mayestático cuando hablase con Hope.

—Griswald, voy a darle unas vacaciones.

—¿Señor... Givens? —La voz de Griswald revelaba desconcierto—. ¿Es usted? ¿Se encuentra bien?

Irritado, Zack replicó:

—Por supuesto que me encuentro bien. Actúa usted como si nunca pudiera irse de vacaciones.

—Naturalmente que sí, señor. Pero a usted no le gusta. A usted no le gustan los cambios de ninguna clase.

Zack le dirigió una sonrisa odiosa al teléfono.

—Pues estoy cambiando.

Griswald probó otra vía.

—Tendré que dejar al mando a Leonard, y ya sabe usted que Leonard no le gusta.

Zack hizo una mueca. Era verdad. Nunca había llegado a congeniar con aquel submayordomo nervioso y servil que jamás lo miraba a los ojos.

—Sobreviviré. Váyase a alguna parte. Haga una investigación genealógica, o lo que sea... Váyase esta noche.

—¡Esta noche! —Indignado y ofendido, Griswald exclamó—: Señor, esto es ultrajante.

—Le pagaré las vacaciones.

—¿Cuánto tiempo? —preguntó el mayordomo con cautela.

—Con dos semanas bastará. —En el plazo de dos semanas tendría a Hope en su casa, en su cama, le habría descubierto el engaño y ella lo habría perdonado.

Griswald suspiró.

—Le dejaré el número de mi móvil, y cuando se haya recuperado de este caprichoso arrebato, puede llamarme para que regrese.

—Buena idea. Gracias, Griswald. Le veré cuando vuelva.

—Sí, señor. Y... señor, ha llamado aquí la señorita Hope preguntando por... mí. —Griswald espació las palabras para dar a entender su total desaprobación—. Le he dicho que no me encontraba en la casa.

—Ah. —Que Griswald descubriera qué estaba haciendo era exactamente lo que Zack había esperado evitar. Pero no iba a indagar cómo había descubierto Griswald el engaño. Los criados siempre lo sabían todo, y Griswald sabía todavía más. Peor aún, Griswald llevaba tanto tiempo con Zack que era capaz de echarle una reprimenda a la menor provocación, y Zack no estaba de humor para oír lo gilipollas que era. De modo que dijo en tono de no dar importancia a la cosa—: Gracias, Griswald. Ya la llamaré yo.

Y colgó antes de que Griswald pudiera hacer ningún otro comentario. Se tomó unos instantes para dejar escapar un suspiro de alivio. Después, lápiz en mano, tachó a Griswald de la lista. La siguiente era... Meredith. La llamó por el intercomunicador.

La secretaria de conservador atuendo se presentó enseguida, cuaderno en mano, y tomó asiento en la silla situada delante del escritorio, lista para lo que él pudiera lanzarle.

—Esta noche voy a preparar una cena —dijo Zack—, para una mujer.

Meredith ladeó la cabeza en un gesto de incredulidad.

—Está bien. Compraré algo preparado y esconderé después los envases.

—Eso la enloquecerá.

Si no fuera porque necesitaba la ayuda de Meredith, la despediría de nuevo. Pero le quedaban sólo diez días hasta que volviera la señora Farrell, y no pensaba aleccionar ahora a otra secretaria nueva. Además, Hope diría que debía alegrarse de que Meredith se hubiera relajado lo bastante para hacer comentarios sarcásticos.

—Voy a hacer... —Se corrigió—: Voy a comprar lasaña, y quiero servir vino tinto. No un vino malo, pero sí uno más económico que los que suelo llevar a mi mesa. Esperaba que usted pudiera ayudarme.

Ella sonrió.

—Podría. ¿Un vino tinto que esté bien? ¿Cuánto desea gastarse?

Zack intentó acordarse de lo que tenía en sus bodegas y cuánto se había gastado.

—Yo diría que no más de cincuenta dólares la botella. —Aguardó pacientemente a que Meredith terminara ya con aquella risita. Cuando se hubo calmado lo suficiente para secarse los ojos, le preguntó—: ¿Qué sugiere usted como precio modesto?

—Hay vinos estupendos por menos de diez dólares la botella. —Titubeó como si temiera decir algo más.

—Continúe —la animó él.

—Para serle sincera, cuando puedo permitirme beber vino, elijo Citra. Es vino tinto de mesa, lo venden en el supermercado y está bastante bien.

—Citra. —Zack anotó el nombre.

Meredith se removió incómoda en su asiento.

—Verá, señor Givens, no es muy buena idea. Vamos a probar con otro vino.

—¿Y por qué no Citra?

Meredith adoptó una expresión... no culpable, sino violenta.

—Viene en botellas grandes.

—¿Cómo de grandes? ¿De cuatro litros?

—No, algo menos. Y cuesta... —Hizo una mueca y añadió—: Siete dólares la botella.

—Pero a usted le gusta. Muy bien. Gracias. —Citra iba a ser. Estudió el menú que tenía escrito—. Tengo ensalada y pan integral con aceite, y además una crema de judías verdes. ¿Se le ocurre algo más que pueda necesitar?

—¿Un postre?

—*Zabaglione* con frambuesas. —Esperó a que Meredith lanzara una exclamación de entusiasmo.

Pero en cambio ella se lo quedó mirando como si jamás hubiera oído nombrar aquello.

—Ya sabe. Huevos, azúcar, queso Marsala, batido todo junto y congelado... —Meredith parecía sinceramente desconcertada, y Zack arrugó el entrecejo—. ¿Qué serviría usted?

—Señor, espero que me perdone, pero ya he cogido el ritmo de esta oficina, y he hablado con esa pobre muchacha del servicio de contestador, y creo saber con quién está viéndose usted, y pienso que no debería hacer esto, pero si va a comportarse como un memo, sirva chocolate a esa pobre chica.

Zack no logró decidir si reaccionar a la crítica a su doblez o a la crítica de cómo había planeado la cena.

Meredith no esperó a averiguarlo.

—Quiero decir que adelante con su *zabaglione*. Hay mujeres a las que no les gusta el chocolate, pero la mayoría de nosotras lo adoramos.

—¿Qué clase de chocolate?

—Mousse de chocolate, tarta de chocolate, pasteles de chocolate... —Meredith entrecerró los ojos como si estuviera en éxtasis—. Cuando yo salía con mi esposo, me invitó a una cena muy agradable que tenía como postre una tarta de chocolate con mousse de chocolate como relleno y una cobertura de chocolate glaseado. Creí morirme de placer. —Se puso de pie—. Y no se olvide de las flores.

—Sí, las flores. —Zack lo apuntó—. ¿Qué pasa entre las mujeres y las flores?

—Que la mayoría de nosotras no tenemos suficiente belleza en nuestras vidas. Bien, ¿algo más?

—Creo que ya está todo. —Hizo ademán de coger el teléfono, y al hacerlo oyó en su cerebro la reprimenda de Hope con tanta claridad que estuvo a punto de mirar a su alrededor por si estaba allí presente. No estaba, pero Zack obedeció de todos modos—: Gracias por su ayuda, Meredith.

—De nada, pero... sigo pensando que es usted un mal bicho por no decirle la verdad a esa chica.

Zack le dirigió una mirada de lo más significativa y dijo:

—¡Meredith!

Ella lanzó una exclamación ahogada y huyó del despacho.

Zack se quedó mirando el lugar por donde había desaparecido. Sabía que era un mal bicho por no decir la verdad a Hope y, cuanto más tiempo tardara en decírsela, más difícil le resultaría la confesión. Pero tenía el momento planificado. De verdad. Iba a esperar hasta tenerla desnuda entre sus brazos. El hecho de decírselo en ese instante, cuando ella estuviera maleable y relajada después de que él le hubiera hecho el amor, le garantizaría que ella lo perdonase sin dudar. Ya casi se lo imaginaba ahora...

—¡Eh, colega! —Jason Urbano dio un golpe en el marco de la puerta y entró en el despacho—. ¿Has provocado últimamente algún otro ataque cardiaco?

Zack dio un respingo y se lo quedó mirando, todavía aturdido por su ensoñación y desconcertado por su brusco final. Y de pronto un tanto averngozado, convencido de que sus lascivos pensamientos debían de estar reflejados en su rostro.

—¿Qué? ¡No!

—Entonces ¿en qué estabas pensando? Tienes pinta de sentirte culpable de algo.

—No es nada. Sólo estaba pensando. —Zack revolvió los papeles y frunció intensamente el ceño.

Lo cual no sirvió para engañar a nadie, porque Jason se instaló en la silla que había justo delante de la mesa de Zack y se arrellanó bien para ponerse cómodo.

—A lo mejor estabas pensando en lo de... esta noche —dijo canturreando—. Quizá pensabas en... el amooor. —Arrastró la palabra para alargarla, y sonrió de una forma tan maliciosa que Zack supo que lo había pillado.

—Estaba pensando en el trabajo —contestó con un desdén aplastante.

—Claro. —Jason se inclinó sobre el escritorio—. Cuando aposté a que no ibas a ser capaz de mostrarte amable durante más de diez días, no imaginé que fueras a tomártelo tan en serio para iniciar un romance con una tía buena del servicio de contestador.

—No es una tía buena. Quiero decir, sí que está buena, pero... —Zack se quedó en blanco a la hora de describir a Hope a su sonriente compañero. Al final dijo de mal humor—: Meredith tiene mucho que decir.

—De eso, nada. Estaba escuchando junto a la puerta. —En voz de falsete, Jason imitó a Meredith—: «Y no se olvide de las flores.»

La tomadura de pelo de Jason borró de la mente de Zack todo rastro de sinceridad.

—Vas a tener que pagarme cien dólares, «colega».

Jason sonrió satisfecho.

—Permíteme que lo dude. Me he enterado de que hace un par de días despediste a la señora Spencer.

—Pero volví a contratarla —replicó Zack con altivez.

—Fuiste mezquino. He ganado yo.

Zack echó mano del as que guardaba en la manga.

—Le pedí disculpas.

Jason lanzó una exclamación de exagerado asombro y se llevó una mano al corazón.

—¿Tú? ¿Tú le pediste disculpas? Eso resulta casi aterrador. Realmente, eres capaz de hacer lo que sea con tal de ganar una apuesta. Muy bien. Te dejaré que salgas victorioso por una vez. Pero una solamente, porque, afrontémoslo, tienes hasta el partido de hockey del domingo, el cual vas a venir a ver, acuérdate, para salir del paso sin destrozar la vida de nadie. —Sonrió satisfecho una vez más—. No vas a conseguirlo.

—Lo conseguiré.

—No tienes la menor posibilidad.

—Lo conseguiré —repitió Zack. Mientras estuviera con Hope, nada podía salir mal.

12

Hope se encontraba frente a la ancha puerta de la mansión Givens. Se ajustó la bufanda. Ahora que había aceptado aquel trabajo del señor Wealaworth, podría comprarse algo de ropa nueva...

Con firmeza, pulsó el timbre de la puerta.

Tenía que dejar de pensar en cosas tan frívolas. Necesitaba el dinero para buscar a su familia; su aspecto exterior era algo que carecía de importancia.

Además... En aquel momento Griswald abrió la puerta y la miró con gratificante aprecio, pareció gustarle exactamente tal como era.

Su silencio le dio la bienvenida con tanta eficacia como el saludo de otro hombre, porque sus ojos relampaguearon y se esbozó una sonrisa en la severa línea que formaban sus labios.

Aquella noche había cambiado la formalidad de los pantalones y la camisa almidonada por unos blandos vaqueros ajustables y una camiseta de color blanco. En algún recóndito lugar de su obnubilado cerebro, Hope se preguntó si se los habría puesto para que ella, con sus desgastadas ropas, se sintiera más cómoda. Si era así, no sirvió de nada, porque la camiseta escondía los músculos de su pecho con la misma sutileza que un brillante papel de regalo. Las mangas cortas le llegaban justo al centro de los bíceps, los cuales, cuando le tomó la mano para conducirla al interior de la casa, se flexionaron y ondularon bajo la piel igual que la lava. Sí. Dedicidamente, Griswald hacía pesas.

Y aquellos vaqueros... No se había dado cuenta de que tenía las piernas tan largas. Debería haberlo notado. Eran tan largas como la vez anterior que había estado allí. Pero algo tenía aquella tela de loneta de color azul descolorido que la hizo subir la mirada desde los zapatos de cuero hasta el bulto de la bragueta.

Piernas largas. Bulto largo.

Cerró los ojos, confiando en que él la guiase, y procuró recuperar el control de sus peregrinas ideas.

—¿Qué sucede? —preguntó él.

Era rápido para darse cuenta de las cosas. Un defecto con el que ella debía mostrar cautela.

—Soy hija de un predicador.

—Sí, ya me lo dijiste. —Le quitó los guantes de lana y le masajeó las puntas de los dedos, que las tenía congeladas—. ¿Sabes que ésa es la única información personal que me has proporcionado de manera espontánea?

Hope trató de concentrarse, pero no en la fuerza de los dedos de él contra los suyos, ni tampoco en el placer casi doloroso que le producía el hecho de que le calentara las manos el contacto de un hombre. Para sorpresa suya, aquel gesto servicial le causó un cierto escozor de lágrimas en los ojos.

Rápidamente, a fin de ocultar su lapso de estoicismo, dijo:

—Pues agárrate, porque estoy a punto de darte otro detalle personal. He tomado conscientemente la decisión de no complicar mi vida con un hombre.

Si él se sintió desanimado, lo disimuló muy bien.

—Suena a soledad.

—No. Es sensatez.

—Nada de hombres. —Zack afirmó con la cabeza—. ¿Es para siempre?

—Hasta que obtenga mi título.

—Bien. —Se extendió por su semblante aquella sonrisa cautivadora—. Temía que quisieras hacerte monja.

—No soy católica. —Hope hizo una pausa—. ¿Y qué harías tú si quisiera hacerme monja?

—Todo lo que estuviera en mi mano para quitarte esa idea de la cabeza.

—Eso es lo que había pensado yo. —Empezaba a conocer su carácter. Aquel hombre no permitía que nada se interpusiera entre él y su objetivo.

Sí, conocía su carácter, y ahí estaba lo malo también. No quería saber nada de su carácter, y desde luego no quería saber cuáles eran sus objetivos, sobre todo desde que sospechaba que uno de ellos tenía que ver con su persona.

—Eres hija de un predicador y... —la animó a continuar.

Hope se dio cuenta de que llevaba un largo instante mirándolo fijamente.

—¡Oh! Sí. Y he decidido no complicar mi vida con un hombre. Los hombres requieren cosas como atención y sexo, y todavía me quedan... —Tragó saliva antes de seguir—: Cuatro años para terminar los estudios; eso si todo va bien. De modo que me gustaría que tú te comportaras de forma responsable y me ayudaras.

Zack tuvo el valor de componer una expresión de sorpresa.

—Sólo te estoy frotando las manos.

—¿Y los vaqueros que llevas?

Zack la miró sin pestañear, como si el hecho de examinarle la cara fuera a ayudarlo a entender sus procesos mentales.

—¿Quieres que me los quite?

—Muy gracioso. —Pero le escoció la piel del pecho al pensar en aquella posibilidad—. Lo que quiero es que te pongas algo menos... —Agitó la mano señalando el cuerpo de él, de arriba abajo.

Zack se miró.

—¿Un poco menos...?

—Sí. Y esa camiseta. ¿A quién intentas engañar? No eres un tipo de los que usan camiseta.

Zack tuvo el temple de parecer ofendido.

—Sí lo soy cuando no estoy trabajando.

—Polos. Estoy segura de que usas polos, de los que tienen cuello y el cocodrilo en el bolsillo. Son prendas flojas y, aunque sean de color blanco, el tejido es lo bastante grueso para no pegarse como... —Agitó la mano de nuevo—. La castidad no resulta nada fácil, pero he descubierto que si me mantengo ocupada, si no pienso en ella y me alejo de las tentaciones, no me cuesta tanto. Agradecería tu colaboración. —Ya está. Se lo había dicho. Y lo había advertido.

El vestíbulo la envolvió con su calor, y esta vez miró a su alrededor con menos reverencia y más aprobación.

—Me gusta esta casa. Resulta acogedora. No es en absoluto lo que parece desde la calle. —Empezó a quitarse la bufanda.

Zack le apartó las manos para hacerlo él mismo.

—Me alegro de que te guste.

Una vez más Hope notó que se le formaban lágrimas en los ojos. La ternura de aquel gesto, de tener una persona que por un momento se preocupara de ella, podía dar al traste con todos aquellos años en los que había aprendido a ser autosuficiente.

Griswald era un hombre peligroso. Un hombre muy peligroso.

Se sorbió la nariz.

Zack introdujo una mano en el bolsillo de sus vaqueros. Ella se sintió avergonzada de reconocer que se fijó muy de cerca en aquel movimiento. Y, finalmente, él extrajo un suave pañuelo blanco.

Hope se lo cogió musitando las gracias y se limpió con él.

—Venir de un ambiente frío hace que me gotee la nariz. —Lo cual era una explicación totalmente innecesaria, pero era mejor que dejarle que creyera que estaba llorando.

—No tengo ningún polo —dijo Zack.

Ella le dirigió una mirada de incredulidad.

Pero él parecía absolutamente sincero.

Muy bien. A él le gustaban las camisetas. Así que ella tendría que soportar que las llevara.

Levantó la vista hacia la enorme araña de cristal y después se fijó en los brillantes apliques de la pared y los ornamentos de cristal tallado.

—No sé por qué, pero esperaba ver criados por todos los rincones de la casa del señor Givens.

Él le abrió el abrigo y frunció al entrecejo al ver los dispares botones.

—Les he dado la noche libre.

—¿También se la has dado al señor Givens?

Griswald la miró fijamente, como si sopesara lo que iba a decir.

—Soy un hombre muy poderoso.

Hope se frotó el brazo y efectuó su mejor imitación de una coqueta participante de un concurso de belleza: puso morritos y agitó las pestañas.

—El poder me excita.

Creyó haber acertado de pleno en aligerar el ambiente.

Zack no sonrió. En lugar de eso, le quitó el abrigo y lo colgó; después colgó la bufanda, los guantes y el gorro.

Hope se sintió violenta al ver su reacción tan seria, como un cómico de teatro al que han expulsado del escenario con abucheos. Sintió cómo fluía la sangre a sus mejillas y orejas, una sensación casi dolorosa, de tan intensa que fue. ¿Lo habría espantado con su advertencia? ¿Estaba siendo Griswald amable sólo por la posibilidad de meterse entre sus bragas? Solía agradar a la gente por sí misma, pero entre esa gente no había hombres guapos.

Guapos y poderosos.

Y aunque era consciente de eso, si la única razón por la que Griswald deseaba estar con ella era el sexo, estaría mejor sin él... Volvió a sorberse la nariz y se la limpió.

Pero es que Griswald le gustaba. Le gustaba hablar con él. Le gustaba estar con él. Le gustaba... mirarle. Incluso vestido de manera informal, le gustaba mirarle. Griswald hacía que se le acelerase la sangre en las venas, que su cerebro chispeara de emoción. Daba vida a su imaginación, y sí, la mayor parte de lo que imaginaba estaba bien oculto en lo más profundo de su conciencia y jamás permitiría que saliera a la luz, pero estaba allí y ella lo sabía. Con Griswald, la vida recuperaba su sabor y ella odiaba renunciar a eso.

Griswald se volvió hacia ella, tomó su mano en la suya y le dijo:

—Gracias a tu sopa de pollo... mi resfriado ha desaparecido.

Su resfriado había desaparecido, los criados estaban de permiso... y no le costó mucho deducir que él intentaba decirle que quería besarla.

—Oh. —Sus labios formaron la palabra, pero no llegaron a emitir sonido alguno.

De modo que no lo había desanimado del todo. Seguía gustándole.

El corazón se le disparó de manera alarmante. Natural, porque durante siete largos años su pobre corazón no había sido puesto a prueba más que con la angustia.

—Esto es muy bonito. —Griswald tocó el pañuelo nuevo, pero la miraba a ella—. Parece como si estuvieras a punto de desmayarte.

—Bueno. Hasta ahora sólo he besado a un chico, cuando tenía quince años. —Tomó aire—. En realidad, Sketer Braxton era de los mayores del instituto y yo estaba en segundo curso; él jugaba al fútbol americano. En Texas el fútbol es muy importante, de modo que él era un buen partido y yo me ponía a tartamudear de emoción cada vez que me prestaba un poco de atención. —Hizo una pausa para respirar—. Algo que, según parece, no ha cambiado.

Zack escuchaba atentamente.

—Yo nunca he jugado al fútbol. Siempre se me dio mejor el béisbol.

—Eso es muy importante en Texas. —No lograba acordarse de la cara del chico de Hobart, teniendo la vista clavada en Griswald. Entonces se le ocurrió una idea horrible—. Al decir que tu resfriado había desaparecido, lo que has querido decir es que tienes ganas de besarme, ¿verdad?

Griswald se llevó los dedos de ella a los labios y a continuación los apoyó en el pecho, sobre el corazón. Después deslizó las manos alrededor de la cintura de Hope y la atrajo hacia sí.

—Eso es exactamente lo que he querido decir.

Igual que la vez anterior, Hope se sintió envuelta en su calor, caldeada hasta los huesos. Percibió el olor a jabón que desprendía la piel de Griswald y se recreó en los sutiles aromas a bayas y especias. Casi podía paladearlo... y se sonrojó ante aquella idea. Sus labios, la piel de su rostro, la carne de su cuerpo.

Era demasiado. Él era demasiado.

—Hope, mírame.

Su voz grave y profunda invitaba y engatusaba.

Pero la timidez tenía atenazada a Hope. Ella, que caminaba sola por las calles de Boston, que hacía amigos en todas partes, que había tomado las riendas de su vida y le había dado forma a su antojo, ella... se sentía tímida con aquel hombre.

Deseaba besarle. Y lo único que era capaz de hacer era mirarlo fijamente el cuello y aferrarse a sus brazos.

Él le acarició la barbilla con la palma de la mano, la alzó levemente y, por último, Hope se encontró mirándolo cara a cara. Creía que lo encontraría sonriendo, divertido por la actitud cohibida de ella.

Pero Griswald no sonreía. Tenía los ojos clavados en ella, como si necesitara ver... algo. ¿Sus sentimientos? ¿Podría verlos? Y si así fuera, ¿cuáles eran? Ni ella misma lo sabía.

Hope fijó la mirada en sus rasgos fuertes y afilados, se recreó en aquella mezcla de austeridad monacal y turbia sexualidad. A lo mejor él deseaba besarla; a lo mejor deseaba algo más que eso, pero su disciplina lo obligaba a seguir el paso que a ella le resultara cómodo. No pensaba obligarla a ir más deprisa de lo que pudiera.

Hope se relajó contra él y deslizó las manos por sus brazos, hasta llegar a los hombros.

—Me gustaría que me besaras.

Vio cómo se agitaban las aletas de su nariz, y por espacio de un segundo, antes de que él cerrase los ojos, vio una intención despiadada que casi la hizo reconsiderar su proceder tan directo.

Pero fue sólo un segundo, y cuando los labios de él se encontraron con los suyos y ella misma cerró los ojos, se consoló con la idea de que estaba equivocada.

Porque Griswald la besó dulcemente, buscando los contornos de su boca con la de él, acariciándola apenas con cada tierno contacto. Y sin embargo, ella tenía una vívida conciencia de él; sus labios se lanzaron, se zambulleron, siguieron el movimiento de aquella boca, intentando obtener lo que prometían sus esquivas caricias.

Él le permitió adaptarse a su ritmo y aumentó la presión de sus labios. Sus labios... Su contacto era tan maravilloso como su aspecto prometía y resplandecían igual que el terciopelo. El calor que inundaba todo su cuerpo se irradiaba desde sus labios y sellaba a fuego las bocas de ambos. Hope pensó, si es que aquel torbellino desordenado podía llamarse pensar, que podía quedarse allí de pie para siempre, besando a Griswald.

Pero él, igual que el diablo, le ofreció nuevas tentaciones. Poco a poco, mientras Hope estaba ensimismada en el acto de besarlo, abrió sus labios sobre los de ella y ella lo siguió.

Todo era maravilloso. Hope sentía su cuerpo ronronear de placer. Se le hacía evidente que en algún momento del beso había crecido de estatura, porque notaba la piel estirada y delgada. Sus senos estaban llenos, tensos, y la única manera de aliviar aquella presión era apretarlos contra el pecho de él. De repente se apoderaron de ella la juventud y la salud, la sabotearon, la arrastraron con toda su fuerza, en un insospechado remolino de hormonas. Sintió humedad entre las piernas y, por primera vez en mucho tiempo, quizá por primera vez en su vida, entendió lo glorioso de ser mujer.

En medio del placer y el asombro, una idea taladró su mente; Griswald absorbió su aliento y lo reemplazó por el suyo propio, tomando posesión de su cuerpo de un modo que ella jamás había imaginado.

Entonces, se liberó de aquel beso de un tirón y se lo quedó mirando fijamente.

Griswald la miró a su vez, calmado y concentrado. No le preguntó por qué había interrumpido el beso; ya parecía saberlo.

Así que volvió a atraerla hacia sí y la besó de nuevo.

El segundo beso hizo saber a Hope lo mucho que Griswald se había contenido en el primero. Esta vez, él le demostró su deseo con el movimiento de su lengua en la boca de ella, un movimiento lento, firme y constante, que succionaba su propia lengua con la intención de llevársela a su boca.

Hope resistió... durante un instante, el tiempo que él tardó en adueñarse de ella y arrastrarla a su oscuro mundo de pasión y posesión. No sabía adónde iban, pero con los labios de él apretados contra los suyos y su cuerpo entero rodeándola, el vestíbulo, Boston, el mundo entero desaparecieron y sólo quedó Griswald y aquel deseo que lo consumía todo.

Cuando comenzó a sentirse arder de fiebre, cuando su cuerpo ya se ondulaba contra el de Griswald y la emoción del placer venidero martilleaba en sus venas... él se separó. Sin rudeza. Sin brusquedad. Pero firmemente. Primero cerró la boca; luego, mientras la besaba con dulzura con los labios cerrados, aflojó la presión sobre su cuerpo.

Hope respiraba pesadamente, tratando de volver al mundo real, en el que la noche era fría y ella sobrevivía sola, sin la ayuda de nadie.

Pero volver se hacía difícil, cuando él la tenía abrazada estrechamente y su cuerpo irradiaba tanta pasión como calor.

En un único movimiento fluido, como de danza, Griswald la hizo volverse de modo que quedaron cadera contra cadera, frente a la puerta que conducía a la cocina.

En la mente de Hope aún reinaba el desorden, en su intento de acostumbrarse a la realidad. Ambos habían compartido un beso. Sólo un beso. Ni siquiera de adolescente, cuando besó a Sketer Braxton, había puesto tanto en un único beso, y eso que en aquel entonces era una jovencita bobalicona.

Peor aún, Griswald estaba llevando mucho mejor que ella la separación entre ambos, con una calma que desde luego la hacía sentirse inexperta e ingenua. Tuvo el impulso de preguntarle:

—¿Te... te ha gustado?

—¿Besarte?

Griswald bajó la mirada hacia ella y sus ojos relucieron con un ardor que resultaba difícil de confundir. El le cogió la mano y la apretó contra la bragueta de sus vaqueros.

Ella la apartó enseguida, pero no antes de palpar aquel bulto grande y duro, y al recordar que había pensado que su cuerpo desprendía calor, ahora comprendió dónde estaba el origen del mismo.

Griswald la deseaba. Iba a por ella. No estaba a salvo.

Como si no hubiera hecho la cosa más escandalosa que ella había experimentado jamás, Griswald comentó:

—He preparado la cena yo mismo. Venga, vivamos peligrosamente... Vamos a comer algo.

13

Zack rellenó de nuevo la copa de vino de Hope.

—Decididamente, tía Cecily está teniendo una aventura.

—¿Y por qué tiene que ser una aventura? —Con los codos apoyados en la mesa, Hope puso la barbilla entre la manos y miró a Zack con aire desafiante—. ¿Por qué no puede tratarse de un romance?

Estaba tan relajada, con total abandono, que Zack sospechó que tal vez estuviera un tanto achispada. Al día siguiente aumentaría el sueldo a Meredith.

—¿Y qué diferencia hay?

—Una aventura implica partes del cuerpo. Un romance tiene que ver con la cabeza y el corazón.

—La cabeza y el corazón son estupendos, pero no hay nada que pueda compararse con el buen sexo, un buen revolcón entre sábanas arrugadas.

Hope se ruborizó.

¡Maldición, se había ruborizado! Igual que una niña que nunca hubiera oído pronunciar la palabra sexo en voz alta, igual que una virgen...

Zack acercó su silla a la de ella y la miró a los ojos.

—¿Sabes lo que es el sexo?

Hope se apartó a su vez, como si su proximidad la hubiera alarmado.

—Sí, claro que lo sé. Pero en este mundo existe el romance, y también el amor verdadero. Si tía Cecily quiere tener un romance, déjala en paz y no la molestes con tus obscenas observaciones.

—¿Obscenas observaciones? Hablas como si estuvieras en una película playera de los años sesenta.

Hope hablaba como una virgen. Había besado a una virgen. Examinó el rostro despejado, calmo, ferviente; probablemente era virgen.

—Tía Cecily es una persona agradable, y se merece tu respeto. Tuvo la amabilidad de traerme en persona el andador para la señora Monahan, lo cual, por cierto, ha hecho muy feliz a una pobre anciana. Gracias.

Una virgen. Zack ni siquiera sabía que las fabricasen todavía, y menos de la edad de Hope. Hizo caso omiso de su agradecimiento; tenía la mente ocupada en aquella idea nueva y sorprendente.

Ello cambió por completo su manera de enfocar la situación. Tendría que emplear un poco más de astucia y dosis mayores de paciencia. Y, acordándose de lo que había dicho Meredith...

—¿Te apetece un poco más de mousse de chocolate?

—Ojalá me quedara sitio donde meterla. —Hope se tocó el liso estómago—. Deberías haberme dicho que había mousse de chocolate antes de que me comiera la lasaña. Y la ensalada, y el pan. —Agitó la mano delante de la boca—. Uf. El aceite llevaba muchísimo ajo.

Zack bajó la voz hasta convertirla en un susurro ronco y cargado de significado:

—No importa. Yo también lo he comido.

Ella se lo quedó mirando como hipnotizada, su pecho subía y bajaba apenas. Entonces se sacudió su hechizo.

—Y... ¿cuánto tiempo te ha llevado comprar... humm... hacer la lasaña?

—¡Maldición! —Zack golpeó la mesa con la palma de la mano, lo bastante fuerte para hacer tambalearse el jarrón de claveles blancos y rojos—. ¿Cómo lo has sabido?

—¡Ten cuidado! —Hope sostuvo el jarrón y olfateó las flores—. ¿Que cómo he sabido que no has preparado tú la cena? Ni siquiera sabías dónde guardabas el pan tostado. He imaginado que la lasaña es comprada, o que la ha preparado la cocinera, pero hacer que la preparase la cocinera parecía un poco... no sé... obvio. —Le pellizcó la barbilla con regocijo—. Afróntalo, a mí no puedes mentirme. Soy demasiado lista para ti.

Era una tontita de lo más crédula.

—Es verdad.

—Lo dices como si fuera una pregunta. —Hope sonrió de oreja a oreja y se inclinó hacia él—. Eres todo un tipo.

—La última vez que lo comprobé, lo era. —Era un tipo en celo. Un tipo que tenía toda la intención de calentar a su presa.

—Mi padre y mi hermano me advirtieron acerca de los hombres, y mi madre fue tan franca que llegó a darme miedo. Hacía que me sintiera violenta con sus consejos y sus advertencias, pero insistía en que la escuchara y ahora me alegro de haberlo hecho. Ha habido un par de veces en que yo...

Tal vez se dio cuenta de lo significativo de las frases que salían impulsivamente de su boca; tal vez se percató de la inmovilidad con que él se esforzaba por captar todos los matices, cómo iba recopilando y guardando cada información sobre el pasado de ella. Pero lo cierto es que cerró la boca definitivamente.

Zack se preguntó qué clase de secretos escondería Hope para mostrarse tan cautelosa con los detalles de su vida. Se levantó, rodeó la mesa y se situó detrás de ella. Hope intentó volverse; pero él le puso las manos en los hombros y la retuvo en su sitio.

Ella permaneció rígida y erguida.

—¿Qué estás haciendo?

—Trabajas demasiado. Eso es lo que dice Madam Nainci, y yo estoy de acuerdo. —Apoyó los dedos pulgares contra los tensos músculos de la base del cuello de Hope—. Sé dar masajes maravillosos. Relájate y deja que... te trabaje un poco.

Ella tomó aire de forma acelerada.

Bajo el contacto de sus manos, Zack percibió que Hope se estaba preparando para protestar. Así que, en el tono de voz más neutro que pudo encontrar, le dijo:

—Me has pillado con lo de la lasaña. Pero la he comprado yo mismo.

—Y también me he pimplado el vino. —Hope sonaba casi normal.

Zack movió los dedos tal como recordaba que lo hacía su masajista, presionando y recorriendo cada músculo que hallaba en tensión, trabajándolo hasta que se disolvían los nudos.

La voz de Hope sonó un tanto difusa.

—Todo ha sido maravilloso.

—Incluso el vino. Inclínate hacia delante. Apoya la cabeza en la mesa. —Al ver que ella vacilaba, bromeó—: Dentro de cinco minutos, las leyes de la física seguirán siendo las mismas.

Hope repitió la palabra «física» con un gruñido y puso los brazos sobre la mesa y la cabeza encima de ellos.

Por supuesto, Zack sabía que ella no iba a resistirse porque tuviera prisa por que le enseñaran; no, si se resistía era porque se había dado cuenta de lo relajada que empezaba a sentirse con él, y porque sospechaba que si se relajaba más todavía él podría aprovecharse de ella.

Era una joven lista. Desde luego que tenía pensado aprovecharse de ella. Pero Hope subestimaba su sutileza. Cada vez que ella retrocedía, él se lo permitía, para luego atraerla aún más cerca que antes.

En aquel preciso momento ella estaba estirada, permitiendo que él la frotase, la acariciase, acostumbrándose a su contacto, y no imaginaba lo mucho que él deseaba levantarle el jersey y ver la piel suave y aterciopelada que había debajo, los bultitos que marcaban su columna vertebral, la esbeltez de la cintura. Deseaba estrecharla entre sus brazos y saborearla, y ella no lo sospechó en ningún momento.

Era un milagro de inocencia. Zack apreció aquella rareza, atesoró aquel milagro. Además, la inocencia de ella estaba haciendo que le resultara mucho más fácil seducirla.

Cuando Hope se hubo relajado hasta el punto de quedarse casi dormida, Zack se le acercó al oído.

—Cariño...

Ella agitó las pestañas, y una tímida sonrisa curvó sus labios.

—¿Mmnn?

Zack le apartó el pelo de la cara y le susurró:

—Es hora de despertarse.

Ella abrió los ojos de golpe y lo miró fijamente.

—He de quitar la mesa. —Zack la besó en la frente—. Tenemos que ponernos con las clases.

Hope pareció resentida... y confusa.

Era exactamente lo que él quería. Que Hope se sintiera desorientada, insegura de su próximo movimiento, que lo observara todo el tiempo, que pensara todo el rato en él. Cuanto más tiempo pasaba con Hope, más quería penetrar por debajo de aquella máscara, descubrir por qué estaban muertos sus padres, adónde se habían ido sus hermanos... por qué se encontraba tan implacablemente sola en el mundo. Hope era un misterio que él tenía intención de resolver.

—Y bien, háblame de tu familia.

Creyó haber empleado un tono informal, interesado sin parecer preocupado; sin embargo, sin cambiar de postura ni de expresión, Hope lo rechazó.

—Tenemos que ponernos a trabajar.

Ya descubriría por qué se mostraba tan tenaz, tan desconfiada y tan poco dispuesta a aceptar ayuda. Pero aún no.

—¿Te apetece otra copa de vino?

—Si tengo que estudiar física, no. Y tú tampoco puedes beber ya nada más. Tienes que estudiar informática.

—No me gusta la informática —declaró él con cuidado.

Con el mismo cuidado, Hope replicó:

—Estás actuando como un hombre que nunca hubiera tenido que hacer algo que no le gusta.

—Rara vez.

Era mejor no decir nada más. Él también tenía un secreto que proteger. Aunque protegerlo de aquella niña perdida estaba resultando más fácil de lo previsto.

Empezó a apilar los platos, pero los cubiertos del primero estaban todavía debajo del segundo y ambos platos se tambalearon peligrosamente.

—Se te da muy mal esto. —Hope sacó los cubiertos para que los platos pudieran apilarse bien—. Ya está. Llévalos al fregadero. Ya me ocupo yo de las copas.

Zack la apartó poniéndole una mano en el hombro.

—He sido yo quien te ha invitado a cenar. Ya me encargo yo de recoger.

Pensó en poner las copas encima de los platos, pero

después razonó que podrían rodar fácilmente y estrellarse contra el suelo de baldosas italianas. Así que las dejó en la mesa.

Hope observó cómo bregaba con aquella tarea a la que no estaba acostumbrado.

—¿No tuviste que recibir algunas clases de trabajos de cocina para ser mayordomo?

—No. Pasé directamente de la cuna a la escuela para mayordomos, y luego vine a trabajar aquí. —Estaba describiendo la vida de Griswald, tal como él la conocía.

Zack regresó por los platos de postre.

—Vas a tener que guardar las sobras en el frigorífico —le dijo ella.

—Sí... —Y además se suponía que debía envolverlas con algo, ¿no? Nervioso, entró en la despensa.

—El celofán está aquí fuera —informó Hope—. En un cajón. Lo vi el otro día, cuando buscaba los cubiertos.

Zack salió de la despensa y se encontró a Hope sosteniendo una caja alargada de color amarillo.

—Gracias. —El problema era que llevaba años sin trabajar en la cocina, y no había sido en aquella cocina—. El señor Givens tiene más experiencia que yo en estas cosas. A los catorce años fue a un campamento de Boy Scouts en Montana. —Mientras tapaba la comida y la iba guardando, le suministró conscientemente a Hope información sobre sí mismo—. Hubo cierta confusión acerca de su nombre y nadie supo quién era en realidad.

—Apuesto a que él se ocupó de aclarar las cosas.

—No. Bueno, al principio lo intentó, pero enseguida se dio cuenta de que en Montana nadie había oído hablar de Givens Enterprises y que de todas formas no importaba. —Consiguió dejar los platos en el fregadero sin que sucediera nada y volvió por las copas—. Fue un verano estupendo. Por primera vez en toda su vida, nadie sabía quién era ni a nadie le importaba. Tuvo que nadar una milla en un lago helado para obtener la insignia de aptitud en natación, navegar en canoa de un embarcadero hasta el otro y usar una hacha para cortar leña. En cierta ocasión se encontraba en el bosque con un chico... John Bingham, todavía me acuerdo de él, en el ejercicio de orientación con brújula. John era el más patoso del mundo, si algo tenía que ocurrir, le ocurría a él. Pisó una madriguera de conejos y se rompió la pierna.

Hope lanzó una exclamación de horror.

—Sí —convino Zack—. Fue terrible. A John le dolía tanto que el señor Givens tuvo que entablillarle la pierna antes de ir a buscar ayuda. El jefe del campamento dijo que el señor Givens había hecho un buen trabajo. El señor Givens recibió una condecoración. —La cual Zack conservaba en el piso de arriba, en su joyero. Una estupidez. A aquellas alturas ya debería haberla tirado a la basura, pero no terminaba de atreverse a hacerlo—. Ése fue el mejor verano de su vida, y todo ese tiempo que pasó siendo nada más que uno del grupo le demostró lo poco frecuente que es la verdadera amistad. —Hope estaba prendida de cada una de sus palabras—. Cuando se es rico.

—Tú eres amigo del señor Givens.

—Pareces sorprendida.

—Si a ti te gusta... En fin, mejoraré la opinión que tengo de él.

Lo acompañó hasta el fregadero y aclaró los platos con agua.

Resultaba muy agradable haberla impresionado mintiendo.

—Cuando regresó a Boston, creyó que podría llevar a la práctica todo lo que había aprendido de la amistad. En aquella época el señor Givens estaba un poco verde, y había venido de Montana imbuido de los principios de los Boy Scouts. Si quieres un amigo, sé tú un amigo. No son las apariencias externas las que cuentan, sino tu belleza interior. Todas esas bobadas.

Hope le dirigió una mirada de reojo.

—De modo que fue al instituto.

—Un instituto muy exclusivo.

—Por supuesto. Y empezó a ser amistoso, abierto y generoso, y, cuando menos se lo esperaba, ¿adivinas qué pasó?

—¿Que le dieron una paliza?

—No. En nuestros exclusivos centros educativos de Boston no damos palizas a la gente.

—Sólo en los públicos.

—Sí, supongo que sí. —Al teléfono, Hope le había colgado; ahora, en persona, lo interrumpió, dos cosas que nadie, excepto los miembros de su familia, se atrevía a hacer. Un poco molesto, preguntó—: ¿Quieres que te cuente esta historia o no?

—¡Oh, sí, sí! —Pero Hope le sonreía abiertamente, imperturbable ante la exasperación de él.

Aquello era lo que había dicho que quería, reacciones sinceras que no tuvieran en cuenta su importancia ni su dinero. Y ahora que lo estaba obteniendo, no sabía que le estaba gustando. ¿Qué fue lo que dijo Jason? «Ten cuidado con lo que pides, podrías conseguirlo.»

Zack estuvo a punto de no continuar. Iba en contra de todo lo que había aprendido el confiar en Hope lo bastante para dejar al descubierto lo que pensaba. Pero es que quería que ella lo conociera en las cosas pequeñas para que más adelante, cuando le hubiera revelado su identidad, cuando ya fueran amantes, cuando llegase el momento de la separación, ella lo entendiera.

—Continúa —lo animó Hope enlazando un brazo

en el de él—. No ha sido más que una broma. ¿Qué hizo después el señor Givens?

—No es lo que hizo, sino lo que le hicieron a él. Hubo una chica, dos años mayor que él, que descubrió que se sentía atraída por sus encantos.

—Ooh. —Hope arrugó la cara—. Qué raro.

—Ya, pero él había crecido mucho desde el verano, así que creyó que...

—No está bien jugar con el ego de un muchacho. —Hope parecía asqueada de verdad—. En mi instituto había una chica que... ¡Lo siento! Me estabas contando lo del señor Givens.

Zack quería saber cosas del instituto de Hope, quería saber todo lo que ella estuviera dispuesta a contarle de sí misma.

Y a Hope sólo le interesaba lo que estaba diciendo él.

—¿Y qué hizo esa chica, pedirle dinero prestado?

Cada cosa a su tiempo.

—Y utilizar el coche de él para dedicarse a vender droga —añadió él.

—Qué asco.

—Eso pensé yo también... —Zack se interrumpió un segundo y prosiguió—: Cuando me lo contó el señor Givens. Hasta que el chófer la pilló con las manos en la masa, el señor Givens no se dio cuenta de hasta qué punto lo habían utilizado. Qué momento de increíble humillación... debió de ser.

Todavía se acordaba de cómo le ardía la cara, de cómo Megan Michaels lo insultó, se mofó de él, hizo trizas su ego adolescente.

Más aún, se acordaba de la mortificación que supuso comprender que su padre tenía razón. Un Givens tenía que escoger con gran prudencia a sus amigos y nunca, nunca, bajar la guardia.

—Pasar de creer que uno es el centro del mundo a descubrir que no es ni siquiera uno de sus satélites... —Hope se retiró los mechones de pelo de la frente—. Sí, me imagino lo humillante que tiene que ser eso.

—Por suerte, el señor Givens había aprendido a confiar en la gente aquel mismo verano y no le costó desaprender esa lección. Su personalidad no quedó traumatizada fatalmente, sólo su vanidad.

—¿Y por eso aprendió a mantener a raya a todo el mundo? ¿Y tú piensas que su personalidad no quedó traumatizada? —El tono de voz de Hope iba teñido de una nota de incredulidad—. Pues yo diría que sí. No está casado, ¿verdad?

—No.

—¿Y se ha casado alguna vez?

—No.

—¿Ama a alguien? ¿Ha amado alguna vez con todo su corazón, toda su mente y toda su alma?

—No. Jamás. —Ni tenía pensado hacerlo.

—Porque tiene miedo.

Hope condenaba con toda facilidad y naturalidad. Por esa razón le había contado la historia, y no le gustó el giro que le estaba dando a lo que para él era prudencia.

—A lo mejor no ha encontrado a la mujer adecuada.

—Puede ser. O puede que la haya encontrado, pero estaba tan ocupado en cerciorarse de que ella no se aprovechase de él que no la reconoció.

Zack, hirviendo por dentro, exigió:

—¿Tan abierta y confiada eres tú para atreverte a criticar al señor Givens?

—Oh, yo me atrevo a criticar a todo el mundo. —Colocó los platos en el lavavajillas—. Que tenga derecho a hacerlo es harina de otro costal.

A Zack le gustó aquella franqueza, aquella sincera autoevaluación... aunque no le había dicho nada de sí misma. Esperó, pues sabía que las mujeres solían terminar hablando si el silencio se prolongaba, pero Hope no parecía sentirse perturbada por la falta de conversación y Zack no tuvo valor para dejar que aquella quietud durase demasiado tiempo. Si lo hiciera, tal vez Hope empezara a preguntarse por qué el mayordomo sabía tanto del señor Givens, y por qué le había contado tanto a ella.

Y la razón era sencilla: si le había contado tanto era porque cuando la sedujera, cuando la llevara a la cama y la hiciera suya, no quería que ella tuviera la sensación de haberse entregado a un desconocido; quería que Hope supiera de él más que ninguna mujer del mundo, porque era la única mujer de la que sabía que podía fiarse.

No dejaba de resultar interesante que también fuera la única mujer a la que deseaba impresionar. Por eso le dijo:

—A causa de aquel verano, el señor Givens presta apoyo a los Boy Scouts.

—¿Con donaciones, quieres decir? —Hope hizo una elocuente mueca de desprecio y Zack comprendió que iba a tener que invertir más tiempo para lograr impresionarla—. Las que lo necesitan de verdad son las Girl Scouts.

—Se lo diré. Les enviará un cheque. —Mañana lo haría.

—Vaya. Debe de ser muy agradable tener tanto dinero.

—Muy agradable. Pero no. El dinero del señor Givens siempre hace que todos cambien su manera de verlo a él. Su dinero lo convierte en un objeto al que esquilmar, seducir o adular. Y ninguna de esas actividades resulta placentera. —Se apoyó en la encimera—. Bueno, salvo las seducciones.

Hope rió, pero tenía una expresión pensativa, como si él estuviera diciendo cosas que a ella no se le habían ocurrido nunca.

—Entiendo que el señor Givens haya de ser un tanto cauto con la gente.

—Un poco, sí.

—Griswald, ¿sabes qué me gustaría? —Sonrió con gran encanto—. Me gustaría que me contaras cosas sobre ti.

—Sí, y a mí también me gustaría saber cosas de ti.

De pronto Hope se puso a trabajar febrilmente, metiendo los cubiertos en el lavavajillas.

—Justo lo que pensaba —comentó Zack. Pues Hope no iba a obtener información a menos que ella revelase alguna—. No puedes quedarte de pie y dejar que recoja yo la cocina, ¿eh? ¿Es porque soy un hombre, o porque no puedes soportar ver a la gente hacer las cosas mal?

Ella puso los ojos en blanco.

—Es por ser hija de un predicador.

—¿Siempre tenías que limpiar tú?

—Siempre. En las meriendas del verano, en las cenas de Navidad para los pobres, en las recaudaciones de fondos para la iglesia. Estoy entrenada para ayudar. Siempre seré la hija de un predicador, igual que tú siempre serás... —Se detuvo a punto de preguntarle a él, a Griswald el mayordomo, por su familia y su educación.

Pero Zack la vio replegarse. Porque, si hubiera hecho eso, entonces él tendría derecho de preguntar a su vez, de modo que se lo guardó para sí misma.

Los bostonianos como Dios manda aprobarían aquella actitud, pero él no. Él quería de algún modo mirar en el interior de la mente de Hope y ver quién era en realidad.

No, un momento. Aquella idea no resultaba satisfactoria. Deseaba que ella le dijera quién era en realidad, que le confiara sus pensamientos más íntimos, sus miedos, sus esperanzas.

Hope Prescott se estaba convirtiendo rápidamente en una obsesión, en aspectos que no eran sólo el sexual.

—En fin, vamos a mi cuarto a estudiar física.

Pero Zack podía tener, y de hecho tenía, más planes que explorar la mente de Hope. El pañuelo que ella llevaba alrededor del cuello era de seda, y su intenso color marrón prestaba a su cutis una calidez que él deseaba poseer. Al igual que Hope, las flores color turquesa lucían descaradas y desafiando al frío del invierno que reinaba fuera, y Zack deseó tocarlas. Tocarla a ella. De modo que cogió los extremos del pañuelo, atrajo a Hope hacia sí y se inclinó para besarla.

Pero ella retrocedió.

—Podríamos estudiar física aquí mismo, en la cocina.

Zack se apartó y la miró a los ojos. Ella pestañeó rápidamente, sus labios llenos temblaron apenas. La ponía nerviosa entrar en su dormitorio y quedarse a solas con él.

Como debía ser.

—¿No quieres enseñarme a utilizar el ordenador? —preguntó Zack.

—Sí, claro que quiero.

—Pues el ordenador está en mi cuarto de estar.

Pillada. Hope no tenía más remedio que meterse con él en su estudio particular y, lo que era peor, le gustó verse pillada. Le gustó que él la tomara del brazo y la condujera hacia la escalera de servicio, y no tenía por qué preocuparse por las cuestiones morales, porque no le quedaba otra alternativa. Le gustó sentirse atrapada... y al mismo tiempo estaba muerta de miedo. Era él quien le daba miedo... La excitaba hasta hacerle perder el juicio.

Se preguntó si Griswald estaría cansado de que ella

se mostrase tan cautelosa en aceptar su amistad. No parecía disgustado... Lo miró de soslayo. No, más bien parecía empecinado, con sus oscuras cejas fruncidas y el gesto de firmeza de su mandíbula.

Incluso ahora resultaba extraño meterse en el dormitorio de un hombre, sobre todo de aquel hombre. Al fin y al cabo, con independencia de lo mucho que se hubiera alejado de Hobart, seguía siendo la hija del predicador.

Penetró en la habitación. Aquello no era el desnudo desván que ella esperaba de los aposentos de los criados. De hecho, no constaba sólo de un dormitorio. La vivienda de Griswald era más grande que su propio apartamento. Mucho más grande. Allí mismo, en la planta baja de la residencia Givens, disponía de un cuarto de estar con un sofá, un sillón y un pequeño comedor. La iluminación era suave, y las cortinas en colores dorado y marrón eran lo bastante gruesas para aislar del frío y de la noche.

Zack anunció con un gesto ampuloso:

—Mi cuarto de estar.

Hope giró lentamente a su alrededor. Sobre la mesa de comedor había un enorme centro de lirios y florecillas rosas. La impresión de conjunto denotaba elegancia, pero de todos modos a Hope se le erizó el vello de la espalda. Aquella anoche había besado a aquel hombre por primera vez y ahora, como si tal cosa, él la había tentado poco a poco hasta hacerla entrar en sus habitaciones.

De acuerdo, no la había tentado. Griswald tenía un motivo completamente lógico para estar allí. Pero Hope atisbó por la puerta abierta que daba al dormitorio y vio la cama descomunal que lo dominaba todo... y, más que nada, dominaba su mente.

Sintió que los dedos de los pies se le encogían dentro de los calcetines.

Griswald, y ella, y una cama. Oyó en su interior la voz de su madre: «Ésta es una receta segura para el desastre.»

El problema era que el cuerpo de Hope estaba en sintonía con el de Griswald, el cual exudaba una total seguridad en sí mismo. Aquello, por sí solo, ya era un aliciente.

Comentó con cierta turbación:

—Esto es muy bonito.

La sorprendió el estilo del mobiliario, formal hasta el punto de resultar cursi. No era en absoluto lo que esperaba de Griswald.

Él la condujo a través de la puerta abierta.

—Éste es mi dormitorio. Esa puerta da al cuarto de baño, si te apetece refrescarte.

—Gracias.

Además de la cama, aquella amplia habitación lucía también un asiento junto a la ventana, un escritorio grande y de elaborado diseño con una lámpara, un libro de física, un cuaderno de espiral, un pequeño ramo de rosas amarillas... y un Pentium de alta velocidad con un monitor de pantalla plana de veinte pulgadas y teclado dividido. Hope paseó a su alrededor y se las arregló para que no se le cayese la baba sobre el elegante negro mate del ordenador. Luego se volvió hacia Zack con gesto acusador.

—Me dijiste que no entendías de ordenadores.

—Y así es. —Zack habló con la seguridad suficiente para convencerla—. Éste es para el servicio, por si quieren usarlo. —Le acercó el libro de física—. Yo entiendo de física.

Hope ignoró la física con la misma determinación con que él ignoró la tecnología.

—¿No sería más cómodo colocar el ordenador en otro sitio?

—Sí, pero entonces no podría controlar el tiempo que pasan los criados conectados a internet.

—Oh. —Hope le dirigió una mirada fugaz—. Parece lógico. —No mucho, pero sí lo suficiente.

Griswald no era lo que ella esperaba. No lo era en absoluto. Cuando no era más que una voz al teléfono, su aspecto físico carecía de importancia. Que fuera un hombre alto o bajo, guapo o feo como un demonio, nada de eso la habría sorprendido. Pero en todo caso, había pensado que un mayordomo tendría aspecto de mayordomo: servicial pero digno, contenido pero deseoso de complacer. Un mayordomo no debía desprender un aire de autoridad, de competencia, de una arrogancia rayana en la frialdad. Sin embargo, aquellos términos definían a Griswald... y a ella le gustaba.

A toda prisa, se metió en el cuarto de baño, con sus toallas de color verde musgo y su cuenco de gardenias flotantes, y cerró la puerta. Entonces se apoyó en el lavabo y miró fijamente su rostro, sus mejillas demasiado coloreadas y aquel brillo de excitación que mostraban sus ojos. Se echó agua por la cara con la intención de enfriar un poco la piel y recuperar la sensatez en la medida de lo posible.

A continuación se secó y volvió a mirarse en el espejo.

No había cambiado nada. Estaba exactamente igual que antes, y seguía deseando a Griswald. No con la dulce devoción que sus padres mostraron el uno por el otro, sino con violencia, con desesperación, sin pensar por un instante en el amor, el decoro o el futuro. Simplemente... era un deseo carnal. Y tenía que ponerle fin.

Se apartó del espejo y se «refrescó». Sí, tenía que poner fin a aquel deseo carnal. Ojalá supiera cómo.

Con todos los sentidos alerta, regresó al dormitorio.

Griswald seguía estando allí, abrumador, demasiado corpulento, demasiado alto, demasiado todo, igual que un Rolls-Royce en medio de un campo de coles.

De hecho, si aquél era el mayordomo del señor Givens... Entonces dijo impulsivamente:

—¿Cómo es el señor Givens?

—¿Mmm?

La oscura mirada de Griswald la recorrió de arriba abajo, poniéndole la carne de gallina. No respondió a la pregunta, sino que se limitó a contemplarla fijamente, como si quisiera intimidarla.

¿Pensaría que ella era una metomentodo? Aquella idea la incitó a preguntarle de nuevo:

—¿Cómo es el señor Givens?

—Guapo como un demonio. —Griswald no llegó a sonreír, pero sí pareció remotamente divertido.

Y aquello la irritó aún más.

—Pero ¿un demonio de todas formas?

Griswald la observó con calma, hasta que por fin se movió como si hubiera tomado una decisión.

—¿De qué forma un hombre es un demonio? El señor Givens lleva una vida ejemplar. Toma una copa sólo de vez en cuando, no fuma, se cita con mujeres de su clase y es moderado en sus hazañas de dormitorio.

—¿Moderado en sus hazañas de dormitorio? —A Hope le temblaron los labios en el intento de reprimir una sonrisa—. Los bostonianos tenéis una manera muy rara de expresar las cosas.

—¿Cómo lo expresarías tú? —replicó él con suavidad.

—Que no se acuesta con todas. —Hope habló con franqeza, pero se sonrojó.

Zack permitió que su mirada se demorase un poco,

para comunicar a Hope que se había percatado con todo detalle de aquella subida de color.

—Quizá no sea eso lo que he querido decir. Quizás he querido decir que no es un hombre al que se le conozcan perversiones.

Hope se quedó paralizada. Se le descolgó la mandíbula. Se quedó tal como estaba, absurda, con la mirada clavada en Griswald, preguntándose qué capricho la habría hecho creer que podría enfrentarse cara a cara con aquel hombre calmo, tranquilo, que había conocido a tantos hombres y mujeres importantes del mundo, y salir victoriosa.

—No es en absoluto un pervertido. Le gustan las mujeres y éstas dicen que es bastante bueno en la cama. —Zack hizo una pausa, como si esperase que ella dijera algo.

Pero Hope no podía decir nada. No podía moverse.

Griswald continuó:

—El señor Givens es un hombre que, cuando hace algo, le gusta hacerlo bien. Llegó a la conclusión de que hacer bien el amor tenía grandes recompensas, de modo que, cuando descubrió a las chicas a la edad de dieciséis años, se dedicó con ahínco a leer libros sobre la respuesta sexual femenina.

Hope cerró la boca de golpe y después, con voz ronca, preguntó:

—¿Le proporcionó su padre la doncella de la planta de arriba para que practicase?

—Has leído demasiadas novelas.

Griswald no la había convencido. No la había convencido en absoluto.

—Pero ¿lo hizo?

—Sí. —Antes de que ella pudiera protestar, Zack alzó una mano—. Aunque no fue la doncella de la planta de arriba, sino una experimentada dama de la noche que estaba de lo más dispuesta a enseñar a un jovencito ansioso los detalles más finos, por así decirlo, del arte de hacer el amor.

Hope se sentía demasiado violenta para mirarlo a los ojos.

—Tú me lo has preguntado —le recordó Zack con suavidad.

—Bien, ahora ya estoy mejor enterada. —Jamás volvería a preguntar algo tan íntimo. Dio una palmada en el aire para disipar el hechizo y dijo—: Primero, el ordenador.

—Primero, la física.

Hope negó con la cabeza.

—Ni hablar. Tengo que aprender física, así que estoy segura de que eso lo haremos. Pero no pienso permitir que tú te escabullas de nuestro acuerdo, y en lo que se refiere a la informática, estás verdaderamente en pañales.

14

Esa noche. La seduciría esa misma noche. Cuando tuviera a Hope en una cama, cuando ella se encontrara blandita y caliente después de que él le hubiera hecho el amor, terminaría aquel fingimiento entre ambos. Le diría quién era. Y ella lo perdonaría. Y él le cambiaría la vida para mejor.

Pero no cometió el error de intentar seducirla antes de la clase. Eso no habría tenido éxito... y él no fracasaba nunca.

Acordaron dedicar media hora a la informática y otra media a la física y, para cuando Hope retiró su silla y se estiró, parecía satisfecha y aliviada.

—Gracias. Mi profesor es muy bueno, pero tú resultas mucho más fácil de entender.

Se quitó la cinta que le sujetaba el pelo, y al hacerlo su melena lisa y de color castaño se derramó alrededor de sus hombros. Se peinó los mechones con los dedos y a continuación empezó a recogerlos hacia atrás en una cola de caballo.

Zack también retiró su silla, se apoderó de la cinta y se la guardó en el bolsillo.

—¿Por qué yo resulto más fácil de entender?

Le gustó ver aquella suave cabellera castaña alrededor de los hombros; a la que la luz de las lámparas arrancaba brillantes reflejos dorados.

Hope le miró el bolsillo y después lo miró a él, y decidió no forzar la situación.

—Es de Rumanía, y sólo le entiendo una de cada dos palabras que pronuncia.

—Entonces ¿vendrás de nuevo a verme la semana próxima?

Hope olía bien, a vainilla y jabón, y a calor de mujer, y llevaba dos horas respirándola.

—Si me prometes practicar encendiendo el ordenador al menos una vez al día.

—De acuerdo —contestó rápido Zack. Pero mentía.

—Y a escribirme un correo electrónico para demostrar que lo has hecho.

—Sabía que había trampa.

Aquella noche había aprendido mucho sobre Hope. Era inteligente, rápida y atenta. Y también decidida, pero eso ya lo sabía. Deseable... Había entrado en calor y se había quitado la camisa de franela, y por primera vez en su vida Zack rompió a sudar al ver una mujer vestida con una camiseta blanca sin mangas. Los músculos de sus brazos eran alargados y esbeltos, no como si levantara pesas, sino como si fuera a todas partes cargando con sus libros. Notó la huella del sujetador por debajo de la delgada tela, y nunca en su vida había envidiado un sujetador blanco barato.

—¿Te acuerdas de lo que te he enseñado? —inquirió Hope.

Zack repasó sus notas.

—Sí.

—Muy bien.

Sonrió y se puso a pasear por la habitación, observando la colección de tabaqueras que conservaba Griswald en una vitrina, así como las inestimables esculturas de cerámica que se exhibían en el armario.

—Por otro lado, ¿por qué esperar hasta la semana que viene? —Sin moverse de la silla, Zack dijo—: Vuelve mañana por la noche.

Ella no levantó la vista. No se sintió impresionada por aquella regia orden.

—No puedo. Tengo que estudiar.

—Puedes estudiar aquí.

La primera vez que la vio, creyó que no era su tipo, pero su sonrisa y su maravillosa voz lo fueron atrayendo hacia el deseo. Ahora que ya había pasado un tiempo con ella, su tipo de mujer había cambiado, porque todo lo que rodeaba a Hope lo estimulaba profundamente. Lamentó sus ropas raídas, pero sólo porque cubrían el cuerpo que ansiaba ver. La figura delgada y alargada de Hope se movía con una gracia y una fluidez que habían empezado a obsesionarlo.

—No sólo física. También ciencias informáticas, sociología, español.

—Yo hablo español. Y te prepararé la cena.

—No.

Maldición. Hope había captado el olor de su erección, y estaba huyendo despavorida. No podía permitir que sucediera tal cosa; la deseaba, y la tendría.

Sí. Aquélla era la noche.

Se puso en pie y se dirigió hacia Hope, acorralándola en dirección a la cama.

Ella lo fue evitando, hasta terminar junto a la mesilla de noche. Allí se detuvo y tocó el ramo de rosas rojas con delicadeza.

—Cuántas flores hay en tu casa. Son preciosas.

Zack se aproximó un poco más.

—Son una muestra de mi sensibilidad.

Ella se echó a reír.

—¡Venga ya!

Zack no la acompañó en aquella carcajada, sino que, en lugar de eso, se valió de su voz y su tono para convencerla.

—Soy un hombre sensible. Soy sensible a ti. Nunca he mirado a una mujer como te miro a ti. Pienso en ti a todas horas. Incluso me distraes cuando estoy trabajando.

—Hum... Bueno, no puedo volver mañana por la noche. —Hope fingió no darse cuenta de que él iba acercándose, pero Zack se fijó en que tensaba ligeramente la espalda y se le había acelerado la respiración—. Trabajo, y luego me espera una sesión maratoniana de estudio en mi apartamento, donde no me molestará nadie.

Zack se situó detrás de ella y cerró los dedos sobre sus brazos desnudos.

—Yo no te molestaré.

—Sí me molestarás.

—¿Por qué dices eso?

—Siempre me perturbas. —Hope se mordió el labio, lamentando haber sido tan sincera.

Zack sonrió apenas, un gesto de satisfacción que tocó ligeramente sus labios.

—En ese caso, estamos en paz.

Deslizó las manos por los brazos de ella, subiendo, hasta llegar a su rostro. Entonces se inclinó y posó su boca sobre la de ella.

Hope estaba tan tensa que Zack creyó que iba a romperse. Ella se apartó y le dijo:

—No puedo besarte.

—Antes me has besado. —Sus labios vagaron por la suave piel de sus mejillas y por detrás de la oreja—. ¿Por qué ahora no?

—Porque éste es tu dormitorio. Y yo no puedo estar en tu dormitorio. —Intentó liberarse—. Tengo que irme.

Pero Zack la retuvo.

—Un solo beso. Después, si quieres, puedes marcharte.

Hope lo miró con los ojos entornados, como sospechando algún truco; y lo había, pero aquel corderito no tenía ni idea del poder que tenía la pasión cuando la esgrimían las manos apropiadas.

—De acuerdo.

Zack le tomó las manos y las puso alrededor de su propio cuello.

—Si sólo voy a tener un beso —le dijo en un tono de voz cuidadosamente normal—, quiero que me abraces. Quiero todo el acompañamiento como es debido.

Ella se relajó un poco y se apoyó en el cuerpo de él.

—Un solo beso.

Zack la rodeó con sus brazos, la alzó de puntillas y disfrutó de la sensación del roce de sus senos contra su pecho. Y entonces la besó.

Inmediatamente, Hope demostró cuánto le había engañado. No era consciente de la atracción que había entre ambos, porque sus labios se abrieron con toda facilidad bajo los de él. Zack la saboreó, la paladeó, se dio un festín con ella como si fuera un hombre a punto de morir de inanición.

Aquello era más que un beso; aquello era el juego previo, sólo que ella no lo sabía. Aquel beso era el primero de muchos.

Hope demostró que se acordaba de lo que él le había enseñado ese mismo día. Y añadió una novedad de propio cuño: atrapar su lengua entre los labios y succionarla hábilmente. Emitió un ronroneo al hacerlo, y aquel ruidito de satisfacción estuvo a punto de ser la perdición de Zack.

¿Una seducción lenta? Si ella no tenía cuidado, él

perdería el control... y aquél no era el momento adecuado.

En vez de eso, deslizó las manos por la espalda de Hope. Alzó la cabeza, la miró y le dijo en tono persuasivo:

—Uno más.

Ella abrió los ojos muy despacio. Tenía las pupilas dilatadas por la pasión.

—Sí, por favor.

Zack no le permitió ver su triunfo. Se dejó caer sobre la cama, arrastrando a Hope consigo, y la besó nuevamente. No cometió el error de moverse con demasiada prisa, sino que permaneció allí sentado, abrazado a Hope, disfrutando de aquel encuentro de labios, dientes y lenguas. Y de hecho... aquello le gustó.

Con casi todas las mujeres, besarse era un mal necesario, un preliminar que requería habilidad pero no atención. En cambio, con Hope disfrutó del placer de paladearla, de su modo de temblar y de su sorpresa ante aquella experiencia nueva y maravillosa. Lentamente, a medida que el beso siguiente iba dando paso a otro, y a otro, fue descendiendo sobre el colchón, cambiando de postura con destreza y colocando a Hope debajo de él.

Ella no pareció darse cuenta. Tal como él había previsto, estaba atrapada en la inevitable espiral del placer.

El cuerpo de ella bajo el suyo era ligero y alargado, por lo que se mantuvo un poco aparte, temeroso de aplastarla... deseoso de aplastarla, de tomarla, de darle placer y recibirlo él también.

Apretó sus caderas contra las de Hope y se restregó contra ella, intentando de manera instintiva aliviar la tensión de su erección.

Ella dio un respingo, sorprendida. Cualquier otra mujer lo hubiera rodeado con las piernas y lo hubiera utilizado para darse placer.

Pero Hope, no. Hope luchó por liberar las muñecas de su garra de acero.

Zack la soltó al instante, seguro de que ella lo empujaría para apartarlo, sabiendo que tendría que permitírselo. Luego tendría que tranquilizarla, hablarle y empezar otra vez desde cero aquel insoportablemente prolongado cortejo.

¿Una virgen? ¿De verdad se había sentido encantado de que Hope fuera virgen? Debía de haberse vuelto loco, porque las vírgenes requerían tiempo y paciencia, y él era Zachariah Givens... La contempló, tendida en la cama y en una incitante postura. Él era Zachariah Givens, y tardaría el tiempo que Hope necesitara para convertir aquello en un recuerdo que ella conservase con cariño, porque en aquel preciso momento no podía imaginarse el hecho de no desearla, y quería que ella siempre lo deseara a él.

Entonces Hope le tocó la mejilla con los dedos. Le rodeó el cuello con un brazo. Lo atrajo hacia sí.

Con la vista fija en sus ojos, Zack advirtió una ilusión sin reservas y una confianza que lo anonadó.

Hope deseaba besarlo otra vez.

A Zack le entraron unas insaciables ganas de levantar la cabeza y lanzar un primitivo aullido de triunfo. Las cosas que daba por sentado en otras mujeres, en el caso de Hope tenía que conseguirlas con muchos mimos y halagos, y amó cada momento de inocencia y despertar que iba descubriendo en ella. Ardía de deseo por tenerla. A lo mejor Hope no notaba el calor, pero existía de todos modos.

Enredó los dedos en su cabello y la besó masajeándole la cabeza y los músculos del cuello, absorbiendo sus suaves gemidos y devolviéndoselos en forma de aliento. El masaje tuvo el efecto que él esperaba, aflojó las reservas de Hope, hasta que al fin ella separó los muslos y él se deslizó entre sus piernas.

Iba a poseerla aquella noche. Iba a tenerla para sí...

Zack le recorrió todo el cuello con la boca abierta, saboreando aquella suave piel. Olía a vainilla y sabía a gloria.

Hope se agitó contra él, intentando acercarse más. Tenía los ojos cerrados y la cabeza obedientemente girada hacia un lado para permitirle un mejor acceso. Sus labios carnosos se veían húmedos y entreabiertos, y respiraba de manera entrecortada. Un hermoso arrebol le iluminaba las mejillas y le daba el aspecto de una mujer a punto de sucumbir al orgasmo.

Y eso que ni siquiera estaba cerca. Carecía de experiencia.

Con sorpresa, Zack descubrió que a él mismo le temblaban los dedos. Aquella sencilla seducción significaba mucho para él, casi demasiado. Pero no podía echarse atrás. Introdujo las manos por debajo de la camiseta de Hope y comenzó a acariciarla, al tiempo que se desplazaba inexorablemente hacia arriba, con el fin de llegar a los senos. Para mostrarle el intenso placer que podía desatar un simple contacto en ellos.

Su contacto sobre la piel de Hope hizo que ésta se moviera inquieta, que agitara las piernas alrededor de sus caderas, y Zack hizo una pausa para apretarse contra ella, para acrecentar su deseo. Para aliviar su propia angustia.

Hope hundió los dedos en los hombros de Zack y respondió a su movimiento.

A continuación él tomó sus pechos y se deleitó sintiendo su peso, su forma... Odió la barrera que suponía el delgado sujetador. Entonces, su dedo pulgar encontró el pezón, duro y enhiesto, y comenzó a trazar círculos a su alrededor, y también por encima.

Esperaba que Hope exhalara un fuerte gemido.

Pero en cambio ella abrió los ojos de golpe y se lo quedó mirando como si no lo hubiera visto nunca. Aspiró aire con fuerza y exclamó en tono áspero, sobresaltado:

—¡No hagas eso!

Zack había ido demasiado deprisa. Más despacio de lo que habría actuado con cualquier otra mujer, pero demasiado deprisa para Hope. Su intención había sido la de acariciarla, acercarla un poco más a las profundidades del placer.

Pero no había sabido hacerlo. Tendría que volver a empezar desde el principio.

Hope le empujó la mano e intentó alejarse de él.

—¡Basta!

—Está bien. —Gradualmente, temiendo alarmarla aún más, Zack retiró la mano de debajo de la camiseta—. Cariño...

—¡No! —Hope ya estaba escabulléndose de él, con tal pánico que casi se hizo daño—. Tengo que irme a casa.

Por primera vez, Zack comprendió que tal vez no ganase. Todavía. Aquella noche, no.

La dejó libre y se incorporó sobre la cama.

—Hop, escúchame, esto ha sido...

Ella salió inmediatamente de la cama.

—Ya sé lo que ha sido, y no puedo hacerlo. —Recogió su camisa e introdujo las manos en las mangas. Luego metió a toda prisa sus papeles y su libro de texto en el bolso—. Soy hija de un predicador. No tengo tiempo para estas cosas. —Le dirigió una mirada angustiada—. Para ti.

¡Maldición! Aquello no le había sucedido nunca.

Pero aquella noche, sí.

No se lo podía creer. Aquello tenía que ser un obstáculo eventual. Si dijera algo apropiado, si hiciera lo correcto, podría atraer de nuevo a Hope.

Fingiendo aceptar la derrota con elegancia, se puso en pie... y deseó que su erección fuera un poco menos evidente.

—Te acompañaré al piso de arriba.

Hope lo miró y, por supuesto, al instante sus ojos se clavaron en su erección.

—¡No! Puedo arreglármelas sola.

Zack dio un paso hacia ella.

Ella retrocedió. En un tono menos frenético, le dijo:

—No. De verdad. Es que... no.

15

—¡Enhorabuena! —Hope sonreía a la centralita como si pudiera ver allí la cara del señor Chelo—. ¡Sabía que encontraría una beca! Ahora podrá terminar los estudios y convertirse en un violonchelista famoso.

—Voy a dedicarte a ti mi primera actuación en el Carnegie Hall. A Hope, que siempre tuvo fe en mí. —La voz del señor Chelo tembló por un instante—. Cuando pensé en abandonar, fuiste tú quien me ayudó a seguir adelante.

Ella se llevó una mano al corazón. Suponía una gran satisfacción que apreciaran los esfuerzos de una.

—¿Y qué va a hacer para celebrarlo?

—Voy a salir con mis amigos. —Hope captó un murmullo de voces al fondo, que vitoreaban el éxito del señor Chelo—. De hecho, están aquí en este momento. Pero es que tenía que comunicártelo. ¡Uy! —El teléfono chocó contra algo; a su interlocutor se le había caído al suelo, y cuando lo recogió otra vez estaba riendo—. No me dejan. ¡Te llamo más tarde!

—De acuerdo —respondió Hope, pero la línea ya se había quedado muda.

Bien. Aquello era genial. El señor Chelo tenía ya su beca. Un punto para los buenos.

Madam Nainci se hallaba trajinando ruidosamente en su dormitorio, pero en aquel momento abrió la puerta y salió al cuarto de estar. Vestida con unos pantalones de color azul eléctrico, una chaqueta a cuadros azules y rojos y un pañuelo de cuello color carmesí, hizo que Hope parpadeara deslumbrada.

—Esta mañana me he levantado tarde. —Pero estaba sonriente y tarareaba una melodía.

Daba gusto ver tan contenta a Madam Nainci.

—¿Salió con el señor Wealaworth?

—No, querida, anoche fue el baile con Gregor.

—¿Gregor? —¿Quién era Gregor? ¿Qué habría pasado con el señor Wealaworth? Hope se fijó en su escritorio vacío. ¿Qué le habría ocurrido al señor Wealaworth? Llevaba todo el día sin aparecer.

—Ayer me encontré con Gregor en la tienda de ultramarinos. —Madam Nainci fue presurosa hasta el perchero y dio comienzo al largo proceso de envolverse en sus prendas de abrigo—. Es un hombre guapo, muy educado, me invitó a tomar un té en la Tetería Griega, y también *baklava*, que estaba muy buena, y después fuimos al club a bailar.

—Suena maravilloso. —Hope se sentía confusa—. Pero ¿qué ha pasado con el señor Wealaworth?

—También es muy guapo. —Madam Nainci se encogió de hombros—. No está mal. Si se cuenta con dos hombres, resulta el doble de fácil tener una cita.

Hope rió. No cabía ninguna duda de que Madam Nainci sabía encontrar el modo de ser feliz.

—¡Bueno, tengo que irme a la tienda de ultramarinos! —Con gestos teatrales, se puso alrededor del cuello su bufanda de flecos morados y se volvió hacia la puerta.

—Creía que ya había ido ayer.

—Pero se me olvidó comprar.

Hope rió de nuevo mientras Madam Nainci salía por la puerta con aire majestuoso, otra vez soberana de todos sus dominios, volvió a concentrarse en la física. Ahora entendía los problemas, pero cada uno era más difícil que el anterior, hasta que, al llegar al final de la página, se detuvo y se masajeó los tensos músculos del cuello. Ojalá estuviera allí Griswald para ayudarla.

Por supuesto, teniendo en cuenta lo molesto que había quedado la noche anterior, tal vez no quisiera prestarle su ayuda.

En un movimiento automático, se soltó la cola de caballo, se pasó los dedos por el pelo y lo preparó para recogérselo otra vez.

En cambio, se acordó del modo en que la miró Griswald cuando se esparció la melena sobre los hombros y se dejó el cabello suelto.

Griswald había deseado algo más que verle el cabello suelto, naturalmente. Era inocente, pero no tonta. Habían estado en su cama, ella se había relajado con sus besos... y poco a poco se había dado cuenta de que él deseaba algo más que besarla. Le había acariciado cada centímetro de piel desnuda, los brazos, el cuello. Después, antes de que ella pudiera esperarse algo así, le metió la mano por debajo de la camiseta y le acarició el pecho.

Fue entonces cuando cayó en la cuenta. Tenía que marcharse. Salir de allí antes de que fuera demasiado tarde.

No le resultó nada fácil. Zack no quería parar y ella, que Dios la ayudara, no quería que parase.

Ahora, al pensar en ello, se puso las manos en los brazos y se los frotó como si aún pudiera sentir el contacto de Griswald. Él estaba demasiado seguro de sí mismo, ella era demasiado vulnerable, y si no tenía cuidado terminaría en la cama de Griswald. Sería su amante.

Pero no tenía tiempo para aquellas cosas. Se repitió

a sí misma la frase como un mantra. Tenía trabajo que hacer aquella noche, y más trabajo al día siguiente, y para siempre. Si Griswald fuera su amante, la obligaría a observar un horario regular de comidas, un horario regular para dormir, querría que le dedicara tiempo a él. No era un hombre que fuera a dejarla trabajar como venía haciendo hasta ahora.

¡No! No tenía tiempo para aquello.

Y en cambio, oh, qué cerca habían estado. El calor que irradiaba el cuerpo de Griswald llenaba los rincones fríos y vacíos de su alma, y deseó...

En aquel momento sonó la centralita. Hope la miró esperanzada... y dejó escapar un suspiro. No era Griswald. Griswald no había llamado en todo el día. Era la señora Siamesa, que quería sus mensajes. Hope se los dio, con el ruido de fondo de los maullidos del gato.

Había sido uno de aquellos días. Sucedía de vez en cuando. Todo el mundo llamaba para recibir sus mensajes, para conversar, o para pedir un favor. No era que a Hope la molestara ocuparse de aquellas cosas, pero es que por fin entendía la física y quería hacer todos los problemas de los ejemplos antes de que aquellos conocimientos desaparecieran de su cerebro revestido de teflón.

E incluso cuando tenía tiempo para trabajar, le había resultado difícil concentrarse, porque cada vez que pensaba en la física le venía a la cabeza Griswald. ¿Por qué no habría llamado? Era muy distinto de todos los hombres que había conocido. Se ganaba la vida con su trabajo, sí, pero nunca se había visto atrapado por las circunstancias. Siempre había tomado en sus manos las riendas de su vida y la había modificado a su antojo. En las circunstancias apropiadas, aquel hombre, aquel mayordomo, podría haberla convencido de que dirigía un banco o una gran empresa.

Después de que ella lo frenara la noche anterior, él había intentado de nuevo convencerla de que fuera a verlo esta noche, y no aceptó de muy buena gana su negativa. De hecho, se mostró rígido y enfadado, y si ella hubiera sido una criada, habría hecho valer sus privilegios de jefe. Pero ella no era una criada y él carecía de privilegios, y menos mal, porque ella tenía demasiado trabajo que hacer.

Hope se ajustó los auriculares, tomó el lápiz... y en aquel momento la centralita volvió a sonar.

Tampoco era Griswald esta vez. Pero adoptó un tono alegre y dijo:

—Hola, señora Monahan. ¿Cómo se encuentra en este brillante...?

Pero la señora Monahan la cortó antes de que pudiera terminar su saludo habitual.

—Hope, te dije que no le contaras a nadie lo de mi operación.

—¿Su operación? —La señora Monahan nunca le había hablado en aquel tono. Era como si fuera menos una dulce ancianita y más una maestra de escuela provista de una rígida vara de castigo—. ¿Su operación de cadera? Yo no...

—No me mientas. Acaba de llamarme por teléfono un tal doctor O'Donnell. Tengo una cita para mañana en su consulta. —En un tono que indicaba claramente que aquello suponía el mayor de los ultrajes, la señora Monahan informó—: Van a enviarme un coche.

Hope se debatió entre negar haber tenido parte en el hecho o alegrarse de que, por obra de algún milagro, la señora Monahan fuera a tener por fin su operación.

—Yo no he hecho nada. ¡Se lo juro! —Oyó la respiración de la señora Monahan en el teléfono, como si estuviera dominada por la cólera—. Señora Monahan, yo no he tenido nada que ver. Se lo juro por... por la tumba de mi madre.

La señora Mohanan lanzó un suspiro.

—Está bien, querida. No creía que tú fueras a hacer algo así a mis espaldas, pero no sé quién ha podido ser el responsable. —Su tono de voz se volvió más razonable—. Desde luego, el gobierno no ha sido. Es fácil de deducir por lo del coche.

Hope buscó una explicación en su cabeza.

—Se lo he contado a varias personas. A lo mejor se ha extendido el rumor y todos han terminado contribuyendo... o algo así. —Hasta a ella le sonó poco convincente.

—Pues tendrían que haber contribuido bastante —comentó la señora Monahan en tono irónico—. La operación cuesta más de veinte mil dólares.

—Ya lo sé. Va a operarse, ¿no es así?

—Ah, si alguien se ha tomado la molestia de ayudar, sería muy desagradecido por mi parte no permitírselo.

Era un milagro, una prueba de que todavía quedaba gente buena en el mundo, y aquella noticia alivió el dolorido corazón de Hope.

—Apuesto a que sé quién ha organizado esto. Apuesto a que ha sido Griswald.

—¿Quién?

—El mayordomo del señor Givens. Ya sabe, de Givens Enterprises.

—¿El mismo que me consiguió el andador?

—Exacto. Es un tipo estupendo, y seguro que sabe con quién hay que hablar en casos como éste...

—Querida, odio tener que cortarte, pero es que acaban de llegar las chicas para la partida de bridge. Quiero explicarles adónde voy a ir mañana. Te quiero, cariño.

—Yo también, señora Monahan.

Hope colgó con un nudo en la garganta. Aquél era un día repleto de buenas noticias.

Se sentía tan contenta por la señora Monahan que a punto estuvo de llamar a Griswald para preguntarle qué sabía él de la operación en cuestión. Pero él no la había llamado. Por lo general llamaba un par de veces al día, de modo que tal vez aquello significara que estaba enfadado con ella. O tal vez que... no le habían gustado sus besos.

Probablemente estuviera ocupado.

Pero y si... No; probablemente estaba ocupado.

Pero ¿y si lo llamaba y él la instaba a ir a su casa otra vez? No creía tener la necesaria fortaleza interior para negárselo, y también negárselo a sí misma, de nuevo. Y si lo viera aquella noche, tal vez le diera lo que él obviamente deseaba de ella.

No podía hacer semejante cosa. Simplemente, no podía. Lo que le había enseñado su padre pesaba demasiado, tanto como el recuerdo de los consejos de su madre.

Y además, seguro que a Griswald se le daba muy bien... Se frotó los labios, acordándose del modo en que él la había acariciado, lo que le había enseñado...

Tal vez una llamada cortita. Podía pensar antes en lo que iba a decirle, y luego... En aquel momento sonó la centralita.

Le dirigió una mirada de pocos amigos y comprendió que Griswald había causado un efecto perjudicial sobre ella. Antes se alegraba de tener noticias de sus abonados; ahora lo que hacían era interrumpirla cuando estaba pensando en él.

Era el señor Janek.

—¿En qué puedo servirle? —preguntó.

La voz de él le estalló en el oído.

—¿Dónde diablos está ese cabrón de Wealaworth?

Sorprendida por aquel lenguaje y por la virulencia que transmitía su tono, Hope contestó:

—Lo siento, señor Janek, no se encuentra aquí.

—Eso ya me lo imagino. —Hope le oyó lanzar una risa burlona—. ¿Y esa zorra que trabaja con él? ¿Esa tal Prescott?

—¿La señorita Prescott? —Hope tembló al oír pronunciar su nombre con tanto desprecio—. Ella tampoco está.

—Pues haga el favor de transmitir a esos dos capullos un mensaje de mi parte. —El señor Janek gritaba—. Dígales que más les vale que se pongan en contacto conmigo y me digan qué diablos está pasando, o de lo contrario yo mismo me encargaré de que se arrepientan.

—Señor Janek, si hay algo que pueda hacer yo para...

Pero su interlocutor le colgó el teléfono de golpe antes de que pudiera terminar la frase.

Hope se frotó la frente y volvió la vista hacia el escritorio desierto del señor Wealaworth. ¿Dónde estaría? ¿Qué estaba pasando? Tenía que intentar dar con él, informarle de la amenaza del señor Janek.

Se levantó con la intención de acercarse al rincón del contable, cuando de pronto sonó nuevamente la centralita.

Aquella vez tampoco era Griswald.

En la ventanilla de identificación de la llamada apareció el número de la señora Shepard. Era temprano para que llamase, pero ya había salido de cuentas. Quizás... ojalá... estuviera de parto.

—Señora Shepard, ¿qué tal se encuentra en este brillante...?

Fue el señor Shepard quien le gritó al oído:

—¡Hope, Shelley está a punto de tener al bebé!

Empleando su tono más tranquilizador, Hope respondió:

—Eso es estupendo. Ya sabía que tenía que ocurrir tarde o temprano.

—No. ¡Ahora! ¡Va a dar a luz en casa! Acaba de romper aguas y ha empezado a tener contracciones. —Jadeaba al hablar—. Y ahora... ahora...

Hope se puso alerta. Sacó a toda prisa la información de emergencias que tenía Madam Nainci en una estantería que había a su espalda, y tiró al suelo todos los demás libros que encontró a su paso.

—¿Ha llamado al nueve, uno, uno?

—¡No está enferma, va a tener un niño!

Y el señor Shepard necesitaba que le echaran una mano.

—Aguante. Voy a llamar al nueve, uno, uno. Enviarán una ambulancia. No cuelgue, ahora mismo vuelvo para ayudarlo, pero tiene que conservar la calma por Shelley.

—De acuerdo. —Reaccionó bien a las órdenes de Hope, a su tono de voz—. De acuerdo.

Hope pasó la información al centro de emergencias y después regresó a la línea.

—Señor Shepard, tengo aquí un libro.

—Un libro. Buena idea. —Calló unos instantes, y luego exclamó exasperado—: ¡Estoy aquí con una mujer que está dando a luz a un niño! ¡No estoy de humor para leer!

Hope hizo acopio de paciencia.

—El libro explica qué hay que hacer en esta situación. En primer lugar, ¿dónde está la señora Shepard?

—Sobre la cama.

—Bien. Si mira entre sus piernas, ¿ve la cabeza del bebé? —Hope cruzó los dedos.

—No. —El hombre parecía menos aterrado y más asustado.

Hope lanzó un suspiro de alivio.

—¡Maravilloso! Eso quiere decir que tenemos tiempo hasta que llegue la ayuda médica. Ahora, quiero que ponga unas sábanas limpias debajo de la señora Shepard.

—Pero es que salen cosas de su cuerpo.

Aquello no iba a ser fácil. Hope empezó a sudar.

—Señor Shepard, ¿vio usted la película sobre cómo nacen los niños?

—Oh. Sí. Oh.

—Necesitamos sábanas limpias. Mientras va a buscarlas, ponga agua a hervir y deje abierta la puerta de la calle para que pueda entrar el personal de urgencias.

—Sábanas. Agua. Abrir. Bien.

—Déjeme hablar con la señora Shepard.

Él le lanzó el teléfono a su esposa, y Hope lo oyó decir:

—Quiere hablar contigo.

—Está bien. —La señora Shepard habló en un tono sorprendentemente calmo. Debió de esperar hasta que su marido saliera del dormitorio, o de lo contrario era que estaba teniendo una contracción, porque transcurrió un minuto sin que dijera nada. Después habló—: Hola, Hope. Lamento molestarte, pero no vamos a poder llegar al hospital. Las contracciones vienen cada menos de... un... minuto.

Hope oía jadear a la señora Shepard, y se dio prisa en leer la información que tenía delante. Se le cayó el alma a los pies; según ponía allí, no les quedaba mucho tiempo. Cuando la señora Shepard volvió a ponerse al teléfono, Hope le dijo:

—No pienso dejarla sola hasta que esté ahí el servicio de urgencias.

—Gra... cias.

Hope recorrió las páginas con la vista.

—¿Está empujando?

—El niño viene... ya. ¡Sí, estoy empujando! —La señora Shepard parecía estar irritable.

Eso estaba bien, estaba en su derecho. Y Hope tenía que ayudar a su aterrorizado esposo a traer aquel niño al mundo.

La señora Shepard le dijo:

—Aquí viene Mike... con la sábana. ¿Te encuentras bien, querido? Estás... pálido.

—Póngamelo de nuevo al teléfono —ordenó Hope. Cuando lo tuvo en la línea, le dijo en tono severo—: Escúcheme, Mike. No puede usted desmayarse. Yo no puedo traer ese niño al mundo por teléfono. Va a tener que hacerlo usted.

—Ya lo sé. —Incluso a su voz parecía faltarle el color.

—No se desmaye. Ponga la sábana debajo de las caderas de su mujer. ¿Llega a apoyar los pies en el escabel?

—De acuerdo. Y... sí. Esto... Hope.

Hope estaba leyendo lo más rápido que podía.

—¿Qué?

—Ahora veo algo, y creo que es la cabeza del bebé.

—Eso espero. —Porque si eran las nalgas, todos iban a tener problemas. Le dijo en tono alentador—: Esto va realmente deprisa, ¿eh, señor Shepard? Pero usted sabrá hacerse cargo.

—Shelley no está contenta.

Hope oía los gruñidos de Shelley.

—Lo está haciendo muy bien. —Hope rezó para que lo estuviera haciendo bien—. El niño debe salir con la cara vuelta hacia abajo.

—Sí. Así es.

A Hope el corazón le latía con tanta fuerza que tuvo que ponerse de pie.

—Cójalo en la mano y sosténgalo con suavidad. Y entonces...

—¡Espere!

Al fondo se oyó un enorme revuelo.

El señor Shepard exclamó excitado:

—¡Acaba de entrar por la puerta el personal de urgencias!

—Es una buena noticia, pero no deje de sostener al bebé y...

Demasiado tarde. El señor Shepard había soltado el teléfono, aunque Hope esperó que estuviera sosteniendo al niño. Lo oyó gritar algo, después otras personas que le contestaban, y asió con fuerza el borde de la mesa mientras intentaba seguir los acontecimientos que escapaban a su control, incluso a su vista.

—Ya está, señora Shepard —oyó que decía una voz de mujer—. Ya casi ha dado a luz a este niño. Todo está perfectamente. Ha hecho usted solita la peor parte. Sólo un empujón más...

En aquel momento se oyó el gemido de un bebé, y durante unos instantes todo el mundo guardó silencio. A continuación, el señor Shepard lanzó un chillido de placer, los enfermeros gritaron unas instrucciones y por último, débilmente, Hope oyó a la señora Shepard hablar en tono feliz y arrullador. Sólo alcanzó a discernir unas cuantas palabras mientras aquel frenesí prosiguió durante tal vez dos minutos... Y entonces, de pronto, desapareció la cacofonía. Lo único que oyó a continuación fueron las voces de personas que conversaban entre sí y se alejaban, el niño que aún estaba llorando, y comprendió que estaban marchándose. Hasta que al final se fueron.

Y nadie se acordó de decirle a ella si había sido niño

o niña. Ahora que la crisis había pasado, Hope tenía las palmas de las manos húmedas, el corazón todavía acelerado y las rodillas flojas. Se dejó caer de nuevo en su silla y exclamó:

—¡Espere! ¿Qué es eso?

No respondió nadie.

Con más desesperación todavía, gritó:

—¿Alguien ha apagado el fuego de la cocina?

Hope se apeó del autobús y comenzó a recorrer penosamente la calle en dirección a su apartamento. En los rincones de los portales hundidos se acumulaba la nieve sucia. La pintura de los alféizares de las ventanas se veía desconchada. Los edificios, de más de seis pisos, parecían inclinarse sobre la calle, y las paredes de ladrillos se estaban desmoronando.

En comparación con la casa de Beacon Hill, aquel vecindario estaba poco menos que en ruinas, y Hope descubrió que le temblaba la mano al limpiarse de las mejillas una gota congelada de emoción. No era que estuviera deprimida, no tenía tiempo para deprimirse; pero aquel día había ayudado a que naciera un niño, y a nadie se le había ocurrido decirle lo que había sido. Niño o niña, no tenía importancia mientras estuviera sano... pero ¡quería saberlo! Había oído el llanto del recién nacido, había sido una parte importante de aquel nacimiento, pero al final se habían olvidado de ella. Era una tontería sentirse dolida, pero no podía evitarlo.

Había llamado al 911, pero no le dijeron nada, ni siquiera a qué hospital habían ido los Shepard, de modo que les sugirió que mandaran a alguien a la casa para apagar el fuego de la cocina y después colgó.

—Eh, eh, señora.

Un adolescente demacrado y con una barba incipiente saltó desde uno de los altos porches y se plantó delante de Hope.

Hope se detuvo y retrocedió ligeramente. Empezó a latirle con fuerza el corazón. Dios santo, era un ratero, o un violador. Empezaron a sudarle las manos debajo de los guantes.

El chico la siguió, con la gorra calada sobre la frente y una gran sonrisa en la cara.

—Eh, señora, ¿qué hace? ¿Eh?

—Voy a mi casa. —Hope mantuvo un tono de voz sereno, pero maldijo para sus adentros.

La primera vez que recorrió aquella calle andando estuvo en guardia todo el tiempo. Pero nunca le había sucedido nada, y en los dos últimos años había perdido aquella actitud de vigilancia que la había ayudado a seguir viva. Y ahora se enfrentaba a un muchacho nuevo, alto, flaco, uno al que no reconocía entre los gamberros de siempre que se apiñaban en grupitos en las esquinas, peleándose, vendiendo droga o consumiéndola.

—Señora, ¿ha estado llorando? —El chico le acercó una mano a la cara.

Hope se giró hacia un lado y procuró acordarse de las lecciones que había aprendido en el instituto. Acerca de las peleas y la defensa personal. Por desgracia, la regla más importante que recordaba era la de «no meterse en problemas», y ésa la había incumplido.

—¿No quieres que te toque? Si soy muy cariñoso. —Tenía los ojos brillantes de un consumidor de crack—. Podrías darme lo que llevas en la mochila.

—Son libros.

—A mí me gustan los libros. —Agarró la correa de la mochila con una mano embutida en un guante sin dedos—. ¿Llevas dinero también? Me gusta el dinero.

Sus libros de texto, de segunda mano, le habían costado una semana de sueldo. Sabía que iba a tener que dárselos al chico; no merecía perder la vida por ellos. Pero aquél había sido un día horrible de una vida horrible. Y ella estaba enfadada y fastidiada, no estaba de humor para que otra persona más se aprovechara de ella.

Dejó caer la mochila con todo su peso sobre el brazo del chico, y cuando éste se tambaleó ella agarró la otra correa. Entonces la pasó al otro lado y le dio con todos los libros en un lado de la cara.

Él cayó de rodillas.

Hope salió disparada y echó a correr con todas sus fuerzas en dirección a su apartamento, con la mochila en la mano.

Casi al instante oyó al chico a su espalda. Le iba ganando terreno.

Aceleró al máximo, subió a saltos los escalones de la entrada, casi lo había conseguido...

Y entonces el chico la alcanzó.

Sintió que le resbalaban los pies y fue a aterrizar de plano sobre su espalda en el estrecho portal. El rostro de furia del chico invadió su campo visual.

Su asaltante tenía un cuchillo. Lo sostenía en la mano derecha, con la punta vuelta hacia arriba, como un experto. Hope no veía nada más que la hoja, reluciente bajo la media luz del crepúsculo. No percibía ningún otro olor que el que emanaba del cuerpo del chico y un tufillo ligero y dulzón a hierba. No oía otra cosa que la voz del chico amenazante:

—Estúpida zorra. Vas a arrepentirte de esto.

Hope ya se estaba arrepintiendo. No quería morir así, en aquel momento, en aquel lugar.

Débilmente, al fondo... ¿Al otro lado de la calle? ¿En la otra manzana? Oyó a alguien gritar.

Pero el cuchillo no se movió. El chico se lo acercó a la cara y apoyó la punta contra la sien izquierda, junto al ojo. Hope lo miró fijamente, vio su propia muerte en aquella mirada.

Otro grito, esta vez más cerca. Al pie de las escaleras.

—Eh, idiota, esta tía está bajo la protección de Ma.

Su atacante dirigió una mirada rápida, enfurecida, a un costado.

—Me importa una mierda.

—Te importará cuando Ma te corte los huevos y los clave en la puerta de su casa. —Unos pies subieron las escaleras. Otro muchacho, tan sucio y maloliente como el primero, se unió a ellos—. Te estoy diciendo que esta tía está bajo la protección de Ma. Lárgate de aquí antes de que Ma se entere de esto.

Por el rabillo del ojo Hope veía aquella mano sucia temblar por la necesidad de matarla... y bien fácil que le resultaría.

Despacio, levantó el pie. Pensaba propinarle una patada en la rodilla... si es que tenía la posibilidad de hacerlo.

Entonces la mano se retiró de pronto. El cuchillo desapareció en la manga del chico. Los dos bajaron corriendo los escalones y se perdieron en la penumbra.

Hope se quedó allí sentada, aturdida.

Había estado a punto de morir. Tuviera o no un mal día. Tuviera o no una mala vida. No quería abandonarla de aquella forma.

Por fin, comenzó a derretirse suficiente barro del que llevaba pegado al trasero para filtrarse a través de los vaqueros y la ropa interior y devolverla a la realidad. Poco a poco, logró incorporarse, se sacudió el polvo, se examinó las manos y las piernas, y también el trasero, en busca de posibles heridas.

Estaba bien. Salvo por el temblor de manos y la sensación de malestar en la boca del estómago. Y salvo por el hecho de que podía haber muerto desangrada a la puerta misma de su casa, a manos de un sucio drogadicto por unos libros que él hubiera tirado a la basura, y a nadie le habría importado un comino.

Una vez tomada la decisión, agarró la mochila, bajó a toda prisa los escalones y enfiló la calle en dirección a la parada de autobús.

16

—Señor, hay una joven que desea ver al señor Griswald —informó Leonard, el submayordomo, de pie en la puerta del estudio de Zack.

—¿Una joven? —Zack levantó la vista de los papeles. Su mente voló de inmediato a Hope, pero ella le había dicho que tenía que estudiar. ¿Se habría sentido dominada por el deseo hacia él?

No. Hope, no. Era tan cabezota como todas las mujeres de su propia familia. Le gustaría saber por qué había caído sobre él semejante maldición.

Leonard cambió el peso de un pie a otro. Era un hombre alto y enjuto en carnes, como un cadáver, con un cutis intensamente pálido, ojos protuberantes y unos modales inquietos que irritaban a Zack.

—Señor, no ha querido darme su nombre, pero he pensado que... Creo que es la joven a la que usted invitó la semana pasada.

De manera que sí era Hope... ¿Y cuándo había acertado a verla Leonard?

Más importante todavía, ¿por qué estaba allí después de haber insistido de manera inflexible en que no iba a regresar?

Zack se levantó al momento y se encaminó hacia la puerta.

—Gracias, Leonard. Ya le llamaré si le necesito.

Justo a tiempo, Leonard se apartó de su camino.

Zack esperaba encontrarse con la sonriente y radiante Hope de siempre, pero en cambio la vio de pie en el vestíbulo, con aire de niña abandonada, con el abrigo, el gorro y los guantes todavía puestos, la cabeza gacha y los brazos alrededor del cuerpo. Parecía haber agotado todas sus reservas de energía para llegar hasta allí, y era como si ya no pudiera moverse un solo centímetro más.

Zack corrió hacia ella.

—¿Qué ha pasado?

Ella no se inmutó.

—Hope, ¿qué sucede? —Zack se inclinó sobre ella y le estudió el rostro.

Ella pareció percibirse de la presencia de Zack, porque levantó la cabeza, abrió sus grandes ojos azules y esbozó una sonrisa dulce y conmovedora con sus labios pálidos.

—¿Griswald? He tenido un día horroroso de verdad.

Llevaba una mancha roja en la mejilla y Zack la siguió con el dedo hasta un lugar que quedaba debajo del gorro de punto de la joven. Le quitó el gorro con delicadeza y allí, en la sien, apareció un corte. No era profundo, pero medía al menos dos centímetros de largo y sangraba.

Aquel corte no había sido accidental. Había sido causado por una hoja afilada, o quizás una navaja. Sintió una furia gélida que le subía de las entrañas hasta el cerebro.

Alguien había herido deliberadamente a Hope. Dejó caer el gorro al suelo, le acarició la mejilla y le preguntó en tono suave, en fuerte contraste con la cólera que lo invadía:

—¿Quién te ha hecho esto?

—¿El qué?

Hope tenía la piel fría y sudorosa.

—Ese corte.

Ella desvió la mirada.

—No me ha hecho ningún corte —murmuró—. Ha sido un estúpido malentendido. Y ahora sé que no debo pasearme por mi barrio sin prestar atención. —Se encogió de hombros y después se tambaleó ligeramente hacia un lado, como si hubiera perdido el equilibrio. Como si le fallase el cuerpo.

Era el shock. Había recibido una fuerte impresión. Zack debería haber reconocido los síntomas de inmediato. La tomó en brazos y se dirigió con ella a la escalera.

—¿Adónde vamos? —Hope se aferró a sus brazos—. ¡No puedes llevarme al piso de arriba!

—No seas absurda. Puedo llevarte a donde se me antoje. No hay nada que no pueda hacer.

Hope reclinó la cabeza sobre su hombro y le sonrió.

—Mi héroe.

Estaba intentando ser normal, bromear con él, pero su voz débil y su expresión dolorida casi consiguieron romper el corazón a Zack.

Estaba helada con aquel delgado abrigo y los vaqueros desgastados, y notó la humedad de sus pantalones a través de la camisa. Al cruzar el corredor que conducía a la cocina, vislumbró por un instante a Leonard, que se había quedado allí, sin duda, para hacerse con algún chismorreo. Bueno, pues iba a darle más de lo que esperaba. Empleando un tono de orden tajante, le dijo:

—Traiga una bandeja como la que le lleva a mi madre cuando viene de visita.

Leonard, que estaba a punto de salir huyendo, afirmó con la cabeza y tragó saliva.

—Sí, señor. Enseguida, señor.

—Y flores. Traiga muchas flores.

—¡Sí, señor!

Zack tomó nota mentalmente de hablar con Griswald acerca de Leonard, pero no tardó en olvidar aquel asunto. Subió con firmeza los peldaños de la escalera y se encaminó hacia su dormitorio. Al recorrer aquel pasillo de techos artesonados y retratos iluminados, utilizó su tono más templado.

—Hope, lo primero es que entres en calor.

—Tú me das calor. —Ella se acurrucó un poco más entre sus brazos, estremecida por un súbito escalofrío.

Zack suavizó aún más el tono para preguntarle:

—Ahora, dime: ¿Te han violado? ¿Debo llamar a la policía?

—¿Qué? ¡No! —Hope se mostró indignada, como si Zack estuviera loco—. Ese chico sólo intentó robarme.

—Sólo.

La puerta de la habitación de Zack estaba abierta; entró como una tromba y las luces de las mesillas de noche se encendieron de forma automática.

—Como no quise darle mis libros, me persiguió y me amenazó.

—Con un cuchillo.

Hope no se había dado cuenta de que tenía un corte.

—Bueno... sí. —Alzó una mano como para tocarse la sien, y la bajó al momento—. Pero luego el otro chico le dijo que yo estaba bajo la protección de Ma, y los dos echaron a correr. ¿Qué crees tú que significa eso?

—Significa que ya no puedes quedarte en tu apartamento.

—No seas ridículo. ¿Dónde voy a quedarme, entonces? —Miró a su alrededor, recorriendo con la vista la enorme habitación, con su cama gigantesca y su elegante mobiliario—. ¿Aquí?

—Es una buena idea.

—No deberíamos estar aquí.

Zack no le hizo caso y pasó al cuarto de baño. Allí también se encendieron las luces, y accionó el interrumptor del calefactor con el codo.

—Tampoco deberíamos estar aquí —dijo Hope.

—Por supuesto que sí. —La depositó de pie en el suelo, pero sujetándola junto a su costado. No estaba seguro de que Hope fuera capaz de sostenerse sola, y demasiado bien sabía que no podría soportar soltarla—. Ésta es la bañera más grande de toda la casa.

Era la suya, de mármol negro y con sistema de hidromasaje, una docena de boquillas de ducha y una puerta corredera de cristal que la rodeaba por tres de sus lados. Puso el tapón, abrió el grifo y esparció una pequeña cantidad de sales de baño en el agua. Cuando empezó a elevarse el vapor, con aroma de limón, dijo a Hope:

—Necesitas tumbarte y entrar en calor. —Le quitó el abrigo y arrojó aquel patético harapo hacia la puerta. Al diablo con su amor propio. Ya no volvería a ponérselo jamás. El jersey era bastante grueso, pero con unas rayas feísimas y lleno de las típicas bolitas de pelusa que eran el resultado de demasiados lavados—. Levanta los brazos.

Ella obedeció y Zack le sacó el jersey por la cabeza. También fue a reunirse con el abrigo.

Hope se aclaró la garganta.

—Hum, creo que no deberías desnudarme.

Zack se fijó en la camiseta que llevaba: de manga larga, desgastada hasta el punto de volverse casi invisible... y sin sujetador debajo.

—No tienes fuerzas para desnudarte tú sola.

Sus senos eran pequeños, firmes, bellamente moldeados, y sus pezones resaltaban bajo la tela.

Zack rompió a sudar.

—Y bien, ¿podrás tú sola?

—Quiero decir... No debería desnudarme delante de ti. —El color inundó sus mejillas—. Yo no...

De forma salvaje, porque la vergüenza de ella hacía que le entraran ganas de jurar, Zack contestó:

—No me importa lo que quieras tú. Te han atacado. Has sufrido una fuerte impresión. Has acudido a mí para que te ayude, y eso es lo que voy a hacer.

Le desabotonó los vaqueros y de un tirón se los deslizó por las caderas.

La ropa interior de ella, toda, bajó junto con los pantalones. Zack había pensado darle tiempo para que se acostumbrara a su desnudez, pero en fin, no funcionó, y Hope se cubrió con las manos por delante al tiempo que dejaba escapar un gemido de protesta.

—No soy hombre que se ponga cachondo con una mujer asustada y enferma. —Sin embargo, era un hombre que iría al infierno por mentir—. Pero no pienso permitir que enfermes todavía más por culpa del recato. —Hope era suya y pensaba protegerla le gustase a ella o no—. Quítate las botas.

Hope obedeció.

—No estoy enferma.

—Pues entonces puedes dejar de preocuparte.

Zack intentó no mirar, pero fue incapaz de evitarlo. Debido a lo mucho que andaba, Hope tenía los costados alargados y musculosos de un caballo purasangre. Las caderas estrechas, el vientre plano y el vello entre las ingles rizado y de color castaño oscuro. Zack se sintió como un bruto repugnante, pero no había nada que deseara más que arrodillarse frente a ella, abrirle las piernas y emplear su boca hasta que ella gritara de excitación.

Levantó la vista hacia su rostro, y allí estaba Hope, de pie con los ojos cerrados, balanceándose levemente como si fuera a desmayarse. Así que Zack dominó su lujuria, se arrodilló frente a ella y la ayudó a guardar el equilibrio al tiempo que le sacaba los vaqueros primero de un pie, luego del otro.

La bañera despedía gran cantidad de vapor, y la superficie del agua estaba cubierta de burbujas que ascendían y formaban una capa de espuma.

Zack se quitó los zapatos, tomó en brazos a Hope y se metió con ella en la bañera.

—¡Tu ropa! —exclamó ella.

—Al diablo con mi ropa. —Se sumergió en el agua con ella hasta el pecho—. Vamos a hacerte entrar en calor.

Accionó los grifos y depositó a Hope en el fondo, con la espalda contra su propio pecho, y se hundió en el agua caliente hasta la barbilla. Apoyó los pies contra el segundo escalón de la bañera, con los pies de Hope encima de los suyos, para levantarle las piernas.

—¿Está demasiado caliente? —inquirió.

—Está perfecta. —Todavía hablaba con voz desvaída, pero Zack pensó que era debido más a la sorpresa que a ninguna otra cosa—. Esto es muy agradable.

Zack la sostuvo contra sí, sirviéndose de la temperatura de su cuerpo para dar calor a Hope, y del agua para calmarla.

Transcurrieron los minutos. Entonces ella preguntó:

—¿Estás seguro de que no vas a tener ningún problema con el señor Givens?

—Muy seguro. —Zack posó el dedo sobre la arteria carótida de Hope. Notó el pulso rápido y débil, pero mientras esperaba comenzó a ralentizarse—. Puedes relajarte. No voy a permitir que te ahogues.

—Ya lo sé. He venido aquí porque quería verte. —Hizo una profunda inspiración—. Tú haces que me sienta segura.

Cuando Hope decía cosas así, a Zack le entraban ganas de golpearse el pecho y gritar al estilo de Tarzán. Al acordarse de que le habían hecho daño, de que alguien de su barrio le había hecho un corte con un cuchillo, deseó ir a buscar a aquel individuo y matarlo. Sin piedad; el muy cabrón no la merecía. Había aterrorizado a la mujer de Zack y por eso era justo que muriese.

Al día siguiente interrogaría a Hope. Se enteraría de los hechos concretos. Cazaría al atacante. Pero de momento...

—¿Sientes deseos de arrojar?

—Sabes, Griswald, hablar se te da realmente bien.

Él le miró la coronilla de la cabeza, que se mecía a un lado y al otro sobre su pecho.

—Y bien, ¿tienes ganas?

—No. En realidad ya me siento mejor. Sólo estoy cansada. —En tono sereno, agregó—: Estoy empezando a creer que tu señor Givens no existe.

—¿En serio? —Maldición—. ¿Por qué?

Aunque hubiera sido mejor para ambos que ella se hubiera dado cuenta de la verdad.

A lo mejor lo había sabido todo el tiempo...

Zack la miró. Quizás había sabido que... Pero no. Hope no mentía. Y por muchas cosas que necesitara, jamás se aprovecharía de él.

—No lo he visto nunca, y al parecer tú haces todo lo que se te antoja. —Emitió una breve risita—. Pero supongo que esta casa y ese gran Edificio Givens del centro de la ciudad constituyen una prueba suficiente de su existencia.

A pesar de todas las certezas que tenía Zack sobre el carácter de Hope, se sorprendió a sí mismo suspirando de alivio y estrechándola con más fuerza.

—Sí que existe, de acuerdo, pero no nos molestará.

Que Hope pensara lo que quisiera aquella noche. Ya llegaría el día siguiente para hacer confidencias. Aquella noche la tenía entre sus brazos. No llevaba casi nada encima. Y él estaba preocupado por la herida que tenía en la cabeza.

Bien. Preocupado sobre todo por la herida de la cabeza. Hope parecía no haber reparado en la erección que empujaba contra su trasero, y quizá fuera así ciertamente. Después de todo, era la hija de un predicador.

Al mismo tiempo, ¿es que nunca había leído *Cosmopolitan*?

Zack se rió de sí mismo por su propia incoherencia. Estaba encantado con la inocencia de Hope y, al mismo tiempo, deseaba que tuviera conciencia de él. De su cuerpo. De su erección, del increíble tamaño y dureza de su miembro.

Su cuerpo no se mostraba siempre tan exigente. Desde luego, con otras mujeres no. Por supuesto que no. Hope desataba el animal que había en Zack, y él se sentía orgulloso de aquella fabulosa erección.

Y también que dominaba la situación.

Maldita sea.

Sí, aquella noche se estaba controlando... igual que había sucedido la noche anterior.

Con sumo cuidado, Zack separó a Hope de su pecho y la sumergió en el agua. Por primera vez desde que la había llevado hasta allí, pudo verle la cara. Su color había vuelto a ser normal, tenía los ojos soñolientos y su mandíbula ya no estaba en tensión a causa del pánico y del frío. Hope confiaba en él, y Zack experimentó una punzada de satisfacción. Antes de terminar su relación, ella le daría todo, toda su confianza, toda su bondad... todo su amor.

Y se sorprenció al descubrir que él lo deseaba todo

de ella. En sus relaciones normales con mujeres, sólo le interesaba una parte concreta del cuerpo de ellas. Pero con Hope deseaba su cuerpo, sí, pero también ansiaba poseer su mente.

—Estás sonriendo —dijo Hope sacando una mano del agua para tocarle el labio inferior—. ¿Por qué?

Zack sintió la suave caricia de las burbujas al deslizarse por su barbilla.

—Pensaba que... en toda mi vida nunca había bañado a una mujer.

—Eso me hace muy feliz.

Se notaba a las claras que Hope no tenía ni idea de por dónde iban los pensamientos de Zack, ni del efecto que tenía sobre él aquella afirmación.

De nuevo se dijo a sí mismo que no era el momento de mostrárselo. Pero él no era un hombre acostumbrado a reprimirse. Cuando deseaba a una mujer, ésta se ponía a su disposición. Odiaba tener limitaciones. Y odiaba todavía más ser él quien las estableciera.

Extendió la mano para coger el champú.

—No puede ser tan difícil. —Hope se esforzó por incorporarse un poco, pero Zack volvió a sumergirla en el agua.

—Déjame a mí.

Le sostuvo la cabeza en el hueco del codo y la metió en el agua hasta que sólo quedó al descubierto su rostro. Le mojó el cabello, y después la levantó lo justo para poder aplicar el champú. Al principio ella resistió el placer que le provocaron los dedos de él en el cuero cabelludo; luego entrecerró los párpados al relajarse de nuevo.

—Huele muy bien —murmuró—. ¿Es de mandarina?

—Sí, creo que sí.

Muy propio de una mujer fijarse en algo así en aquel preciso momento, cuando la tenía entre sus brazos y lo único que llevaba puesto era una maldita camiseta mojada que tendría que desaparecer para que él pudiera lavarla.

En su cerebro oyó una voz cargada de sentido común que le decía que no tenía por qué lavarla, que podía sacarla del agua, enfundarla en una de sus sudaderas y meterla en la cama sin frotarle todo el cuerpo con las manos y una pastilla de jabón.

Pero hizo caso omiso de la voz. Toda su vida había vivido rigiéndose por las normas del sentido común, y ya estaba más que harto. Tenía a Hope allí. Era suya. Necesitaba que alguien la atendiera... y él deseaba tocarla. No podía hacerle el amor en aquel momento, después de que la hubieran agredido y que hubiera sufrido una fuerte impresión. Pero sí que podía hacer que ella estuviese más cómoda y sentirse él más contento, y eso iba a tratar de hacer.

Volvió a abrir el grifo y utilizó el mango de la ducha para aclararle el champú del pelo. Luego le aplicó un poco de crema suavizante y se lo aclaró también. Se sirvió de un paño para lavarle la cara, poniendo especial cuidado alrededor del corte de la sien.

Y aquella irritante sensación de frustración fue haciéndose cada vez más insistente.

—Necesitas cambiarte de casa. Ven a vivir aquí.

Hope soltó una risita y abrió ligeramente los ojos.

—Aunque el señor Givens sea tan bueno como tú dices, me parece que se opondría a que admitieras invitados. Llevo dos años en mi barrio sin que me ocurra nada. Y todo volverá a ser así.

Zack procuró ajustar el chorro de agua, pero terminó salpicándole los ojos.

Hope escupió, y se removió; y le acusó:

—Eso lo has hecho a propósito.

No era verdad; era más incompetencia que otra cosa, pero Zack respondió en tono de sorna:

—¿Y para qué iba a hacerlo a propósito? Te lo diré: porque tú no quieres escuchar la voz del sentido común. Si no deseas trasladarte aquí, entonces te buscaré otro apartamento, uno que esté en un lugar seguro.

Hope no contestó siquiera a aquella sugerencia, sino que la ignoró con el desdén de un miembro de la realeza británica.

—Necesitaba una llamada de advertencia. Ahora ya la he recibido.

—Eres la mujer más tozuda que he conocido.

Además, no sabía cómo manipularla. No tenía ninguna zanahoria que ponerle delante, nada que ella quisiera conseguir.

—No es a mí a quien le falta sentido común.

Lánguidamente, acunada por el calor del agua, Hope cambió de postura y se sumergió un poco más. Las burbujas de la superficie se habían disipado y ahora Zack podía verle las piernas en su totalidad. La camiseta se le había subido, y sus caderas, su vientre y su cintura quedaban a la vista para que él las inspeccionara.

Zack sintió que su miembro erecto presionaba contra la bragueta, tan hinchado y duro que hasta el roce del calzoncillo le resultaba doloroso. Deseaba arrancarse la ropa... así que se incorporó y le quitó a Hope la suya.

Hope abrió los ojos de par en par cuando él le sacó la camiseta por la cabeza y la dejó desnuda salvo por la leve capa de burbujas.

—No... no deberías... —Hope asió la camiseta.

—Es un poco tarde para decirme lo que no debería hacer.

Con un gesto brusco, Zack tiró del tapón de la bañera. Conforme el agua iba escapando por el desagüe, cerró las mamparas de cristal transparente de la bañera y abrió la ducha. Una fina neblina llenó el aire y convirtió el recinto en un bosque tropical.

Sin embargo, de manera inexorable, el nivel del agua iba descendiendo. Hope intentó sin éxito esconderse bajo la superficie y; al ver que eso no funcionaba, probó a cubrirse con el paño.

Intentaba ocultarse de Zack. ¿Acaso no sabía que ahora él tenía poder sobre todo su cuerpo?

—También es un poco tarde para eso. No eres la primera mujer desnuda que tengo el privilegio de ver.

Hope recuperó su acre insolencia y contestó:

—¡Pues tú eres el primer hombre que tiene el privilegio de verme a mí!

Claro. Hope había confirmado todas sus sospechas. Su erección creció hasta alcanzar proporciones descomunales, tanto que casi la oía exigir alivio a gritos. Se desabrochó los botones de la camisa mojada y acto seguido arrojó ésta a un lado.

Hope lo observó con creciente alarma.

—No tengo el menor deseo de verte desnudo.

—¿No? —Zack la miró a los ojos—. ¿De verdad no lo tienes?

Ella volvió el rostro. Y no contestó.

Zack se sintió henchido de satisfacción. Hope en efecto lo deseaba, no podía negarlo.

—Deberíamos... —balbució ella—. Debería marcharme.

—Ni se te ocurra. —Zack se quitó los calcetines—. Estás a salvo. No voy a hacerte el amor... ahora mismo. Tendría que ser un canalla para pensar siquiera en eso, y lo que estoy pensando demuestra que soy un canalla. Pero también demuestra que tengo la misma capacidad de contenerme que un monje budista.

Su cinturón... En fin, tenía otros cinturones de cuero. No se atrevió a quitarse aquél por miedo a que los pantalones se le cayeran debido al peso del agua. Sus calzoncillos irían con ellos, y aunque estaba en condiciones de garantizar que con toda seguridad se quedarían enganchados poco más abajo de la cintura, también sabía que Hope todavía no estaba preparada para la impresión que iba a causarle ver un palmo más de su piel desnuda. Pues ya se había quedado estupefacta con sólo verle el pecho.

Se inclinó y levantó a Hope hasta ponerla de pie. Le apoyó las manos en los hombros y la miró a los ojos.

—Olías a miedo y a sudor.

Por el rabillo del ojo Zack vio que ella hinchaba el pecho en una rápida inhalación. El hecho de saber que tenía tan cerca aquellos senos aterciopelados, coronados por unos pezones que apuntaban hacia arriba, casi lo arrastró al borde de la locura.

De hecho, la locura lo explicaba todo: su obsesión con Hope, con su voz, con su seguridad, con su persona. Y el engaño que él había urdido. No debía olvidarse del engaño. Sí, Hope lo estaba volviendo loco.

Con todo, sin inmutarse apenas, le aseguró:

—Pero te juro que no voy a hacerte daño.

Vio cómo ella cambiaba de actitud; alzó una de las comisuras de los labios en un gesto burlón y dijo impulsivamente:

—Esto no tiene que ver con la confianza, sino con la desnudez.

—Qué va, ni con mucho.

—Pues no sé cómo podría yo estar más... —Entonces esbozó una amplia sonrisa, ese gesto tan abierto y alegre que siempre lo había conmovido—. Te refieres a tu desnudez. —Le recorrió el cuerpo con la mirada una vez, dos veces—. A mí me parece que ya estás bastante desnudo.

—Eso habría que discutirlo.

Hope le puso una mano en el pecho y notó el rápido latido de su corazón.

—¿Sabes por qué he venido aquí?

—¿Porque te han agredido?

—Porque estaba sola. Todas las personas que conozco tienen a alguien. Todos los abonados del servicio de contestador estaban felices. Me llamaron y compartieron sus vidas conmigo. —No pudo evitar reír—. Hoy he ayudado a traer un bebé al mundo, pero cuando llegó el personal sanitario nadie se acordó de mí.

Zack no tenía las palabras necesarias para consolarla. Maldiciendo su torpeza, le dijo:

—Pero todos te quieren.

—No lo sé. Sí, supongo que sí. A su manera. Pero yo no formo parte de sus vidas. En cambio, contigo... —Acarició la mata de vello oscuro del pecho de Zack y prosiguió—: Contigo sí tengo esa sensación.

Había dicho exactamente lo correcto. Había admitido que Zack formaba parte de su vida.

Al contacto de Hope, el pecho de él subía y bajaba, en el afán de recuperar el aliento. Se sentía alterado, furioso. Todas aquellas personas a las que Hope ayudaba, con las que hablaba, habían dejado que se fuera a casa sola. Para que la agredieran por el camino.

Y él no era mejor que ellas. Él tenía otras cosas en mente. La fusión de empresas. Su tía. Y además de eso, lo que estaba tramando contra Hope. Sabía que ella carecía de experiencia y, sin embargo, estaba valiéndose de toda su sexualidad, de toda su astucia, para seducirla. No la había llamado porque sabía que Hope estaría preguntándose por él: si le habrían gustado aquellos besos, si estaría enfadado por no haber querido ella tener relaciones sexuales la noche pasada.

El agua los estaba empapando. Zack se enjabonó las manos y las introdujo por debajo del cabello de Hope, junto a su nuca.

—Esta noche no pienso dejarte sola.

—Eso es todo lo que quiero.

¿Todo lo que quería?

—Quieres demasiado poco.

Debería querer lo que querían todas las mujeres: ser su esposa. Al fin y al cabo, tal vez creyera que él era un mayordomo, pero Zack sabía sin asomo de vanidad que era muy guapo. Hope tenía que saber que poseía dinero, o por lo menos más dinero que ella. ¿Por qué no quería tenerlo a él para siempre?

Zack pensó que quizá sí, que... tal vez Hope pudiera tenerlo. Tenerlo para siempre.

17

Por primera vez en toda su vida, pensó Hope, un hombre estaba mirando su cuerpo desnudo... con el ceño fruncido. Hope no sabía mucho de los hombres y de su modo de comportarse en aquellas situaciones, pero sospechaba que aquello no era bueno.

—¿Es que tú...? ¿Acaso yo soy...?

—¿Qué? —le soltó Griswald.

Hope ya tenía la certeza de que aquello no era nada bueno. Mostrando también ella algo de impaciencia, dijo:

—Mira, sé lavarme sola.

Él lanzó un bufido.

—Cielo, puede que yo carezca de experiencia, pero te prometo que cuando termine los dos quedaremos contentos.

—Estás actuando igual que un zopenco. —Resultaba curioso que al enfadarse se sintiera mejor.

Zack la miró fijamente al rostro, y su expresión severa se esfumó.

—Es que soy un zopenco. No estaba frunciendo el entrecejo por culpa tuya.

—Podrías haberme engañado —musitó Hope. Pero de hecho aquel ceño fue más de confusión que de disgusto. ¿Tendría alguna parte del cuerpo deforme? Bajó la vista. Todo le pareció normal.

—Es que estaba... pensando —repuso Zack.

—Y yo estoy pensando que si tú piensas cuando miras a una mujer desnuda, es que has visto demasiadas mujeres desnudas en tu vida. —Lo miró con los ojos entornados.

—Ninguna de ellas fue importante... hasta que apareciste tú.

Hope ladeó la cabeza.

—Sigue hablando.

—Desde que te conocí, todas las noches te he imaginado sin un centímetro de tela encima. Diablos, incluso antes. Tu voz al teléfono ya me excitaba.

Hope se ruborizó.

—Mi voz siempre suena ronca.

—Grave —la corrigió él—. Tienes la voz grave, como si hubieras pasado la noche gimiendo en mis brazos.

Hope decidió no volver a hablarle nunca más.

—La primera vez que te vi, ya me imaginé que estarías demasiado delgada, con las clavículas muy marcadas, las costillas visibles bajo la piel y el vientre hundido.

Iba lavando aquellas partes del cuerpo al tiempo que hablaba de ellas, y la sensación que producían sus dedos sobre su piel tierna y caliente hizo que Hope estuviera a punto de sonrojarse de la cabeza a los pies. Y al mismo tiempo estaba disfrutando de ello. Estaba disfrutando demasiado, porque sintió que se le aceleraba la sangre en las venas y que su respiración se volvía agitada.

—Ya sabía que tenías los senos pequeños, y sospechaba que eran perfectos.

Ella lo miró a los ojos con expresión interrogante.

Zack la miró a su vez, y le frotó los senos con las manos enjabonadas.

—Lo son de verdad.

En un arranque de audacia, Hope puso sus manos sobre las de él y le mostró lo que le gustaba. Los círculos pequeños. Las caricias largas. Aquello era mejor que la amistad; aquello era la felicidad en un envoltorio de un metro ochenta y cinco. Fascinada, contempló cómo la miraba él, y las expresiones de pasión y placer que cruzaron su semblante le provocaron el deseo de restregar todo su cuerpo contra él. Zack la miraba fijamente como si ella fuera un milagro, y Hope, que era mucho menos, se deleitó con aquella atención por su parte.

Zack apartó las manos. Durante un breve instante, la espuma blanca protegió el pudor de Hope, pero enseguida el agua que caía se llevó todo el jabón.

Zack le dio la vuelta y se puso a frotarle la espalda.

—Tienes la piel más pura y perfecta que he visto jamás, tiene un color y una textura como de nata, y quisiera...

Hope contuvo la respiración, aguardando a oír lo que quería Griswald.

Su tono de voz se endureció.

—Pero no puedo tenerlo. Te han herido y has sufrido una fuerte impresión. —Luego añadió en tono reflexivo—: Aunque ahora tienes mucho mejor aspecto.

Encima de los dos lavabos había un espejo gigantesco. Hope se miró a través de las mamparas de cristal empañado y se encogió un poco. Si aquello era tener mejor aspecto, no quería ni pensar en el aspecto que tendría antes.

El pelo le colgaba en mechones mojados alrededor de la cara, sus mejillas se veían hundidas y agrietadas por el frío, y tenía los párpados caídos.

—Me encuentro bien.

—Desde luego que lo estás. —Zack le frotó los globos que formaban sus glúteos con las manos desnudas.

Hope sabía que si él deslizase los dedos hacia abajo, entre las piernas, se sentiría en el paraíso. El solo hecho de pensar en ello ya le causó esa sensación. Se balanceó suevemente hacia atrás, hacia él, y le susurró:

—Griswald.

Aquello devolvió la cordura a Zack. Hope le había llamado Griswald. Él no era Griswald, no era un mayordomo, y Hope no se encontraba en buena forma para descubrir otra cosa. Ella necesitaba irse a dormir, y él no precisaba una esposa, sobre todo una que requería que la cuidaran y no lo reconocía.

Se atendría a su primer plan. La seduciría, la conservaría a su lado hasta que ambos se cansaran el uno del otro, y cuando se separasen Hope tendría cuanto él pudiera darle.

Pero por primera vez se preguntó... ¿Tomaría ella lo que él le ofreciera y se mostraría satisfecha?

Se arrodilló delante de ella y le lavó las piernas y los pies.

Él era un hombre ocupado que tenía demasiadas responsabilidades. Necesitaba una mujer que entendiera cuál era su sitio como anfitriona suya, como un apoyo para él. Necesitaba una mujer que fuera un accesorio, igual que un alfiler de corbata, un ordenador portátil o un buen par de zapatos. No una mujer que tuviera metas en la vida y una agenda propia.

No estaba dispuesto a adaptar su vida para facilitar la de su esposa. Debía recapacitar sobre su plan. Debía estudiar la posibilidad de abandonar a Hope del todo.

Pero es que la quería para sí. Y Zack Givens siempre conseguía lo que quería.

Se puso de pie, atrajo a Hope contra él, la espalda de ella contra su pecho, y la ciñó con sus brazos. Sólo le quedaba un sitio que lavar.

Percibió el tinte de pánico en la voz de Hope.

—Yo me encargo de eso.

—Ni pensarlo. —Zack se enjabonó las manos—. Yo he hecho lo demás, ahora no vas a negarme lo mejor.

Hope hizo acopio de fuerzas, como si esperase un asalto.

Arrogante, podía serlo. Inepto, no. Con movimientos breves y lentos, Zack fue lavando el triángulo de vello corto y rizado que tenía Hope bajo el vientre. Ella se relajó apenas, pero todavía mantenía las piernas fuertemente cerradas. Zack localizó con un dedo la hendidura y se abrió paso al interior de la misma.

Hope se puso en tensión, pero él la apaciguó con un lento:

—Chist. Confía en mí. —Y a continuación hundió el dedo más adentro, encontró el clítoris y, más que oír, sintió que ella aspiraba aire. Hablándole despacio y en voz baja al oído, le ordenó—: Separa un poco las piernas para mí, cariño.

Hope titubeó, pero hizo lo que él le indicaba.

—Sólo estoy lavándote.

Dicho y hecho. La lavó. No penetró en ella, aunque le hubiera gustado hacerlo. Se limitó a lavarla, toda entera, mientras escuchaba los ruiditos entrecortados que emitía ella. ¿A qué eran debidos? ¿A la vergüenza? Sin duda. ¿Al deseo? Oh, sí. Hope movió las caderas cuando la tocó, adoptó un ritmo espontáneo. Zack la besó en el cuello para animarla, y cuando hubo terminado de lavarla le rodeó la cintura con un brazo y acarició sin prisas aquella parte tan sensible del cuerpo.

Hope dio un respingo, luego se tensó contra él en un intento de escabullirse, pero Zack la sujetó con fuerza. Sabía que no podía tomarla todavía. Tal vez hubiera vuelto a ser la misma de antes, pero aún era frágil, y él... él se aprovecharía de aquella fragilidad para acostumbrar a Hope a sus caricias.

Todavía en el mismo tono tranquilizador, le dijo:

—No pasa nada, cariño. Estás a salvo conmigo. Yo cuidaré de ti... Déjate llevar.

Hope se estremeció bajo sus caricias y luchó para no rendirse a la novedad que suponía aquel placer, pero todo esfuerzo era en vano frente a Zack: él sabía perfectamente lo que hacía. Sus dedos aplicaron la presión exacta, encontraron cada terminación nerviosa, y Hope carecía de fuerzas para resistirse.

Con un gemido de impotencia, se dejó invadir por una oleada de espasmos entre los brazos de Zack, y se apretó contra la mano de él al tiempo que sus caderas se alzaban y lo buscaban.

Él le dio lo que necesitaba, la animó cuando ella hubiera preferido resistirse, y cuando terminó, por fin, la tomó en sus brazos y la acunó. Hope era difícil e impertinente, y tan sensible que deseaba quedársela para él y enseñarle todas las cosas. Todas las delicias del mundo de la sensualidad.

—No puedo creer que... —Hope escondió la cara en el pecho de Zack, temblando entre sus brazos—. No puedo creer que yo haya hecho eso.

Zack replicó al tiempo que salía de la bañera:

—No lo has hecho tú. Lo hemos hecho los dos.

Hope levantó la cabeza y lo miró con los ojos muy abiertos.

—¿Los dos?

Zack se rió; fue una risa breve y áspera, alimentada por la frustración.

—Yo no he encontrado alivio, si es eso lo que estás pensando. Quiero decir que... que te he ayudado. No has alcanzado el clímax sola.

—Oh. —Hope se dejó caer y de nuevo se colorearon sus mejillas.

Con más suavidad, Zack le dijo:

—Me ha gustado abrazarte, proporcionarte satisfacción. Si no hubiera sido así, no lo habría hecho. —Y añadió zalamero—: A ti también te ha gustado, ¿no?

—Me ha gustado. —La sonrisa de Hope se esfumó. No quiso mirarlo, sino que volvió la cara hacia un lado, más avergonzada por aquellas palabras que por ninguna otra cosa que él hubiera hecho ni por el modo en que había reaccionado ella. Dijo en un susurro—: Me gusta todo lo que tiene que ver contigo. Con todo lo que has hecho... Has estado maravilloso, y yo... te lo agradezco.

Zack no respondió. Permaneció inmóvil como una roca junto a la encimera de mármol, y por fin Hope reunió el valor suficiente para mirarlo. Su confesión, su agradecimiento, no le habían agradado; lo vio en el ceño fruncido de sus pobladas cejas, en la línea tensa de su generosa boca, en la fuerza con que la estrecharon sus brazos.

—Yo no he hecho nada de nada.

—Sí que lo has hecho. Has...

Zack habló justo por encima de la cabeza de ella.

—¿Puedes sostenerte en pie?

—¡Claro que sí!

Era evidente que a Griswald no le gustaba que le dieran las gracias.

—No está tan claro que puedas. Has sufrido un shock, apenas puedes sostenerte.

La sujetó con una mano en la espalda, a la altura de la cintura. Cuando estuvo seguro de que ella se encontraba bien, cogió un grueso albornoz blanco de la percha de la puerta y la envolvió en él.

El albornoz era enorme, la cubría por completo y le llegaba hasta el suelo. Hope palpó la solapa.

—¿Esto es del señor Givens?

—Es mío —contestó Griswald tajante—. Deja de preocuparte. Todo es mío.

Aquello no tenía sentido en absoluto. Pero estaba demasiado cansada para discutir con él. Ahora que estaba de pie, descubrió una debilidad en las rodillas y notó que la cabeza le daba vueltas.

Zack se acercó al toallero, tomó una brazada de toallas y regresó con Hope.

—¿Cuánto tiempo hace que no has comido?

—Desde el almuerzo.

—Natural. —Zack le envolvió el cabello en una toalla—. No te cuidas como es debido.

—Sí que me cuido. —La toalla estaba tibia y suspiró ante el lujo que suponía disponer de toallas calientes; luego se puso seria para discutir con él—. Me dirigía hacia mi apartamento, donde pensaba cenar.

—¿Sopa de sobre? —Zack la sentó sobre la encimera de mármol y se puso a rebuscar en un cajón.

—Es muy nutritiva.

—Sabe a demonios.

Zack giró la cabeza de Hope para verle el lado de la cara. Se había echado sobre los hombros una toalla grande, la cual ocultaba buena parte de piel desnuda. Debería estar contenta, pero no lo estaba. Distraída, comentó:

—Me gusta la sopa de tomate. ¿Qué estás haciendo?

Lo que estaba haciendo era tocarle la sien, y aquello le dolió un poco.

—Trato de ver si necesitas puntos.

—¿Puntos? —Hope también se tocó la sien—. ¿Es un corte de verdad?

Se fijó en el gesto de la mandíbula de Griswald y advirtió que estaba exasperado.

—No es profundo. Bastará con una tirita grande.

A continuación se echó un poco de ungüento en el dedo y cortó una tirita.

—¿Dónde has aprendido a hacer eso? —inquirió Hope—. ¿En la escuela para mayordomos?

—Obtuve mi insignia al mérito en primeros auxilios en el campamento de los Boy Scouts. —Su boca se torció en una media sonrisa de diversión.

Terminó de colocarle la tirita y, mientras Hope lo observaba, se desabrochó el cinturón y dejó caer sus pantalones empapados hasta los tobillos.

Hope exclamó:

—¡Aaah!

Lo dijo como en los dibujos animados, y a punto estuvo de taparse los ojos.

Zack retuvo los calzoncillos, que deberían haber corrido la misma suerte que los pantalones, y se los colocó alrededor de la cintura. Se aseguró de que Hope estuviera bien arrebujada en el albornoz, la tomó en brazos, ¡otra vez!, y la trasladó hasta el dormitorio.

No hizo un solo comentario acerca de la erección cuya forma ella había visto con tanta claridad a través de la tela oscura y mojada. No sentía ninguna vergüenza. Tampoco se pavoneó. Más bien tenía un objetivo, que era el de meterla a ella en la cama; todo lo demás carecía de importancia.

Por supuesto Hope se había dado vívida cuenta de su excitación mientras la tenía abrazada dentro de la bañera. Había notado la presión de su sexo contra las nalgas, acosándola con su presencia y con su propia y tonta incompetencia a la hora de hacer frente a semejante situación. De modo que fingió no haberse percatado de nada, y ahora lanzaba un chillido al ver por primera vez una erección de verdad, en directo. No comprendía por qué un hombre con tanto mundo y tan distinguido se molestaba con una provinciana chillona como ella.

En el dormitorio hacía calor, mucho calor, y estaba suavemente iluminado por las dos lámparas gemelas de las mesillas de noche. La alfombra persa era enorme, con un dibujo de rosas y flores color azul pizarra sobre un fondo negro intenso. La madera del suelo relucía alrededor de los bordes de la alfombra, con el mismo brillo que tenían los esbeltos muebles de palo de rosa. La cama estaba abierta, las sábanas blancas resplandecían con un brillo especial que denotaba su calidad, y el mullido edredón que descansaba al pie era de terciopelo de un intenso azul pizarra. Las cortinas a juego estaban echadas para aislar el ambiente del gélido aire nocturno. En todas las superficies se veían jarrones de flores: claveles rojos, lirios amarillos y flores silvestres blancas. Alguien había entrado allí mientras ellos estaban en el cuarto de baño y había depositado una bandeja sobre la mesa que había junto a la ventana, repleta de pequeños emparedados y galletas. También había una tetera de la que se elevaba una columna de vapor humeante.

Aquella habitación era la antítesis de su dormitorio frío y desierto, y aquella habitación, y las atenciones que le dispensaba Griswald, le recordaron lo que había perdido tantos años atrás.

Zack la depositó sobre la cama abierta y le puso varias almohadas detrás de la espalda. Luego le retiró la toalla de la cabeza y se sirvió de ella para secarle las puntas del pelo. A continuación le envolvió los pies en el albornoz de felpa. Después se apartó de la cama y se dedicó a la tarea de secarse él mismo, y Hope descubrió que aquello resultaba mucho más interesante que ninguna de las cosas que le había hecho a ella.

Zack se secó la cara y se frotó con cuidado el cabello, y al hacerlo sus bíceps se agitaron y se movieron por debajo de aquella maravillosa piel lisa y bronceada. A continuación cogió la toalla con ambas manos y procedió a secarse la espalda, haciendo resaltar los músculos del pecho. Aquellos abdominales habían realizado mucho ejercicio duro, porque formaban la clásica distribución en seis zonas abultadas, y a cada lado, justo por encima de la cinturilla de los calzoncillos, creaban una pequeña hendidura que pedía a gritos que la acariciaran con los labios.

Hope parpadeó. ¿De dónde le nacía aquella idea? Griswald debía de estar hipnotizándola con algún antiguo ritual de... secado.

Él se inclinó para empapar con la toalla el agua de los calzoncillos teniendo cuidado con su erección, que todavía formaba una notable protuberancia, y después pasó las piernas, unas piernas bien formadas. Luego dejó la toalla en el suelo y pisó sobre ella para secarse los pies.

—Ya está. Con esto basta.

Su mirada se alzó y captó la de Hope antes de que ésta pudiera desviarla. Griswald parecía saber exactamente lo que ella estaba pensando, porque curvó la boca para esbozar la más leve de las sonrisas y apoyó una rodilla sobre el colchón. Su peso hizo que Hope cayera hacia él. Entonces puso las manos a uno y otro costado de la joven y se cernió sobre ella de manera abrumadora, impresionante.

—¿Ves algo que te guste?

Habría sido muy desagradable por su parte contestar que no, cuando él había sido tan generoso en elogios para con su pequeña figura, así que Hope tragó saliva para humedecerse la boca, repentinamente seca, y dijo:

—Me gustan tus brazos.

—Mis brazos. —Griswald la asió por las solapas del albornoz y bajó muy despacio las manos hacia el nudo del cinturón, el que mantenía cerrada la prenda—. ¿Eso es todo?

—También me gusta tu... —Como Griswald tenía la vista clavada en el nudo del albornoz, Hope pudo observar su rostro, y la fuerza de aquella mirada la dejó estupefacta. Sabía que aquel hombre era inteligente y taimado, y sin embargo, en aquel momento su cuerpo, su persona al completo, acaparaban toda su atención. Resultaba halagador y al mismo tiempo inquietante.

Su titubeo captó la atención de Griswald, porque la miró a los ojos. En un cambio que le provocó a ella un cierto mareo, le preguntó:

—¿Tienes hambre?

Confusa, Hope negó con la cabeza.

—¿Qué?

Como si no la hubiera mirado de forma tan penetrante, Griswald fue hasta donde se hallaba la bandeja y le preparó un plato de emparedados sin corteza, galletas y una taza de chocolate caliente con pequeños bombones. Y Hope, que había creído que no iba a poder quitarse de la cabeza el malestar causado por la agresión sufrida, descubrió que su estómago se había puesto a gruñir de forma tan ruidosa que hasta Griswald podría oírlo.

—Muy elegante —comentó al tiempo que alargaba la mano en dirección al plato.

Pero Griswald no le permitió cogerlo, sino que le acercó uno de aquellos minúsculos emparedados a la boca. Resultaba muy extraño permitirle que le diese de comer, pero él la miró sin pestañear, con autoridad, y además... ella no podía negarse cortésmente. De modo que, con cierta agitación, Hope dio un mordisco al delgado emparedado de jamón y queso suizo, y casi se desmayó de placer al sentir aquellos sutiles sabores extenderse por su lengua. Abrió la boca dispuesta a dar el segundo mordisco, y Griswald hizo una mueca y retiró rápidamente los dedos, fingiendo que ella se los había mordido.

A Hope no le importó. Podía ser todo lo payaso que quisiera, mientras le diera otro emparedado.

Esta vez fue uno de beicon, lechuga y tomate con mayonesa de albahaca. Ahí sí que estuvo a punto de pillarle los dedos.

Mientras le daba de comer, Griswald sonreía como si disfrutara contemplando su apetito, y Hope se acordó de sus amonestaciones respecto de que estaba demasiado delgada. Bueno, tal vez lo estuviera, pero esta noche estaba cenando con un hambre que llevaba demasiados años ausente. Siguieron dos emparedados más en rápida sucesión, luego Griswald dejó a un lado el plato y le puso en las manos el tazón de chocolate. Ella lo olfateó largamente, olió el aroma intenso del chocolate caliente y, al instante, acudieron a su memoria todos los recuerdos de su infancia.

La leche era densa y cremosa, con mucho chocolate, y los bombones se derretían en una suave espuma que le cubrió el labio superior. Empezó a quitárselo con la lengua, pero Griswald le dijo:

—No.

Le retiró la taza de las manos y, con su propia boca, empezó a lamer y chupar los labios de ella.

Hope lo apartó diciendo:

—Ya no queda nada.

Pero él la obligó a aceptar un beso.

—No era eso lo que me ha empujado a hacerlo.

Hope ya lo sabía, pero aun así se quedó pasmada por su falta de fingimento.

—Estoy...

—Cansada. —Griswald le tocó la frente—. Ya lo veo. ¿Quieres algo más?

—Agua. —Vio cómo él iba a buscar una botella, y se dijo que no le costaría nada acostumbrarse a que la sirvieran—. Y una galleta.

Griswald desenroscó el tapón y entregó la botella a Hope, y cuando ella hubo bebido un trago, partió un trocito de una galleta y se la puso en los labios.

Canela y vainilla. Hope aceptó el bocado con avidez, lo masticó y lo tragó, y quedó saciada. Ya no estaba agotada y llorosa como cuando llegó, sino agradablemente fatigada y con una sensación de seguridad que no había experimentado en los cinco últimos años.

Otro sorbo de agua, y Griswald le retiró las almohadas de más. Los ojos oscuros de él eran un enigma en su rostro bronceado, sus labios estaban apenas entreabiertos. Se sentó al lado de Hope, con la cadera apoyada contra ella. A juzgar por su expresión perspicaz, iba a decirle algo, a impartirle alguna sensata instrucción acerca de su descuido o su falta de sentido común. Decidió permitírselo; al fin y al cabo, se había mostrado muy escrupuloso en las atenciones que le había dispensado. Además, en aquel instante no era capaz de indignarse por nada.

Pero con sus manos y su cadera, Griswald la empujó un poco más hacia el centro de la cama. Y acto seguido, sin tapujos, sin pedirle permiso ni siquiera informarla de sus intenciones, la despojó del albornoz.

Ella intentó con energía asir los bordes de la prenda.

Pero él le apartó las manos.

—Ya te he visto, ¿no te acuerdas?

Sí, sí que se acordaba, pero aquello había sido diferente. Ella estaba alterada y medio enloquecida de miedo. Ahora se encontraba de nuevo en su ser y en su sano juicio. Completa y totalmente cuerda.

De nuevo quiso cubrirse, en un intento fútil de echarse el albornoz sobre el cuerpo.

Griswald le agarró las muñecas y se las sujetó a los costados. Y la estudió. Examinó cada centímetro de su piel con una intimidad que le hizo arder las entrañas. Sus senos se tensaron y se hincharon, el estómago se le contrajo, y, sintiendo la mirada de Griswald sobre ella, recordó demasiado bien lo concienzudo que había sido al lavarla entre las piernas.

Pero lo cierto era que la había conducido hasta el orgasmo. Ella, que durante años había hecho caso omiso de su propio cuerpo y de sus deseos hasta el punto de no pensar en otra cosa que en el trabajo y los estudios. Y ahora Griswald la estaba contemplando, y su cuerpo obedeció a sus mudas órdenes para aprestarse. Los pliegues de entre sus piernas anhelaron dolorosamente su contacto; se sintió humedecer, y rezó para que él no la tocara allí o de lo contrario sabría hasta dónde alcanzaba su poder... y ya era bastante engreído.

Pero Griswald no la tocó. Con las manos, no. En cambio, se inclinó hacia su pecho y apoyó el oído contra su acelerado corazón.

No estaba jugando limpio. Aquel gesto la conmovió, la hizo forcejear para liberar las manos, y cuando él se las soltó, en vez de tener la sensatez de apartarlo de sí, comenzó a acariciarle el pelo. Aquel acto de homenaje despertó la ternura en su interior y, por el momento, su corazón se calmó y se sintió satisfecha.

Mientras Griswald se relajaba sobre ella, Hope tomó consciencia del aliento de él sobre su piel, del leve chorro de aire que soplaba sobre su pezón. Medio cuerpo de Griswald descansaba sobre el suyo, desprendiendo un calor potente e irresistible. Sus dedos se recrearon en el cabello corto de él, descendieron lentamente por su cuello y masajearon los músculos de sus hombros. Estaba viva, y él se encontraba allí, y por fin el mundo era perfecto.

Cuando Zack tuvo la seguridad de que Hope estaba profundamente dormida, se apartó de ella y fue hasta el teléfono. Echó una mirada al reloj. Sólo eran las nueve, pero en realidad no le importaba lo tarde que fuera; él era Zachariah Givens y ya era hora de hacer valer su importancia.

Tomó el auricular y pidió a la operadora que le pasara con alguien.

El alcalde en persona, por supuesto, contestó rápidamente al teléfono, y Zack se alegró de percibir una ligerísima indicación de nerviosismo en la voz suave de aquel hombre.

—¡Señor Givens, es un placer oírle!

Zack fue hasta el extremo más alejado del dormitorio. No quería que su conversación despertara a Hope. Empleando su tono más frío, dijo:

—Me ha llegado personalmente la información de que la zona de Mission Hill es insegura.

—Bueno... Naturalmente... Es decir... —El alcalde tartamudeaba, sin saber muy bien qué motivo habría tras la protesta de Zack—. La policía siempre está vigilante, pero por desgracia esa parte de la ciudad puede resultar problemática, sobre todo cuando la gente no tiene la prudencia de salir a la calle sin tomar las precauciones...

—¿Y si viven allí?

El alcalde comprendió mejor por dónde iba Zack.

—¿Puedo hacer algo por usted, señor Givens?

—De hecho, sí puede.

18

Leonard se encontraba de pie, solo, en el porche trasero, fumando su cigarrillo como siempre, temblando de frío. Odiaba tener que salir, sobre todo en invierno, pero el señor Givens era inflexible en cuanto a la orden de no fumar dentro de la casa, y en aquel preciso instante se alegró, porque de ese modo camuflaba sus verdaderas intenciones.

Extrajo de su bolsillo el teléfono móvil, marcó un número y aguardó a que saltara el contestador.

Pero quien contestó fue Colin Baxter en persona.

—¿Qué?

Aquel gran hombre era un tanto brusco. Leonard supuso que estaba en su derecho; Baxter iba a perder su empresa a manos del señor Givens y no había nada en el mundo que pudiera impedirlo. Además, los informativos locales se habían enterado de ello, y se hacían eco de que la Comisión de Valores y Divisas estaba realizando una investigación acerca de las prácticas empresariales de Baxter.

Pero Baxter deseaba cobrarse una pequeña venganza, y Leonard se había mostrado dispuesto a ayudarlo, aunque ya no parecía tan predispuesto; no estaba seguro de que consiguiera llevarse la jugosa suma que le había ofrecido Baxter, pero ya había cobrado el cheque de incentivo, y demasiado bien sabía que Baxter querría algo a cambio; además Baxter era de esos hombres que consiguen lo que se proponen, de un modo u otro.

Bajó el tono de voz para decirle:

—Anoche se presentó otra vez esa chica, esa de la que están chismorreando todos los criados. Preguntó por Griswald, y cuando se lo dije al señor Givens, se levantó como una flecha de su sillón y corrió a verla.

—¿Que preguntó por Griswald? ¿Por qué?

—Creo que está convencida de que el señor Givens es Griswald.

—Muy interesante. ¿Y para qué querrá el señor Givens permitir que ella crea algo así? —Antes de que Leonard pudiera aventurar una razón, Baxter lanzó una risa burlona—. Porque el pobre niño rico quiere que lo amen por sí mismo.

—Ya lo aman mucho por su fortuna. —Leonard envidió al señor Givens por las mujeres tan selectas que atraía siempre.

—Le importa mucho la lealtad y todas esas gilipolleces —bufó Baxter.

Leonard rió débilmente. En efecto, el señor Givens tenía la lealtad en gran estima, y si a él mismo lo pillaran hablando con Baxter, su carrera como submayordomo habría tocado a su fin. Pero Leonard estaba cansado de esperar a que Griswald se jubilase para poder obtener un ascenso y el respeto que se merecía, y Baxter le había ofrecido un montón de dinero. Además, nadie iba a enterarse nunca. ¿Cómo podrían? Estaba tomando todas las precauciones. Echó un vistazo a las ventanas iluminadas de la cocina y bajó de nuevo la voz.

—El señor Givens tiene que estar encoñado con ella. Venía toda llorosa, y él la tomó en brazos y subió con ella al piso de arriba. Luego me hizo llevar una bandeja, y flores. Cuando las llevé, estaban juntos en el cuarto de baño. Estuve escuchando junto a la puerta, y creo que él la estaba bañando. —Lo cual había sonado de lo más extraño a Leonard.

Baxter lanzó un silbido.

—¿Bañando? ¿Que él la estaba bañando? ¡Voy a llamar al *National Enquirer*!

—¡No puede usted hacer eso! —Leonard recuperó la compostura y añadió—: Es decir... no sería una buena idea, señor Baxter. Si hiciera algo así, el señor Givens se daría cuenta de que fui yo el que...

—Era una broma. —La voz de Baxter tenía un tinte de fastidio—. ¿Es guapa?

—Mierda, no. Anoche parecía una desharrapada.

—Mejor que mejor. ¿Cómo se llama?

—Él la llamó Hope, y trabaja en el servicio de contestador de Madam Nainci.

—Muy bien. —Leonard casi oyó cómo Baxter se frotaba las manos—. Eso me proporciona un buen sitio por donde empezar.

—En cuanto al segundo pago...

—Sí, sí. Te lo haré llegar cuando atrape a Givens.

Y Baxter colgó.

Lentamente, Leonard apretó el botón de desconexión y volvió a guardarse el móvil en el bolsillo. Encendió otro cigarrillo, dio una larga calada para calmar el temblor de sus manos y esperó no haberse equivocado al venderse a Colin Baxter.

Hope se despertó entre sábanas blancas y limpias. La cama era muy ancha, se extendía metros y metros a ambos lados. La lámpara de la mesilla de noche estaba encendida. Ninguna luz se filtraba a través de las cortinas. En medio de aquel silencio oyó las profundidades de la medianoche. Y vio un Griswald con los hombros desnudos junto a ella, apoyado sobre el codo y mirándola fijamente a la cara. Tenía un brazo debajo de la cabeza de ella, y le acariciaba con los dedos el pelo de la nuca. Su albornoz había desaparecido.

Iba a hacerle el amor.

Leía aquella intención en sus ojos, en el abultamiento de los músculos de sus brazos y su pecho.

En cambio su voz sonó lenta, profunda, paciente.

—Tienes sed.

Así era, pero no comprendió cómo podía saberlo él.

Griswald la incorporó sobre el montón de almohadas como si fuera una inválida y alargó la mano hacia la mesilla de noche. A continuación le acercó una botella de agua a los labios.

Ella intentó cogerla por sí misma.

Pero él se lo impidió en silencio, como si necesitara prestarle aquel servicio, así que Hope se lo permitió. Griswald deseaba cuidar de ella, y por aquella noche le dejaría hacerlo. Bebió con avidez, el agua le supo pura y limpia; cuando hubo terminado él levantó la botella y apuró el resto. Hope se lo quedó mirando, extrañamente sorprendida ante el hecho de que el refinado Griswald bebiera después de ella.

Cuando él se dio la vuelta, vio por qué lo había hecho. Estaba informándola, mostrándole cuáles eran sus intenciones. Los dos iban a compartir... todo.

Pero una vez más su voz grave la calmó y tranquilizó:

—¿Hay algo más que necesites?

—No.

El contraste entre tanta atención y sus propósitos primitivos dejó a Hope aturdida. Resultaba de lo más extraño ser tratada como un objeto precioso y frágil, y al mismo tiempo saber cuán despiadadamente Griswald planeaba poseerla. La dicotomía de su personalidad la fascinaba y aterrorizaba a la vez.

Recorrió la lujosa habitación con la vista y, en un tono de voz ajustado especialmente para proteger el tenue silencio, preguntó:

—¿Estás seguro de que podemos estar aquí dentro?

—Estoy seguro.

Griswald retiró una de las almohadas de detrás de la cabeza de Hope.

El techo estaba esculpido y las sombras oscurecían todos y cada uno de sus recovecos.

—¿Qué hora es?

—No importa.

No, se dio cuenta de que no. Porque Griswald no iba a esperar ya más.

Se inclinó sobre ella y le apoyó una mano en la mejilla. El resplandor de la lámpara arrancó hermosos destellos dorados a su piel bronceada. Sus músculos se agitaron bajo sus carnes. En cambio, su cabello oscuro no captó un solo reflejo de luz. Griswald conformaba un soberbio contraste de fuerza y amabilidad, de luces y sombras. Ella no lo conocía, pero le hacía sentirse segura.

De modo que imitó su gesto y apoyó una mano en la mejilla de él. También le tocó el cabello, porque deseaba saber cómo era el contacto físico de la oscuridad.

Como si aquello constituyera el permiso que estaba esperando, Griswald se inclinó hacia ella, bloqueando la luz, y la besó.

Fue un beso totalmente distinto de los otros que habían compartido. Aquel beso la marcaba a ella como suya, como una posesión. La paciencia que había mostrado hasta entonces se disipó; le abrió los labios al instante e invadió la intimidad de su boca con la lengua. Apenas le dio oportunidad de reaccionar, sino que comenzó a acariciarla, a explorarla, a consumirla.

Hope incluso entendió por qué: él la deseaba, le gustaba, y habían estado a punto de matarla.

Para aquello había ido allí, después de todo, para descubrir lo que no había experimentado nunca, para afirmar la vida, su vida y la de él.

Su mano se aferró al cabello de él, y el deseo de Griswald la cegó por completo. Todas las células de su cuerpo reaccionaron a su dominio. Su otra mano fue subiendo por el brazo de él hasta llegar al hombro, para acercarlo más a ella.

La rodilla de Griswald comenzó a presionar entre sus piernas, a separarlas con un empuje lento y constante. Notó el vello de su muslo áspero contra su piel suave, y aquella sensación la dejó por un instante sin respiración.

Él lo sabía perfectamente. Sus labios se curvaron; alzó la cabeza y le sonrió.

Su silencio era rico e intenso, se extendía sobre ella, la atraía a un lugar secreto en el que se entremezclaban la pasión y la posesión. Le puso una mano en la garganta y presionó con los dedos suavemente sobre la arteria, sintiendo los latidos de su corazón, haciéndola consciente de su vulnerabilidad.

—Estás viva —murmuró en voz grave y vibrante—. Podrían haberte matado y haber tirado por ahí tu cadáver, y quizá yo no me habría enterado nunca de lo que te había sucedido.

Le acarició la líneas de la mandíbula, los labios, y sus ojos oscuros se clavaron en los de ella con toda la insistencia de un hombre enamorado.

Enamorado. Tragó saliva. Enamorado. Griswald no estaba enamorado. No debía permitirse volver a pensar semejante cosa.

—¿Te das cuenta de lo que significa eso para un hombre como yo? —Su tono de voz bajó una octava—. Haber encontrado una mujer como tú, una mujer que dice lo que piensa, una mujer sin artificios, para después comprender de pronto que podrían habérmela arrebatado.

Hope lo miró fijamente. Se fijó en su cabello, muy negro, en sus marcados rasgos, en su generosa boca, en sus ojos oscuros.

—Pero yo no te pertenecía.

—Te habría hecho mía. Incluso sin ese desastre...

Volvió a besarla, uno de aquellos besos exigentes y desesperados que minaban su resistencia.

¡Como si le quedara algún resquicio! Fue más el orgullo que ninguna otra cosa lo que le hizo separarse. Empujó a Griswald hasta que éste le cedió un mínimo de espacio y le dijo:

—Yo también he tenido mis momentos. Al principio me gustó tu voz. Tu prudencia. Esa ridícula actitud de superioridad de la que haces gala. Luego te conocí en persona y... no resultaste ser lo que yo esperaba.

Él le extendió el pelo sobre la almohada tomando mechones de uno en uno y colocándolos con esmero.

—Ah, ¿no?

—En absoluto. No quería desearte. No puedo ofrecerte el tiempo que tú exigirás. Pero cuando me sentí aterrorizada, acudí a ti.

—Bien hecho.

La mano de Griswald fue bajando por su pecho. Sus dedos recorrieron livianos la parte inferior de un seno y excitaron todas sus terminaciones nerviosas.

Observó con arrebatadora intensidad cómo se erguía el pezón y se dedicó a rodear la aréola con el dedo pulgar.

Hope deseaba aquello. Deseaba el placer, la afirmación de la vida. En cambio, era tan nuevo, tan distinto de toda experiencia anterior, que no pudo... en realidad... relajarse.

Él lo sabía, naturalmente. Pero no le importó lo más mínimo.

Bajó la cabeza y tomó el pezón en la boca, y la intensa sensación de puro placer hizo a Hope arquear la espalda y cerrar los ojos. Él succionó con fuerza, y al hacerlo la lanzó más allá de la vergüenza para transportarla hasta el éxtasis. Las sensaciones que ella experimentaba en el pecho le provocaron una descarga de electricidad en el vientre, y la zona interior de sus muslos se humedeció de nuevo. Cuanto más la tocaba él, más prontamente reaccionaba su cuerpo. Era como si él la dominase con su contacto y ella no tuviera más remedio que obedecer.

En algún lugar recóndito de su mente, Hope era consciente de que debía luchar. Había acudido allí en busca de consuelo, de apoyo... de él. No había ido para obedecer.

Pero Griswald no le dejó otra alternativa. Su boca, sus caricias desataron en ella una criatura instintiva, condenada a seguir; no a seguirlo a él, sino los dictados de su cuerpo. Su lengua y sus labios lograron que sus senos suplicaran por la necesidad de aplastarse contra él, de exigirle cosas, de buscar satisfacción a aquel persistente deseo y a la sempiterna soledad.

Su respiración se tornó dificultosa conforme él iba lamiendo y chupando primero un pecho, luego el otro.

Su boca descendió un poco más, mordisqueando y lamiendo el vientre, los muslos... Hope sintió que sus piernas se movían con voluntad propia, y vio entre ellas la cabeza de Griswald.

El corazón le latía con la misma fuerza que cuando echó a correr para salvar la vida, pero esta vez la excitación le produjo una sensación agradable. Estaba viva. Un hombre fantástico la deseaba. E iba a hacerla muy feliz. Tal como había hecho anteriormente, Griswald la tocó con suavidad, deslizando los dedos a través del triángulo de vello rizado.

—Preciosa —murmuró, y Hope quedó extasiada. Sopló dulcemente sobre ella, y a continuación le abrió las piernas.

Hope cerró los ojos y abandonó toda vergüenza. Porque Griswald podía decir que era preciosa, y ella podía creerlo, pero jamás se había atrevido a pensar que un hombre, aquel hombre, estuviera mirando su... mirando aquello.

Entonces Griswald la poseyó con su boca, y ella se olvidó por completo del pudor. Se olvidó del futuro y del pasado, sólo existía el ahora, y el contacto suave y ardiente de la lengua de Griswald en ella. Él le enseñó a sentir placer, y ella fue una alumna aplicada. Se estremeció a medida que aquella maravillosa sensación iba aumentando paulatinamente, creciendo en intensidad, mientras él chupaba y lamía. Todos los nervios de su cuerpo debían de estar conectados entre sí, porque sus senos se volvieron casi dolorosos, su piel adquirió un color sonrosado y en lo hondo de su vientre sintió que se le contraía el útero. Se incorporó hacia Griswald; las sábanas se arrugaron bajo sus pies y, por espacio de largos segundos, perdió la conexión con la realidad.

Pero la realidad irrumpió de nuevo en ella cuando Griswald deslizó un dedo al interior de su cuerpo. La sorpresa le hizo abrir los ojos de golpe y emitió un sonido apagado, de sobresalto.

—¿Te gusta? —ronroneó él con voz suave.

¿Le gustaba? No lo sabía. Aquella caricia resultaba ajena, dento de su cuerpo, introduciéndose lentamente, para salir a continuación, haciendo que cada uno de sus músculos se contrajera como si quisiera expulsarlo. Hope se puso las manos en la frente y se esforzó por aceptar la idea de ser tan vulnerable después de tantos años cuidando de cada palabra, de cada sentimiento.

El dedo la acarició profundamente. Acto seguido, Griswald volvió a tomarla con la boca, y su inconsciente resistencia se vino abajo. A medida que la gratificación iba reemplazando a la inocencia, sintió que se ahogaba en el placer. Experimentó una cierta incomodidad cuando Griswald le introdujo un segundo dedo. Los dedos de los pies se le curvaron al tiempo que su cuerpo se esforzaba por adaptarse, y durante todo ese tiempo Griswald continuó lamiéndola, chupándola, hasta que ella no fue capaz de distinguir dónde terminaba la incomodidad y dónde empezaba la satisfacción.

Con cada caricia, dentro y fuera, fue aumentando la pasión, y Hope sintió que un gran placer se abatía sobre ella.

Con aquella voz suya, grave y cálida, Griswald le susurró al oído:

—¿Qué es lo que quieres, Hope? Dime qué quieres.

—No lo sé. —Que cerrara el pico y continuara lamiéndola.

—Dímelo.

—No lo sé. —¡Y no lo sabía!

Griswald retiró los dedos y permaneció unos momentos acariciando toda la superficie dolorida. Se apartó de las piernas de Hope. Su voz sonó teñida de falso reproche.

—No puedo ayudarte si no me dices qué es lo que quieres.

Ella abrió los ojos y se lo quedó mirando con una expresión como de odio.

—¿Cómo puedes exigirme que te diga algo? Nunca me he acostado con un hombre.

—Pero sí que sabes lo que quieres.

Griswald se irguió por encima de ella, la miró a los ojos y la desafió a expresar su deseo, cuando ella apenas era capaz de hablar.

Entonces le cogió la muñeca, la rodeó con sus largos dedos y se la llevó a los labios. Besó el punto donde latía el pulso y a continuación mordisqueó la almohadilla del dedo pulgar.

—Dímelo —la tentó.

Hope le rodeó los hombros con los brazos y lo atrajo hacia sí.

—Voy a mostrártelo.

Los ojos oscuros de Griswald se volvieron más turbios. Sus hombros no dejaban pasar la luz. Olía a criatura indómita, a libertad y frenesí, y ella lo recibió en sus brazos. Él se situó encima. A Hope su peso le resultó familiar, aunque nunca había estado con un hombre en aquella postura, y se preguntó en medio de una neblina de excitación sexual si no habría hecho aquello en una vida anterior.

Griswald se abrió camino entre sus piernas, se las abrió. Entonces, oh, Dios, entonces los músculos de aquella espalda se abultaron bajo la palma de sus manos. Griswald se concentró en tomarla; su dedo giró en torno a la entrada del cuerpo de ella y a continuación empujó hacia dentro... pero sus dos manos la tenían asida por las caderas.

No era el dedo. Resultaba demasiado grande...

Hope se puso tensa a medida que la incomodidad iba transformándose en dolor e intentó separarse de Griswald.

Éste, con un murmullo incoherente destinado a

tranquilizarla, se deslizó fuera de ella. Comenzó a mover las caderas, en un movimiento largo y sin prisas, acariciándole la pelvis. La breve rebelión de Hope terminó en un sollozo de deseo no correspondido. Él se incorporó sobre sus rodillas y le levantó los muslos para colocarlos alrededor de su propia cintura.

—Aguanta —le ordenó—. Va a ser maravilloso. Te lo prometo, cariño. Voy a hacerte muy feliz.

Exudaba una seguridad en sí mismo producto de sus muchos años de experiencia. Al mismo tiempo, Hope sabía que poseía algo más que seguridad, poseía poder. Un poder que no provenía de la práctica, sino que formaba una piedra angular de su personalidad.

Nuevamente, Griswald empujó al interior de su cuerpo, y esa vez no retrocedió. Flexionó las caderas y se movió hacia dentro de forma implacable. Al mismo tiempo, separó aún más los muslos de Hope.

Ella se encontraba impotente, sujeta bajo el cuerpo de él, en absoluta tensión. Y sin embargo... Griswald observaba su semblante, tomaba nota de todos los matices, de modo que ella no pensaba rogarle que se detuviera ni quejarse del dolor.

Porque Griswald temblaba bajo sus manos, y a juzgar por los dientes apretados y su entrecortada respiración, deseaba avanzar, embestir sin contemplaciones, sin freno. Ambos estaban sufriendo, y estaba bien. Aquello estaba bien. Y pronto... pronto...

Pero a pesar de su resolución, cuando Griswald presionó contra su virginidad, Hope sí que dejó escapar un gemido. Los ojos se le llenaron de lágrimas y hundió las uñas en la piel de él.

—Ya está... Tranquila. —Griswald enroscó los muslos de Hope alrededor de su cintura. Sus manos le recorrieron el cuerpo lentamente, las costillas, los senos y los hombros, para ir a descansar junto a la cabeza—. A partir de ahora todo irá mejorando.

—Ya no puede ser peor —musitó ella.

Griswald dio la impresión de querer sonreír, pero no lo consiguió del todo. Le fue imposible; los cuerpos de ambos estaban enlazados en el baile más íntimo que existía.

Se inclinó hacia Hope todo lo que pudo y se aferró con una mano a uno de sus hombros, mientras con la otra le apartaba el cabello de la cara. Como si la pasión no los dominase a los dos, sin darse prisa, salió de su cuerpo.

Aquel movimiento aún escocía, pero el profundo dolor iba disipándose poco a poco y Hope deseó... No, más bien necesitó, volver a sentir a Griswald dentro de sí. De modo que se asió a sus caderas y tiró de él. Él fue hacia ella de buen grado, y Hope vio en su rostro una fiereza que era algo más que obsesión: era triunfo lo que relucía en sus ojos oscuros.

A Hope no le importó. Su cuerpo tenía sus exigencias, y lo único que ella podía hacer era obedecerle.

Esta vez, cuando él se retiró, el movimiento resultó más fácil, y cuando volvió a penetrarla ella se alzó para recibirlo.

Griswald emitió un gruñido, una expresión gutural de pasión que llenó a Hope de orgullo.

Entonces, él inició un potente ritmo que borró toda emoción conocida de su mente. Le acarició los tejidos internos de su cuerpo y su calor prendió llamas en su interior. Hope se había acariciado a sí misma, por supuesto que sí, pero ahora no podía pensar en ello. No se reconocía. Se movió siguiendo el ritmo primitivo que él le estaba enseñando. Apenas podía respirar; en cambio, lanzaba enloquecidos gemidos de anhelo. Necesitaba todo lo que él pudiera darle, y lo temía al mismo tiempo.

Porque sin duda aquel placer la arrastraría lejos de allí, y no sabía si iba a ser capaz de hallar el camino de regreso al mundo real.

La cama se sacudía, las sábanas se arrugaban, las almohadas se esparcían por el colchón. Las luces revelaban con total claridad la aterradora y salvaje determinación de Griswald. Estaba quemándola por dentro y aliviándola por fuera.

—Estoy contigo —le dijo en un tono ronco, exigente—. Quiero que lo tengas todo. Hope, antes has confiado en mí; hazlo de nuevo.

Hope oyó lo que decía, pero más que eso estaba escuchando aquella voz.

Aquél era el hombre cuya voz al teléfono la había hecho imaginarse un día de sol radiante, un día en que el mundo fuera un lugar acogedor, en que ella fuera especial y tuviera alguien que la cuidara, y era el hombre que la había hecho creerse aquella fantasía.

Aquel hombre le había proporcionado felicidad, y ella se fiaba de él. De manera intuitiva, con todo el cuerpo y toda la mente.

Al pensar aquello, se relajó. Entonces, como un río de aguas bravas, la pasión la levantó en vilo y la alejó de la costa que le resultaba familiar. Gimió. Se agitó a uno y otro lado contra Griswald, sacudida por espasmos, atrayéndolo al interior de su cuerpo, abrumada por la necesidad de sentirlo dentro.

—Ya está, cariño. —Su voz grave la alentó... No, la forzó a prolongar el clímax—. Ven, deja que te ayude.

Y comenzó a moverse de un modo que alcanzó a tocar la parte más profunda de su útero, que la acarició por dentro y por fuera, hasta que Hope creyó morir de tanto exceso y tanto anhelo.

Las sensaciones fueron acrecentándose. En lo más

hondo de su cuerpo, sus músculos se tensaron con fuerza y le fueron agotando las energías hasta que se entregó.

Griswald lanzó una carcajada salvaje y temeraria de lujuria primitiva, y al final obtuvo lo que quería. Sus facciones se contorsionaron. Lanzó un gemido como si sufriera un intenso dolor. Se movió sobre Hope con fuerza, empujó con vigor, la obligó a aceptarlo entero, sin pensar en su propia comodidad.

Y eso era lo que ella quería. Hope quería verlo tan abandonado como ella se había sentido. Lo abrazó y se deleitó en su falta de templanza, y cuando al fin él quiso descansar y se dejó caer sobre ella, esbozó una sonrisa junto a su hombro.

Estaba dolorida, pero feliz.

Aquella adorable voz profunda le murmuró al oído:

—¿Te he hecho daño?

Hope negó con la cabeza.

Él se echó hacia atrás y la miró.

Hope estuvo a punto de romper a reír. Estaba muy serio, como un maestro de escuela exigiendo sinceridad, pero ella sabía la verdad. A partir de aquella noche, sabría toda la verdad acerca de él.

No era tan duro como indicaba su imagen exterior. De hecho, con ella era blando como la mantequilla.

Le apoyó una mano en la mejilla y le dijo:

—Estoy agradablemente dolorida.

—¿Te dará miedo hacer el amor conmigo la próxima vez?

La próxima vez. Hope no pudo evitar reírse. Griswald ya estaba planeando una próxima vez.

—Nunca tendría miedo de ti.

Él se relajó con un suspiro, y su expresión se suavizó.

—Bien, porque contigo me siento como un chaval

de dieciséis años. Es posible que nunca vuelvas a ponerte ropa.

Antes de que Hope pudiera discutir aquello, y tenía intención de hacerlo recordándole el horario de sus clases al día siguiente, él se retiró con suavidad.

Ella se encogió apenas.

Griswald lo vio, por supuesto. ¿Cómo no? La observaba igual que un halcón. La arropó con las sábanas y le ordenó:

—No te muevas. Ahora vuelvo.

Y salió de la cama.

Hope se puso una mano en la mejilla y lo contempló mientras él se dirigía al cuarto de baño. Su cuerpo resultaba a todas luces inspirador, un magnífico ejemplo de virilidad americana, y se preguntó divertida si quedaría algún espacio libre en el monte Rushmore. Estaba en condiciones de garantizar que, si esculpieran a Griswald en piedra, la población femenina acudiría en masa a aquel paraje.

Griswald regresó con un paño mojado y Hope supo que al posible escultor iba a resultarle difícil decidir si esculpirlo de espaldas o de frente.

—Estás muy seria. No me digas que te lo estás pensando mejor.

—En absoluto. —Aunque había estado en su cama una vez, no había tenido la oportunidad de pensar nada.

Griswald se hizo eco de su opinión al decir:

—Bien, porque no iba a permitírtelo.

Acto seguido apartó las sábanas, la obligó a separar las piernas y comenzó a lavarla con suavidad.

Hope dejó que la lavase, no porque no se sintiera violenta, que sí se sentía, sino porque él iba a hacer lo que hubiera decidido que era lo correcto. El agua fresca la calmó, y cuando hubo terminado arrojó hacia el cuarto de baño el paño, el cual chocó contra la puerta, y después, sin prestar atención al desaguisado, volvió a inclinarse sobre Hope. Su mirada se recreó en ella con un interés sin menoscabo alguno por lo que acababa de suceder. De mala gana, la cubrió con la sábana hasta el estómago.

—¿Tienes suficiente calor?

—Estoy asada.

—¿Te apetece algo más de comer? ¿O quizá de beber? —Le tocó la tirita de la sien—. ¿Te duele?

—Estoy bien. —Le gustó que se preocuparan por ella.

—Bien. —Griswald le acarició un pezón con la palma de la mano y le dijo—: Tus pechos tienen el tamaño perfecto... y, Dios, también la forma perfecta. —Trazó con un dedo el círculo de la aréola—. He pasado noches despierto imaginando situaciones en las que tú y yo nos revolcábamos juntos en la cama. Pero nunca imaginé que llegara a ser tan maravilloso.

Hope se relajó contra las almohadas.

—Mi hermana me dijo una vez que mis tetas parecen dos guisantes en una tabla de planchar.

De inmediato reparó en el error que había cometido, y se mordió el labio.

Había mencionado a su hermana.

Griswald levantó la mirada y con calma, sin palabras, exigió más.

Pero Hope no pudo, no quiso, decir nada más. Griswald ya sabía de su familia más que nadie en el mundo. Si descubriera la verdad, la echaría de su cómoda cama, y esa vez temía no sobrevivir al rechazo. Era demasiado débil, se sentía demasiado cansada, estaba demasiado... Contuvo la respiración. Estaba demasiado enamorada.

19

Hope lo amaba. Amaba a Griswald. Por eso había acudido a aquella casa, porque había estado muy cerca de la muerte y ahora tenía que estar con él.

Aquel descubrimiento la caló bien hondo, pero no se movió, no pronunció una sola palabra... Y él no pareció darse cuenta de que todo su mundo había girado alrededor de aquel eje.

—Háblame de tu hermana —murmuró Griswald con voz aterciopelada e incitante.

Tenía que arriesgarse con él. Tenía que creer que no la traicionaría nunca.

De modo que tomó aire y dijo:

—Yo tenía una hermana... Dos hermanas. Y un hermano.

Otro minúsculo retazo de información acerca de Hope. Era tan infrecuente que dejara escapar algo, que Zack tuvo la impresión de estar buscando un tesoro, oculto y de incalculable valor.

Claramente incómoda, Hope miraba a todas partes excepto a él, y poco a poco él se fue alejando y dejándole espacio para respirar.

—Dices que tenías... dos hermanas y un hermano. Y tus padres... murieron en un accidente de coche.

—Cuando tenía dieciséis años.

La expresión de Hope se debatía entre el dolor que

le producía el recuerdo y la rabia. Zack no entendió esa rabia, y era justo lo que deseaba comprender.

—Eso debió de ser muy duro. —La destrucción de su vida debió de ser el origen de su increíble discreción—. ¿Tus hermanos no murieron?

—No. No están muertos, que yo sepa. —Lo miró fijamente con los ojos entornados.

Zack sintió que lo estaban calibrando. Experimentó el impulso de saltar sobre Hope y exigirle que le contara todo, al momento, que le permitiera penetrar en el santuario de su mente. Pero en su negocio había aprendido el valor de esperar, de no traicionar nunca la impaciencia.

Algo en su actitud serena debió de tranquilizar a Hope, o tal vez fuera que había llegado a confiar en él.

Quiso pensar que así había sido.

Hope escudriñó su rostro al decirle:

—Cuando murieron mis padres, nos habían dejado abandonadas a mis dos hermanas y a mí, y también a mi hermano adoptivo, y se dirigían a la frontera con México llevando encima el dinero de sus feligreses.

Aguardó. ¿Qué aguardó? ¿Una reacción de sorpresa, de horror?

Griswald reaccionó de manera instintiva.

—¡Qué tontería!

Si acaso, la tensión de Hope se acentuó.

—No es ninguna tontería. Eso es lo que dicen las autoridades que ocurrió.

Zack la había escuchado al teléfono mucho antes de conocerla en persona, y se había aprendido cada una de sus sílabas y de su entonación. Aquella simple declaración ocultaba un gran dolor.

Alargó una mano hacia ella.

Hope retrocedió levemente, como si esperase un golpe.

Santo Dios, ¿qué le había sucedido a aquella mujer? Midió la distancia que había entre ellos. Unos sesenta centímetros. Tal vez si se tendiera a su lado en la cama, si su cabeza estuviera más baja que la de ella, se sentiría lo bastante cómoda para contarle... todo. De modo que, con movimientos lentos, se tendió a su lado.

—¿Y qué dices tú que ocurrió?

—No lo sé. —Su semblante seguía inexpresivo, pero sus dedos nerviosos no dejaban de manosear un mechón de pelo—. No lo sé. Lo único que sé es que mis padres eran buenas personas. Creían en la caridad, en la honestidad, en la fraternidad entre los seres humanos, y enseñaron a sus hijos a creer también. Mi padre era un predicador y cuando hablaba lo hacía con el corazón. Mi madre cuidaba de la gente; trabajó como voluntaria en las escuelas y en los barrios pobres. El día en que cumplió cuarenta años vino gente de todas partes... —Hope alzó la barbilla—. No sé qué fue lo que pasó.

—¿Pero las autoridades dijeron que habían robado el dinero de los feligreses y habían abandonado a sus hijos? —A Zack no le cupo ninguna duda de que se había cometido un delito, pero ¿contra quién? ¿Y por qué?

—Primero se llevaron a mi hermano adoptivo. Lo enviaron a alguna parte y no nos dijeron adónde. Después se llevaron al bebé. Caitlin era un encanto, ya andaba a gatas, y su carita se iluminaba al verme. —Hope se masajeó la sien con los dedos temblorosos—. Pepper chillaba como loca cuando se la llevaron, gritaba y se agarraba a mí. Tuvieron que arrancarla por la fuerza. —Por un instante, Hope perdió el control de su voz. Cuando lo recuperó, había adquirido un tono más grave, más ronco, siniestro—. Yo los ayudé a que se la llevaran porque pensé que... No creí que fuera a ser para siempre.

—¿Quiénes fueron?

—Los miembros de la congregación de mi padre. Personas que nos conocían, que habían sido amigas de nuestros padres.

Sí, estaba claro que en aquella pequeña localidad de Texas había sucedido algo que olía a chamusquina.

—Existen leyes para cosas así. No se puede separar a los hermanos.

Un enorme cansancio se abatió sobre Hope.

—Yo creo que sí, porque a nosotros nos separaron.

—No. —¿Se daría cuenta Hope de lo insólito que era aquello?—. Esas cosas ya no suceden.

La indiferencia que ella fingía se estaba resquebrajando.

—Era incapaz de creer que alguien pudiera ser tan cruel con nosotros.

Al captar el fuerte tinte de desesperación en la voz de Hope, intentó de nuevo tender una mano hacia ella para abrazarla, para consolarla.

Pero ella lo rechazó.

—No, no puedo... Si me tocas, no podré seguir hablando. De modo que no me roces... Voy a contártelo todo. Deja que lo haga.

Zack deseaba saberlo, en efecto, pero no se había dado cuenta de lo mucho que iba a dolerle ver sufrir a Hope. Nunca le había ocurrido aquello, tener una vinculación tan estrecha para hacer suyo el dolor. Apenas podía soportar verla luchar por conservar la serenidad. Le entraron ganas de despedir a alguien, de chillar a alguien hasta que todo volviese a estar en su sitio. Pero no iba a servir de nada, así que se limitó a observar y sufrir. Cuando le pareció que Hope ya era capaz de hablar, le preguntó:

—Así que te encontraste sola, ¿y dónde te enviaron a ti?

—A Boston. Me mandaron lo más lejos que pudieron.

Si le hubieran preguntado, Zack habría dicho que carecía de imaginación. Pero ahora pudo comprender lo que debió de ser para Hope pasar del lento ritmo de una población pequeña a la gran metrópoli; pasar del calor del sur al tiempo gélido del norte; salir de una familia para...

—¿Viviste con una familia adoptiva?

—En un orfanato. —La tristeza de sus ojos armonizaba con el frío de la noche al otro lado de las ventanas. Hope lo miró fijamente, con la cabeza ladeada, pronunciando cada palabra con desolación—. En aquella época todavía era una tonta. Creía de verdad que la gente era buena. Eso decían mis padres. Así que cuando una de las chicas del orfanato me preguntó por qué estaba allí, se lo dije. Antes de que terminase el día la cuestión ya era de dominio público.

—¿Y?

—Y... no fueron muy amables.

—Maldita sea.

Por supuesto que no habían sido amables. Una desconocida que había venido a vivir con ellos, vulnerable y desconcertada... y no existían sobre la faz de la Tierra criaturas más crueles que un montón de adolescentes con una víctima nueva sobre la que descargar su resentimiento.

—Me lanzaron insultos que... Ni siquiera sabía que existieran aquellas palabras. Se rieron de mi acento. Me preguntaron si me había acostado con mi hermano. Yo lloré... todas las noches. Lloré hasta que se me enronqueció la voz y casi no podía abrir los ojos de hinchados que estaban. Luego se rieron de mí porque les hacía gracia mi aspecto, porque les resultaba divertida mi forma de hablar.

—Tu voz... Por eso tu voz suena así. Como si llevaras toda la vida fumando.

—No he fumado nunca.

—Estoy seguro. —Era la inocencia personificada—. ¿Hubo alguien en ese orfanato que fuera bueno contigo?

—No. Todo el mundo se portó muy mal, y todos la tomaban con quien podían. Ni siquiera cuando fui al instituto mejoraron las cosas. Los profesores se enteraron muy pronto de mi caso, así que cerraban los escritorios con llave cuando yo andaba cerca. —Incluso ahora Hope parecía vagamente perpleja—. No me hubiera importado, pero era un centro escolar de una ciudad de interior. Yo constituía el menor de sus problemas, pero era tan tonta, tan inexperta, que resultaba fácil meterse conmigo.

—¿Cuánto tiempo estuviste allí?

—Tres años. Me gradué de secundaria... por los pelos. Perdí mis ambiciones. No veía ninguna razón para desperdiciar el tiempo luchando contra un sistema confabulado contra mí. —Cerró los ojos y echó la cabeza hacia atrás—. Bueno, no es cierto del todo. Al principio sí que lo intenté, pero no me sirvió de nada. Estaba en la clase con chicos que no sabían leer, y yo había salido adelante estudiando la Enciclopedia Británica que tenía mi padre. Estaba convencida de que era bueno tener conocimientos. Y en cambio vivía en un lugar en el que los conocimientos no eran nada. Menos que nada. Lo que importaba era quién era uno y con cuánta fuerza podía golpear. Cada vez que alguien echaba algo en falta, ya fuera un profesor o un alumno, me acusaban a mí. Luego me propinaban una paliza o me encerraban.

Zack creía que nada podía sorprenderlo, pero se equivocaba.

—¿Una... paliza?

—No me compadezcas —replicó Hope en tono tajante—. Se me daba muy bien devolverlas.

Él le miró la nariz, que lucía un delatador bultito.

—Palizas. —Le entraron ganas de matar a alguien allí mismo.

—Lo único que ansiaba era regresar a Texas en cuanto terminase los estudios. Salí al mundo con la determinación de buscar a mi familia. Así que volví a empezar desde cero. No tenía dinero, pero pensé que podría arreglármelas para atravesar el país, que el tesón me permitiría llegar hasta mi destino. ¿Tan difícil sería ser camarera? ¿O trabajar en un supermercado? —Lanzó una carcajada breve, amarga—. Es muy duro. Al final del día ya no quieres permanecer de pie ni un minuto más, y al final del mes apenas te ves con dinero suficiente para pagar el alquiler y la comida. Si te pones enferma, disponte a morir, porque no puedes permitirte ni un jarabe para la tos. Dios sabe que no te llega para pagar un médico, y no existe una sola persona en el mundo a quien le importe.

Así que aquélla era la razón por la que Hope era tan reservada. Por eso hablaba con tanta autoridad sobre la pobreza. Ahora era pobre, pero sus circunstancias actuales no eran nada en comparación con las pasadas.

—En un año que pasé trabajando y tirando como pude, y viajando en autobús, no logré ir más allá de Cincinnati.

—¿Cincinnati? —Zack trató de comprender el impulso y la desesperación de Hope, pero no pudo. En su vida no había nada que se pudiera comparar con aquello. Nada—. Eso está en Ohio.

—Muy bien. Aprobado en geografía. —Alisó las sábanas con la palma de la mano y continuó hablando con una despreocupación artificial—. La mayoría de la gente no lo sabe. Los estadounidenses están inseguros en lo que respecta a su propio país, y en lo que tiene que ver con el mundo que se extiende más allá, no tienen ni idea. Es una lástima, porque la situación mundial mejoraría mucho si hubiera un poco más de comprensión.

—Estoy plenamente de acuerdo. —Zack le tomó la inquieta mano en la suya y tiró de ella hasta obligarla a mirarlo—. Hope, ¿cómo regresaste a Boston?

—Tuve uno de esos momentos al estilo de Escarlata O'Hara. Lo único en lo que había soñado en dos años era volver a Texas. En Cincinnati conocí a un hombre que dirigía la estación de servicio en la que yo trabajaba. Parecía una persona agradable. No parecía querer nada, me enseñó a trabajar con los coches, hablaba conmigo... Llegué a sentirme cómoda. —Sus labios se estiraron en una parodia de sonrisa—. Así que, una vez más, fui una estúpida.

—Le contaste lo de tus padres.

—Oh, sí. Y me dijo que tenía que acostarme con él o de lo contrario me entregaría a la policía por haberle robado.

Era justamente lo que Zack se estaba temiendo.

—Entonces lo puse a caer de un burro, levanté el puño hacia el cielo y juré que algún día llegaría a ser alguien. Conseguiría una carrera, encontraría a mi familia y jamás volverían a separarnos.

—Seguro que dabas miedo.

—Supongo que sí. Él fingió estar inconsciente mientras yo abría la caja y me llevaba el dinero atrasado que me debía.

Zack soltó una carcajada.

—Recuérdame que sea un poco más cuidadoso cuando nos peleemos.

—Tendrás que serlo. Odiaba Boston, pero odiaba

aún más todo lo que había entre medias, así que me subí a un autobús y regresé. Anduve recorriendo las calles hasta que conseguí un par de empleos limpiando casas, que es un trabajo en el que se gana un buen dinero, y presenté solicitudes para la escuela de educación terciaria y para varias becas y ayudas. Conocer a Madam Nainci en la lavandería supuso mi primer éxito. Me ofreció un empleo y siempre ha sido muy buena conmigo. Me consigue de vez en cuando pequeños trabajos que me van ayudando. Ella me ha demostrado que aquí existen personas buenas, que sólo tenía que buscarlas. Que Dios la bendiga.

Zack ni siquiera lo había pensado, pero... ¿cómo vivía Hope? A él nunca le había faltado su chófer, y mucho menos su próxima comida. Hope estaba sacudiendo su autocomplacencia... sin pretenderlo siquiera.

—Con dos años de créditos en esta escuela y una calificación media de cuatro puntos, haré el examen de ingreso y entraré en una universidad, probablemente la de Massachusetts, aquí en Boston.

—¿Y por qué no Harvard?

—Porque no me aceptarían. —Se le daba muy bien el sarcasmo—. Mis dos últimos cursos en el instituto fueron un desastre, y no tengo contactos.

«Bueno, yo sí.»

—Pero Madam Nainci no puede pagarte tanto. Incluso con trabajos esporádicos, ¿cómo consigues vivir?

—Gastando poco. —Hope sonrió, más parecida a la Hope que él conocía—. No te preocupes por mí. Estoy perfectamente.

Pero la Hope que él conocía llevaba puesta una máscara. Por debajo de aquel aparente candor y aquella fachada de desenfado, había una mujer desesperada que se esforzaba por alcanzar un objetivo casi inaccesible.

Deseaba encontrar a su familia; más que eso, deseaba reunirla de nuevo.

—Deberías limpiar el nombre de tus padres.

—Sí, pero eso no es tan importante como encontrar a mi familia. En este momento, la pequeña tendrá ya ocho años, casi nueve. Se encuentra bien, estoy segura de que se encuentra bien. Como dijo la señora Cunningham... —La voz de Hope cambió, adquirió un acento sureño, empalagoso y despectivo antes de añadir—: Siempre hay gente dispuesta a adoptar a un bebé. Caitlin no se acuerda de nosotros, estoy segura, ni de mamá ni de papá, ni de nuestra familia, pero no pasa nada. De verdad. Es mejor para ella que no recuerde nada.

—Estoy seguro de que tienes razón.

Pero aunque Hope afirmaba que no le importaba, era evidente que sí.

—Pepper siempre fue una niña difícil. Se metía en todo, era muy revoltosa, chillona. Mi madre decía que era capaz de hacer perder la paciencia a un santo. Ahora es ya una adolescente y estará viviendo con desconocidos, o en un orfanato. ¿Qué pasa si alguien le hace daño? —Hope apretó la mano de Zack e intentó aplastarle los nudillos—. Yo creía que, si era lo bastante buena, de algún modo podría conservar la familia unida. Pero Pepper era más lista y demostró su descontento de la mejor manera que supo. Sólo espero que no... Espero que no haya aprendido por las malas que no debe tener rabietas. La familias adoptivas no siempre son amables.

—No, yo... Sin embargo, algunas sí lo son. A lo mejor ha tenido suerte.

Hope sonrió de forma mecánica y afirmó con la cabeza, aceptando lo que él decía y concediéndole la importancia que merecía.

—Mi hermano... Lo acogimos cuando tenía doce

años. Por eso entiendo yo de familias adoptivas y de lo malas que pueden ser. Gabriel estaba asustado y se mostró desconfiado, y solía esconder comida porque no se creía que fuéramos a darle de comer todo el tiempo. Mi madre decía que era como un animal salvaje y que nosotros lo estábamos domesticando. Cuando se lo llevaron ya había aprendido a fiarse de nosotros. Jamás olvidaré la expresión de su cara, todavía la veo por las noches. —Liberó su mano de la de Zack y se llevó los puños a los ojos como si así pudiera borrar los recuerdos—. He fracasado en lo que más deseaba en la vida. Después de morir mis padres, yo era la responsable de mantener unida a la familia.

—¡No puedes pensar eso! Eras una niña, no podías elegir.

—No era una niña. —Hope levantó la vista y lo miró, y entonces él comprendió la rabia que llevaba dentro y la fuerza que la impulsaba. Estaba furiosa consigo misma, desgarrada por un sentimiento de culpa; luchaba por enderezar algo que ella creía haber torcido—. Tenía dieciséis años. Debería haber cogido a mis hermanos y salir huyendo. Podríamos haber llegado a Houston o a México. Habríamos conseguido sobrevivir de un modo u otro, pero no. Pensé que la sociedad se encargaría de hacer lo correcto. Ahora miro a mi alrededor y pienso que la sociedad nunca hace lo correcto. A veces las personas sí lo hacen, a veces es una sola persona la que representa la diferencia. Pero la civilización tiene reglas y yo las he aprendido muy bien: nunca estar desvalida, nunca estar enferma, nunca ser pobre. —Miró más allá de Zack como si viera algo que él no podía imaginar—. Por eso soy capaz de hacer cualquier cosa por dinero. Voy a conseguir poder, y voy a reunir a mi familia. Nada puede detenerme.

Ella no lo sabía, pero había encontrado dinero, y había encontrado poder... en él.

Él iba a encontrar a sus hermanos.

Diablos. Iba a tener que comprar mantas para el Ejército de Salvación y repartirlas con sus propias manos. A decir verdad, seguían sin importarle los pobres a los que no conocía, pero Hope sí que le importaba mucho. Nunca en su vida se había preocupado tanto por una mujer.

Hope era buena, alegre, generosa, atenta... También sensual, directa, y poseía una voz que incitaba sus sentidos; además lo había aceptado en el interior de su cuerpo sin reservas... Pero no era ninguna de aquellas cosas lo que lo instaba a desear... a desear complicarse la vida por ella.

Nunca se complicaba la vida por las mujeres, pero Hope lo estimulaba mentalmente y deseaba que fuera feliz. Era una sensación de lo más extraño, pero él siempre conseguía lo que quería, así que Hope sería feliz, de eso estaba bien seguro.

La mano de Hope tocó la suya. Aquel contacto lo arrancó de pronto de sus pensamientos, y vio que ella deslizaba la mano hacia su brazo, con la mirada fija en aquel movimiento. Por un instante, Zack no comprendió qué... Pero entonces, cuando la mano llegó al hombro, Hope lo miró a los ojos. Y lo comprendió.

Hope lo deseaba. Lo deseaba con intensidad, apasionadamente, sin reservas. Lo deseaba en aquel preciso momento.

—Me acuerdo de ellos, de mis padres, mis hermanas, mi hermano, todo el tiempo. Sueño con ellos por la noche. —Hope pronunciaba cada palabra con sumo cuidado—. Quisiera olvidar por unos minutos, sólo unos minutos. —Sus uñas acariciaron el vello del pecho de Zack—. Tú puedes hacerme olvidar.

Y sin más, Zack sintió que su cuerpo se erguía para hacer frente a aquel reto.

La mirada de Hope se posó en la parte baja de su cuerpo y luego volvió a fijarse en su rostro.

—¿Lo ves? —Movió la mano en dirección a sus ingles—. Sabía que tú podías hacerme olvidar.

Zack la agarró de la muñeca. Ardía por ella. Tal como se sentía en aquel instante, siempre se sentiría así por ella, y aquello era algo que le daba mucho miedo.

Siempre. Para siempre.

Zack Givens se vanagloriaba de su autodisciplina, de la disciplina que mantenía a raya sus emociones desbocadas. Se conocía bien y, si permitía que sus pasiones se desbocaran, tomaría a Hope sin ninguna delicadeza, igual que un semental en celo... o un hombre obsesionado.

Con una voz enronquecida por la necesidad, le dijo:

—En efecto, puedo hacerte olvidar. Pero para ti esto es nuevo. Iré despacio, con suavidad...

Sin embargo, Hope apoyó los labios en su hombro y lo mordió. Con fuerza.

Él dio un respingo y, sólo por un instante, la rígida disciplina que se imponía a sí mismo desapareció. Sentó a Hope sobre su regazo, pegada a él de tal modo que sus senos se aplastaron contra su pecho y sus piernas le rodearon los muslos.

—Tómame. —Los dientes de Hope relucieron en una sonrisa que a punto estuvo de acabar con el autocontrol de Zack—. Yo... te deseo.

Y él deseaba estar dentro de ella. Urgentemente.

Pero no podía. Hizo una profunda inspiración. No podía hacer semejante cosa. Hope no sabía lo que estaba pidiendo; necesitaba una preparación a base de besos y caricias.

No podía tomarla como si fuera un vikingo en un saqueo. Aún no. Aún no.

—Despacio —murmuró—. Tenemos todo el tiempo del mundo.

—No, no lo tenemos. Nunca hay bastante tiempo. Mañana podrías haber desaparecido.

—No pienso abandonarte.

Cómo podría Hope pensar siquiera una cosa así, en aquel momento, cuando su sexo notaba la humedad del de ella, y era como si jamás hubieran hecho el amor.

—Nunca hay bastante tiempo —repitió ella.

Le cogió la cabeza con ambas manos y lo besó con audacia. Abrió la boca y lo invadió con la lengua como si quisiera devorarlo. Tomarlo ella a él.

Y Zack se mostró encantado. Jamás una mujer le había planteado tales exigencias. Siempre había sido más intenso su propio ardor, siempre había tenido que reprimirse él. Pero con Hope... Hope quería una cosa y dejaba bien claro qué era.

Dentro de poco, un día la tomaría deprisa y con violencia, pero esta noche no era la adecuada, y pensar en ello no servía de nada. Entre las piernas de Hope, su miembro comenzó a tensarse de forma ya dolorosa.

Le devolvió el beso. Llevó a cabo un duelo con su lengua. Tocó la superficie lisa de sus dientes. Le succionó el labio inferior.

Ella dejó escapar un gruñido, como el de un lobo en celo, y el hecho de oír aquel sonido animal, espontáneo, proveniente de Hope... casi le hizo perder el control. Casi.

Hope era peligrosa. Era explosiva.

Y él estaba molestándose en recordar la definición de juego previo. La lujuria vibraba como una niebla roja que le bloqueaba el cerebro.

Recorrió con las manos la espina dorsal de Hope deteniéndose en cada una de las vértebras, fascinado por la textura satinada de la piel. Hasta llegar a las nalgas.

—Sí —jadeó ella—. Mete los dedos.

—¿Así? —Zack fue bajando los dedos, por detrás, y la halló abierta a sus caricias.

La respiración de Hope se hizo más agitada y entrecortada, y sus caderas se acercaron hacia él.

—Sí —respondió—. Más.

Le mordisqueó los labios, pasó los dedos por su cabello y se lo retorció.

Zack apretó los dientes y se recordó a sí mismo la relativa falta de experiencia de Hope. Ésta no se daba cuenta de la bestia a la que estaba incitando con semejante comportamiento. No podía imaginar que su control, por lo general tan grande, se perdiese peligrosamente por culpa del contacto del cuerpo de ella contra el suyo, del leve aroma a mandarina que desprendía su cabello, de la aspereza de su voz en el oído.

Zack rodeó la abertura de su cuerpo intentando ponerla a punto.

Hope rodeó sus orejas con los dedos pulgares, acariciando cada uno de aquellos sensibles pliegues.

Zack introdujo un dedo en ella.

Hope contuvo la respiración y se abrazó con las piernas a la cintura de él. Despegó su boca de la de él y lo miró, y en aquellos ojos grandes y azules brilló la desesperación.

—Por favor. Me estás volviendo loca. —Se le quebró la voz—. No sé cuánto más voy a poder aguantar.

—Hasta que yo decida que estás lista.

Hope sintió deseos de discutir. Zack lo advirtió en su mirada. Pero continuó acariciándola con su dedo pulgar, instándola a alcanzar el clímax, y ella no pudo seguir hablando. Era sensible. Era tan sensible que cada caricia suya le hacía humedecerse más, le volvía más receptiva.

Gracias a Dios. Porque durante todo aquel tiempo su verga permanecía tensa y exigente.

Hope hundió los dedos en sus hombros. Se arqueó contra él buscando, apretándose contra su cuerpo.

Otra grieta más apareció en el muro de la disciplina de Zack. Hope carecía de experiencia... y sin embargo era salvaje. Sabía lo que quería y se dejaba guiar por el instinto.

Ella le besó la frente, la barbilla, la mejilla.

—Estás muy caliente —le susurró al oído—. Caliéntame a mí por dentro. —Y le mordió el lóbulo de la oreja.

—¡A ti!

En aquel instante se desintegró su tan cacareada disciplina. Entró en acción de manera explosiva y levantó a Hope en vilo. A continuación pasó las piernas sobre el borde de la cama, se apoyó contra el colchón, plantó los pies en el suelo con firmeza y la penetró. Hope era como un paraíso líquido.

Ella lanzó un grito, pero no fue de dolor, sino del clímax, inmediato, irresistible. Echó la cabeza hacia atrás y se abandonó a las sacudidas de los espasmos en sus brazos.

Zack, al tiempo que se abría paso con su verga al interior de su cuerpo, por aquel pasadizo estrecho que lo acogía, la forzó una y otra vez hacia el orgasmo.

—¿Te parece lo bastante caliente? —la retó.

—Todavía no —replicó ella apoyando los pies en el colchón y alzándose para hacerlo salir... casi del todo—. Todavía no.

Zack la sujetó por las caderas y la empujó hacia abajo de nuevo. Ella gritó otra vez, y su orgasmo lo inundó a él, lo absorbió aún más hondo dentro de su cuerpo. Se sintió perdido, rodeado por ella y sin deseos de salir nunca.

Hope volvió a afianzarse con los pies y a levantar el cuerpo.

Y de nuevo él la obligó a bajarlo.

La cama se sacudió. Hope forcejeó con él, le clavó las uñas.

Zack ya había practicado el sexo. Pero aquello no era sexo; aquello era una lucha por el poder, y los dos estaban ganando.

Hope tenía los ojos abiertos, intensamente fijos en los de él, en una actitud furiosa y exigente. Zack la contempló a su vez impasible, haciéndole saber por medio de sus movimientos lo que quería, obligándola a satisfacer sus demandas.

Sintió que sus testículos se preparaban, que la tensión era cada vez mayor, conforme el movimiento se iba haciendo más frenético. Los dos sudaban copiosamente, un sudor que se mezclaba sobre la piel de ambos para dar forma al olor del desafío, de la pasión, de Hope y Zack. Los gritos de ella fueron transformándose en gemidos a medida que se debilitaba su agresividad.

La respiración de Zack era cada vez más rápida a medida que agitaba las caderas con más velocidad. Hizo uso de todas sus fuerzas para levantar a Hope; la arrastró a su ritmo y la obligó a correrse una y otra vez. Sentía las contracciones de su vagina. Sus piernas, enroscadas a su cintura, temblaban por el esfuerzo. Tenía los dientes apretados y el rostro arrebolado, y los ojos comenzaron a cerrársele.

—No. ¡Mírame! —ordenó él. Y ella abrió los ojos de golpe—. Dime —dijo Zack—. Dime la verdad. Dime qué es lo que sientes. —Hope libraba una batalla. Zack la vio luchar contra lo inevitable—. Dímelo. —Necesitaba oírlo de sus labios.

—Te quiero. —Volvió a invadirla el orgasmo—. Te quiero.

Zack experimentó una oleada de triunfo en todo el cuerpo. Lo sabía. Sabía que aquella mujer no se habría entregado a él a menos que lo amase. Y así debía ser.

—Sí. —De nuevo arremetió contra ella, hasta el fondo, para prolongar su placer—. ¡Sí!

En aquel momento el clímax lo inundó a él y perdió todo control. Se corrió con tal fuerza que no supo si lo que sentía era placer o dolor. Lo único que supo fue que deseaba perderse, por entero, dentro del cuerpo de Hope.

Nunca había deseado nada de forma tan feroz ni tan insistente. Jamás dejaría de desearla.

Y Zack Givens siempre obtenía lo que deseaba.

Con la mirada fija en el cuerpo exhausto y dormido de Hope, Zack fue hasta el teléfono, levantó el auricular y marcó un número.

Respondió la voz furiosa de Griswald.

—¿Sabe la hora que es?

—La hora de olvidarse de sus vacaciones. Necesito que vaya a Texas a realizar unas cuantas comprobaciones.

20

Griswald se hallaba de pie en el centro del dormitorio, a media mañana, toda una exhibición de altivez y frustración masculina.

—No quiero que andes sola por la ciudad.

Cubierta por nada en absoluto, ni siquiera por un poco de turbación, Hope lo miró de frente y una vez más contestó con paciencia:

—Tengo que irme a trabajar, luego tengo clase, y tú deberías mostrarte sensato. Bien, ¿dónde está mi ropa?

—Debería retenerte aquí como prisionera, desnuda, hasta que recuperases el sentido común.

Aquello tuvo gracia, excepto porque... él mostraba un semblante serio.

Estaba maravilloso. Se había despertado antes que ella y se había vestido con uno de aquellos trajes de corbata oscuros que ella relacionaba con los hombres de negocios y con los encargados de las funerarias. Con su cabello oscuro y sus facciones angulosas, tenía una expresión severa e inflexible, como un moderno predicador lleno de fervor religioso en una misión especial. Era alto y de hombros muy anchos, y ella sabía muy bien que aquel cuerpo no debía nada a las hombreras, sino a una constitución fuerte y a una musculatura de impresión.

Y ahora estaba valiéndose deliberadamente de aquel ropaje y de su corpulencia para intimidarla.

Pero ya era muy tarde para eso. De haberlo pretendido, no debería haberla escuchado relatar su historia sin pestañear y después haberle permitido que lo utilizara, lo mordiera y lo amara con una violencia que era una mezcla de dolor y pasión. De hecho, fue únicamente el recuerdo de la noche pasada, con sus intensas obsesiones y sus maravillosos placeres, lo que le permitió responder con calma y de forma civilizada:

—No le pasa nada a mi sentido común. Mi ropa interior, por favor. Mis vaqueros.

Se miraron el uno al otro por espacio de un largo instante, los ojos oscuros de él taladrando los azules y obstinados de ella.

Por fin, sin pronunciar palabra, Griswald recogió un sujetador y unas bragas de la silla que había en un rincón y se los entregó.

—Gracias. —Hope tocó el delicado algodón y tiró del elástico de la pernera—. Esto no es mío. —Sus bragas casi no tenían elástico ni en la cintura.

—Ahora, sí.

Griswald la observó erguido sobre ella, como si Hope estuviera a punto de lanzarse a la calle a hacer alguna locura, cuando amarlo a él había sido la única que había cometido en años, y eso sólo porque no pudo resistirse.

El sujetador era nuevo y parecía justo de su talla. Lo sostuvo en alto y alzó las cejas.

—Y ¿dónde está mi ropa?

—En la basura, debajo de los posos de café, y allí se quedará. Si quieres vestirte, tendrás que elegir entre esto. —Señaló con un gesto un montón de prendas.

Hope advirtió que todas ellas llevaban aún la etiqueta del precio.

—¿De dónde has sacado todo esto?

—Lo he encargado en la tienda esta mañana. Hay

tres unidades de cada cosa. Si algo no te queda bien, encontrarás otra talla.

Hope no podía imaginar siquiera aquel nivel de dinero ni de poder. ¿De verdad los mayordomos tenían tanta influencia?

—Pero nada de esto es mío.

—Ahora, sí. —Al ver que Hope hacía intención de protestar, la señaló con un dedo—. En contra de mi opinión, voy a dejar que te vayas. Y te sugiero que no discutas por unas cuantas miserables bragas.

Hope se quedó mirando aquel dedo. Luego lo miró a él. Fue hasta el montón de ropa, lo cogió en los brazos, se metió en el cuarto de baño y cerró la puerta tras de sí con el pie. Dio un buen portazo.

Sabía que en realidad debería enfadarse por aquella actitud despótica, pero... era maravilloso que alguien se preocupara por ella. Además... Acarició los calzones de seda... Además era maravilloso contar con un vestuario completo y nuevo por primera vez en siete años. Con aquello estaría calentita, tanto como cuando él la tenía en sus brazos y se introducía en su cuerpo.

Se apoyó contra el lavabo y cerró los ojos recordando el placer que él le había proporcionado. Y se ruborizó al acordarse de lo que ella le había exigido. Santo cielo. Lo había mordido. ¡Le había clavado las uñas!

Lo amaba.

Probablemente era una tonta por amarlo, pero en aquel preciso momento no tenía importancia. Todo el afecto que había derrochado con los abonados, con Madam Nainci, con la señora Monahan, no era nada en comparación con la fabulosa, maravillosa, abrumadora emoción que se había apoderado de sus sentidos. Y todo era por culpa de Griswald. Él había liberado de su interior una criatura que ella no sabía que existiera, una criatura que reclamaba pasión como si tuviera todo el derecho de recibirla.

En realidad no deseaba marcharse; lo que quería era meterse de nuevo en aquella enorme cama, atraerlo a él a su lado y saborearlo, acariciarlo, hacerlo penetrar en su cuerpo y en su alma.

De repente se irguió. No podía hacer tal cosa. El amor tendría que esperar. Tenía trabajo y clases a las que asistir.

Y no se le había escapado que él no le había respondido con la misma actitud, no había dicho que la amara.

Es que no la amaba. Aún no. Tal vez no la amara nunca. Aquel hombre de ojos fríos había reprimido todo salvo la pasión.

En realidad era mejor así. Quizás ella lo amara, pero no disponía de tiempo para entretenerse con él y con aquella relación, y su madre le había dicho que el verdadero amor requería esfuerzo y atención. De modo que disfrutaría de ello mientras durase. No preguntaría acerca del mañana.

Cuando Hope salió del baño vestida con su ropa nueva, Zack dejó escapar un silencioso suspiro de alivio.

Llevaba puesto lo que él le había comprado, incluso mostraba una amplia sonrisa.

—¿Y bien? —Hope giró sobre sí misma.

Era un buen estratega. Había sustituido y mejorado, pero sólo un poco. Los vaqueros eran nuevos, de color azul pálido y con aspecto de gastados, ni demasiado caros ni demasiado baratos. El jersey era sencillo, de cuello alto y de algodón tupido, azul oscuro. Griswald la había obligado a aceptar la ropa como un mal menor, sabedor de que en su fuero interno ella se sentiría emocionada con aquellos regalos que él le hacía de todo corazón... frustrado, pero corazón de todos modos.

—Estás preciosa.

Hope no había vuelto a decir que lo amaba, y eso le molestaba un poco. Otras mujeres se lo habían dicho también, y se lo repetían a la menor oportunidad. Otras mujeres le habían mentido. Pero Hope no estaba mintiendo, y él quería que se le declarase de nuevo. Necesitaba oírselo decir otra vez.

—Gracias. Y gracias también por la ropa. Eres muy bueno conmigo. Has hecho esto... —Se señaló a sí misma y añadió—: Y anoche cuidaste de mí. Por eso... te doy las gracias.

Zack sintió una punzada de rabia. Rabia de que lo poco que había hecho volviera tan agradecida a Hope. Rabia de que la vida la hubiera tratado tan mal que el hecho de verse con algo de ropa nueva y barata la hiciera resplandecer. Aquélla era la mujer que había atacado su autocontrol hasta que éste, hecho añicos, se desmoronó, y que se regocijó ante su falta de ataduras, ante su ansia. Ella se lo exigió todo y él se lo dio sin restricciones. Al recordar la noche anterior le entraron ganas de arrancarle aquella ropa y tomarla una vez más; poseerla hasta que ella no pudiera pensar siquiera en abandonar aquella casa. Por eso, por toda la pasión sincera que Hope derrochó con él, deseaba darle... todo.

Deseaba vestirla con trajes de diseñadores.

Pero tenía que contentarse con unos vaqueros y un jersey.

Aun así, el azul del jersey prestaba a sus ojos el color de la mejor joya de laspislázuli que había en Tiffany. Sus ojos... por primera vez no vio ninguna sombra en ellos.

La noche pasada la había hecho feliz. En la cama y, más importante aún, mostrándose sensible a las revelaciones que le hizo ella acerca de su familia. A la dura luz del día, lo sucedido en la localidad de Hobart, Texas, parecía demasiado dramático para ser cierto, pero la noche anterior la había visto tan alterada que no quiso pensar en ello; lo único que deseó fue consolarla.

Ahora, con las manos metidas en los bolsillos, le ofreció una sonrisa ladeada.

—Eres la mujer más bonita del mundo.

Hope lanzó una risa de cascabel, y a Zack se le ocurrió que sonaba como un tintineo de campanillas.

Oh, le había dado fuerte. Le había dado bien fuerte, y ni siquiera le importaba.

—Vamos, te llevo en coche a casa de Madam Nainci.

Hope hizo el amago de oponerse.

Pero él la miró con los párpados entornados.

Ella dejó escapar el aire.

—Está bien.

Cuando salían de la habitación, Zack dio el siguiente paso en su pretensión de hacer que Hope entrase en su vida:

—Hasta esta noche.

Hope ni siquiera aminoró el paso.

—No fuerces la suerte —replicó.

Griswald dejó el automóvil aparcado en la calle frente a la casa de Madam Nainci, puso un brazo sobre el respaldo del asiento de Hope y la atrajo contra sí. Luego se inclinó sobre ella hasta que los labios de ambos casi se tocaron y le dijo:

—Me gustaría entrar.

—¿Has perdido el juicio? Estás en doble fila.

—No me importa. —Le rozó el cuello con la nariz.

—Aparcado en doble fila delante de un coche de la policía. —Hope soltó una risita y giró la cara—. Tengo que irme a trabajar y, a pesar de esa informalidad tuya, tú también.

—Entonces ¿hasta esta noche?

—Si encuentro una cabina telefónica, te llamaré después de clase.

—¿Es que no tienes teléfono? No. Qué tonto soy. Claro que no tienes teléfono. —Hurgó en su bolsillo y extrajo un teléfono móvil.

Hope sacudió la cabeza en un gesto negativo, pero él le puso el teléfono en la mano y le cerró los dedos. Aquello no era como lo de la ropa; era un teléfono, y más caro de lo que ella podría permitirse. Constituía un cordón umbilical que la mantendría unida a Griswald en todo momento.

Él sostuvo un instante el teléfono y la mano de ella y le dijo:

—Por favor. Este teléfono es mío y puedo hacer con él lo que quiera, y lo que quiero es que tú te lo quedes. Puedes llamarme si me necesitas, a cualquier hora del día o de la noche. Prométeme que lo harás.

Su mirada solemne exigía, su mentón era ancho y firme, pero sus labios... estaban entreabiertos y casi suplicantes. Hope no pudo negárselo. De mala gana, se guardó el teléfono en el bolsillo interior de su abrigo nuevo.

—Me llamarás esta noche, cuando llegues a casa.

—Sí.

Una petición razonable, sobre todo después de lo sucedido la noche anterior, pero Hope sabía que cada vez que accedía a algo que él le pedía, de alguna manera, perdía una dosis de libertad. Griswald estaba socavando su independencia y, si no se andaba con cuidado, pronto llegaría un día en que estaría viviendo con él, durmiendo con él, haciendo de él su vida entera... Y eso no podía ser. Tenía otras responsabilidades.

Como si le hubiera leído la mente, él dijo:

—No te preocupes. Encontraremos a tu familia.

Hope se lo quedó mirando, insegura del sentido de sus palabras.

—Quiero decir, cariño, que anoche por fin me dejaste entrar en tu vida. —Con mucho cuidado, le pasó un dedo por los labios—. Dijiste que me querías.

—Sí, pero no hace ni una semana que nos conocemos. Algo más si tenemos en cuenta las conversaciones teléfonicas.

—Entonces ¿tú no... no me quieres en realidad? ¿Porque no nos conocemos lo bastante?

—No, no me refiero a eso. Pero que hagas tuyas mis dificultades conociéndome desde hace tan poco...

—¿Sí que me quieres, pues?

—Sí. Eso te dije.

Él sonrió. Fue una de sus sonrisas a medias, casi dolorosas por lo desacostumbradas.

—En ese caso tus problemas son los míos. Poseo recursos que ni te imaginas. Vamos a encontrar a tu familia.

Hope apenas sabía qué pensar. Se sentía agradecida, naturalmente; confiaba en él, sí, pero... confiarle algo así, lo más importante de su vida...

—Estás muy callada. —Le acarició el pelo.

—Es que no hay nada que yo pueda hacer por ti. No sé qué podría hacer. —Frunció el ceño—. No sé nada de ti.

Él sonrió. Esta vez fue una sonrisa lenta y sexy que casi hizo babear a Hope.

—Ven a verme esta noche, y te lo diré.

—Tengo que estudiar...

—Te contaré todo sobre mí. —Bajó la voz hasta convertirla en un susurro—. Todos mis secretos. Te garantizo que vas a quedarte estupefacta.

—Esto es chantaje. —Pero lo dijo casi riendo. Griswald siempre se salía con la suya.

—Esto es desesperación.

La tenía pillada. Ella quería conocer sus secretos.

—Está bien, tú ganas. Iré. —Recogió del suelo su mochila y agarró la manilla de la puerta—. Tengo que irme, es tarde.

—¡Espera! Te olvidas de una cosa.

Hope se volvió.

—¿De qué?

—De esto.

Él se apoderó de sus labios en un único beso abrasador. Fue un beso intenso, profundo, como si buscara marcar a fuego sus sentidos antes de que lo abandonara; fue una afirmación de todas las cosas que había reclamado con su cuerpo la noche anterior. Su boca se abrió sobre la de ella y comenzó a paladearla con fruición. La abrazó y colmó su satisfacción. Ella se recreó en la maravilla de ser su amante, tranquila en la seguridad de que él la deseaba y la necesitaba como no deseaba ni necesitaba a ninguna otra persona.

A pesar de toda aquella confianza en sí mismo, él era un hombre solo. Con el tiempo Hope le enseñaría a estar con ella en todos los sentidos posibles: a compartir sus pensamientos, sus miedos, sus emociones, a confiar en que ella no lo traicionaría jamás.

Pero de momento lo abrazó con fuerza y respondió a aquella lengua que le exploraba la boca creando un torbellino que ahogaba de placer a los dos.

Cuando él por fin se despegó, la miró fijamente y le dijo:

—Eres mía. No lo olvides nunca. Serás mía para siempre.

—Para siempre. —Hope le tocó los labios húmedos

con las yemas de los dedos. Por lo visto, Griswald no se daba cuenta de que aquellas palabras representaban un desafío, pero sí que pareció sorprenderse cuando ella le retó a su vez—: Y tú serás mío para siempre.

Él la observó con los ojos entrecerrados y la mantuvo abrazada como si no quisiera soltarla nunca... y no dijo nada.

Hope creyó sinceramente que por una vez Griswald no sabía qué contestar.

Parpadeó como si luchara por recuperar el equilibrio y la iniciativa.

—Cielos, sí que eres bueno besando.

Entonces él la fue soltando muy despacio.

Hope se apeó del coche y salió a la silenciosa calle, con el deseo de alejarse de Griswald aunque fuera durante unos minutos, justo el tiempo suficiente para intentar comprender lo que había ocurrido la noche anterior.

Él la miraba como si entendiera su inquietud... y pronto fuera a disiparla.

Mientras el automóvil se alejaba, Hope bajó los escalones que conducían a la casa de Madam Nainci. Aquel día, el cielo gris de Boston parecía más luminoso, el aire gélido resultaba más cálido, y, si escuchaba con suficiente atención, casi podía oír el primer trino de los pájaros de primavera.

Sí. Lo amaba. Más que eso, le gustaba. Pomposo, pretencioso, autoritario, despótico...

En aquel momento se abrió de par en par la puerta de Madam Nainci. Hope oyó chillar a su jefa:

—¡Corre, Hope, corre! ¡Han venido a buscarte!

—¿Qué?

Hope se quedó mirando al policía uniformado que sostenía la puerta.

—¿La señorita Hope Prescott? —inquirió el hombre.

De forma estúpida, la mente de Hope voló a sus hermanos. Aquél era un día lleno de milagros. ¿Alguien habría dado con ellos? Cruzó el umbral con entusiasmo.

—¿Sí?

—Soy el oficial Aguilar —dijo el agente e indicó a la mujer policía que estaba de pie junto al escritorio abierto del señor Wealaworth—. Ésta es la oficial O'Donnell. Señorita Prescott, tendrá que acompañarme a la comisaría. He traído una orden de detención contra usted.

21

—¿Detenida?

Hope miraba alternativamente a ambos agentes, segura de que debía de haber algún error. Pero aquello mismo había pensado la última vez que se presentaron unos a su puerta, aquella horrible noche en que llegó la policía estatal de Texas con la noticia de la muerte de sus padres.

Madam Nainci se encontraba de pie detrás de la centralita, con los auriculares puestos, hablando al micrófono y haciendo gestos desmesurados.

—Sí, exactamente. Están deteniendo a Hope. Usted es abogado, señor Blodgett. Tiene que conseguir que la suelten. ¡Esto es un ultraje!

—¿Por qué me detienen? —Hope se volvió hacia la oficial O'Donnell, una mujer aproximadamente de su misma edad—. ¿Por qué?

La oficial O'Donnell le respondió:

—Por ser sospechosa de desfalco junto con su socio, el señor Wealaworth.

Hope trató de recuperar el aliento. Lo intentó otra vez.

—¿Mi socio? —dijo en un susurro.

—¿Es usted la Hope Prescott que figura en los membretes? —le preguntó el oficial Aguilar.

Hope asintió. Los cajones del escritorio del señor

Wealaworth estaban abiertos, y todos sus papeles metidos en cajas. El ordenador había desaparecido.

—¿Firmaba usted los envíos? ¿Firmó un balance financiero? —recitó la oficial O'Donnell.

—Pero es que no era su socia de verdad.

Los dos policías pusieron cara de total desinterés y completo cansancio.

—Voy a leerle sus derechos. —El oficial Aguilar reprimió un bostezo.

—Yo no he invertido ni hecho nada. —Hope tenía la sensación de estar dando palos de ciego en unas arenas movedizas que ya conocía demasiado bien, acusada de algo que no había hecho—. El señor Wealaworth quería dos nombres en los membretes de las cartas para parecer más importante.

El oficial Aguilar no le prestaba atención, sino que se limitaba a recitar aquellas palabras que la televisión había convertido en tan familiares.

Dando por seguro que no esperaba hallar resistencia, la mujer policía condujo a Hope hacia la pared.

—Tengo que registrarla, señora. —Y rápidamente se puso a palpar a Hope de arriba abajo.

Madam Nainci exclamó:

—¡Esto es un ultraje!

Hope se encogió al sentir aquel contacto impersonal en su cuerpo sensible, y cuando la oficial O'Donnell encontró el teléfono móvil, la joven se lo quedó mirando como si jamás lo hubiera visto.

—Voy a tener que confiscar su teléfono móvil como prueba —dijo la oficial O'Donnell.

—No es mío —replicó Hope.

La agente enarcó las cejas.

Con un sobresalto, Hope comprendió que daba la impresión de haberlo robado.

—Es de mi... —¿Cómo debía llamarlo?—. De mi novio. —Una palabra poco explícita para un hombre como Griswald.

—Aun así tengo que confiscarlo. —La policía lo arrojó a una de las cajas.

—Pero es que le he prometido que iba a llamarlo. —En la cabeza de Hope bullía una mezcla de humillación y miedo.

—¿Quién es tu novio? —quiso saber Madam Nainci.

—Griswald. —Al pronunciar aquel nombre, Hope se sintió invadida por una oleada de calor—. Griswald. Madam Nainci, llame a Griswald y dígale lo que ha pasado. Él lo arreglará todo.

El oficial Aguilar sacó unas esposas. La oficial O'Donnell empezó a cargar cajas escaleras arriba.

—La chica no ha hecho nada. —Madam Nainci estaba gritando tanto, que Hope hizo una mueca de dolor a favor del señor Blodgett—. Le estoy contando lo que ha ocurrido. ¿Por qué no me escucha? Esto no es mi país natal, es Estados Unidos, usted no puede meter a una persona en la cárcel sin un motivo.

El policía terminó de poner las esposas a Hope y la empujó contra la pared.

—No se mueva. —Después se volvió a Madam Nainci y le aconsejó—: Hable con el abogado, señora. Va a necesitarlo.

Acto seguido, salió con Hope a la calle. Algunos de los vecinos se habían enfrentado al viento helado para mirar como idiotas el todoterreno de la policía aparcado en su tranquila calle. Otros se limitaron a apartar ligeramente sus mugrientas cortinas para mirar.

Un niño dijo:

—Hope, ¿qué estás haciendo?

Ella ni siquiera intentó contestar. No podía. Había

tenido pesadillas como aquélla, pesadillas en las que la gente miraba cómo la detenían. Pesadillas en las que intentaba con todas sus fuerzas echar a correr hacia papá y mamá mientras una figura sin definir la detenía y le impedía hacerlo. Pero esto era real. Todo ello hería su orgullo... ¿Y si la policía hacía que aquella acusación prosperara? No tenía ninguna fe en el sistema judicial estadounidense. Su familia había sido castigada por un delito que no había cometido. ¿Y si a ella la metían en la cárcel? En ese caso nunca podría dar con su familia.

Oh, Dios.

—¿Por qué se la llevan? —Al señor Quinteras le gustaba Hope; miró a los policías con el gesto ceñudo.

—Circulen.

Los policías situaron a Hope en el asiento trasero del coche de policía y ella se hundió todo lo que pudo sin llegar hasta el punto de tenderse en el suelo. Las portezuelas no tenían tiradores, y el respaldo del asiento delantero estaba provisto de una robusta carcasa que evitaba que los delincuentes atacasen a los oficiales.

Hope se sintió culpable como un criminal. Culpable de estupidez. Ahora lo entendía todo. El señor Wealaworth había engañado a Madam Nainci, y también a ella; había estafado dinero y dejado que la enviaran a prisión por un delito que había cometido él.

Los policías ocuparon el asiento delantero, la oficial O'Donnell detrás del volante.

Hope debía de tener un aspecto horrible, porque el oficial Aguilar echó una mirada hacia el asiento de atrás y dijo:

—Si tiene ganas de vomitar, por favor dígalo, señorita Prescott.

Hope afirmó con la cabeza. Sin muchas esperanzas, preguntó:

—¿Está el señor Wealaworth bajo custodia?

—¿Stanford? —El agente de más edad lanzó una carcajada—. Todavía no, pero tengo la seguridad de que se entregará él mismo en menos de veinticuatro horas. Ya tiene experiencia en esta clase de cosas, ya sabe.

—No, no lo sabía.

Qué tonta era, no sabía nada.

—Pues sí, se pasó la mayor parte de sus veinte y treinta años en el calabozo por una cosa o por otra, estafas sobre todo.

—Oh. Estafas. —Hope se fue incorporando lentamente.

El oficial Aguilar la observó con un gesto de lástima.

—Sí, estafas. Durante todo el tiempo que permaneció en la cárcel se preparó para sacarse un título de contabilidad. Desde que lo obtuvo no ha parado, un timo tras otro. Esta vez lo hemos pillado.

—¿Cómo? —¿Cómo había llegado ella a verse involucrada en aquello?

—A uno de sus clientes no le gustó la pinta que tenían los números, de modo que solicitó una auditoría. Entonces descubrió que Stanford había sisado ciertas cantidades, y lo denunció.

—Entiendo.

Hope hizo un esfuerzo consciente por borrar de su cabeza las lecciones de contabilidad que le había dado el señor Wealaworth.

—Stanford estará pronto bajo custodia —aseguró a Hope la oficial O'Donnell—. Una cosa es estafar a un puñado de negocios dirigidos por empresarios honrados, pero es que timó a King Janek, y King lo descubrió. —Rió un instante—. Tengo entendido que King está furioso.

—¿El señor Janek? —preguntó Hope no muy atenta. La oficial conducía demasiado deprisa y se saltaba los semáforos en rojo. Tal vez, si tenía suerte, el coche se estrellase antes de que llegaran a la comisaría de policía. Abrigó la eperanza de que Griswald le guardara luto—. ¿Por qué tiene importancia que esté enfadado el señor Janek?

—Porque el señor Janek es lo más parecido que hay en Boston a un jefe local de la mafia. Vive en Brookline, tiene metida la mano en todos los círculos de extorsión que existen en la ciudad, y jamás hemos podido tocarlo. —El oficial Aguilar le dirigió una mirada amistosa—. No se preocupe, señorita Prescott. Usted estará a salvo en el calabozo. Él posee influencia, pero no la suficiente para atacarla mientras usted se encuentre bajo custodia policial.

Hope contempló al policía con expresión de incredulidad. La noche anterior había sido agredida por un gamberro que le sacó un cuchillo. Hoy la habían detenido como si ella no fuera mejor. Y ahora le estaban diciendo que el sitio más adecuado para ella era la cárcel.

Con un gemido, se dejó caer de costado en el asiento y apoyó la cabeza sobre el agrietado vinilo. Se aferró al recuerdo de Griswald, que vendría a rescatarla de aquella injusticia.

En ningún momento se le ocurrió pensar que no lo hiciese.

—Buenos días, Meredith. ¿Cómo se encuentra en esta maravillosa mañana?

Meredith lanzó una mirada de extrañeza a Zack, que atravesaba con paso ligero la zona de recepción en dirección a su despacho.

—Buenos días, señor Givens. —Se levantó y fue tras él

al tiempo que le leía los mensajes anotados en su agenda—. Ha llamado su hermana. Quiere saber qué va a hacer usted respecto al regalo de Navidad de sus padres.

—No voy a permitir que me atrape. —Colgó el abrigo en el perchero—. Este año le toca a ella pensarlo.

—Uno de los miembros del consejo de la empresa de Baxter quería advertirle que Baxter está empeñado en crear problemas.

—Seguro que sí.

—Ha llamado Coldfell. Está muy molesta por el hecho de que haya venido al trabajo conduciendo usted mismo. Se encuentra en su casa, aguardando instrucciones.

Sí, su chófer no estaría nada contenta al constatar tanta independencia por su parte, pero es que no podía utilizar sus servicios para llevar a Hope a su trabajo. Se sentó detrás de su escritorio.

—Jason Urbano desea que acuda a la fiesta sorpresa de cumpleaños que le ha organizado su mujer, y no está dispuesto a aceptar una negativa.

Zack sonrió.

—¿Su mujer va a darle una fiesta sorpresa y él está enterado?

—Y hay una llamada en espera. Una mujer muy alterada, esa Madam Nainci del servicio de contestador...

Zack sintió que se ahogaba de pronto a causa de la alarma, y se volvió hacia Meredith.

—¿Y qué ha dicho? —Luego, sin esperar respuesta, levantó el auricular del teléfono—. ¿Madam Nainci? ¿Se trata de Hope?

En un tono de voz chillón que le perforó el tímpano, Madam Nainci contestó:

—La han detenido.

Zack apartó el teléfono un poco y después volvió a acercárselo con precaución.

—Disculpe. ¿Qué es lo que ha dicho?

—Que a mi pobre pequeña la han detenido. Dice que usted la salvará. Quiere que vaya a la comisaría de policía a sacarla de allí. Yo le he dicho que le enviaría al señor Blodgett...

—¿Quién es el señor Blodgett?

—... Pero ella quiere que vaya usted.

—¿Quién es el señor Blodgett?

—Su abogado. —La voz normalmente melodiosa de Madam Nainci resultaba disonante, y su acento fue haciéndose cada vez más pronunciado hasta que Zack apenas consiguió entender una palabra—. Y usted... usted es muy difícil de encontrar, señor Griswald-Givens. Los empleados que tiene en casa, ese Leonard me ha dicho que el señor Griswald está de vacaciones, pero yo sé que no. Yo ya había hablado con usted. Así que al final se me ocurrió llamar a la secretaria del señor Givens, y ella me ha pasado con usted. Pero primero ha contestado al teléfono diciendo «señor Givens», lo cual me ha hecho pensar qué habrá querido decir. —La voz de Madam Nainci estaba teñida de suspicacia.

Suspicacia.

—¿Por qué han detenido a Hope?

—Por desfalco, pero ella no lo ha hecho.

Zack se puso en tensión. Igual que Colin Baxter. Desfalco. Hope era capaz de hacer cualquier cosa por dinero, consideraba el dinero lo más importante del mundo. Quería dinero para buscar a sus hermanos... Aquello era lo que le había dicho la noche anterior.

El ardor de la pasión y la felicidad que lo embargaban aquella mañana se enfriaron súbitamente.

Entonces se acordó del modo en que lo miró Hope y de lo que dijo. «Te quiero.» Sin duda, aquello era razón suficiente para tener fe en ella.

Ella no era como las demás mujeres.

Ojalá no supiera con cuánta desesperación deseaba Hope conseguir dinero... y por qué.

—No pasa nada, Madam Nainci. Iré a sacarla de allí enseguida.

Con expresión sombría, Hope se limpió la tinta de los dedos y observó cómo el policía incluía sus huellas en el recién abierto expediente de Hope Prescott.

A su alrededor la comisaría bullía de actividad, de agentes que iban y venían, de presos que llegaban y se sometían al procedimiento ahora ya conocido para Hope. Le habían hecho una foto. La habían cacheado. Le habían ofrecido la posibilidad de hacer una llamada telefónica, pero ella no sabía quién podía ayudarla si fallaban Griswald y el señor Blodgett, de manera que declinó cortésmente la invitación. En las dos horas que llevaba allí, incluso había visto al señor Wealaworth entrar en la comisaría y desaparecer en los recovecos de la misma. Él también la había visto a ella, y se encogió como si Hope fuera a agredirlo, pero la joven no tenía fuerzas para hacer acopio de energía ni de ira suficiente. Había sido una tonta en lo referente a él y a su trabajo, y los tontos tenían que pagar un precio.

Pero qué precio.

Había pasado la mayor parte del tiempo esperando en la zona del vestíbulo, no lejos del mostrador de recepción. Nadie pareció preocuparse mucho de ella. Casi llegó a pensar que podría haberse levantado de su asiento y salir por la puerta... excepto porque todos los agentes de policía llevaban pistola y de todas las puertas colgaban unos grandes candados.

¿Dónde estaría Griswald? ¿Por qué no estaba allí? Tenía muchas ganas de verlo, y al mismo tiempo... apenas podría soportar que él la viera. Sí, la anoche anterior ambos habían estado todo lo cerca que podían estar dos personas, pero no hacía ni una semana que se conocían. Tal vez él creyera que deseaba tenerla en su vida, pero ella se sentía violenta, humillada por verse detenida, como la víctima de un delito que se echa la culpa a sí misma. No quería que Griswald la viera en el calabozo, era demasiado pronto para poner a prueba su afecto de un modo tan excesivo.

Cerró los ojos y trató de ser sensata. Entendería que él no quisiera volver a saber nada más de ella. Lo entendería. No sería un rechazo como los que sufrió en la escuela; esta vez sí que parecía ser culpable. Y pedir a Griswald que creyera en ella...

Entonces se acordó de él, de sus ojos negros que la miraban con una pasión que sentía sólo por ella.

Griswald creería en su inocencia. Hope lo conocía, lo conocía con el corazón y con la mente. Todo en él proclamaba a gritos su integridad y su honor. Griswald la había creído cuando le habló de sus padres, de su pasado. Una mera detención policial no lo haría cambiar de opinión.

—Disculpe, ¿señorita Prescott?

Hope abrió los ojos y vio de pie frente a ella un caballero bien vestido que tendría aproximadamente la edad de Griswald.

—¿Es usted el señor Blodgett? —Hope no lo había visto nunca. A la mayoría de los abonados no había llegado a verlos.

—No, soy Colin Baxter. —Recorrió con la mirada la comisaría de policía—. ¿Quién es el señor Blodgett?

—Mi abogado. ¿Quién es usted?

—Colin Baxter. —Se presentó nuevamente, como si Hope debiera conocer su nombre.

Pero no era así. Hope no lo conocía, y tampoco lo

conocía a él, aunque era bastante apuesto, el típico norteamericano de aspecto sanote, con cabello rubio y ojos verdes.

Él le tendió la mano.

Ella se la estrechó educadamente.

—¿Hay algo que pueda hacer por usted? —Aquello resultaba ridículo dadas las circunstancias, pero tenía que decir algo.

—De hecho, hay una cosa que puedo hacer yo por usted. —Señaló un banco que había al lado—. ¿Le importa que me siente?

—En absoluto.

Aunque en realidad sí que le importaba. Aquel hombre le hacía sentirse incómoda, con su jersey tan caro y su elegante chaqueta de cuero. No era como Griswald, que vestía con la misma elegancia; quizá la diferencia estribara en que... en el caso de Baxter la ropa le llevaba a él. En el de Griswald, era él quien llevaba la ropa.

Baxter tomó asiento y ocupó un espacio realmente desproporcionado para un hombre que no medía más de uno setenta y cinco.

Hope se deslizó hacia la esquina.

Él la siguió.

A Hope le entraron ganas de levantarse y salir huyendo, pero no podía hacer semejante cosa. Le habían dicho que se quedara allí sentada, y ella era una persona que cumplía las normas.

Amargamente, paseó la mirada por la comisaría. Había que ver dónde había terminado por cumplir las normas.

—Soy un amigo de Zack Givens. —El señor Baxter aguardó como si esperase una exclamación.

De modo que Hope le ofreció una.

—Oh. —¿Y qué?

—Tengo entendido que usted trabaja para el servicio de contestador que recoge sus mensajes.

Un tanto nerviosa por el interrogatorio, Hope respondió:

—Así es.

—¿Habla usted con Zack?

—Nunca he hablado con él. Sólo con su mayordomo, Griswald.

Colin Baxter se recostó contra el asiento.

—Increíble. —Luego volvió a inclinarse hacia delante—. ¿Alguna vez ha visto a Griswald?

—Sí, lo vi... anoche.

¿Adónde querría ir a parar con todo aquello el tal señor Baxter? No le gustó aquella reluciente sonrisa suya, con un toque de cinismo.

—¿Y cómo es?

—Uno ochenta y cinco de estatura, pelo negro, bronceado, en buena forma... —De verdad que aquel hombre no le gustaba nada—. ¿Por qué me lo pregunta?

—¿Se parece a éste?

El señor Baxter se sacó un papel del bolsillo de la chaqueta y lo desdobló. A continuación se lo enseñó a Hope sosteniéndolo en alto.

Era un papel fino y brillante, como una página de revista. Tenía un texto escrito a tres columnas, y en la esquina derecha figuraba una foto de Griswald vestido de esmoquin y acompañado de una bella mujer ataviada con un traje de noche.

Hope miró fijamente la foto durante un largo instante. No necesitó ver el rostro de Baxter para saber que allí estaba pasando algo grave, espantosamente grave.

—Sí, es él.

Baxter apartó el dedo del texto del pie de foto y entregó el papel a Hope.

Ella leyó: «Zachariah Givens y su acompañante Robyn Bennett asisten al baile anual a favor de la Curación del Cáncer de Mama...»

Hope soltó de repente el papel, como si éste le hubiera chamuscado los dedos.

—Sí. La ha engañado bien, ¿verdad? —Baxter habló en un tono obscenamente amistoso. Sin hacer ningún caso de la aflicción que invadía a Hope en aquellos momentos, le echó un brazo sobre los hombros—. Ya ve qué clase de tipo es. Me dijo que era amigo mío, invirtió en mi empresa, y ahora está a punto de absorberla, justo delante de mis narices...

Hope dejó de escuchar. No le importaba nada la empresa de Baxter; sólo era algo material.

Pero Griswald, el hombre al que se había entregado, el hombre al que amaba... no era Griswald, sino un embustero rico e insensible que había aceptado su ofrenda de sopa de pollo y su necia suposición de que él era el mayordomo, y se la había llevado al huerto. La había traicionado de tal modo que todas las demás traiciones parecían pequeñas y poco importantes.

En tono meloso, Baxter prosiguió:

—En fin, ¿quién se lo iba a imaginar? El gran hombre acude a la cárcel a rescatar a su chica.

En aquel momento apareció un par de zapatos relucientes que se plantaron delante de Hope.

Baxter se puso de pie muy despacio y la señaló a ella.

—Ella también estaba robando, ¿sabes? Y tú no puedes perdonar que alguien te robe.

Hope se dio cuenta de que Baxter no le estaba hablando a ella, sino que se dirigía a los zapatos.

—Pero ella ha dormido contigo, de modo que por eso has venido hasta aquí. —Baxter abandonó su fingida actitud amistosa—. Supongo que debería haber probado yo eso mismo. Es una lástima que a mí no me dé por ahí. A lo mejor entonces hubieras sido más benévolo con mis pecadillos.

—Cállate, Baxter.

Aquélla era la voz de Griswald... No, era la del señor Givens. Una voz profunda, despojada de toda calidez, de toda amabilidad. Su voz auténtica.

La mirada de Hope subió de los zapatos hacia el traje negro, luego a la corbata roja, hasta toparse con aquellos ojos oscuros y de un brillo siniestro que la miraban con gesto acusador. Los ojos de un desconocido. No eran los de Griswald, no eran los de su amante, sino los del hombre que le había mentido, que había dormido con ella la noche anterior y que ahora la contemplaba como si ella hubiera hecho algo malo.

—De modo que todo el tiempo supiste que era yo. —Los labios del señor Givens apenas se movieron, y habló en un tono tan bajo que Hope tuvo que hacer un esfuerzo para oírlo—. Has jugado conmigo como si fuera un pobre imbécil.

—Pero tú... me has mentido. —Hope sentía los músculos de la cara congelados debido a la impresión.

—Pero si me trajiste sopa de pollo, ¡por Dios! Debería haberme dado cuenta en aquel momento. —Mientras la condenaba, su cuerpo, su hermoso cuerpo, permanecía en una inmovilidad preternatural—. Me miraste con esos grandes ojos azules. Me sedujiste con tu compasión y tu bondad. —Hacía que aquellas cualidades parecieran pecaminosas.

Baxter continuaba hablando, pero Hope no entendió lo que estaba diciendo.

No podía oír nada más que la voz del señor Givens, que la condenaba con el gesto torcido de su boca y el azote de su tono.

—Supongo que la señora Monahan también forma parte de este engaño. Ella y Madam Nainci. La querida ancianita irlandesa y la extranjera que dirige el anticuado servicio de contestador.

—No. A ellas déjalas —dijo Hope con desasosiego—. No les eches la culpa de nada.

Él la estaba matando con cada palabra, estaba haciendo trizas su serenidad, sus ilusiones, y no le estaba dejando otra alternativa que poner al descubierto su parte más vulnerable.

—Y lo peor de todo: fingiste ser virgen...

Hope hizo una rápida inspiración.

Lo había visto. Por supuesto que lo había visto. La observaba con la misma concentración de siempre, pero ahora sus ojos oscuros mostraban una expresión despiadada, la más despiadada que cabía imaginar.

—Ah, espera. Sí que eras virgen. Te entregaste a mí y, mira, encanto, fue estupendo. Te mereces un pequeño extra por tu virginidad. ¿Cuánto piensas cobrarme?

—Cobrarte... —¿Como si fuera una prostituta? Aquellos insultos le dolieron igual que si le aplicaran hierros candentes—. Yo te quería.

—Sí, eso estuvo muy bien. Pero acabo de darme cuenta... Mira, el dinero no va a servirte de nada. Vas a ir a la cárcel.

De pronto, Hope recuperó el aliento.

Al fin y al cabo, ya había pasado exactamente por aquella misma situación. Claro que sí. En la escuela. En aquella gasolinera de Cincinnati. Cada vez que decía a alguien quién era y de dónde provenía. En cada una de aquellas ocasiones, se veía rechazada, maltratada y arrojada a la calle como si fuera basura.

Esta vez era peor, pero él le había mentido. Le había mentido.

Bien, pues ella sabía cómo debía reaccionar. Sabía cómo hacerle daño a su vez.

Se enfrentó a su mirada y le dijo:

—Claro que sabía quién eras en realidad, señor Givens. Cuando juego, lo hago a lo grande.

—Dios.

Baxter retrocedió como si temiera ver salpicado de sangre su horrible pero carísimo jersey.

Sin embargo, Hope sabía que el señor Givens no sería capaz de golpearla. No era de esos hombres que cedían a la violencia física. Su forma de maltrato era psicológico y mucho, muchísimo peor. Mantuvo un tono frío y sereno para decirle:

—Si no hubiera tenido lugar este desgraciado arresto, habría sido capaz de llevarte hasta el altar. Habría vivido en tu casa y comido a tu mesa, y tú habrías estado muy contento y jamás te habrías enterado de que durante todo el tiempo estuve riéndome de ti. —Tuvo la fría y amarga satisfacción de ver cómo la sangre abandonaba el rostro del señor Givens—. Tienes miedo. Eres un cobarde. Te quejas de que no le gustas a nadie por otra razón que no sea tu dinero. Quizá sea porque tú mismo has escogido valerte de tu recelo como una espada y de tus riquezas a modo de escudo, y la reluciente punta de ese recelo mantiene a raya a todo el mundo mientras tu dinero protege eso tan insignificante que tú llamas corazón.

En aquel momento, Baxter prácticamente echó a correr hacia el mostrador de recepción.

Por fin, con una voz clara y desprovista de todo sentimiento, Hope terminó:

—Adiós, señor Givens. Disfruta de tu vida. Te deseo que consigas siempre lo que te mereces.

22

Zack se alejó de la comisaría de policía y recorrió media manzana de calles conduciendo a toda velocidad, y sólo lamentó que no estuviera Baxter delante del coche. Con sumo gusto lo hubiera atropellado, hubiera dado marcha atrás y hubiera aparcado encima de aquel malnacido.

Cuando entró a pie en la comisaría y se encontró a Baxter hablando con Hope y con un brazo sobre los hombros de ella, como si fueran antiguos amigos, le invadió una furia realmente salvaje, inmensa, tenaz y funesta. Al recordarlo ahora, agarró el volante forrado de cuero con tanta fuerza que dejó marcadas en él sus huellas dactilares.

Hope lo había traicionado.

Por un momento soltó el volante y se apretó la cabeza.

No, era peor aún. Hope se había comportado como todos los demás. Ya desde el principio sabía perfectamente quién era él, y se había hecho merecedora de un Oscar de Hollywood por su actuación para hacerse con él y con su fortuna. Ella misma lo había dicho. Justo cuando él abrigaba la esperanza de que lo negase todo, Hope dijo que había estado riéndose de él. Riéndose de él por querer tener amigos verdaderos y afecto auténtico. Se atrevió a insinuar que era culpa suya que no pudiera encontrar el amor.

¡Cómo que insinuar! Diablos, lo había dicho bien claro.

Con un chirrido de neumáticos, Zack detuvo el automóvil frente a una casa, la de tía Cecily.

Estacionó en la zona de aparcamiento prohibido y subió como una tromba los escalones, llamó al timbre y después se puso a dar patadas a la puerta hasta que Sven la abrió de un tirón con un gruñido que sonó, increíblemente, a un juramento en algún idioma escandinavo.

—¿Dónde está tía Cecily? —quiso saber Zack.

Sven lo recorrió con la mirada de la cabeza a los pies, y aquel hombre por lo general tranquilo y silencioso pareció hacer una valoración no precisamente halagadora para Zack.

Zack se lanzó adelante, con los puños cerrados, esperando a medias que Sven hiciera algún movimiento para echarlo, porque Sven, con sus abultados músculos y sus facultades físicas, resultaría ser un digno oponente para una interesante pelea a puñetazos.

Y Zack, que nunca se había dado el gusto de meterse en una buena refriega desde aquel campamento de los Boy Scouts en Montana, tenía verdadera necesidad de liarse a tortazos con alguien. Había estado a punto de atizarle una paliza al imbécil de Baxter con aquella sonrisita satisfecha, y sólo lo detuvo la presencia amenazante de un centenar de policías.

Pero al igual que todo lo que estaba sucediendo aquel maldito día, Sven se mostró poco colaborador. Dio un paso atrás, le señaló con un gesto la biblioteca y luego lo siguió.

Tenía miedo. Maldita sea. A Zack no le daba miedo una pelea. ¿Cómo podía Hope haberlo llamado cobarde?

«Tu dinero protege eso tan insignificante que tú llamas corazón.» Pues por lo visto su dinero no lo había protegido lo bastante, porque, a medida que se le fue pasando la primera impresión, el corazón comenzó a dolerle. Romperse el corazón. Qué frase tan estúpida. Aquella sensación de angustia no podía deberse a un corazón roto; era cólera.

Zack irrumpió en la biblioteca y anunció:

—Hope es una artista del engaño, está en la cárcel, ¿y sabes qué me ha dicho?

No una cabeza, sino tres se volvieron hacia él.

Lanzó a Sven una mirada asesina.

Sven sonrió y le hizo una reverencia.

Si Zack fuera inteligente, se hubiera largado de allí de inmediato. Pero ya era demasiado tarde para optar por una retirada. En un tono menos que amable, dijo:

—Oh. Hola, padre. Hola, madre. Me alegro de veros, como siempre.

—Es un alivio comprobar que el dinero que hemos gastado en enseñarte modales ha servido de algo.

Su padre depositó su taza de té con un leve tintineo. El progenitor de Zack tenía ochenta y un años, era alto y delgado y poseía la piel apergaminada de los ancianos y la mente aguda y la lengua afilada de un veinteañero. Llevaba cuarenta años dirigiendo con éxito Givens Enterprises, y Zack sabía que no debía hablarle con aquella falta de educación; papá le arrancaría la cabeza.

Como contraste, su madre era menuda, delicada y dulce. Aún no había cumplido los sesenta; la habían educado para ser la esposa de un millonario y desempeñaba dicho papel de forma admirable. Palmeó la mano de su esposo y dijo:

—Querido, ya sabes que Zachariah suele ser muy cortés. Tal vez deberíamos preguntarle si hay algo que lo tiene alterado.

—Yo diría que lo hay. Viene como si se hubiera pasado el pelo por un escurridor. —Tía Cecily lo escudriñó con ojo crítico—. Y está barboteando.

Furioso, Zack se volvió hacia ella.

—No estoy barboteando. Hope ha sabido todo el tiempo quién era yo.

Sven dio un paso al frente, en ademán de proteger a tía Cecily.

Pero tía Cecily le indicó con la mano que regresara a su puesto junto a la puerta.

—¿Quién es Hope? —inquirió el padre de Zack.

—La joven de la que Cecily estaba a punto de hablarnos —contestó la madre.

—Si todo el tiempo ha sabido quién eras, yo diría que te lo tienes bien merecido. —Tía Cecily no mostró ni una pizca de solidaridad para con su enfurecido sobrino—. Jamás he comprendido por qué no se lo dijiste de inmediato.

—Porque ella me explicó que no le gustaba la gente rica, y yo estaba tan obnubilado que no quise espantarla. —En su momento le pareció un buen motivo; ahora, bajo la mirada crítica de sus padres, le pareció estúpido. Fue hasta el mueble bar y se sirvió un whisky escocés solo—. Y no ha dejado de decir cosas muy duras sobre mí. —Aquello le sonó más estúpido todavía.

—Yo digo cosas duras sobre ti todo el tiempo —replicó con calma tía Cecily—. La mayoría de ellas, justificadas.

Zack se echó al coleto el whisky entero de un solo trago.

—¡Hijo, muestra más respeto! —El padre de Zack parecía estar horrorizado—. Ese whisky escocés tiene cien años.

Zack se secó los ojos, que le lagrimeaban.

—Hope sabía quién era yo y fingió ignorarlo, con el fin de hacerme bajar la guardia.

La familia intercambió miradas elocuentes.

—¿Con qué propósito? —preguntó el padre.

—Para que me casara con ella.

Hope nunca había mencionado el matrimonio hasta que sacó la última pieza de artillería en medio de la comisaría, pero dijo que aquello formaba parte del plan. Y su plan había funcionado. Aquello fue lo que royó las entrañas a Zack; no que se le rompiera el corazón, sino el hecho de reconocer que, en los lugares más secretos y más recónditos de su mente, había pensado en el matrimonio, que había pensado en la necesidad de tener a Hope, de poseerla del modo que fuera.

—¿La chica del servicio de contestador? —El padre de Zack frunció el entrecejo, y los pelillos indomables de sus blancas cejas se pusieron de punta igual que signos de exclamación—. Es ésa de la que estamos hablando, ¿no?

—Sí, querido —respondió su esposa.

Papá Givens cruzó los dedos sobre su plano estómago.

—Tal como lo cuenta tu tía, has mentido diciendo que eras el mayordomo por razones que yo no acierto a comprender. Esa joven te creyó, te trajo sopa de pollo. Tú la cortejaste. Conseguiste lo que querías, supongo... Por lo general sucede así. Y ahora dices que, durante todo el tiempo, ella ha sabido quién eras en realidad, pero que tú no se lo dijiste para que ella pudiera hacerte bajar la guardia, y que la han detenido por algo que...

—Por desfalco. —De pronto surgió ante él la visión del rostro pálido de Hope. Incluso antes de que ella lo hubiera visto de pie frente a sí, ya daba la imagen de una persona derrotada.

Por supuesto. La habían detenido e iba a terminar en la cárcel. Y... Zack apenas pudo pronunciar las palabras:

—Y estaba con ella Baxter. Baxter es su cómplice.

En lugar de reaccionar con el horror y la indignación que eran debidos, tía Cecily replicó:

—Zack, jamás te he visto hablar sin antes reflexionar. Esta vez no lo has hecho, ¿verdad? ¿No estarás acusándola de haberte traicionado basándote en argumentos muy poco sólidos?

Zack empezó a sentir desasosiego. Tal vez aquel whisky de cien años se estaba vengando. Se acercó hasta la bandeja del té, cogió tres minúsculos emparedados sin corteza y se metió uno en la boca.

Tía Cecily no le quitó el ojo de encima, siempre con mirada acusadora.

Zack se sorprendió a sí mismo masticando avergonzado.

—A mí todo esto me parece una sarta de tonterías, hijo. Yo diría que te han engañado, de acuerdo, pero no ha sido esa tal Hope. Probablemente haya sido tu amigo Baxter. Nunca me ha gustado ese muchacho. —El padre de Zack miró su taza con el ceño fruncido y luego indicó a su hijo con un gesto—: Tráeme un whisky.

La señora Givens agitó las manos, a modo de inútil negativa.

—Vamos, querido, ya sabes lo que ha dicho el médico.

—Sí, que si no bebo, ni fumo ni como bien, viviré una eternidad. Pero yo digo que así, precisamente, va a parecerme una eternidad. —Acto seguido, con un firme gesto de asentimiento, repitió—: Hijo, sírveme un whisky.

Zack preparó a su padre un vaso corto y se lo entregó. Luego se sirvió otro para sí.

En tono preciso, tía Cecily declaró:

—Baxter es un mentiroso, un tramposo y un ladrón, y te guarda un profundo rencor, Zack. ¿Has pensado que tal vez ha ido a la comisaría a causar problemas?

—¡Sí, lo he pensado! Pero ¿cómo diablos sabía Baxter nada de Hope? ¿Cómo podía saber siquiera que ella se encontraba allí? —Zack se quedó mirando el brillante líquido.

Su padre tamborileó en la mesa con sus dedos huesudos.

—Ésa es una cuestión que deberías investigar. Estás sacando conclusiones precipitadas, Zachariah. Creía haberte enseñado a conducirte mejor —le dijo.

—Sí. Si esa chica es importante para ti, supongo que quien te ha saboteado es Colin Baxter. —Con voz suave, su madre añadió—: Por no mencionar que tú sospechas que todo el mundo está contra ti.

Zack se atragantó con un trozo de berro del emparedado que comía y tosió. Su propia madre acababa de decir que tenía miedo. ¿Qué demonios estaba pasando?

A una seña de tía Cecily, Sven acudió y le dio una palmada en la espalda... con fuerza.

El padre de Zack se volvió hacia su esposa.

—¿Cómo hemos criado a un chico tan desconfiado?

—Querido, tú siempre le decías que un Givens tenía que escoger a sus amigos con cuidado y no fiarse del todo de nadie. ¿Qué creías que iba a ocurrir? —le reprendió ella.

—Nunca me escucha en ninguna otra cosa. ¿Cómo iba a saber yo que sí lo hacía cuando dije eso? —respondió impaciente el señor Givens padre—. Zack, una parte del hecho de ser un hombre de negocios de éxito radica en equilibrar la vida personal con la profesional, y tú no lo estás haciendo nada bien. Nada en absoluto.

—Cuando tú tenías su edad, Edward, tampoco se te daba tan bien. —Tía Cecily hizo una seña a Sven para que se acercara y le dijo algo al oído.

Sven asintió y salió de la habitación.

—Gracias, tía Cecily —contestó Zack, y pensó para sus adentros: «Mi sino es recibir débiles elogios.»

Al padre de Zack no le gustó la interferencia de tía Cecily.

—Está muy bien que digas eso, Cecily, pero a su edad yo ya había sudado la gota gorda para engendrar dos hijos.

—¿Sudado la gota gorda? —Las mejillas regordetas de su esposa se tiñeron de color.

—No he querido decir que resultara desagradable hacer los niños, sino que... —Miró de reojo a su irritada esposa y prosiguió—: Digo que no tengo nietos y...

La señora Givens cruzó los brazos sobre el pecho.

Con una sonrisa conciliadora, el padre de Zack le ofreció su vaso.

—¿Un poco de whisky?

Tía Cecily cogió su onmipresente pelota de esponja y comenzó a estrujarla con la mano.

—¿Has recapacitado sobre todo esto, Zack? Yo conozco personalmente a Hope, y hubiera jurado que era honrada y buena y que la vida la había maltratado duramente. ¿Has investigado acerca de ella?

Zack pensó en Griswald, que se encontraba de camino a Texas.

—Lo estoy haciendo en este momento. —No se le había ocurrido anular la misión de Griswald.

—Me dio la impresión de que tenía una historia, y las historias dejan pruebas a su paso. —Tía Cecily parecía decepcioanda, y Zack tuvo la incómoda sensación de que la había decepcionado él—. ¿Vas a dejar a Hope en el calabozo?

Zack miró a sus padres, y luego a su tía. Albergaba ciertas sospechas de por qué habían estado hablando de Hope, y advirtió bien a las claras el enorme interés que mostraban. Querían que él rescatara a aquella pícara.

—¡Bah! —El señor Givens padre bebió un trago de whisky—. Tampoco a ésta la quiere.

—Por supuesto que no —repuso Zack—. Si el amor quiere atraparme, tendrá que pasar por encima de mi cadáver.

Tía Cecily no le prestó la más mínima atención.

—Pues yo creo que está enamorado de ella.

—¡Enamorado! —Zack lanzó una carcajada de escepticismo—. Antes las ranas criarán pelo.

—Perdió los nervios con ella. —Tía Cecily hablaba como si Zack no se hallara presente—. ¿Cuándo ha sido la última vez que lo habéis visto hacer algo tan inadecuado?

—Tienes razón. —La madre de Zack se reclinó en su asiento con un suspiro de satisfacción—. Las ranas están criando pelo.

—Madre, no estoy enamorado. Es un estado confuso, doloroso y muy caro, lleno de disgustos y esfuerzos...

En aquel instante sintió como una sacudida, muy parecida a las descargas que recibía de pequeño cuando le daba por meter moneditas de cobre en los enchufes. La sacudida le impelió a volverse de cara a las ventanas, y se quedó mirando sin ver las ramas heladas del árbol que había fuera.

Las conclusiones precipitadas que había sacado no eran lógicas, y él siempre era lógico.

La ira que había experimentado al ver a Hope en compañía de Baxter... tampoco era lógica. El dolor que sintió en el pecho... era efectivamente dolor de corazón. No cabía otra explicación. Estaba enamorado de Hope.

Y la había ahuyentado.

—¿Qué sucede? —Tía Cecily parecía divertida—. ¿Qué mosca te ha picado?

—Bien podría decirse algo así. —Su corazón, su insignificante corazón, había empezado a retumbar como si fuera demasiado grande para su pecho. Se volvió de cara a la habitación y anunció—: Tengo que irme. Tengo que irme ahora mismo.

—Buena idea. —Tía Cecily lo estudió con mirada crítica—. No tienes muy buen aspecto, y has bebido whisky. No puedes conducir. Ordené a Sven hace un momento que llamase a Coldfell.

—Come algunos emparedados más —le aconsejó su padre—. Si realmente te has comportado como un burro, esto podría llevarte bastante tiempo, y los emparedados son muy pequeños.

Zack cogió otros tres de queso con pimiento.

—Si de verdad Hope no sabía quién era yo y en realidad no ha cometido ningún desfalco... no querrá volver a hablarme en su vida.

—Pues arrodíllate, muchacho —replicó su padre—. A las mujeres les gusta ver a un hombre de rodillas.

Su madre se giró hacia el padre igual que una serpiente de cascabel excitada.

—¡Edward, tú merecías ponerte de rodillas!

Zack fue acercándose hacia la puerta lo más deprisa que le fue posible.

—Y me puse de rodillas, ¿no? —le preguntó el señor Givens a su esposa.

—Y desde entonces no has dejado de quejarte —replicó ella.

Tía Cecily siguió a Zack hasta el vestíbulo.

—Estarán así durante un rato. Tu padre nunca sabe cuándo mantener cerrado el pico. Al parecer, y en vista de cómo has procedido esta mañana, es un defecto de familia. Pero solamente si estás enamorado.

—Vaya embrollo se ha formado. —Zack se puso el abrigo y besó a su tía en la mejilla que ésta le ofrecía.

—Un embrollo que tú has provocado. —Tía Cecily le puso una mano sobre el brazo y le dijo—: Me gusta esa chica. Ve a por ella.

—Claro. Voy a por ella. La quiero para mí. Y siempre consigo lo que quiero.

Coldfell llevaba la limusina y mantenía abierta la ventanilla que había entre la parte delantera y la trasera, con la vista fija en el espejo retrovisor mientras Zack hacía unas llamadas.

A Zack le traía sin cuidado lo que ella oyera o pensara; estaba demasiado ocupado en tratar de decidir cómo proceder para recuperar el favor de la única mujer que le había gustado... Dios sabía por qué.

En primer lugar, llamó a la comisaría de policía para averiguar cuál era la situación de Hope, y se sorprendió al enterarse de que ya había pagado la fianza. No sabía dónde vivía, de manera que dirigió a Coldfell hacia la casa de Madam Nainci. Llamó a su abogado personal y le asignó un anticipo para que se encargara del caso de Hope, seguro de que si existía alguien capaz de ponerla en libertad ése era Richard Roberts *el Gélido*.

Luego intentó llamar a Griswald, y le dejó un mensaje en su teléfono móvil. El asunto de buscar el rastro de los hermanos de Hope había adquirido la categoría de máxima prioridad. Si tenía que ponerse de rodillas, y estaba seguro de que así iba a suceder, sabía qué regalos ofrecer en actitud de total contrición.

Sus hermanas. Y su hermano.

Porque ahora que se había disipado aquella niebla de cólera que le embotaba el cerebro, se acordó de la sonrisa abierta de Hope, de sus bromas, de la forma en que lo reprendía, de cómo se había entregado a él, sin reservas, con toda su confianza y todo su corazón. Le había dicho que lo amaba, y él no le había contestado lo mismo.

Sí, iba a tener que ponerse de rodillas.

Llamó a su casa y preguntó a la doncella que atendió el teléfono si había llamado alguien aquella mañana preguntando por Griswald. Al recibir una respuesta afirmativa, inquirió acerca del nombre, que resultó ser el de Madam Nainci, y por la persona con quien ella había hablado: Leonard. Esta vez, cuando colgó el auricular lo hizo con una certidumbre cada vez mayor.

Leonard. Leonard estaba aguardando en el pasillo la noche anterior, observando mientras él llevaba a Hope al piso de arriba. Leonard había llevado la bandeja al dormitorio mientras ellos dos se encontraban en la bañera. Leonard era el que estaba en situación de dar un informe exacto a Baxter, y a Leonard le gustaba el dinero. Sí, merecía la pena dedicar un poco de tiempo a investigar a Leonard para ver si aquel submayordomo había recibido una fuerte suma de dinero de golpe.

La limusina quedó atrapada en uno de los muchos laberintos del tráfico de Boston, y en aquel momento Coldfell rompió el silencio:

—Y bien, señor Givens. ¿Qué piensa hacer si descubre que la chica es culpable?

—¿Culpable de qué? —No era que no lo supiera. El whisky no había hecho más que ralentizar un poco sus reflejos.

—De estafar ese dinero. Sabía quién era usted. Le puso una manta sobre los ojos de todas las maneras posibles. Ha llegado a mis oídos lo suficiente para saber qué está pasando. —Coldfell parecía más que interesada; parecía fascinada—. ¿Qué va a hacer si ella es culpable de todo eso?

—Tenía que sacar usted este asunto... —¿Amaba a Hope? ¿O no?

No podía haber duda. La amaba. Por eso deseaba que fuera feliz. Por eso sacó conclusiones precipitadas acerca de su sinceridad. Su corazón estaba en manos de Hope, y aquello lo aterrorizaba mortalmente.

Torció el gesto al encontrarse con la mirada de Coldfell en el espejo retrovisor.

—No importa si es culpable o no. Si ha cometido un desfalco, me cerciorаré de que tenga dinero suficiente para no volver a hacerlo. Si sabía quién era yo, me merecía cualquier cosa que a ella se le antojara hacerme. Si estaba compinchada con Baxter, en fin... Yo no puedo ser feliz sin ella. Tengo que recuperarla.

—Eso tiene que ser fácil. Muchas veces le he oído decir que usted siempre consigue lo que quiere.

—Pero nunca he tenido tantas desventajas de mi parte... y nunca ha sido tan importante como ahora.

Los labios de Coldfell se movieron apenas, como si estuviera intentando reprimir una sonrisa.

—¿Y por qué quiere hacer todo eso por ella?

Un buen ejemplo de persona emocionalmente distante.

—Porque la quiero.

—Señor Givens, bienvenido a la especie humana. —Con una amplia sonrisa, Coldfell avanzó un poco y se pasó al carril contiguo. Volvió a avanzar de nuevo—. Voy a llevarlo a casa de Madam Nainci en un santiamén.

Así lo hizo, y también se las arregló para encontrar un gran espacio para aparcar cerca del domicilio de Madam Nainci, lo cual sirvió para demostrar que los chóferes tenían un método secreto para maniobrar con los automóviles del que carecían los seres humanos normales.

—Espere aquí.

Zack se apeó de un salto y se encaminó hacia los escalones que conducían al sótano, debatiéndose entre la idea de presentar sus alegaciones ante Hope le gustase a ella o no, y la de tomarla en sus brazos y estrecharla con fuerza. Sólo estrecharla.

Abrió la puerta, pasó al interior... y se detuvo de repente.

En el cuarto de estar, decorado en colores púrpura y oro y montones de flecos, había una docena de personas, sentadas o de pie.

Y ninguna de ellas era Hope.

Todas parecieron decepcionadas al verlo. Dios sabía que él se sentía decepcionado de verlas a ellas.

Una mujer corpulenta y de vestimenta extravagante se apresuró a acercarse a él. Con un fuerte acento, le dijo:

—Yo soy Madam Nainci. ¿Cuál de los abonados es usted?

Madam Nainci. Claro, aquélla tenía que ser Madam Nainci. Zack respiró hondo para tomar fuerzas.

—Soy Zack Givens.

Una rubia menuda se acercó y lo observó por detrás del hombro de la dueña.

—Ah, el señor Givens. —Madam Nainci le cogió las manos, y al hacerlo las uñas postizas se clavaron en las palmas de él—. Le agradezco mucho que haya venido. Estamos esperando a Hope. Nuestro maravilloso señor Blodgett ha ido a pagar la fianza. La han sacado del calabozo.

La rubia miró alrededor de Zack y luego se fijó en él.

—¿Dónde está Griswald?

Zack retiró lentamente las manos de las de Madam Nainci.

—En realidad... Soy yo el que ella cree que es Griswald.

La rubia lanzó una exclamación ahogada, escandalizada.

Madam Nainci hizo un gesto de asentimiento y Zack se vio agredido por sucesivas oleadas de perfume Giorgio.

—Calla, Sarah. Ya había empezado a sospechar algo de esto.

Sarah apoyó los puños en las caderas.

—¿Y por qué la ha engañado de esa forma?

—Es una historia muy larga. —Que no tenía intención de compartir con aquellas personas. Pero, por lo visto, nadie aparte de Madam Nainci se interesó al respecto.

Un hombre de cincuenta años vestido de sacerdote episcopal frunció el entrecejo y comentó:

—Me gustaría saber qué está retrasando a Hope.

La señora de pelo gris que manejaba el andador de tía Cecily estaba sentada en una de las sillas de la mesa de comedor, y respondió:

—Sí, la pobrecilla ha tenido un día horrible, y queremos darle la bienvenida de vuelta a casa.

—Y ratificarle que estamos de su parte.

Zack reconoció con gran sorpresa a la doctora Curtis, baja, pelirroja y rellenita, una de las más destacadas cirujanas cardiacas de Boston.

—Salió de la comisaría hace más de una hora —explicó Madam Nainci a Zack—. Pensábamos que ya estaría de vuelta a estas horas.

—Mi esposa ha insistido en que viniera aquí. —El que había hablado era un hombre joven, vestido con un pantalón caqui arrugado y un jersey de lana marrón, que se retorcía las manos—. Shelley se encuentra en el hospital con el bebé, pero no le gustó pensar que Hope pudiera estar sola ahora.

Zack asintió. Era el señor Shepard. Bien, se habían acordado de Hope.

Había una mujer de pie junto al tablero de ajedrez, osbervando las piezas en silencio.

En aquel momento se oyó el ruido de unos pies que bajaban los escalones. Como obedeciendo a una señal, todo el mundo dejó de hablar y se volvió hacia la puerta con la emoción pintada en el rostro.

Entró un caballero de mediana edad.

Todo el mundo lanzó un suspiro de desilusión.

Sin tener en cuenta ningún preliminar, el hombre dijo:

—Soy Blodgett. He pagado la fianza de Hope, pero cuando salíamos de la comisaría llegó una furgoneta. La agarraron y la metieron dentro.

De los presentes se elevó un murmullo de exclamaciones.

—He reconocido a los hombres de King Janek. —El señor Blodgett se irguió en toda su estatura—. Señores, nuestra Hope tiene graves problemas.

23

Zack permaneció calmado mientras a su alrededor reinaba el caos.

—¡Llamen a la policía! —exclamó la doctora Curtis con la autoridad divina de un cirujano.

—Corrí al interior de la comisaría y se lo conté —informó el señor Blodgett—. King Janek vive fuera de los límites de la ciudad y fuera de su jurisdicción por tanto. Me dijeron que llamara a Brookline. Y lo hice, pero en ese departamento de policía se echaron a reír cuando intenté explicarme.

—King los tiene comprados —dijo la señora Monahan—. Es de dominio público.

—¡Esto es un ultraje!

—¡Llamen al FBI!

—¡No, a la CIA!

—¡No...!

Zack escuchaba con las manos quietas, el latido del corazón acompasado y la mente despejada, estudiando fríamente la situación desde todos los ángulos.

Madam Nainci se derrumbó sobre su sofá y, balanceándose hacia adelante y hacia atrás, prorrumpió en sollozos.

—Es culpa mía. Yo le ofrecí la posibilidad de trabajar para ese sinvergüenza, ese Wealaworth. Engañó a ese tal King Janek, y resulta que todo el mundo sabe que es un gángster, y ahora tiene en sus manos a mi pobre Hope.

Sarah se sentó a su lado y le palmeó las manos.

—No es culpa suya. Hope no querría que usted pensara tal cosa.

Zack sabía en lo más recóndito de su cerebro que Hope estaba prisionera, retenida por un gángster famoso por su crueldad. Pero también sabía que el pánico no salvaría a Hope. Alguien tenía que hacerse cargo de la situación, tomar las riendas al momento. De modo que, con un amplio gesto que abarcó toda la habitación, exclamó:

—¡Basta!

Ordenó silencio absoluto. Todas las miradas se volvieron hacia él.

—Dejen hablar al joven —dijo la señora Monahan al tiempo que se incorporaba, se apoyaba en su andador y se abría paso hacia el centro de la sala. De ambos costados de la cesta colgaba su bolso, un zurrón de forma alargada—. Seguro que tiene un plan.

Zack tenía un plan, en efecto, pero era absurdo, la típica idea que dependía del valor y de la suerte, y que podía acabar causando heridos y muertos. Recorrió con la mirada la docena de rostros que se habían girado hacia él con anhelo.

—Voy a llamar al alcalde de Boston. Pondré alguna que otra maquinaria en marcha. Pero los canales oficiales llevarán horas, y es posible que a Hope no le queden horas. De modo que puedo ir a ver a King Janek y decirle que Hope es mía, y puedo insistir en que me la entregue.

—¿Está loco? —preguntó con incredulidad el señor Blodgett—. ¿Sabe quién es King?

—Sí. —Zack le sostuvo la mirada—. Lo sé.

El señor Blodgett comenzó a farfullar.

—Entonces... entonces sabrá que eso no va a dar resultado.

—Sospecho que no servirá de nada, efectivamente. Así que tal vez debería... amenazar a King con mi gente. —La mirada de Zack recorrió una vez más la habitación.

—Usted no tiene ningún grupo de seguidores —señaló Sarah.

Madam Nainci arreció con los sollozos.

—Pero podría tenerlo.

Muy despacio, las personas que llenaban la pequeña sala fueron entendiendo. Se miraron unas a otras y después evaluaron a Zack en silencio.

Él agregó en voz queda:

—Resultará muy peligroso para todo el que participe.

La señora Monahan lanzó una carcajada.

—Tiene usted pelotas, muchacho. Pero cuente conmigo. —Se enfrentó a su mirada de sorpresa y sonrió fríamente—. Créame. Me necesita.

—Y conmigo —dijo la doctora Curtis.

El señor Shepard enderezó sus estrechos hombros.

—Y conmigo también.

En aquel momento zumbó la centralita. Sarah corrió a atenderla, pero se le entristeció el semblante al comprobar que se tataba de una llamada normal.

Entonces oyeron a alguien bajar los escalones.

Todos se pusieron en tensión y clavaron los ojos en la puerta. Ésta se abrió, y penetró en la habitación un hombre de color, alto y de aspecto duro, que cargaba con un estuche de violonchelo.

Con una exclamación colectiva, el grupo dio un paso atrás.

La señora Monahan apuntó con un dedo tembloroso al estuche del instrumento.

—¿Qué lleva ahí dentro?

El joven se mostró desconcertado y asombrado por la hostilidad que se encontró.

—Un... violonchelo. ¿Que creían? —Miró en derredor y se topó con los ojos entornados de Zack. Dirigiéndose a él, explicó—: Soy Keith Munday. Hope me llama señor Chelo. Soy uno de los abonados. He venido porque me he enterado de que estaba en la cárcel y me gustaría servir de ayuda. Mire. —Abrió el estuche y mostró a todo el mundo un hermoso instrumento.

—Oh. —El señor Blodgett se llevó una mano al pecho, como queriendo calmar su corazón.

—¿Qué creían que era? —preguntó Keith.

—En los viejos tiempos, los gángsters llevaban sus armas en estuches de instrumentos. —Zack extrajo su teléfono móvil. No tenía tiempo que perder—. Y acaba usted de darme otra idea.

Hope se encontraba en el estudio de King Janek, frente al mismísimo King en persona.

—Debería romperle todos los dedos.

King era fornido y de estatura baja, y resoplaba igual que un motor a vapor. También vivía en una casa grande, ubicada en una urbanización llena de hombres armados con pistolas.

En aquel preciso instante, Hope no se sentía impresionada. Más bien se sentía rabiosa. Apoyada sobre el escritorio del gángster, lo miró fijamente a sus ojos grandes y marrones y le dijo:

—Contrató a un contable que usted sabía que ya había estado en la cárcel por cometer varias estafas para que le llevase una contabilidad amañada, ¿y ahora se sorprende de que le haya robado el dinero? No es una decisión muy inteligente que digamos.

—Sabes, King, la chica tiene razón.

Tanto el aludido como Hope se volvieron para mirar

a la señora Janek, o al menos Hope pensó que de ella se trataba. Era una mujer alta y curvilínea, muy atractiva. Estaba sentada junto a la ventana, donde el sol arrancaba destellos a su cabello teñido de rubio y a sus dientes blancos como perlas; leía una revista y, de vez en cuando, hacía algún comentario.

—No te metas en esto, Bunny. —King vestía un traje entallado de color azul con chaleco a juego y camisa rosa y, cuando señaló a Hope con el dedo, la mano le tembló a causa de la furia—. Si Stanford hubiera sido más listo, no me hubiera robado el dinero y, si usted fuera más lista, no lo habría ayudado, porque nadie hace la puñeta a King Janek.

—Según parece, no da usted tanto miedo como le gustaría creer, porque él sí le ha hecho la puñeta; pero yo no.

Para ser un día que había empezado tan bien, se había estropeado muy rápidamente, y Hope ya estaba harta de todo, de King, de cuanto le ocurría en su miserable vida, y si tenía que irse todo al traste, pues que fuera a lo grande.

—Wealaworth dice que es usted el cerebro de la operación.

—¡Y yo digo que si fuera yo el cerebro de la operación no nos habrían atrapado!

King se pasó la mano por su rala cabellera.

Hope cruzó los brazos sobre el pecho y lo miró con cara de pocos amigos. Se hallaba en el estudio de un delincuente, acusada de perpetrar un delito que no había cometido, y se enfrentaba a la muerte completamente sola, sin un amigo a la vista. Si aquélla era su recompensa por ser amable y cumplidora, bien podía convertirse en una despiadada arpía. De modo que eso fue lo que hizo.

—Usted cree que el cerebro de la operación soy yo,

¿y por eso me ha secuestrado? Vaya, qué inteligente. Hace que me rapten de las calles de Boston justo delante de una comisaría de policía, a plena luz del día, unos hombres a los que ha reconocido todo el mundo...

King volvió a pasarse la mano por el pelo.

—¡Y cuando yo desaparezca, todo el mundo sabrá que fue usted el que me mató y el que arrojó mi cadáver al río!

—No tenía pensado matarla —murmuró King.

—Entonces ¿cuál es la finalidad de este ejercicio? —Hope estaba gritando y, para sorpresa suya, disfrutaba de ello—. Porque permítame que le diga que yo estoy estudiando informática y necesito todos los dedos para teclear, y vivo en Mission Hill, así que necesito todos los dedos de los pies para correr, y si usted piensa cortarme algo más... —No, ahora no podía quedarse sin resuello—. Seguirá sin servirle para recuperar su dinero, porque no lo tengo yo.

—¡Claro que no lo tiene usted! —King le contestó también a gritos, y los ojos se le salieron de las órbitas por el esfuerzo—. Porque se lo ha gastado.

—¿En qué?

—Lleva ropa nueva.

Hope se lo quedó mirando, y de repente se preguntó si llegaría a vomitar sobre la alfombra persa. Abrigó la esperanza de hacerlo. King se había dado cuenta de que llevaba ropa nueva, una ropa que le había regalado Griswald... no, el señor Givens.

Bunny dejó a un lado su revista.

—Cielo, le ha cambiado un poco la cara. —Luego le preguntó a Hope—: ¿Te encuentras bien? Porque tienes una cara un poco rara.

La oleada de náuseas pasó, maldita sea, y Hope respondió con un hilo de voz:

—Estoy bien. He conseguido esta ropa por haber dormido con una persona.

—Encanto, seguro que puedes hacerlo mejor —dijo Bunny—. Esa ropa no vale tanto.

—¿Así que ahora intenta decirme que es una prostituta? —King soltó un bufido—. ¡Venga ya! Más bien parece una predicadora, de las que hablan de la condenación y el fuego del infierno.

—Oh, muchas gracias, señor Janek.

Aunque el padre de Hope no había sido de los que hablaban de condenación y fuego eterno, aun así hubiera quedado impresionado por aquel cumplido.

King apoyó las palmas de las manos sobre el escritorio y separó los dedos gordinflones y repletos de sortijas.

—Así que dice que el dinero lo ha robado Stanford.

—Yo no digo nada. —Porque estaba muy segura de que King tenía ganas de cortar algo a alguien.

King cerró el puño y lo descargó con fuerza sobre la mesa.

—¿Quién va a pagar, entonces?

Hope golpeó la mesa con el puño al lado del de King.

—Usted. Ya ha pagado.

Durante unos instantes, Hope creyó que él iba a darle un puñetazo, a enviarla de un porrazo al otro extremo de la habitación.

Hasta la propia Bunny chilló:

—¡Calma, King, calma!

Y en aquel momento sonó el intercomunicador.

El color morado desapareció del rostro de King. Se echó hacia atrás sin apartar la mirada ni un segundo de la cara de Hope y pulsó el botón.

—¿Qué?

—Hay aquí unas personas que desean verlo. —Parecía la voz de Frank, el más joven y sin duda el más idiota de los secuestradores de Hope. Ahora estaba hablando muy despacio, como si tanteara el terreno—. Dicen que vienen a buscar a Hope Prescott.

Hope oyó a alguien decir algo al fondo.

—Y nadie quiere problemas, ellos menos que nadie —recitó Frank.

—Frankie. —King estaba sumamente impaciente—. ¿Quiénes son?

—La banda de Givens.

Hope se puso rígida.

Los agudos ojos de King captaron su reacción, y debió de gustarle porque dijo:

—Claro. Cachéalos y hazlos pasar. —Acto seguido se recostó en su sillón de ejecutivo de cuero y comenzó a columpiarse hacia adelante y hacia atrás—. ¿Sabe usted algo de esa tal banda de Givens, señorita Prescott?

—No.

Ni tampoco era capaz de imaginar qué se guardaba en la manga Zachariah Givens al venir allí y exigir su liberación.

La voz estridente de Bunny y su expresión de boba debían de tener ocultos y afilados poderes de seducción, porque dijo:

—Oh, cielo, a lo mejor es éste el tipo que le ha comprado la ropa nueva.

Hope giró la cabeza y miró furiosa a Bunny.

—Sí, por lo visto has dado en el clavo. —King pareció complacido consigo mismo. Un brusco golpe en la puerta lo hizo gritar—: ¡Adelante!

La puerta se abrió de pronto.

Hope hizo acopio de fuerzas para enfrentarse al primer golpe de vista de Zack, pero nada podría haberla preparado para el aspecto que traía éste al entrar en el recinto. Aún llevaba puesto su traje negro, su camisa blanca y su corbata roja, pero su semblante carecía totalmente de expresión, se había peinado el pelo con gomina hacia atrás y llevaba unas gafas de sol.

Y no dio muestra alguna de haber reparado en la presencia de Hope.

Zack se detuvo a medio metro del escritorio y adoptó una postura con los pies ligeramente separados y las manos entrelazadas. Parecía haber sido esculpido en roca, una estatua a la que nada podría mover de allí.

Cinco personas, todas vestidas con idénticos trajes negros, camisas blancas y gafas de sol, formaban una fila detrás de él. Cuatro de ellas le resultaron desconocidas, una mujer y tres hombres, todos cargando con estuches de instrumentos musicales. Para sorpresa y horror de Hope, cerraba la marcha la señora Monahan, haciendo chirriar las ruedas de su andador en cuya cesta traqueteaba su enorme bolso.

—¡Eh, eh! —King se puso en pie y levantó las manos—. Frankie, ¿qué es esto de los violines?

Frank pasó al interior de la habitación.

—Hum, sólo hay un violín. También hay un chelo, un clarinete y un bajo. Los he visto. —A continuación cerró la puerta tras los visitantes y se apostó apenas traspasado el umbral de la misma. Al ver la expresión dubitativa de King, agregó—: Hay un violín, un chelo, un clarinete y un bajo. ¡De verdad!

King sacó la barbilla en dirección a Zack.

—¿Está intentando amenazarme?

—He venido a tocar un poco de música.

La voz de Zack era tan calma y monótona, que Hope sintió que un escalofrío le bajaba por la columna vertebral. Nunca había visto a Zack en su papel de señor Givens, el glacial pirata empresarial, pero sus modales, sus ojos, de un negro penetrante, amenazaban sin necesidad de pronunciar una palabra, sin hacer un solo gesto.

Su postura y su inmovilidad tenían eco igualmente en cada uno de los miembros de su banda. Hasta la señora Monahan había dejado de parecer una anciana dulce y débil; más bien se había transformado en una institutriz de rostro severo que había venido a cobrarse venganza del insolente King.

No parecía que King estuviese nervioso. Al contrario, se recostó en su sillón y efectuó un amplio gesto con las manos.

—Siéntese. Quiere a Hope Prescott, ¿no? Estoy seguro de que podremos llegar a un trato.

Zack no se movió.

—Yo no hago tratos.

—Es su novia, ¿verdad? Es usted quien le ha comprado esa ropa buena, ¿a que sí? ¿No es usted Zack Givens, el pez gordo ese de la gran empresa? ¡Pues ya podría haberle regalado algo mejor! Siéntese. Vamos a hablar.

Zack siguió sin moverse. Tampoco lo hizo nadie más.

Hope reconoció el tinte morado que comenzó a subir por el cuello de la camisa de King. Zack no estaba llevando bien aquel asunto. Estaba convirtiéndolo en una competición personal, cuando King quería negociar, y éste se estaba poniendo furioso. Alguien iba a resultar herido, sin duda ella. Tal vez la señora Monahan.

De modo que, imitando la postura de Zack, anunció:

—No pienso irme con él a ninguna parte.

Apuntó con el dedo pulgar a Zack y lo dijo con todo su corazón.

King descubrió una salida segura para su frustración. Descargó de nuevo el puño sobre la mesa y chilló:

—¡Maldita sea, irá usted a donde se le diga!

Zack dio un paso al frente.

Y también lo dio su banda.

—¿Qué pasa? —King abrió las manos, con las palmas vueltas hacia arriba—. ¿Es que no quiere que grite a esta mujer? ¿Y cómo diablos no voy a hacerlo? Es un verdadero grano en el culo.

Si aquel gordinflón hijo de puta le ponía una mano encima a Hope, Zack estaba dispuesto a matarlo.

—Entréguemela.

—Y una mierda. Me ha robado el dinero.

King estaba tirándose un farol, de eso estaba seguro Zack, pero aquél era un momento peligroso en las negociaciones. King tenía su orgullo, tenía un amor propio que defender. Y además buscaba, para desesperación de Zack, una oportunidad de meter los dedos en la próspera empresa de Givens.

Aquello no iba a suceder.

—No ha sido ella. Su dinero se lo ha robado Stanford Wealaworth. Ella simplemente ha sido demasiado tonta para saber qué firmaba.

Hope señaló a Zack y habló a King.

—¿Ve por qué no quiero irme con él? —Luego se volvió hacia la banda y ordenó—: Váyanse a casa. Sé salir de esto yo sola. Me las estaba arreglando perfectamente cuando llegaron ustedes.

Por primera vez desde que entraron en aquella habitación, la mujer sentada junto a la ventana habló de repente:

—Mira, cielo, si quieres conocer mi opinión, ya sabía que iban a arrearte una patada en el culo.

Hope y King saltaron al unísono:

—¡Cierra el pico, Bunny!

Bunny se dejó caer en su asiento, pero saludó con los dedos a la señora Monahan.

—Hola, Ma, me alegro de verte fuera.

¿Ma?

La mirada de King se posó sobre la anciana. Sobre su cara, luego sobre su bolso, luego sobre su cara otra vez.

—Sí, Ma, es un placer ver que has salido antes de espicharla. Me han dicho que llevas unos años muy tranquila y calladita.

—Sólo salgo cuando tengo que ocuparme de algo importante de verdad. —La señora Monahan señaló a Hope—. Esta joven es amiga mía, que lo sepas.

—Pues no lo sabía.

King se echó hacia atrás en su sillón, la personificación misma de la relajación, pero tamborileó con los dedos sobre el reposabrazos.

Zack oyó un ruido a su espalda. Se volvió y vio a la señora Monahan cerrando la cremallera de su bolso. Por un extremo del mismo asomaba una boquilla de acero negro, o más bien era... el cañón de una pistola. Una pistola alargada y de un aspecto de lo más serio.

La anciana de cabellos grises levantó la vista hacia Zack y dijo en tono de disculpa:

—Lo siento. Se me había salido del bolso.

Zack no estaba seguro de si la anciana los había salvado a todos o los había jodido, pero tuvo la sospecha de que sabía lo que hacía mucho mejor de lo que él había supuesto.

King explotó de rabia:

—¡Mierda, Frank, has registrado los instrumentos pero no has mirado en el bolso de Ma!

Frank giró el cuello intentando ver algo.

—¡No es más que una vieja!

King fijó de nuevo su atención en Zack y le dijo:

—¿Todos los de su banda vienen del mismo sitio que Ma?

—Nosotros la llamamos señora Monahan. —Zack

dejó pasar unos segundos para que aquellas palabras surtieran efecto—. Y sí, todos venimos del mismo sitio.

¿Qué sitio? ¿Se refería King a... la cárcel?

—Usted, no. —Del cráneo ralo de King brotó una gota de sudor—. Nunca he oído eso de usted.

—Quizá no esté tan bien informado como debiera.

—Y, por lo visto, tampoco lo estaba Zack.

King recorrió la habitación con gesto ceñudo.

—Maldición, un hombre hace todo lo que puede, procura no ensuciarse las manos, continúa con sus negocios, nunca se mezcla con la ley, ¿y qué ocurre? Que terminan aprovechándose de su buen carácter un timador de tres al cuarto y su chica. —Elevó el tono de voz—. Después, un hombre intenta recuperar un poco de lo que le pertenece, ¿y qué ocurre? Que irrumpe en su estudio una banda con un puñado de instrumentos musicales acompañada de Ma Monahan y se pone a amenazarle. —El agua del vaso que había sobre el escritorio estaba vibrando—. Vale, de acuerdo. Si todo lo que dice es cierto, si de verdad esta Prescott no es la que me ha robado el dinero, entonces puede irse. Sáquenla de aquí de una vez. Llévesela, señor Givens, y no vuelva nunca.

Zack no esperó un segundo más. Antes de que Hope pudiera pensar en protestar de nuevo, fue hacia ella, la levantó del suelo y se la echó sobre el hombro como si fuera un bombero al rescate.

Luego, haciendo caso omiso de sus chillidos, procedió a salir de la habitación.

24

Hope odió todo aquello. Odió la humillación de verse echada al hombro de Zack igual que un saco. Odió sentir el calor del cuerpo de él contra el suyo. Odió su olor, que ascendía en efluvios y le recordaba, con demasiada nitidez, aquella noche en la que lo respiró hasta que su esencia pasó a formar una parte vital de su cerebro, de tal modo que lo único que tenía que hacer era respirar de nuevo aquel aroma y desear... desearlo a él.

Pero él era igual que todos los demás. Había creído lo peor de ella.

No, en realidad era inferior a los demás. Le había mentido.

Tan pronto como Zack salió al exterior, ella le dijo:

—Ya puede dejarme en el suelo, señor Givens.

Pero Zack, sin hacerle caso, le ofreció una vertiginosa panorámica del conjunto formado por la gigantesca casa de King, las viviendas de los criados y el alto muro de piedra coronado por puntas de hierro. Cielos, que ella pudiera distinguir, aquellos hierros puntiagudos producían descargas eléctricas. Los vigilaban varios guardias desde las esquinas de la casa y desde la gran verja electrificada. En el camino de entrada circular había aparcada una limusina negra, con las portezuelas abiertas. El chófer, una mujer, los estaba aguardando.

—Vamos, vamos —instó Zack a la banda que lo seguía, conduciéndola en dirección al coche—. King podría cambiar de idea.

—Oh. —Hope comprendió. Claro. Todavía estaban en peligro. Zack y ella, y... ¿quiénes serían aquellas personas a las que Zack había encargado que formasen su banda? Ya conocía a la señora Monahan. La otra mujer y los hombres le eran desconocidos, pero tenían que ser abonados de Madam Nainci. Sí, y amigos de ella misma también.

Sin ninguna ceremonia, Zack descargó a Hope sobre el asiento trasero de la limusina.

—Hope, pasa hacia dentro. Coldfell, voy a ayudar a la señora Monahan. Usted sáquenos de aquí.

Contenta de no estar ya en los brazos de Zack, y con prisas por marcharse de los dominios de King Janek, Hope se apresuró a trasladarse al asiento delantero. Coldfell se sentó rápidamente detrás del volante. Los miembros de la banda de Givens arrojaron los instrumentos al interior de la limusina y fueron ocupando asientos como mejor pudieron.

Para cuando Zack hubo acomodado a la señora Monahan, su andador y su enorme pistola en el asiento más apartado y luego se hubo subido él mismo, a Hope el corazón le retumbaba en el pecho y en el interior del coche reinaba un silencio tenso.

Zack se agachó en el suelo equilibrando su peso de puntillas.

—¡Coldfell, arranque!

Coldfell metió la marcha del potente automóvil y salió como una flecha.

Nadie dijo ni una palabra al dejar atrás la verja de acceso.

Zack miró por la ventanilla trasera, en busca de algún perseguidor. Y vio que todos los ojos estaban fijos en él, el hombre que había asumido el control de la situación como si hubiera nacido para ello.

Lo cual, admitió Hope de mala gana, era muy cierto. Zack había nacido para asumir el control. Había nacido para ser el hombre que atrajera todas las miradas. Y le resultó muy amargo reconocer que también había atraído la suya.

Después de recorrer unas cuantas manzanas, Zack se volvió hacia su banda y, con aquella voz suya serena y grave, anunció:

—Ya ha pasado el peligro.

Los miembros de la banda de Givens se miraron unos a otros, con el asombro pintado en sus rostros. Fueron relajándose paulatinamente, hasta que un hombre lanzó un silbido.

Como si aquélla fuera la señal, todo el mundo rompió a reír. Chocaron palmas, se estrecharon las manos y parlotearon sin parar.

—¿Has visto...?

—Creí que iba a desmayarme...

—Qué miedo he pasado...

Zack se quitó las gafas de sol y los observó con una débil sonrisa, y Hope lo contempló con atención. Con el cabello engominado y retirado de la cara y vestido con aquel traje de color negro, parecía la personificación misma de un despiadado hombre de negocios. Se preguntó cómo había podido ser tan tonta para pensar otra cosa.

Él captó su mirada. Enarcó las cejas, hablando sin palabras, preguntándole a su vez qué estaba pensando.

Hope desvió el rostro.

Si su negativa a mirarlo le causó preocupación, desde luego la disimuló muy bien.

El violonchelista se volvió a Hope y le cogió la mano.

—Soy Keith Munday, al que has ayudado a conseguir esas becas. Quería darte las gracias en persona, pero ¡no me imaginé que iba a ser de esta manera!

—Soy yo quien quiere mostrarte mi agradecimiento. —Hope le estrechó la mano—. A todos ustedes. —Los recorrió con la mirada—. No sabía que tuviera tan buenos amigos.

—Ah, querida niña, era a ti a quien queríamos dar las gracias —dijo la señora Monahan—. Es mucho lo que has hecho por nosotros.

El coche se llenó de murmullos de asentimiento.

A Hope se le llenaron los ojos de lágrimas. Primero en el calabozo y luego en la casa de King, se había sentido muy sola. Pero tenía amigos, amigos de verdad, que estaban dispuestos a arriesgar la vida por ella.

—Has sido muy valiente. —La señora Monahan sonrió con malvado placer—. ¡No sabía que tuvieras tanto valor, pequeña Hope!

—No me quedaba tiempo para tener miedo. —Hope se maravilló de sí misma, de su temeridad—. Todo ha sucedido muy rápido, y el señor Janek me puso furiosa.

—Este rescate ha sido casi tan emocionante como tocar un solo —comentó Keith con los ojos brillantes.

Hope observó a Zack por el rabillo del ojo. Éste no intentaba acercarse a ella. Seguramente no esperaría sentarse a su lado, hablar con ella como si no hubiera ocurrido nada. O, peor aún, intentar explicarse cuando no era necesaria ninguna explicación. Ahora Hope lo entendía todo.

Uno de los otros hombres levantó una mano.

—Yo soy Mike Shepard. Shelley y yo vamos a poner tu nombre a nuestro bebé.

—Señor Shepard.

Era un individuo delgado y nervioso, tal como se lo

había imaginado ella, y al estrecharle la mano notó una sacudida de orgullo.

—¿Que van a ponerle mi nombre al bebé? Eso es maravilloso.

De modo que había sido niña... una niña que ella había ayudado a traer al mundo.

Para alivio suyo, Zack se acomodó en el asiento trasero al lado de la señora Monahan.

—Supongo que no debería haber venido, teniendo una recién nacida, pero es que Shelley me dijo que debía prestar mi ayuda, y además, cuando llegó al hospital y se enteró de que ni siquiera te habíamos dado las gracias, se puso hecha un basilisco. —El señor Shepard afirmó con la cabeza, con una nueva visión de las cosas—: No hay que discutir nunca con una mujer que acaba de dar a luz; tiene encima una sobrecarga de hormonas.

—Y con razón —murmuró Hope.

Casi peor que tener a Zack a su lado era tenerlo de frente, al otro extremo del lujoso automóvil. La miraba sin pestañear, retándola a que ella lo mirara a su vez, y, mirara Hope donde mirara, lo percibía en todo momento encima de ella.

—Soy la doctora Curtis. —La mujer de grandes ojos se acercó todo lo que le fue posible—. Me has rescatado tantas veces después de resbalar en la nieve, que he querido contribuir en tu rescate.

Hope esperaba que la doctora Curtis fuera alta, delgada y algo más mayor, no aquella desenfadada pelirroja.

—Gracias.

En un tono más profesional, la doctora Curtis agregó:

—Además, si alguien hubiera resultado herido por un disparo habría estado muy bien contar con asistencia médica inmediata.

—Una gran idea —repuso Hope.

—A no ser que usted hubiera sido la herida, doctora Curtis —replicó el hombre de más edad con el ceño fruncido—. ¿Qué haría yo si la hirieran a usted? Iba a costarme mucho encontrar otro médico para el centro de acogida.

Hope reconoció aquella voz al instante, y pensó con satisfacción que por lo menos él sí que tenía la imagen que ella esperaba de un sacerdote: serio y de setenta años.

—¡Padre Becket! Me alegro mucho de conocerlo.

—Yo también me alegro de conocerte, pequeña. —Se estiró por encima de los instrumentos y cogió las dos manos de Hope—. Has sido una luz enviada por Dios para mi pequeño asilo, buscando cunas para los niños, recogiendo alimentos. Tú nos buscaste a la doctora Curtis. Quiero que sepas lo agradecido que estoy, yo y todas las familias que acuden a refugiarse del frío.

—Gracias, padre Becket.

Hope estaba empezando a hacerse una idea de cómo se había organizado la misión. Y también supo, sin la menor sombra de duda, que Zack había sido el jefe de la misma. Lo que no sabía era por qué había venido él a rescatarla. ¿Habría llegado a la conclusión de que era inocente, o le habría parecido excesivo permitir que la asesinaran?

Le dirigió una mirada furtiva, y se topó con los ojos de la señora Monahan. La señora Monahan, que sonrió como la maliciosa ancianita que era.

¿Y quién sería en realidad?

—Señora Monahan —la llamó Hope—. ¿Siempre lleva una pistola encima?

—Ah, no, querida, eso violaría mi libertad condicional.

En aquel momento cesaron las conversaciones. Todo el mundo se volvió hacia la señora Monahan.

El padre Becket sonrió con benignidad.

—Ma Monahan forma parte del folclore de esta ciudad. Dirigió el mundo de los negocios fraudulentos con mano de hierro, y cuando por fin fue a prisión en mil novecientos cincuenta y ocho, dejó un vacío que llenaron los rateros de poca monta y los narcotraficantes.

—Ma Monahan. Ma... Usted es la que ha estado protegiéndome. —Hope no entendía cómo no se había dado cuenta—. En mi barrio, los ladrones la temen.

—Aún conservo cierta influencia —replicó la señora Monahan con modestia.

—¿Ha sido por usted que King Janek nos ha dejado marchar? —quiso saber la doctora Curtis.

—Como la inmodesta y antigua gángster que soy, he de admitir que tal vez sea ésa una parte de la razón. Pero ha sido nuestro señor Givens el que ha escogido a los miembros de su banda. Sarah deseaba venir, pero Madam Nainci se encontraba muy alterada y alguien tenía que atender el teléfono. Y además el señor Givens ha representado estupendamente su papel de implacable jefe de la banda. —Alargó una mano y acarició el pelo a Zack con cariño.

Un murmullo de aprobación recorrió el interior del vehículo. Zack recibió palmadas en la espalda y golpecitos amistosos en el hombro.

La doctora Curtis dijo a Hope:

—Él lo ha organizado todo: estos trajes negros, los instrumentos... Jamás he visto un hombre tan decidido.

Hope murmuró:

—Sí, cuando está empeñado en algo, es imposible detenerlo.

Ojalá no tuviera que darle las gracias. Ojalá no tuviera que volver a hablar con él en toda su vida. Pero no iba a tener esa suerte; Zack estaba dejándolo muy claro con cada gesto, con cada mirada.

La señora Monahan continuó:

—Me parece que ha sido nuestra Hope y sus ingeniosas palabras lo que ha hecho que King quisiera vernos fuera de su casa lo más rápidamente posible.

—A veces me pregunto si no le faltará sentido común —comentó Zack. Juntó las manos y clavó la mirada en el otro extremo del coche.

Hope, beligerante, lo miró a su vez.

—Yo a veces me pregunto lo mismo, pero no por la misma razón.

El padre Becket se apresuró a intervenir:

—Hope es muy dulce al teléfono. Jamás hubiera sospechado que iba a ser capaz de enfrentarse a nuestro delincuente local en su propia casa.

—Yo sí. No tiene miedo de nada.

La voz grave y resonante de Zack provocó a Hope un estremecimiento que le recorrió la espalda. Sin decirlo expresamente, él le estaba recordando la noche pasada, los placeres que ambos habían compartido... las cosas que ella había dicho.

Y entonces recordó aquella noche, pero recordó con más claridad aún la escena vivida en la comisaría de policía, el humillante descubrimiento del engaño de Zack... y las cosas que él había dicho.

—Te equivocas. Me da miedo la traición. Me dan miedo las mentiras. Pero no me da miedo estar sola, ya estoy acostumbrada. Me gusta.

El ambiente entre ellos estaba cargado de hostilidad... por parte de Hope.

A medida que el coche fue disminuyendo de velocidad, Keith empezó a revolverse con desasosiego.

—Bueno, pues ya estamos aquí, de vuelta en casa de Madam Nainci. Ha sido emocionante conocerte, Hope. ¡Te llamaré pronto!

Y, abriendo la portezuela de la limusina, se apeó de ella casi antes de que se detuviera del todo.

También se apeó Coldfell, entregó el chelo a Keith y se quedó con aire rígido junto a la puerta.

—Sí, me ha encantado conocerte, Hope. Ven al asilo cuando puedas, te daremos de cenar. —El padre Becket se marchó sin mirar atrás.

—Ten cuidado, querida. Te llamaré cuando me quede atrapada de nuevo en la nieve. —La doctora Curtis le dio un abrazo y se fue alegremente.

—Traeremos el bebé a casa en cuanto Shelley se encuentre mejor —le aseguró el señor Shepard, y también se esfumó.

—Que alguien me ayude —chilló la señora Monahan. Al instante apareció una legión de manos que la sacaron del coche, mientras ella musitaba—: Somos como ratas abandonando un barco que se hunde.

Zack le pasó su andador.

Hope trató de desplazarse hacia la parte delantera de la limusina para salir por la otra puerta, pero Zack se lo impidió extendiendo un brazo a través de la salida como si fuera una barra.

Ella miró el brazo, después lo miró a él.

—Apártate de mi camino.

Zack retiró la mano.

—No podemos ignorar lo que ha sucedido.

Hope lo miró fijamente. Contempló su rostro apuesto e implacable. Lo había considerado un buen hombre, una persona de buen corazón, un hombre al que ella podría amar, un hombre que ella podría atesorar, y si la relación entre ambos no durase para siempre, al menos había tenido la seguridad de conservar los recuerdos.

En tono suave y persuasivo, Zack le dijo:

—Cuando te vi con Baxter, me precipité y saqué conclusiones erróneas.

Ahora Hope comprendió la verdad. Zack era un hombre rico como cualquier otro. La quería a ella... para un rato; la usaría... para un rato. Después se marcharía y la humillación que ella sufriría no significaría nada para Zack, porque sólo le importaban sus propios sentimientos, sus necesidades, sus deseos.

—He sido un necio. Ahora lo sé.

Zack estaba poniendo todo en su alegato: sus ojos grandes y oscuros, su voz seductora y aterciopelada, su humilde súplica de perdón.

Pero Hope no lo necesitaba. Ya había sufrido bastante.

—Quiero que regreses conmigo —dijo él.

Ella comenzó a temblar.

—¿Cómo te atreves? ¿Cómo te atreves a imaginar que no me importa que me hayas mentido acerca de quién eres? ¿Cómo te atreves a imaginar que yo voy a escuchar esa exigencia y fundirme entre tus brazos? Nunca he estado contigo, estaba con un hombre que se llamaba Griswald. Estaba con un hombre que no existía.

—Era conmigo con quien estabas. Por Dios, Hope... —Zack hizo ademán de tocarla.

—¡No, no, no! —Hope se bajó del coche a toda prisa. No se le ocurría ninguna otra palabra que decir. No la necesitaba—. No.

Corrió al interior de la casa de Madam Nainci abandonando a Zack... por última vez.

25

Estimado señor Givens:

Muchas gracias por el ordenador nuevo, la impresora y el monitor. Aunque tal vez lo correcto fuera rechazarlos, los acepto con toda gratitud, porque me permitirán avanzar en la búsqueda de mi familia. Por supuesto, ya sabe lo mucho que aprecio la ropa nueva que me regaló, pero deseo darle las gracias otra vez. Y por último, pero no por ello menos importante, le agradezco que se tomara tantas molestias en rescatarme del señor Janek. Aunque pienso que yo estaba manejando bien la situación, puede que peque de exceso de confianza, y valoro sinceramente sus esfuerzos.

Atentamente,

HOPE PRESCOTT

P. D. Por favor, deje de enviarme flores.

Zack se quedó mirando aquellas frases artificiales escritas en el interior de una tarjeta Hallmark, y acto seguido, con un juramento rabioso, arrojó ésta a la papelera que había junto al escritorio.

Se colocó frente al ordenador y se dispuso a escribir un correo electrónico de lo más duro como contestación, con la esperanza de que Hope se enfadara lo suficiente para responder, y esta vez con verdadera emoción en lugar de aquella prosa inexpresiva e insultante.

—¡Señor! —Meredith se detuvo de repente en la puerta del despacho—. ¿Qué está haciendo?

—¿Qué le parece que estoy haciendo? —rugió él—. Estoy poniéndome al día con el correo electrónico.

Para ser una mujer que ya estaba asentada en su puesto de trabajo, en aquel momento daba la impresión de encontrarse bastante confusa.

—Pero si a usted no le gustan los ordenadores.

—El correo electrónico lo puede manejar cualquier idiota.

—Eso mismo he dicho yo siempre, señor. Está aquí el señor Urbano, señor.

—Oh, mierda. —Justo lo que necesitaba Zack—. Hágalo entrar.

Por supuesto, Jason venía casi pegado a los talones de la señora Spencer.

—Qué invitación tan amable. Me siento especialmente bienvenido.

—Siéntate. ¿Qué es lo que quieres?

—Aquí tienes los papeles que pediste para la absorción de Baxter. —Jason depositó la carpeta en un extremo de la mesa de Zack y tomó asiento—. Todo está en orden. Baxter está acabado, listo para ir a chirona.

—Bien.

Si dependiera de él, Baxter estaría en un lugar más caliente y más eterno, pero por el momento tendría que bastar con la prisión federal. Al ver que Jason no hacía intención de marcharse, Zack levantó la vista y reparó en la risita de diversión que se adivinaba en los labios de su amigo. Como si no supiera que aquello iba a suceder.

—¿Y?

—Sólo quería decirte lo mucho que hemos disfrutado de tenerte en casa el domingo, agasajándonos a todos con tu malhumor. No es un partido de hockey como

Dios manda a menos que tú estés deprimido en un rincón.

Zack estuvo a milésimas de segundo de contestar furioso a Jason, pero oyó la voz de Hope acusándolo de servirse de su dinero como escudo.

Aquello lo detuvo. Siempre lo detenía.

—¿Me comporté como un pelmazo?

—No, como un pelmazo no. No exactamente. —Jason se rascó la nuca—. Hasta el final del partido, cuando le preguntaste a Selena cómo podía soportar ser una mujer cuando las mujeres eran criaturas empeñadas en destrozar el corazón a los hombres y exprimirlo hasta dejarlo seco.

Zack hizo una mueca de disgusto.

—Antes de eso, resultabas sólo deprimente —añadió Jason.

—Puede que hubiera bebido demasiado —dijo Zack con prudencia.

—Puede —convino Jason—. A mí me gustó en particular obligarte a que me entregaras en mano los cien dólares, porque has sido un capullo toda tu vida y te merecías perder la apuesta.

—Pues ahora ya puedes devolverme el dinero.

—Lo he gastado en enviar flores a Selena en tu nombre. ¿Has tenido suerte en recuperar a tu chica?

—¿Quién?

—La que te ha puesto así de malhumorado, insoportable y dado en exceso a la bebida.

Al parecer, Zack no tenía nada que decir respecto a Hope. Todo indicaba que su comportamiento hablaba por sí mismo.

—No.

—Vaya. —Jason sacudió la cabeza en un gesto negativo—. Llevo años con la esperanza de que te enamoraras de una mujer que te diera una lección, pero no había imaginado que ibas a recibir semejante escarmiento.

—Me alegra saber que sirvo de entretenimiento a mis amigos.

—Y a mí me alegra que vengas a ver a tus amigos para que podamos entretenernos. —Jason lo contempló con afecto—. Te hemos echado de menos, tío.

De mala gana, Zack reconoció:

—Yo también os he echado de menos. No me había dado cuenta hasta que...

—¿Hasta que te dejó ella?

—Fui amable con ella sólo por ti y por esa condenada apuesta.

—¿De manera que es culpa mía? Bien por mí. —Jason se levantó y se estiró, un tipo alto y corpulento, un cabrón sabelotodo que era mejor amigo de lo que se merecía Zack—. ¿Vas a venir a mi fiesta de cumpleaños sorpresa del domingo?

—No me perdería ver cómo cumples un año más.

—Tráete algo de vino. Me he enterado de que ahora tu marca favorita es Citra. —Jason salió corriendo del despacho antes de que Zack pudiera lanzarle algo. Luego golpeó el marco de la puerta con su enorme y carnosa mano y volvió a entrar—. No es propio de ti dejarla escapar.

Jason estaba hablando otra vez de Hope.

—No sé cómo hacer que vuelva.

—Consulta a un experto. Ya sabes, tu hermana o tu madre. O tu tía Cecily. A las mujeres se les dan estas cosas mejor que a nosotros. Podrías hablar con Selena, pero está bastante picada por lo que dijiste de que ella destroza el corazón a los hombres. —Jason sonrió de oreja a oreja, y sus dientes blancos destellaron en contraste con su tez morena—. Tienes que decidir cuán desesperado estás.

Y desapareció de nuevo.

Zack lo oyó despedirse de Meredith, y durante todo ese tiempo pensó: «Es demasiado tarde.» No dejaba de oír en su cabeza, una y otra vez, aquella frase. Ya era demasiado tarde. Debería haberse sincerado con Hope cuando tuvo la oportunidad, no haber esperado a que se encargara de desvelar la verdad el malnacido de Baxter. Baxter tardaría varios años en salir de la cárcel, pero ¿de qué iba a servirle a él la venganza? Seguía sin tener a Hope.

En aquel momento Meredith lo llamó por el intercomunicador.

—El señor Griswald por la línea dos.

—Bien.

Llevaba más de cuarenta y ocho horas sin saber nada de su mayordomo. Desde que Griswald había llegado a Texas.

Con su correcto acento británico, el mayordomo le anunció:

—Señor, ya no me encuentro en Hobart.

—¿Por qué no?

—Porque he sido invitado a marcharme.

Zack se enderezó en su asiento.

—¿Por qué motivo?

Con su estilo meticuloso, Griswald se explicó:

—En primer lugar, fui al juzgado. Es un juzgado nuevo, construido en los cinco últimos años. El antiguo se quemó. No quedó nada de él, según me dijeron, y todos los registros relativos a la familia Prescott quedaron destruidos.

—¿También se quemaron los registros de todo el pueblo?

—No, pero han desaparecido los relativos a la familia Prescott. La secretaria del juzgado ni siquiera tuvo que mirar para saberlo. —Griswald hizo una pausa para permitir que Zack procesara la información—. Según ella, no había datos en otro lugar ni copia de seguridad de los mismos.

—Alguien los tiene guardados.

—Nadie quiso informarme de nada. —El tono de voz de Griswald destilaba ironía—. Mientras estuve en el juzgado, llamé la atención del jefe de policía, el cual me sugirió que me ocupara de mis asuntos. Yo me mostré de acuerdo en que era una buena idea, y abandoné el juzgado.

Zack casi se imaginó a Griswald, educado y profundamente ofendido, y tanto más empeñado en descubrir la verdad.

—¿Y qué ocurrió después?

—Que fui al instituto en busca del expediente de la señorita Prescott. No existía ninguno, pero hablé con la profesora de arte de la señorita Prescott, una tal señorita Campbell. Ella me dijo que había habido cosas muy extrañas en la manera de solucionar la situación de la señorita Prescott. No comprendía por qué habían separado a los niños. No le gustó que los padres fueran convictos de aquel delito de forma no oficial y sin llevarse a cabo un juicio ni una investigación. Y no quería que la sorprendieran hablando conmigo.

—Mierda.

—Sí, señor. Me dijo que tiene a su cargo a su anciana madre, y que no puede permitirse perder su empleo. —El tono grave y formal de Griswald no se alteró en ningún momento, pero Zack sabía hasta dónde alcanzaba su grado de ofensa—. Al salir del instituto, el jefe de la policía, que me había seguido hasta allí, me indicó que estaba creando problemas, y fui acompañado hasta los límites del pueblo. Consideré prudente marcharme sin presentar ninguna queja.

—Bien hecho. Gracias. No tenía idea del embrollo que iba a causar con su visita.

Estaba claro que algo había sucedido en Hobart, algo horrible.

—¿Existe algún modo de averiguar adónde fueron a parar los otros niños?

—Adelantándome a su petición, en estos momentos me encuentro en Austin, Texas. Valiéndome de mi ordenador portátil y de mis dotes para la investigación adquiridas en mi afición por la genealogía, he localizado el lugar donde se encuentra uno de los niños.

Zack se puso en pie con tanta energía que hizo chocar el sillón contra la pared.

—¿Cuál?

—El hijo adoptivo. Lo dieron de nuevo en adopción, y esos registros son públicos. Ha crecido en Boston, alcanzó el éxito muy deprisa y se cambió el nombre por el de Jake Jones.

—¿Y dónde está ahora?

—Actualmente vive en... Boston.

—¡Boston!

—Creo que es posible que haya buscado a la señorita Prescott aquí. Estoy convencido de que está tratando de encontrarla.

26

Una semana más tarde, Madam Nainci se encontraba en su casa, paseando nerviosa arriba y abajo, deteniéndose a cada poco a mirar por la ventana, mientras Sarah se hallaba sentada en el sofá mordiéndose las uñas.

Por fin, Madam Nainci se irguió igual que un perro que acaba de localizar la presa y anunció:

—Ahí fuera hay una limusina.

Hope terminó de tomar un mensaje para la señora Siamesa y se volvió hacia Madam Nainci con expresión serena.

—Qué interesante.

Sarah hizo un gesto de asentimiento.

—Es muy interesante. ¿Quién será?

Hope recortó sus palabras de forma tajante, igual que una costurera con unas tijeras.

—No me importa lo más mínimo.

—¡Vaya una actitud en una persona tan joven! —Madam Nainci se asomó de nuevo—. Está apeándose alguien. Es la tía de ese joven tan guapo, la señorita Cecily.

Hope cerró los ojos. Zack estaba haciendo uso de toda la artillería.

Madam Nainci lanzó un suspiro de melancolía.

—Qué triste. Quiere venir hasta aquí, pero está demasiado impedida para bajar las escaleras.

—La última vez la trajo en brazos su chófer.

—A lo mejor hoy tiene el día libre —comentó Sarah.

—Sí, claro.

Pero podía ser que lo tuviera. El mero hecho de que Zack fuera un mentiroso y una comadreja no quería decir que Hope tuviera que suponer que su tía también lo era.

—Ya voy yo a hablar con ella —declaró Madam Nainci—. Le diré que no deseas hablar con nadie. Eso es mejor que tenerla ahí de pie en la nieve, temblando, esperándote.

—Conforme. —Hope se tiró del cuello del jersey. Debía de haber encogido al lavarlo—. Me parece bien.

Madam Nainci alzó sus cejas pintadas.

—¡Que vehemencia! No permitas que el sentimiento de culpabilidad te mueva a la compasión.

Sarah se mostró de acuerdo.

—Tienes tus principios, y debes atenerte a ellos.

—Iré yo. —Con un cuidado exagerado, Madam Nainci abrió la puerta, salió al exterior y cerró tras de sí.

La ráfaga de aire helado golpeó a Hope en la cara. Cruzó los brazos sobre el pecho, hizo caso omiso de Sarah y se quedó mirando fijamente el ordenador portátil que le había enviado Zack. El que se encendía con el rostro de él como fondo de pantalla y con su voz grave y cálida que le decía: «Te quiero, Hope, por favor cásate conmigo.»

Hope era buena programando, pero no había averiguado cómo cambiar el fondo ni eliminar aquella voz, y eso que lo había intentado.

Madam Nainci regresó acompañada de otra ráfaga de viento gélido y, en tono pesaroso, anunció:

—La tía no entiende nada. Dice que quiere hablar contigo, que ya encontrará a alguien que la tome en brazos para bajar las escaleras.

—Tiene que tener a alguien al volante de esa limusina —replicó Hope.

—Tiene un sustituto —informó Madam Nainci—. Pero con mal corazón. Voy a buscarle a alguien del barrio.

—Antes déjeme que esparza un poco de sal sobre el hielo, porque sería una tragedia que el patoso que coja a la señorita Cecily en brazos resbalase y se diera un trompazo. —Sarah se levantó de un salto y dirigió a Hope una mirada aviesa—. Con su artritis y sus dos prótesis de cadera.

—¡Está bien! —Hope alzó los brazos en el aire—. Voy a hablar con ella.

Sarah corrió a adelantarse.

—¡Genial! Deja que te ayude con el abrigo.

—¡Es un abrigo nuevo precioso, el que te ha regalado el señor Givens! Muy bonito. Ponte la bufanda. También es nueva, otro obsequio del señor Givens. ¡Aquí tienes las botas! —Madam Nainci y Sarah envolvieron a Hope en sus ropas nuevas con gran eficiencia—. Entiendo que te niegues a hablar con ese hombre horrible, aunque sea rico, y con cualquiera de su familia, pero esta pobre señora me da lástima.

Hope hizo rechinar los dientes. Por lo visto, lo había estado haciendo a menudo últimamente, incluso en sueños.

—Ese hombre horrible y toda su familia son una pandilla de chantajistas, y vosotras dos no sois mejores.

Sarah ni siquiera intentó fingir. Se limitó a sonreír de oreja a oreja.

—¿Yo? —Madam Nainci se esforzó por parecer herida—. Pero si yo estoy de tu parte.

—Ya, igual que Benedict Arnold apoyaba a George Washington. —Hope se echó la bufanda alrededor del cuello en un movimiento ampuloso—. No os preocupéis, volveré para terminar mi turno.

—Estoy segura —repuso Madam Nainci.

Hope se volvió hacia sus traicioneras amigas y las fulminó con la mirada.

Madam Nainci extendió las manos.

—¿Qué? ¡He dicho que estoy segura!

—¡Yo vigilaré la centralita! —exclamó Sarah.

Hope abrió la puerta y subió corriendo la escalera, en la que no había nada de hielo. El viento azotaba la acera, lo cual la obligó a ceñirse más el abrigo, y el cielo estaba cubierto de nubes grises y compactas. Las ventanillas de la larga limusina estaban tintadas, de modo que Hope no pudo ver el interior. No se veía a tía Cecily por ninguna parte, pero la portezuela del vehículo permanecía abierta y desatendida.

Hope, escéptica, se preguntó si tía Cecily habría llegado a apearse del coche o si todo aquello habría sido un engaño entre ella, Sarah y Madam Nainci. Pero no pensaba quedarse allí fuera temblando y haciendo cábalas, así que se acomodó en el asiento de cuero y respiró el aire caliente del interior de la limusina. La luz era tenue, pero Hope distinguió con claridad el contorno de dos figuras. Dos figuras femeninas. Tía Cecily y... ¿quién más?

—Cierra la puerta, querida, hace frío —indicó tía Cecily.

Hope cerró la puerta de golpe, los seguros se activaron y el coche se apartó lentamente del bordillo. Entonces tía Cecily encendió la luz del techo y Hope vio a dos damas de aproximadamente la misma edad, la una totalmente diferente de la otra salvo por el modo en que la miraban a ella: recorriéndola con los ojos como si fueran águilas evaluando su próxima cena.

Tía Cecily sostenía un bastón en la mano.

—Hope, ésta es la señora Givens, la madre de Zack.

—Puedes llamarme Gladys —le dijo la aludida. Llevaba el cabello largo y teñido de un color castaño claro, y recogido en un moño en la nuca. Iba perfectamente maquillada, vestía con buen gusto, lucía una mejillas tersas y carnosas y un cuello lleno de arrugas. Irradiaba dinero, dinero de toda la vida, y aquello asustó mucho a Hope.

—Gracias, señora.

Se olvidó de las dos mujeres mientras se desenrollaba la bufanda. Ellas la habían llevado allí. Pues que hablasen ellas.

Tía Cecily lanzó la primera andanada.

—Supongo que sabes que mi sobrino tiene el corazón destrozado por ti.

Hope le devolvió el golpe:

—Enseguida encontrará a alguien que se lo arregle.

Tía Cecily desplegó toda una exhibición de dientes blancos, pero sin mostrar el menor signo de buen humor.

—No seas insolente conmigo, jovencita.

—Vamos, querida. —La señora Givens palmeó la mano a tía Cecily—. No debemos asustar a la joven Hope. Estoy segura de que no era su intención hacer que se enamorase perdidamente de ella para luego abandonarlo al primer contratiempo.

—¿Perdidamente? —escupió Hope—. ¿Abandonarlo? ¿Enamorado? —¿Amor? ¿De dónde habría salido tal cosa?—. Él me mintió. Me mintió acerca del componente más importante de una amistad. Mintió acerca de quién era.

—Está bien, bueno —le dijo la señora Givens—, tal como lo entiendo yo, no te mintió acerca de quién era; tú supusiste que, como se mostró amable al teléfono, no podía tratarse de Zachariah Givens, y en un arrebato de amor propio te permitió que continuaras suponiendo eso. No estuvo bien por su parte, pero tampoco tu creencia esnob de que los ricos son gente desagradable.

—¿Esnob? Yo no soy esnob, soy...

—Una persona con prejuicios, sería más correcto decir —la interrumpió tía Cecily.

Aquel tono hizo callar a Hope, pero no estaba dispuesta a retroceder.

—Si tengo prejuicios, es por buenas razones.

—La mayoría de los prejuicios se tienen por lo que uno cree que son buenas razones. —Tía Cecily dio un golpecito con el bastón en el suelo—. Yo tengo prejuicios contra las personas que pretenden que por sus venas sólo corre bondad humana y después me acusan a mí y a mi familia de crueldad porque tenemos el mal gusto de ser ricos. —Apoyó su mano retorcida en el hombro de la señora Givens y preguntó—: ¿Te parece cruel esta mujer?

—Las dos me resultan un tanto maquiavélicas —musitó Hope.

Tía Cecily se dejó caer contra el respaldo de su asiento y, aunque la luz era débil, Hope hubiera jurado que ambas intercambiaban una sonrisa.

Pero la señora Givens no dio tiempo a Hope para cavilar.

—Por lo que a mí respecta, estoy profundamente decepcionada con Zachariah.

Hope luchó contra el claro deseo de echarse a reír. ¿Zachariah? Seguro que a él le encantaba.

La señora Givens prosiguió:

—No debería haber permitido que esa confusión acerca de su identidad durase más de un solo segundo.

—¡Vamos, Gladys! —exclamó tía Cecily—. Si a ti te llamara una persona y supusiera sin razón alguna que tú eras una imbécil, ¿no te entraría la tentación de hacerte pasar por otra?

—Yo le cambié los pañales a ese chico y, créeme, le enseñé a no caer en la tentación a cada ocasión. —La señora Givens parecía decepcionada y afligida—. ¡Y cuando pienso hasta qué punto ha llevado este engaño!

Las dos mujeres posaron sus miradas interrogantes en Hope.

Ésta se aclaró la garganta y se miró las manos.

—Hum. —Tía Cecily entornó los ojos sin apartarlos de Hope—. Gladys, tienes razón. Ha ido demasiado lejos. Deberías haberle propinado algún que otro azote más cuando era pequeño.

Hope había dormido con el hombre al que aquellas dos mujeres habían visto crecer, y no tuvo valor para mirarlas a los ojos.

—A la primera señal de problemas, me dejó tirada. Lo llamé desde el calabozo, pensando que él era mi caballero de brillante armadura, y él dio por hecho que yo era una ladrona. Dio por hecho que yo había sabido en todo momento quién era y que lo había traicionado. Dijo todo lo que podía hacerme daño e hizo todo lo que no debía hacer.

—Ya nos lo ha contado. Pero al final te rescató —señaló la señora Givens.

—Yo misma me habría rescatado.

—También nos ha contado eso —convino tía Cecily—. Tú quieres que él recuerde de dónde procedes y que aun así confíe en ti, pero tú tienes que recordar de dónde procede él y quizá concederle sus... sus...

—¿Sus prejuicios? —ofreció Hope.

Tía Cecily afirmó con la cabeza.

—Sus prejuicios también se merecen un poco de respeto. Ha habido incidentes con personas que se han aprovechado de él. Es un poco quisquilloso con la gente que supone que es un niño rico y tonto que ha heredado el dinero de su padre y nada le cuesta esfuerzo. Zack es inteligente, trabaja mucho y ha desarrollado una coraza protectora a su alrededor que nadie ha podido perforar.

La señora Givens se inclinó hacia delante y cogió la mano de Hope.

—Hasta ahora. Hasta que llegaste tú. Está muy enamorado de ti.

Hope experimentó una punzada de anhelo, que cedió rápidamente.

—¿Enamorado de mí? No, usted lo ha entendido mal. Él imaginaba que iba a poder tenerme como amante.

Remotamente, Hope se percató de su propio sentimiento de rabia. La primera vez que entró en la grandiosa residencia de Zack llevando su humilde sopa de pollo, se sintió como una campesina portando un regalo. No fue una sensación agradable para ella, pero se la sacudió. Al fin y al cabo, a quien había ido a visitar era al mayordomo. Era con él con quien había trabado amistad. Y después, fue al mayordomo a quien tomó como amante.

Todo el tiempo, en el fondo de su mente, pensó que tenían una relación basada en la confianza mutua y en el afecto.

Y en cambio descubrió que Zack la consideraba como un proyecto prioritario, veía en ella a una persona a la que podía sacar de la miseria en que vivía, hacerle regalos y, después de recoger su recompensa, echarla a la calle.

—¿Quién se cree que es? ¿El príncipe Carlos de Inglaterra?

—Te garantizo que es más bien autocrático —concedió la señora Givens.

—Condescendiente —dijo tía Cecily.

La señora Givens no le hizo caso.

—Tiene una alta opinión de sí mismo, pero debes recordar que su padre lo puso a trabajar en el departamento de envíos de la empresa cuando tenía dieciséis años, y que cuando se licenció en derecho...

Hope estaba horrorizada.

—¿Es abogado? ¿Acaso esto puede empeorar aún más?

—Cuando se licenció en derecho, ya había dirigido dos fusiones de alto nivel. Su padre es bastante mayor que yo, comprendes, y deseaba jubilarse. Así que Zack quedó imbuido de responsabilidad y un sentido de la...

—Arrogancia —terció tía Cecily.

La señora Givens se volvió hacia ella.

—¿Quieres guardar silencio?

Tía Cecily se rindió.

—Perdona.

La señora Givens recuperó el hilo de lo que estaba diciendo.

—Hope, la humildad que le has enseñado tú resulta encantadora. Yo había perdido todas las esperanzas de que alguna vez permitiera a alguien penetrar en su corazón, y entonces apareces tú. Has hecho muy feliz a esta madre.

Hope no quería que la señora Givens le acariciara la mano, ni que tía Cecily la mirase con aquellos ojos suplicantes, ni tampoco quería pensar en todas las cosas que habían dicho y cuánta razón tenían.

—Como esposa suya, piensa en lo mucho que podrías hacer para los más desfavorecidos con el respaldo del dinero de Zack —dijo la señora Givens, persuasiva.

—Esta familia es obscenamente rica, de verdad. Tú eres la primera persona que ha despertado su conciencia social. —Se veía a las claras que tía Cecily estaba encantada—. ¿Sabes que desde que te conoció ha comprado un camión de mantas y las ha enviado al Ejército de Salvación?

La señora Givens añadió:

—Por supuesto, no tenían dónde ponerlas todas, de

modo que ha tenido que ir llevándolas él mismo a todos los centros de acogida para indigentes de toda la ciudad. El pobre está haciendo un gran esfuerzo.

—Él sí que representa un esfuerzo —replicó Hope en tono acre—. No pienso casarme para hacer el bien. Estoy segura de que el señor Zachariah Givens no querría semejante cosa.

—El señor Zachariah Givens está dispuesto a tenerte con las condiciones que impongas tú —contestó tía Cecily—. Te ama tal como eres.

El coche se detuvo suavemente bajo el porche de la casa de Zack.

La señora Givens se colocó el sombrero sobre su canoso cabello castaño.

—Deberías hablar con Zachariah, querida. Quiere pedirte disculpas y, como madre suya que soy, opino que debe hacerlo.

—Piensa en lo doloroso que va a ser para él. —Tía Cecily dio unos golpecitos en el cristal que separaba al conductor de los pasajeros—. Te gustará.

—No lo bastante para que merezca la pena el mal trago —repuso Hope.

El cristal se deslizó hacia abajo.

—Vamos a entrar. —La señora Givens abrió la portezuela y se apeó—. Hope, querida, quédate aquí sentada y decide qué es lo más correcto, y cuando lo hayas decidido, él te estará esperando.

Tía Cecily agregó:

—Si no quieres hablar con Zack, no tienes más que decírselo a la chófer y ella te llevará de vuelta a casa de Madam Nainci, a tu solitaria vida en un frío apartamento, con largas horas de trabajo y voces al teléfono.

La señora Givens cogió el bastón de tía Cecily y a continuación le tendió una mano.

—¿Puedes darme un empujón, Hope? —pidió tía Cecily.

—¿Por qué no la ayuda la chófer?

Hope empujó con cuidado desde el interior, la señora Givens tiró desde el exterior y ambas consiguieron finalmente incorporar a tía Cecily.

Mientras la señora Givens cerraba la puerta de la limusina, salió de la casa Sven a toda prisa, exclamando:

—Espera, Cecily, deja que te ayude.

Hope contempló cómo aquel hombretón tomaba tiernamente a tía Cecily en sus brazos. El semblante de la anciana se iluminó al verlo. Tal vez mantuvieran la imagen externa de joven entrenador y ama lisiada, pero Hope estaba dispuesta a apostar que cuando se apagaban las luces estaban juntos de todas las formas posibles. Sven era el amante sobre el cual Zack había hecho cábalas. Las diferencias entre Sven y tía Cecily no podían ser más pronunciadas, y sin embargo los unía el amor. Resultaba conmovedor, maravilloso, y a Hope le recordó lo que podría haber habido entre Zack y ella.

En aquel momento le nubló la vista una estúpida cortina de lágrimas y, tras secarse los ojos y levantar la mirada, vio que la chófer se quitaba la gorra. Tenía el pelo liso y de un negro azulado, un poco largo en el cuello. Su perfil era austero, con pómulos salientes, mandíbula fuerte y cejas oscuras sobre unos ojos que, cuando se volvieron para posarse en ella, eran tan oscuros que parecían negros.

En cambio brillaban con un fuego que la hizo sonrojarse al recordar aquel calor... y dejaron un nuevo rastro de ardor a su paso.

—Zack.

27

Zack estaba guapo. Muy guapo. Y, por la expresión de su cara, Hope supo que lo único que tenía que hacer era llamarlo con un gesto y lo tendría a su lado.

Él la miró con un deseo tan intenso que fue como si hubiera vivido tan sólo esperando el momento en que ambos estuvieran juntos de nuevo.

Peor aún, Hope reaccionó como si llevaran años separados. Nada importaron los reproches ni los sermones de la señora Givens y tía Cecily; su propio cuerpo la traicionaba. Humillada y enfadada por verse manipulada por todo el mundo, incluso por ella misma, hizo un gesto en dirección a las dos mujeres, que ya se alejaban.

—Supongo que lo has escuchado todo.

—Mi madre y tía Cecily no han querido dejarme. —Su tono de voz era grave y profundo, y habló despacio, como si ella fuera un animal al que quisiera domar—. Dijeron que hay cosas que son sagradas entre las mujeres, y que una de ellas era cómo asignar culpas.

Hope lanzó un bufido.

—Pues se les da muy bien.

—Entonces ¿ha funcionado?

—Aún sigo en el coche, ¿no? —Aunque Zack estaba en el asiento del conductor y ella en el último asiento de atrás—. Y estoy hablando contigo, ¿no?

—Tu tono deja algo que desear.

—¿Y? —Hope miró las puertas cerradas—. No puedo salir de aquí.

Zack apretó un interruptor y desbloqueó las salidas.

—Es injusto —musitó ella. No quería tomar la decisión de si debía quedarse o no.

Zack dijo en tono arrepentido:

—Mi padre me advirtió que habría días como éste, en los que me sería imposible ganar, hiciera lo que hiciese. —Zack encendió todas las luces del coche y estudió a Hope, su semblante grave, su mirada pensativa—. Últimamente ya he sufrido una buena ración de días así.

—Sí, claro, has sufrido muchísimo —replicó Hope con sarcasmo, deseando que no hubiera tanta luz. Resultaba más fácil mostrarse indiferente cuando no podía ver a Zack ni recordar su imagen cerniéndose sobre ella, iniciándola en los placeres de la carne.

—Pues he sufrido —dijo Zack con sencillez—. He sufrido la agonía del infierno pensando que nunca más iba a volver a abrazarte por culpa de mi estupidez. —Giró todo el cuerpo para mirarla de frente, con los brazos apoyados en el respaldo del asiento.

—Si yo hubiera sabido quién eras, no habrías llegado a abrazarme nunca. —Todo en él: sus generosos labios, sus dientes blancos, el misterio de sus ojos oscuros, la distrajo de la necesidad de dar a conocer sus sentimientos, de escuchar sus ruegos de que lo perdonase, y después alejarse lo más posible de aquel hombre que le partía el corazón—. Por lo visto, tu madre y tu tía opinan que estoy siendo injusta por negarme a escucharte.

—¿Y lo eres?

—Supongo. —Hope bajó la vista y se miró las manos—. Supongo que te lo mereces.

—Así es. —Zack apoyó la barbilla sobre los puños—.

Sabía que no ibas a estar contenta con Griswald, e iba a decírtelo... aquella noche.

Hope levantó la cabeza de repente.

—¿Y qué creías que iba a hacer yo? ¿Decir: «No importa que me hayas mentido, eres rico»?

—Sí, eso es lo que pensé. —Hizo un gesto de abatimiento al recordar—. Creí que serías razonable.

—¡Razonable! Tú... —Dejó la frase sin terminar y buscó la manilla de la puerta.

—No. —Zack también agarró la manilla—. ¡Escúchame hasta el final!

Hope no podía crerlo.

—¿Cómo? No estoy atrapada en el coche contigo, pero ¿si salgo vas a perseguirme?

—Sí, y además dentro del coche hace más calor.

Su lógica era impecable, y enfurecedora. Hope cerró los ojos con profundo fastidio y echó la cabeza hacia atrás, contra el respaldo del asiento. Zack no sabía perder.

Él no sabía perder, y ella estaba perdidamente enamorada. Era una combinación lamentable por demás.

—Admito que tengo privilegios especiales porque soy rico. —La voz de Zack se oía ahora mucho más cerca.

Hope abrió los ojos, sorprendida.

Zack había saltado por encima del asiento del conductor y estaba abriéndose paso con dificultad hacia ella.

Hope alzó una mano en señal de detenerlo.

Pero él hizo caso omiso. No se movía con rapidez, pero se movía, iba avanzando poco a poco igual que un felino vestido con vaqueros negros y jersey negro.

—No estoy dispuesto a regalar todo el dinero que tengo para hacerte feliz a ti. Eso me haría infeliz a mí.

—De todos modos, no funcionaría. —Todo estaba yendo demasiado deprisa, y no se había llegado a nada aún—. Estás acostumbrado a ser rico. Volverías a amasar una fortuna.

—Sí, así es. —Conforme avanzaba, seguía empleando aquel tono tranquilizador—. Pero no me di cuenta de que al no confiar en ti iba a causarte daño, y demostré que no te entendí en absoluto al creer que tú eras como cualquier otra mujer y que estarías encantada de poseer un millonario para ti sola.

—Yo no quiero poseer a nadie.

—Pero me tienes a mí.

—Tampoco quiero tenerte. ¿Quieres dejar de acercarte?

—Está bien. —En un solo movimiento, rápido y decisivo, Zack quedó sentado al lado de ella. La atrajo a sus brazos, le apretó la cabeza contra su pecho y apoyó la mejilla en ella. Luego suspiró y se relajó—. Así está mejor.

Hope había cometido un enorme error estratégico. Con la cabeza apretada contra el pecho de él, no podía pensar en las buenas razones por las que debía odiarle. Sólo podía pensar que olía... muy bien. Sentía los latidos de su corazón bajo el oído. Zack la tenía envuelta en su calor, y tuvo la sensación de no haber vuelto a sentirse caliente desde la última vez que lo había visto.

Entonces se acordó del dolor de la semana pasada, de cómo se abrió a él y cómo Zack había aprovechado la primera oportunidad para herirla.

Se zafó de él empujándolo.

—No puedo hacer esto. No puedo arriesgarme contigo.

Zack hizo el ademán instintivo de recuperarla, pero se quedó quieto.

—¿Porque te he hecho daño?

—¡Sí!

—¿O porque tienes miedo de que yo sea como esa gente de Hobart, hace ya tanto tiempo, y te resulta más fácil permanecer atrincherada en tu rinconcito, con tu sesgada intolerancia, en vez de arriesgarte a amarme?

Cada una de sus palabras fue como un puñetazo, hábilmente asestado, y Hope no tenía defensa alguna.

—Si es porque te he hecho daño, lo entiendo. Lo siento mucho, lo lamento profundamente, con toda el alma. Asumo la responsabilidad de mis actos y te prometo que haré todo lo que esté en mi mano para que confíes en mí de nuevo. Puedo hacerlo. —La acorraló en un rincón del asiento de atrás—. Pero si es por lo que te sucedió en el pasado, entonces no eres mejor que yo.

—¿Qué? —De todo lo que esperaba oír de Zack, aquello era lo último.

—He pasado la vida entera sin querer abrirme a nadie porque una vez lo intenté y me hicieron daño. Bueno, pues te guste o no, me he abierto a ti y, cuando te vi con Baxter, me volví loco de... en fin... de miedo. Tuve miedo de haber sido un estúpido. Tuve miedo de que estuvieras riéndote de mí. Tuve miedo de que me destrozaras el corazón... —Sonrió con un gesto extraño, dolorido y prosiguió—: Miedo de que me lo dejaras seco. Y también de que ya fuera demasiado tarde para mí. Había hecho el impresionante intento de arruinar mi vida persiguiendo a la única mujer que podía hacerme feliz. —Se cernió sobre Hope—. ¿Vas a hacer tú lo mismo? ¿No vas a arriesgarte conmigo porque alguien te ha hecho daño antes y podría hacértelo ahora?

—¡Otra vez!

Zack la estaba desgarrando por dentro, estaba haciendo que ella misma se viera no como una mujer que se había construido una vida a partir de las cenizas de su pasado, sino como una cobarde, temerosa de vivir emociones arrolladoras y que existía sólo para evitarlas y evitar también el dolor que podían acarrearle.

—Sí, otra vez, pero en el futuro tienes que creer que entre tú y yo será distinto. Si te casas conmigo, nos pelearemos y en ocasiones nos haremos daño. Eso es lo que hacen los matrimonios. Pero por debajo de nuestras peleas y nuestros enfados, yo te amo. —Se apartó de Hope, hacia el otro rincón del asiento, privándola de su calor, de su aroma, de su ser—. Me has dicho que utilizo mi dinero como escudo. Y tienes razón, pero tú te parapetas tras tu pasado.

Hope quiso negarlo, pero todo lo que decía Zack era cierto. Lo maldijo. ¿Cómo podía ser despiadado hasta el punto de obligarla a enfrentarse a la cruda realidad... acerca de sí misma?

—Te amo. Te amaré siempre, pero no puedo forzarte a que lo creas. No puedo forzarte a que te quedes. —Aguardó en el rincón, como una sombra oscura... el hombre al que ella amaba.

Aquello era mucho peor que cuando él desbloqueó las puertas. Aquél era Zack, obligándola a tomar la decisión de su vida. Eligiera lo que eligiese, cometería un error, no le quedaría nada más que un puñado de infelicidad.

Y deseaba algo más que aquello.

—No soy una cobarde.

El silencio de él expresó duda.

—Intento hacer lo más inteligente, pero no resulta fácil saber qué es. Porque si tú volvieras a decirme que me fuera, mi vida se convertiría en un lugar frío y estéril, y no sé si lograría sobrevivir. —Hope pensó en las comidas que habían compartido, en las conversaciones de las que habían disfrutado, en el modo en que él la miraba, como si fuera la única mujer del mundo... En el hecho de que cuando sufrió aquella agresión en la calle pensó tan sólo en una cosa: en acudir a él—. Y si no me quedo contigo, sin duda seré desgraciada para el resto de mis días. De modo que todo se reduce a la confianza. Dices que confías en mí, y yo... Yo no puedo evitarlo, también confío en ti. —Aguardó a que Zack hiciera un movimiento, a que la rodeara con sus brazos y le declarase su felicidad.

Pero Zack no se movió.

Hope se dio cuenta de que era muy astuto, porque aguardó a que el siguiente movimiento lo hiciera ella. Hablar ya le resultaba difícil, pero necesitó todo su valor para hacer el gesto. Se levantó,se apoyó sobre las manos y las rodillas y avanzó reptando por el asiento. Al final, con las manos sobre los hombros de él, lo miró fijamente a la cara.

—Te amo, Zachariah Givens. No importa lo que haya sucedido en tu vida ni en la mía, siempre te amaré.

Al parecer había dicho lo correcto, porque Zack la recostó al instante sobre él. El trasero de ella quedó cómodamente encajado en su regazo. Acto seguido la atrajo sobre sí y le apoyó la cabeza sobre su hombro. La rodeó estrechamente con los brazos y la besó con toda la pasión del tiempo que habían pasado separados, con toda la pasión de los años de soledad.

Ella abrió la boca para él sin vacilar, sabiendo que por fin había conocido al hombre en el que podía confiar para siempre. Sintió retumbar su corazón bajo el oído; sintió temblar sus dedos al bajar suavemente por su brazo.

Zack se apartó sólo unos centímetros y murmuró:

—Todo esto ha sido culpa mía. Llevaba mucho tiempo convencido de que cuanto hacía era correcto. Me convencí de que no te importaría que te mintiese. Creí que serías sensata, como todas las demás mujeres que ha habido en mi vida, y que me perdonarías cualquier cosa.

Hope abrió mucho los ojos.

—¿Sensata?

Él le besó las yemas de los dedos.

—Es sensato querer tener una vida cómoda, pero tú... tú querías honor, y sinceridad, y todas esas virtudes que yo había olvidado. Gracias a Dios que el perdón es también una virtud, y una virtud que tú reconoces y practicas.

—Soy la hija de un predicador —susurró Hope, antes de rodearle el cuello con el brazo y acercar los labios de él a los suyos.

¿Perdonarlo? Naturalmente que lo perdonaba. Su educación así se lo exigía, pero lo más importante era que se moría de amor por él. Todas las células de su cuerpo vibraron de placer cuando lo besó con la misma intensidad con que él la había besado a ella. Aquello era deseo, embriagador y emocionante. Sintió dolor en los pechos, una leve contracción en el útero. Su beso la había dejado lista para él.

Pero aquello no era estrictamente cierto. Estaba lista para él desde que vio el perfil de su cabeza: aquel cabello liso y negro, aquellas mejillas delgadas, aquel gesto de la mandíbula. Todo en él la atrajo cuando aún creía que era un mayordomo. Todo en él la atraía también ahora.

Se besaron con desesperación, con un ardor que fue acrecentándose cada vez más. Hope hundió las manos por debajo del jersey de Zack, y cuando llegó a la piel desnuda, los dos suspiraron como si no existiera un placer mayor.

Con gesto reverencial, Hope le acarició los abultados músculos del estómago y después subió hacia los pectorales, recreándose en la piel lisa, en la tupida mata de vello rizado, en las pequeñas tetillas. Él le agarró las manos y las aplastó contra su pecho.

—No debemos hacer esto. Aquí, no. En el coche, no.

Ella apenas lo escuchaba. Estaba hambrienta y tenía el festín delante de sí... y también debajo.

Él era el festín.

La erección de Zack presionaba contra su trasero con una insistencia y voluntad propias. Por mucho que él dijera que no debían hacer aquello, lo cierto era que su cuerpo manifestaba con toda claridad sus exigencias.

Hope se alegró inmensamente. No quería ser la única en sentir aquello.

Se soltó, cogió la mano de Zack y la introdujo por debajo de su propio jersey, hasta los senos.

Él, con los ojos semicerrados, exploró los contornos, deslizó el dedo pulgar alrededor del pronunciado pezón y luego la acarició durante un largo instante, el tiempo suficiente para que ella le quitara el jersey negro y dejase al descubierto los músculos que tanto la fascinaban. Inclinó la cabeza hacia el cuello de Zack y aspiró profundamente. Jamás olvidaría su olor, esquivo, intenso y completamente exclusivo de él. Una sola inspiración hizo crecer el deseo dentro de ella, como una flor bajo el sol del verano. Recorrió con los labios la superficie de aquel cuello, paladeando su piel, extasiada por aquel sabor a hombre fuerte y esbelto.

Debajo de ella, percibía la batalla que libraba Zack por conservar el control. El acero de sus muslos, la contracción de su abdomen, se convirtieron en elementos de seducción aún más poderosos. Comenzó a lamer su cuello con delicadeza, para después bajar hasta la tetilla e introducírsela en la boca.

Aun así, él resistió.

De modo que le clavó los dientes.

Fue un mordisco leve, rápido, pero de todas formas el efecto fue como una descarga eléctrica. Hope se encontró al momento tendida de espaldas sobre el asiento, con las piernas en el aire y Zack entre ellas.

Sintió su respiración dificultosa entre los labios abiertos. Tenía el rostro tenso, contraído por la pasión. Sus hombros eclipsaron totalmente el interior del automóvil y el mundo que había fuera. El olor de la tapicería de cuero los envolvía en un ambiente de lujo, las ventanillas oscuras los ocultaban de los posibles viandantes, y Zack apretaba sus caderas contra ella en un movimiento circular que la hizo aferrarse a sus hombros con desesperación y gemir.

Aquello era lo que quería. Zack, salvaje y en total abandono, deseándola con tanta desesperación como lo deseaba ella a él.

Alzó el cuerpo para acudir al encuentro de su embestida, desesperada por liberarse de la ropa que se interponía entre ambos, y sin embargo demasiado engullida por aquella ola de pasión para hacer otra cosa que seguirlo a él.

—Sólo podemos tomar un aperitivo —susurró Zack en voz baja—. Después estaremos mucho más hambrientos... esta noche.

Aferrado a las caderas de Hope, Zack la mantuvo inmóvil mientras él se movía incrementando la intensidad muy despacio, avivando la llama que ardía dentro de ella a cada delicado contacto. Hope se retorció bajo él, buscando hallar satisfacción, darle placer, hacer lo que su cuerpo, los cuerpos de ambos, exigían.

Era una lucha desigual. Zack era más fuerte, más decidido y conocía mejor que ella sus puntos vulnerables y cómo explotarlos. El anhelo que sentía entre las piernas se transformó en una especie de dolor, cada vez más frenético debido a la desesperación. Sus gemidos se convirtieon en quejidos.

—Por favor. —Se asió de sus hombros, hundiendo los dedos en sus músculos—. Por favor.

Zack continuó moviéndose, exigiendo sin piedad hasta que al fin, después de una eternidad, todo su interior se contrajo en un potente espasmo que la hizo separarse del asiento. Zack le soltó las caderas para que se agitara contra él, una y otra vez, conforme su clímax iba ganando fuerza, alimentado por sí mismo, por Zack, por las largas y frías noches transcurridas desde la última vez que hicieron el amor, por su adoración por él, y por el alivio que experimentó al saber que había dejado atrás las sombras del pasado para salir a la luz del sol. Hope se agitó y gimió, impotente en manos de la pasión, y Zack se agitó con ella, animándola con su abrazo y con sus susurros.

Al final el clímax comenzó a perder fuerza, hasta que por fin terminó. Hope recuperó el aliento y comprendió que... quería más, y quería que también él tuviera más. Así que buscó el cinturón de Zack con las manos.

—No podemos. —Zack le cogió las manos y se las retuvo—. No podemos. Está todo el mundo observándonos desde las ventanas. Piensa, Hope. ¿Quieres conocer a tu...? —Se reprimió visiblemente, pero prosiguió—: ¿Conocer a mi padre después de que él haya visto este coche moverse arriba y abajo?

Hope lanzó un gruñido y dejó caer la cabeza hacia atrás. Luego, en tono disgustado, contestó:

—Espero que la voz del sentido común no sea uno de tus defectos permanentes.

—No. Te prometo que no lo será. Dios, no. —Zack tenía el rostro demacrado por el sufrimiento—. Pero, además, si él cree que te estoy haciendo el amor, es capaz de sacarme del coche por el cuello y a rastras.

—¿Tu padre? —Hope alzó la voz, incrédula. Tenía entendido que su padre era un anciano.

Zack emitió una risa temblorosa.

—No. Hay otras personas en la casa. Personas importantes.

A Hope no le importó.

—Pues yo estoy desesperada —le advirtió—. No me responsabilizo de lo que pueda hacer si no obtengo satisfacción pronto.

Zack se apartó de ella y la estudió durante unos instantes con su mirada oscura y penetrante.

—Ya te explicaré yo la definición de estar desesperado. ¿Alguna vez has oído la expresión «bolas azuladas»? Pues así las tengo ahora.

Ella dejó escapar una leve carcajada.

—Humm. Sí.

Se incorporó sobre el asiento y se retiró el pelo de los ojos. Había pensado que sólo en sus sueños iba a experimentar el sabor, el olor, el placer de Zack. Pero la realidad era mucho mejor.

—Siento haber sido un necio, pero no lo soy en absoluto cuando se refiere a esto. —No sonaba humilde en absoluto—. Te quiero, y voy a hacerte feliz para el resto de tu vida. Eres lo mejor que me ha pasado nunca.

Hope le sonrió... Era la primera sonrisa de la que disfrutaba en varios días.

—Me alegro de que te hayas dado cuenta.

—¿Quieres casarte conmigo?

—Con todo mi corazón.

Zack le besó la mano.

—Gracias. —Le besó la palma—. Gracias.

—Pero... —Hope tenía que decirlo—. Pero por mucho que te quiera, aún tengo que encontrar a mi familia, y habrá ocasiones en las que estaré distraída o frustrada...

Zack la besó de nuevo, aplastando aquellas palabras

contra sus labios. Le tomó las mejillas entre las manos y la miró a los ojos.

—Cariño, tienes que escucharme. Esto es muy importante. —Tenía el semblante sereno, casi severo—. No van a poder retenerlo en la casa durante mucho tiempo.

—¿A quién?

—Te he encontrado un regalo. Un regalo muy especial. —La tomó por los hombros y la incorporó.

Hope tragó saliva.

—¿Qué es lo que ocurre?

—Nada malo. No te preocupes. Esto es bueno. —Pero su expresión seguía siendo seria. Muy seria.

Zack se puso el jersey a toda prisa. Extrajo su teléfono móvil, que Hope reconoció que era el mismo que ella le había devuelto, realizó una llamada y habló al micrófono.

—Estamos listos. Adelante.

A continuación abrió la puerta del coche, ayudó a Hope a salir y la volvió de cara a la casa.

—¿De qué se trata? —quiso saber ella—. ¿Qué está ocurriendo?

Con un brazo alrededor de su cintura, Zack le indicó el joven que en aquel momento bajaba corriendo las escaleras hacia ella.

—Ahí, Hope. Mira.

El desconocido era alto, muy bronceado, con cabello negro y los ojos más verdes que Hope había visto nunca. Unos ojos que estaban fijos en ella.

Ella lo miró a su vez e hizo acopio de fuerzas, aunque sin saber por qué.

—¿Quién es? Tengo la sensación de que debería... —Entonces contuvo la respiración y el corazón comenzó a latirle más deprisa. Incrédula, preguntó—: ¿Gabriel?

Zack la estrechó contra sí para sostenerla, pues se le habían doblado las rodillas.

—Sí, cariño, es él.

—¡Gabriel! —Hope se sintió inundada por una inmensa alegría—. Gabriel, ¿de verdad eres tú? —Terminó corriendo hacia él, gritando—: ¡Gracias a Dios, es Gabriel!

El joven la abrazó por la cintura y la levantó en el aire.

—Hope. Llevo buscándote... Oh, Hope.

Ella intentó mirarlo, ver su cara, pero lo veía todo borroso a través de las lágrimas.

—¿Cómo...?

—Estaba aquí, en Boston. Pensaba que tú vivías aquí, en alguna parte, pero no conseguía encontrarte. Estaba a punto de abandonar, cuando de pronto apareció... el señor Givens... Zack.

Hope vio a Zack andar hacia ellos, como si su mayor deseo se hubiera hecho realidad.

El deseo de Hope sí se había hecho realidad. Por fin tenía a su hermano, y abrigaba la esperanza de encontrar también a sus hermanas.

Y tenía a Zack.

Se zafó del abrazo de Gabriel y saltó a los brazos de Zack para besarlo en una arrebatadora y exuberante demostración de amor.

—Gracias, cariño, amor mío, mi hombre perfecto.

Luego rodeó con el brazo a Gabriel y lo unió al grupo. Los tres permanecerion así, abrazados y juntos, demasiado emocionados para poder hablar.

En el interior de la casa, los padres de Zack, Griswald, tía Cecily y Sven se apartaron de las ventanas.

—Dejad ya de secaros los ojos —dijo en tono huraño el padre de Zack, antes de sacar su pañuelo para sonarse ruidosamente—. Tenemos que hacer planes para una boda.

Epílogo

Una noche de verano,
siete años después

—¡Deja de empujar!

—Eh, me toca a mí.

—Ya te ha tocado antes.

—Pero es que antes el niño no daba tantas patadas.

Hope rió, viendo a sus amigos y su familia congregados alrededor de su abultado vientre, propinándose codazos el uno al otro en el intento de palpárselo para ver cómo se movía el bebé. Sarah, Gabriel, Madam Nainci, tía Cecily, Sven, los padres de Zack, Ma Monahan y todas las personas del servicio de contestador, Jason y Selena Urbano... Tal como dijo Zack, cada vez que invitaban a sus parientes y amigos tenían una fiesta íntima de cuatrocientas personas.

Había exagerado un poco, pero no demasiado.

Todo el grupo paseaba por el patio de la mansión Givens, bebiendo, comiendo, disfrutando del cálido aire de la tarde, celebrando la licenciatura en Harvard de Hope... y regocijándose con la próxima llegada de un nuevo Givens.

—No tenéis por qué discutir. —Hope puso la mano encima del pie que la estaba empujando desde dentro—. Todo el mundo tendrá su oportunidad. Este bebé no para nunca.

Zack lanzó un suspiro de resignación.

—Sobre todo de noche. Cada vez que Hope se acurruca contra mi espalda, el pequeño trata de sacarme de la cama a patadas.

Hope sonrió a su marido desde el otro extremo de la mesa. En público se quejaba de las patadas; pero en privado mostraba una intensa satisfacción, como si ser padre fuera un logro raro y grandioso... lo cual en efecto era, según decía.

Cuando estaban a solas, masajeaba la espalda a Hope, le frotaba los pies y, a medida que ella fue aumentando de volumen a causa del bebé, él continuó deseándola, apasionadamente y sin descanso.

Ahora la observaba con esa clase de orgullo que hacía que a Hope se le llenaran los ojos de lágrimas.

Por supuesto, con la batalla de hormonas que tenía lugar en el interior de su cuerpo, últimamente lloraba casi por todo.

—Ya no falta mucho —dijo el padre de Zack apretando con suavidad la mano de la madre—. Y por fin seremos abuelos.

—Y yo seré tío —declaró Gabriel sonriendo a Madam Nainci—. Aunque usted hubiera deseado que Hope y yo fuéramos algo más.

Elegantemente ataviada con un vestido de un verde llamativo y dorado, Madam Nainci se sorbió.

—Ella nunca conseguía citas por sí sola. ¿Cómo iba yo a saber que cuando consiguiera una, por fin, iba a ser la última?

—Y la mejor —dijo Zack.

Jason lanzó un resoplido.

Selena y Sarah rieron.

—Has esperado mucho para quedarte embarazada —se quejó tía Cecily.

—Sí, queridos, algunas vamos reorganizándonos con los años —añadió Ma Monahan.

—La espera la ha mantenido viva —se burló Sarah.

—Ah, quizá —concedió Ma—. Eso y la amenaza de una prótesis de cadera y otra de rodilla.

Tía Cecily le palmeó la mano.

—Yo tengo todavía más operaciones que usted, así que deje de quejarse.

Zack fue pasando platos de pastel de mousse de chocolate.

—Hope quería obtener primero su título, y todos esos créditos en ciencias informáticas no la han ayudado con el arte.

—Aunque sí me han ayudado a enseñarte a cargar programas en un ordenador sin romperlo —rió Hope.

—Ojalá este niño herede tu habilidad para la electrónica —deseó Zack fervientemente.

Aquél era su primer retoño, una niña a la que iban a llamar Lana, como la madre de Hope. A veces Hope pensaba que sería más apropiado ponerle el nombre de Pepper porque, al igual que la propia Pepper, nunca estaba quieta.

Pero cuando encontraran a Pepper, aquello daría lugar a tal confusión que... Cuando encontraran por fin a Pepper.

Habían pasado tantos años...

Zack se levantó y fue caminando hacia Hope. Siempre sabía cuándo la perseguían los fantasmas de su familia. Porque, a pesar de su dinero y de su influencia, no habían logrado descubrir quién había cometido los delitos que destruyeron a sus padres. No habían logrado dar con el rastro de Pepper ni de Caitlin.

Se arrodilló junto a la silla de Hope y le puso una mano en la mejilla. Luego le dijo en voz baja:

—Para tu graduación, esperaba hacerte el regalo que tanto deseas: una hermana.

Hope pudo ver en sus ojos la frustración que sentía Zack, y puso su mano sobre la de él.

—Hace siete años, yo ya había perdido la esperanza y tú me regalaste un hermano. —Tendió la mano en dirección a Gabriel—. No desesperes tú ahora, ya los encontraremos.

Gabriel sc arrodilló al lado de Zack. De vez en cuando Gabriel desaparecía durante una semana o así, pero incluso él, con su íntimo conocimiento del sistema de adopciones, se vio frustrado a cada poco. Era como si algún poder superior los mantuviera a raya. Gabriel dijo que sería mejor si a él no lo conociera nadie, pero su negocio había ido creciendo con los años, y cuando lo nombraron el soltero más cotizado de Boston, su anonimato recibió el golpe de gracia.

—No lo entiendes —dijo—. Griswald no ha pasado estos dos últimos meses como una ampliación de sus vacaciones.

—Pero Zack afirmó que...

Los dos hombres intercambiaron una mirada.

Zack hizo una mueca.

—Hemos mentido. Griswald ha pasado este tiempo buscando a Pepper. Él tiene un físico y una manera de hablar tan respetables que se las arregla para obtener resultados inigualables.

Griswald estaba de vuelta. Había regresado tan sólo unos días antes. Aquello tenía que ser una buena noticia.

Zack continuó:

—Ha encontrado una pista...

A Hope le dio un vuelco el corazón, y en su vientre el niño brincó también.

—¿Está viva?

—Sí. Está viva. —Pero la mirada de Gabriel era sombría.

Hope miró fijamente a Zack, con la boca seca.

—¿Griswald ha encontrado a Pepper? —Lanzó una mirada frenética a Gabriel—. ¿Dónde? ¿Cómo? ¿Se encuentra bien? ¿Está aquí?

Zack le masajeó el hombro.

—La encontró trabajando en Washington D.C., pero antes de que yo pudiera ponerme en contacto con ella, desapareció.

—¿Que desapareció?

Hope conocía el sabor de la frustración, ya la había paladeado numerosas veces. Pero haber estado tan cerca... Aquello no era posible.

—Hace ocho días tomó un vuelo a Denver —dijo Zack—. Allí compró un coche y partió hacia las montañas. Desde entonces no hay rastro de ella. Incluso ahora, Griswald está intentando buscarla por internet. Y yo he contratado a los mejores hombres que he podido encontrar para que se ocupen del caso.

—Ya estoy listo para marcharme —anunció Gabriel con un serio semblante de determinación—. Voy a seguir esa pista.

En aquel momento oyeron a Griswald aclararse la voz junto a ellos.

Hope levantó la vista hacia él. Debería haber imaginado que estaba tramando algo, porque no mostraba su habitual aspecto aseado: traía la chaqueta desabotonada y la corbata torcida, y sus ojos cansados estaban caídos como los de un perro basset. Había permitido que se ocupara de organizar la fiesta una empresa de catering y que distribuyeran la comida los criados de la casa.

Con tono de agotamiento, dijo:

—Discúlpenme, señores, ¿podría hablar con ustedes en privado?

—Si se trata de Pepper, puede hablar con ellos aquí mismo —dijo Hope en tono tajante.

—Está al tanto de todo —le aseguró Gabriel.

—Sobre el asunto de la señorita Pepper... —Griswald peleó con los puños de su camisa y añadió—: Me pidieron que los informase tan pronto como descubriera algo más.

Muy despacio, Gabriel se supo de pie.

Hope asió la mano de Zack.

Éste ordenó:

—Díganos.

El acento de Griswald se volvía más pronunciado cuando se encontraba en una situación de estrés, y en aquel momento lo inundó todo:

—Me parece que... tal vez haya dado con una pista respecto de su paradero. Creo que sé por dónde empezar nuestra búsqueda.